PÁ de CAL

GUSTAVO ÁVILA

PÁ *de* CAL

1ª edição

EDITORA RECORD
RIO DE JANEIRO • SÃO PAULO
2024

CIP-BRASIL. CATALOGAÇÃO NA PUBLICAÇÃO
SINDICATO NACIONAL DOS EDITORES DE LIVROS, RJ

A972p Ávila, Gustavo
        Pá de cal / Gustavo Ávila. - 1. ed. - Rio de Janeiro : Record, 2024.

        ISBN 978-85-01-92216-8

        1. Ficção brasileira. I. Título.

24-91764
CDD: 869.3
CDU: 82-3(81)

Meri Gleice Rodrigues de Souza - Bibliotecária - CRB-7/6439

Copyright © Gustavo Ávila, 2024

Todos os direitos reservados. Proibida a reprodução, armazenamento ou transmissão de partes deste livro, através de quaisquer meios, sem prévia autorização por escrito.

Texto revisado segundo o Acordo Ortográfico da Língua Portuguesa de 1990.

Direitos exclusivos desta edição reservados pela
EDITORA RECORD LTDA.
Rua Argentina, 171 – Rio de Janeiro, RJ – 20921-380 – Tel.: (21) 2585-2000.

Impresso no Brasil

ISBN 978-85-01-92216-8

Seja um leitor preferencial Record.
Cadastre-se no site www.record.com.br
e receba informações sobre nossos
lançamentos e nossas promoções.

Atendimento e venda direta ao leitor:
sac@record.com.br

"Tudo são pretextos a um coração agoniado."

Machado de Assis, *Dom Casmurro*

"Todos esses momentos se perderão no tempo
como lágrimas na chuva."

Rutger Hauer, *Blade Runner*

PÁ DE CAL

Expressão que significa encerrar um assunto,
parar de falar sobre algo, esquecer propositalmente:
"Vamos jogar uma pá de cal nisso."
Origem: antigamente, em sepultamentos,
jogava-se uma pá de cal sobre o local onde um corpo fora enterrado
para impedir ou diminuir o cheiro oriundo da decomposição.

1

Certos momentos, às vezes uma experiência, às vezes um encontro, moldam algo dentro da gente. E mesmo que tenhamos esses momentos ao longo da vida, é na infância que acontecem alguns dos mais importantes, aqueles que definem muitos dos nossos sonhos e muitos dos nossos medos.

Um desses momentos específicos aconteceu na vida de Inês aos 10 anos, quando conheceu a sra. Marlene, a avó paterna de Cristina, sua melhor amiga.

— Ela vai morar com a gente porque tem uma doença de velho — dissera sua amiga, na escola, durante o intervalo.

— Doença de velho?

— É. Quando a gente fica velho e se esquece das coisas, sabe? Meu pai não fala muito disso, foi minha mãe que explicou. Parece que quando a gente fica velha, a gente é um perigo pra gente mesmo.

— Como assim?

— Não sei direito, minha mãe que disse isso também.

Quando Inês a viu pela primeira vez, a sra. Marlene estava sentada à mesa da cozinha. Tinha os cabelos prateados, mas que, dependendo do ângulo em que se olhasse, emitiam um tom azul-clarinho que Inês achou bonito. Do jeito que estava, tão tranquila, a sra. Marlene não parecia ser um perigo para si mesma. Nem para ninguém, na verdade. Inês havia ficado com esse receio, de que a sra. Marlene fosse perigosa, mas ela não parecia nada disso.

— Oi, mocinha — disse a sra. Marlene.

— Oi.

— Você é a amiga da Cristina?

Inês assentiu.

— A gente estuda junto, vó — explicou a neta, puxando uma cadeira e se sentando perto da idosa.

Inês caminhou devagar e puxou uma cadeira ao lado da amiga.

— Querem comer alguma coisa?

— Pudim! — respondeu a neta, com um sorriso empolgado.

— Só depois do almoço — disse a mãe de Cristina, que cozinhava no fogão.

A avó, a neta e Inês se olharam, cúmplices. Então a sra. Marlene se levantou, daquele jeito sem pressa que só os idosos parecem ter.

— Vou lá no meu quarto um pouco. Venham me fazer companhia, meninas.

As amigas se olharam em silêncio.

— Vai com a vovó, Cris, depois vocês brincam — pediu a mãe, sem tirar os olhos das panelas.

Ao entrarem no quarto, a sra. Marlene segurou a porta para que as duas entrassem, deu uma olhadela em direção ao corredor, depois voltou--se para as duas crianças com o indicador nos lábios, pedindo silêncio e sobrepondo o sorriso arteiro que estampava no rosto, como uma criança que já passou do tempo. Foi até a cômoda ao lado da cama, abriu a gaveta e pegou dois gordos bombons.

— Não vai contar pra sua mãe, hein? Senão eu vou me encrencar.

— Obrigada, vovó!

— Obrigada — Inês também agradeceu.

• 10 •

— Comam, comam.

As duas meninas olhavam divertidas para ela.

— Qual o seu nome, mocinha?

— Inês — disse a garota, mastigando o chocolate.

A sra. Marlene pareceu sorrir.

— Eu tinha uma amiga chamada Inês.

— Ah, é?

— É amiga de escola igual a gente, vó?

— Sim. Nós nos conhecemos na escola. Mas ela parou de falar comigo, disse que eu tinha roubado o namorado dela — a senhora pareceu pensar em algo. — Ela ficou puta da vida comigo.

As duas garotas se olharam e deram risinhos. A avó achou divertido e também riu.

— Sentem aí, sentem — pediu, indicando a cama, e ela mesma se sentou em uma poltrona ao lado. — Eu não tive culpa. Eu era mais bonita do que ela, e foi ele quem veio me dizer que estava apaixonado por mim, mas eu falei que não! É claro que não, que absurdo! Ele era namorado da minha amiga. Garoto abusado.

— E ele? — Inês estava curiosa.

— Aí ele veio me beijar e eu dei um tapa na cara dele. Falei que se ele quisesse mesmo, de verdade, ele teria que falar pra minha amiga primeiro que queria ficar comigo.

— E ele falou?

— Ô se falou! No outro dia ela virou a cara pra mim e saiu correndo, chorando.

— Você roubaria o meu namorado, Inês? — perguntou Cristina, olhando para a amiga.

— Jamais — respondeu a amiga, com os dentes sujos de chocolate.

— Eu não roubei o namorado dela. — A avó pareceu insultada.

— Mas você beijou ele? — questionou Inês.

A avó fez suspense. Olhou para uma, para a outra, depois para um canto qualquer. As duas meninas seguravam o riso, ansiosas.

— Foi *ele* que me beijou — revelou a avó, enfim. — Eu só deixei. — E deu uma risadinha divertida. — Minha amiga ficou mais puta ainda.

• 11 •

As duas meninas se olharam e trocaram novos risinhos contidos.

— Vó, melhor a senhora não falar esse tipo de palavra perto da mãe.

— Que palavra?

— Ah, esse tipo de palavra aí que a senhora falou, que a sua amiga ficou, sabe?

— Puta?

Mais uma sequência de risadinhas.

— É, vó.

— Por quê?

— Porque a mamãe vai falar que não pode.

— O que a sua mãe falou foi que esse tipo de palavra não é pra criança — interveio Inês. — E a sra. Marlene já não é criança.

— É, eu sou velha. Eu posso falar puta. — Então riu de um jeito meio afetado.

Em seguida a sra. Marlene encarou as duas garotinhas sentadas na cama, que a olhavam de maneira divertida.

— Qual é o seu nome, mocinha?

Inês parou de sorrir. Foi a primeira vez que presenciou os lapsos de memória da sra. Marlene, e se lembraria para sempre desse episódio.

Por morarem na mesma rua, Inês passava muito tempo na casa da amiga e, consequentemente, com a sra. Marlene. Gostava dela. A senhora de 83 anos contava histórias sem filtrar nenhum detalhe que os adultos normalmente censuravam dos ouvidos das meninas e as divertiam com seu jeito direto e espontâneo. Às vezes parecia até que ela era uma criança como as meninas. Em algumas circunstâncias, havia uma ingenuidade contida no jeito como sorria, ou quando fazia algo de que o filho ou a nora poderiam não gostar, ocasião em que pedia segredo e ria com as garotas. Outras vezes não ria, pedia segredo como se fosse uma ordem, de um jeito grave e severo, beirando a agressividade. Essa era a segunda coisa que incomodava Inês, a inconstância emocional que fazia o humor da sra. Marlene mudar de uma hora para outra, sem nenhuma razão aparente. A primeira era quando ela se esquecia de algo que acabara de dizer ou quando se repetia. Nesses momentos, Inês não ficava chateada ou com medo, como às vezes acontecia quando a sra. Marlene ficava nervosa; quando a avó da amiga tinha seus lapsos de memória e aparentava estar perdida dentro de si mesma, Inês ficava triste.

Certo dia, a menina chegara em casa chorando, entrara pela porta da sala e fora direto para o quarto, desolada. Preocupada, a mãe seguira a filha, perguntando o que havia acontecido, e só depois de certa insistência a garota revelara o motivo do choro. Ela conversava com a sra. Marlene, falavam sobre a escola, quando a avó da amiga fechou a cara, emburrada, e se levantou de um jeito agressivo, chegando a assustar as duas crianças. A mulher olhava ao redor como se não reconhecesse o lugar e depois olhou para as duas meninas, sentadas na cama.

— Quem diabos são vocês duas? — gritou a sra. Marlene, torcendo o rosto em uma carranca, e como nenhuma das meninas respondeu, de tão confusas e assustadas que estavam, a idosa olhou para o quarto e continuou: — Onde é que eu... essa aqui não é a minha casa! Quem são vocês, suas putinhas? Essa não é a minha casa! Que lugar... que lugar...

Então a avó de Cristina saiu do quarto, desorientada, esbravejando e gritando:

— Que lugar é este? Vocês não podem me tirar da minha casa assim! Onde estão as minhas coisas? Se alguém pegou as minhas coisas...

Quando a mãe de Cristina tentou acalmá-la, a sra. Marlene disse:

— Tinha mesmo que ser você! Você sempre quis ficar com a minha casa, sua vagabunda. Eu quero ir pra minha casa, pra *minha* casa, e você que não bote os pés lá dentro de novo, tá me ouvindo? Maldito o dia em que meu filho te conheceu, ele tinha uma namorada tão boa antes de você! Eu falei pra ele, eu falei, não faça essa besteira, menino, essa daí não vale nada, você vai se arrepender, mas ele não me escutou.

A mãe de Cristina a impedia de sair, dizendo que o filho logo estaria de volta e que ele a levaria para casa.

Inês e Cristina a viram sentada no sofá, ainda com o rosto tomado de profunda raiva, resmungando:

— Assim que o Bruno chegar, ele vai ver só. Ele e você, sua vagabunda.

A mãe de Cristina pediu às meninas que fossem para o quarto. Quando Inês resolveu ir embora e passou pelo corredor, ela viu a sra. Marlene ainda sentada no sofá, agora com uma expressão completamente mudada. Não havia mais raiva, a boca não estava mais encurvada naquele sorriso invertido que vira antes; a face estava plácida, mas, apesar da serenidade que agora se instaurara na mulher, seu rosto era de um vazio e de uma apatia que dilaceraram a inocência infantil de Inês sobre as coisas do tempo. A sra. Marlene tinha um olhar vago para o nada, desprovida de qualquer energia e sem nenhum traço de alegria da mulher que costumava contar histórias divertidas.

— Eu dei um remédio pra ela — disse a mãe de Cristina. — Senão... — Soltou um suspiro pesado sem completar a frase, depois deu as costas e deixou a garota parada ali, olhando para a idosa.

— Sra. Marlene? — chamou Inês, cautelosa.

A mulher pareceu não ouvir, mas depois de alguns segundos movimentou a cabeça de forma lenta em direção à menina. Encarou a garota por alguns instantes com aquele olhar bovino e, sem dizer nada, voltou-se novamente para a parede à sua frente, com aquele semblante apático e cansado.

Inês já havia presenciado outros momentos de quando a doença da mulher se revelava; já a vira ficar nervosa de uma hora para outra, perdera as contas de quantas vezes tivera de repetir seu nome à sra. Marlene, porém nunca havia presenciado uma cena como aquela. Quando ela a encarou com aqueles olhos vazios e depois se voltou para a parede em silêncio, Inês entendeu que dentro da mulher algo estava quebrado. Os olhos da menina de 10 anos se encheram de lágrimas. Ela foi correndo para casa, e agora chorava e soluçava no colo da mãe, que lhe afagava os cabelos.

— Por que, mãe? Por que tem que ser assim? Por quê?

• 14 •

2

Inês havia visto em filmes que as pessoas se vestiam de preto para ir a enterros, então procurou o que tinha de roupa preta no seu armário enfeitado de ornamentos infantis, mesmo com sua mãe dizendo que não precisava, que ela poderia ir com qualquer roupa, mas Inês estava decidida. Só que na vida real a coisa era diferente. A sensação era diferente, a começar por ver as pessoas do lado de fora da capela onde a sra. Marlene estava sendo velada, aquelas pessoas ali, conversando quase naturalmente.

A garota caminhava com seu olhar curioso e ressabiado, entre os pais, e quando chegou diante da porta, travou, aterrorizada ante a imagem, no fundo da capela, do caixão marrom e reluzente.

— Não quero — disse chorando e abraçando a mãe.

O pai de Inês se abaixou até a filha, ajeitou o cabelo que caía sobre o rosto afundado no corpo da mãe, e a menina, sem desgrudar do amparo materno, abriu os olhos para encará-lo. O pai estava ali, em frente a ela, tentando encontrar as palavras que ele mesmo nunca aprendera a respeito do luto.

Mesmo tendo perdido a mãe, quando também era uma criança, o pai de Inês não sabia o que dizer sobre aquela situação. Escapava-lhe o discurso que gostaria de ter agora para ensinar a filha sobre aquele momento natural da vida. Mas como dizer as palavras certas, se ele mesmo nunca as ouvira antes? Como dar voz à experiência solitária de quem aprendeu nos silêncios?

O avô de Inês, que tinha ainda menos habilidade para falar sobre tais assuntos, sempre evitara uma série de temas com que ele também precisara lidar sozinho. E muitas vezes havia sido assim, em face da necessidade de seguir em frente, o pai de Inês crescera com a responsabilidade de lidar com os próprios sentimentos, como um homem deve fazer. Pelo menos era isso que ele imaginava quando criança, diante dos silêncios do pai, tendo de lidar com aquela espiral conflitante em que a fragilidade da vida entra em choque com a força opressora que se espera nessas circunstâncias. Uma experiência que agora não conseguia se transformar em palavras para pavimentar a estrada onde a filha pisava pela primeira vez. Eles nunca haviam falado sobre a morte até aquele momento. Dentro de casa, tanto o pai quanto a mãe mudavam rapidamente de assunto sempre que a conversa enveredava para essa questão. Na inocência da infância, Inês não sabia que os pais se esquivavam porque julgavam que a morte não era assunto para crianças.

— Se você quiser ir embora, tudo bem, nós vamos. Quer ir? Mas agora, filha, agora é a hora em que precisamos ser fortes. Nem que seja pelas outras pessoas, Inês. Eu sei que você gostava muito dela, e com certeza ela está feliz por você estar aqui — concluiu o pai.

Ainda agarrada à cintura da mãe, Inês o encarou. Depois olhou para o interior da capela, para aquele bloco marrom lustroso, onde algumas pessoas paravam ao lado por um tempo, balançavam a cabeça e depois se afastavam. A menina voltou-se novamente para o pai.

— Ela morreu, pai. Pra ela não faz diferença se estamos aqui.

— Claro que faz — respondeu o homem, com suavidade.

— Não faz, pai. Já não fazia antes. Ela já tava morta antes mesmo de morrer.

O homem olhou para dentro da capela, pensativo; os próprios sentimentos revirando-se internamente enquanto o olhar demorava-se lá dentro.

— Inês! — chamou Cristina, vindo do interior da capela.

Inês se virou. As duas se olharam por alguns instantes, se abraçaram e choraram. Duas meninas de 10 anos. Sem dizer nada, Cristina a segurou pela mão e Inês se deixou levar, sem nenhuma resistência, para dentro da capela, até pararem em frente ao caixão da sra. Marlene. Além do corpo, havia flores dentro dele. Muitas flores.

— Eu acho que ela iria odiar esse monte de flores — disse Cristina.

— Eu também acho. Lembra quando ela contou daquele rapaz que trouxe flores pra ela e ela respondeu que preferia um maço de cigarros?

— Lembro.

— Será que foi por causa do cigarro que ela ficou desse jeito?

— Não sei.

— Eu já vi minha mãe falando pro meu pai que cigarro faz mal.

— Mas eu nunca vi a vovó fumando.

— Mas ela tinha um cheiro estranho. Será que não era de cigarro?

— Acho que não. Acho que era cheiro de velha mesmo. Sua vó não cheirava assim?

— Não sei. Quando minha vó morreu eu nem tinha nascido.

— Então minha vó meio que foi sua vó também.

— É. Meio que foi.

As duas continuaram olhando para o caixão. Da altura que eram, conseguiam enxergar apenas um pouco do rosto da sra. Marlene, imóvel em um semblante inexpressivo e emborrachado.

— Tive uma ideia — disse Inês, baixinho, um pouco empolgada.

— O quê?

— Vem comigo.

Inês foi até o pai e a mãe, que conversavam com outro casal de adultos.

— Pai, dá dinheiro pra eu comprar algo pra comer lá na barraquinha?

— Eu vou lá e compro pra você.

— Não — retrucou ela. — Pai, eu vou com a Cristina, é aqui na frente mesmo, tá cheio de gente.

O homem a olhou do alto. Depois tirou a carteira do bolso, sacou uma nota e entregou para as duas.

— Não saiam daqui da frente, entenderam?

— Sim, sim, pode deixar.

Agitadas, as duas saíram com o dinheiro na mão.

— Você quer comer *agora*? — indagou Cristina, meio indignada.

— Não é isso. Você vai ver.

As meninas atravessaram uma série de capelas para velórios, distribuídas uma ao lado da outra, como vagas de um motel. A barraquinha ficava na lateral, cercada por uma mureta baixa de concreto e um telhado de zinco que abrigava duas mesas de bar.

— Me dá um maço de cigarros — pediu Inês ao balconista, ao mesmo tempo que depositava a nota no balcão.

O homem encarou as duas sem dizer nada. Olhou para o dinheiro, depois para as meninas.

— Cigarros?

— É.

— Não vendo cigarros pra criança.

— Não é pra mim, né? É pro meu pai.

Cristina olhou para Inês, mas não disse nada.

— Pede pra ele vir aqui buscar. Não vendo cigarros pra criança.

— Moço, meu pai acabou de perder a mãe dele, minha vó… A única coisa que ele quer é um cigarro, mas minha mãe não gosta que ele fume… Ele está tão triste, ele só quer um cigarro.

Ela terminou a frase e ficou encarando o balconista, que a observava do alto.

— Qual cigarro?

Inês não soube o que responder.

— Ele só disse que queria um cigarro.

O homem pegou a nota no balcão e lhe entregou um maço.

• 18 •

— Ei! — gritou quando as duas já estavam indo embora. — Aqui, o troco. — Colocou no balcão algumas moedas. Inês as apanhou e saiu correndo em direção à capela, escondendo o maço por baixo da roupa enquanto se distanciavam.

— Você vai colocar no caixão? — perguntou Cristina.

— Aham.

As duas chegaram à entrada da capela e olharam lá dentro. Havia muitas pessoas próximas ao caixão.

— Como é que vamos colocar isso lá dentro? — sussurrou Cristina.

— Não sei. Colocando.

— Eu já ia lá buscar vocês. — A mãe de Inês surgiu atrás das meninas. — Estão se preparando para levar o caixão — disse a mulher, sentindo o peso das palavras ditas para as duas.

Por um instante, o ato de irem comprar cigarros as havia tirado daquela realidade, mas agora elas foram relembradas do motivo pelo qual estavam ali. Pensaram na sra. Marlene e ficaram tristes em imaginar que, quando aquele caixão fosse fechado, nunca mais a veriam. Aos prantos, Cristina correu para os braços da mãe. Inês fez o mesmo, agarrando-se à cintura da sua, que lhe afagou os cabelos.

— Você quer ir se despedir? — perguntou a mãe.

Inês continuou com o rosto afundado no corpo dela, até que levantou a cabeça e assentiu, com a face molhada de lágrimas. Virou-se e viu Cristina e os pais ao lado do caixão. Foi até eles. Olhou para o rosto da sra. Marlene e para todas aquelas flores e pensou no cigarro escondido debaixo da roupa. Seria difícil colocá-lo ali dentro.

— Desculpa — disse baixinho.

O pai de Cristina a olhou de cima e passou a mão na cabeça dela.

Enquanto desciam o caixão, Cristina chorava agarrada à mãe, que parecia sussurrar algo para confortá-la. Como o choro da garota não cessava, a mulher se retirou com a menina para longe dali. Inês já não chorava mais, apenas observava a cena. Certa vez, as duas meninas haviam perguntado para a sra. Marlene se ela tinha medo da morte.

— Que medo da morte o quê — respondera ela, com o rosto torcido em uma expressão de desdém. — Não, não tenho nada disso… o que eu tenho é só saudade. — Ela terminara a frase relaxando o rosto em um olhar contemplativo, e, quando Inês perguntou do que ela tinha saudade, a mulher resmungou algo incompreensível e Inês se questionou se ela não se lembrava ou não queria dizer. Mas a expressão que ficara no rosto da sra. Marlene havia se fixado na memória de Inês. O lamento de quem observa algo já muito distante.

3

— **D**ra. Inês, por favor, sua presença está sendo requisitada.

Inês surgiu diante da porta e encarou o marido, Rui, parado no quarto repleto de caixas espalhadas pela cama e pelo chão, em meio a outros objetos que ainda não haviam sido encaixotados e que ilustravam a bagunça da mudança.

— Não sabia que tinha voltado a fumar — disse ele, balançando o maço de cigarros na mão.

Ela se aproximou, pegou o maço amarelado e analisou o objeto havia muito esquecido.

— Nem sabia que isso ainda estava aqui.

Inês resumiu a história sobre como ela e a amiga haviam comprado aquele maço de cigarros para tentar colocar no caixão da sra. Marlene. Inês já havia contado sobre a sra. Marlene ao marido em outras ocasiões, afinal fora a experiência com ela que pusera Inês no caminho profissional que havia escolhido.

Rui olhou para o maço.

— Vocês iam colocar isso no caixão de uma idosa morta?

— Estranho seria colocar no caixão de uma idosa viva.

O marido sorriu.

— Pena que o vício dela não era alcoolismo — disse ele.

— O quê?

— Imagina se fosse uma garrafa de vinho guardada esse tempo todo.

— Imagina eu escondendo uma garrafa de vinho debaixo da roupa.

— Você já fez isso que eu sei.

— Mas não com 10 anos.

— Tenho certeza de que você daria um jeito.

— Um vinho de uma barraquinha ao lado do cemitério não deve ficar bom nem depois de 30 anos.

— Isso é verdade.

Os dois riram.

— Vem cá. — Rui se aproximou do pescoço de Inês. — Deixa eu ver se você não está fumando mesmo. — Enquanto a cheirava, aproveitou para dar um beijo em seu pescoço, causando arrepios pelo seu corpo.

— É nosso último dia aqui — disse ele, ainda meio agarrado a ela. — Precisamos nos despedir deste quarto adequadamente.

— Ué, já não fizemos isso ontem?

— Ontem foi a última *noite*; hoje é o último dia.

— Ah, verdade.

— Mãe!

Os dois pararam de se beijar, se desvencilharam e olharam para a porta, onde uma garotinha de 5 anos os encarava.

— Oi, amor.

— Vamos lá, senão não vamos terminar e precisamos ir embora hoje!

Inês olhou para o marido, que lhe devolveu o olhar divertido.

— Já está praticamente tudo ajeitado, Ágatha — o pai tranquilizou a garota. — Só faltam algumas coisinhas.

— Mas a gente tem que entregar o apartamento hoje!

— Eu sei, querida. Vamos conseguir terminar tudo.

— Vamos lá pra baixo terminar as coisas, vamos — insistiu a garota.

Rui correu até a porta, pegou Ágatha e a levantou no ar. Trouxe a menina até a cama, onde começou uma sessão de cócegas enquanto repetia, sorrindo:

— Vem cá, passarinho gordinho, passarinho gordinho.

A menina se debatia, gargalhando até ficar ofegante.

— Esqueceu das caixas, Ágatha? — provocou Inês, brincando, e a filha se desvencilhou dos braços do pai, levantou em um salto e correu até a mãe.

— Vamos, vamos. A gente tem que arrumar tudo hoje!

— Tá bom, tá bom — concordou Inês. — Deixa isso aí na caixa. De verdade, é uma lembrança — ela pediu, olhando para Rui, que estava novamente com o maço de cigarros na mão.

O marido fez uma careta fingida e jogou o maço de volta na caixa. Inês saiu com Ágatha e as duas chegaram à sala sem móveis, repleta de caixas espalhadas pelo chão.

É, ainda falta ajeitar bastante coisa.

— Ela fica ali parada e não faz nada, mãe! — Ágatha apontou para a irmã.

Inês olhou para Ágatha, refletindo sobre a personalidade da filha, sempre tão preocupada com a organização das coisas. Depois para Beatriz, sua irmã gêmea, que estava deitada no chão, de barriga para cima, sem demonstrar nenhuma pressa com as coisas que ainda precisavam encontrar destino.

Beatriz voltou o rosto para a mãe e a irmã e, sem se importar com a provocação, abriu um sorriso despreocupado. Certa vez Inês havia brincado com o marido que, se as duas tivessem sido uma única pessoa, seria o ser humano perfeito, com preocupação e tranquilidade balanceadas na medida ideal. Mas a natureza havia resolvido dividi-las, e enquanto uma havia nascido com um sentimento constante de urgência, a outra exibia aquele marasmo contemplativo de quem entende os segredos do tempo.

— Ajuda a sua irmã a terminar de guardar as coisas, Beatriz.

A menina rolou no chão, descontraída, depois se sentou, tirou o cabelo do rosto e sorriu. Levantou, correu até a mãe e a abraçou, carinhosa e brincalhona. Inês acariciou o cabelo das duas, se abaixou e mordeu suas bochechas. Beatriz gargalhava.

— Vamos! — Ágatha puxou a irmã.

— Ai, já vou.

As meninas se puseram a terminar a arrumação das coisas que haviam sobrado para o último dia.

Inês pegou um rolo de fita adesiva e foi vasculhar os demais cômodos vazios do apartamento. Abria algumas caixas para verificar o que havia dentro, fechava e passava a fita. No antigo quarto das filhas já não tinha mais nada, apenas um armário embutido cujo interior ela aproveitou para vistoriar. Havia apenas uma garrafa de Coca-Cola vazia que o marido devia ter esquecido.

— E ele fala do meu vício.

Girou o corpo, escaneou o quarto e imaginou os móveis que antes ocupavam aquele espaço vazio. As camas das meninas, cada uma em um lado da parede, os dois pequenos gaveteiros, o tapete colorido, o espelho fixado na parede, entre as camas, onde as meninas gostavam de se olhar principalmente quando iam usar uma roupa pela primeira vez; os quadros, a mochila de Beatriz sempre largada no chão mesmo tendo o suporte na parede para pendurá-la.

Quando era criança, Inês criara o hábito de revisitar momentos do passado com o objetivo de nunca os esquecer, achando que isso também ajudaria a exercitar seu cérebro para manter as memórias futuras. A sra. Marlene havia falecido fazia pouco mais de seis meses quando lhe ocorreu a ideia desse exercício, que começou de maneira mecânica e, com o decorrer do tempo, foi se tornando algo prazeroso. Ela buscava na memória uma lembrança e vagava por ela feito uma observadora onisciente, transitando pela cena. Com grande frequência, gostava de revisitar os tempos do colégio. Lembrava-se do lugar na sala onde costumava se sentar, dos colegas que a rodeavam, dos professores, e enquanto percorria toda a sala tentava recordar o rosto de cada aluno. Mas não se lembrava de todos; pelo contrário, lembrava de menos de um terço dos colegas de classe. Às vezes alcançava alguma piada, normalmente a mesma de que se recordava quando voltava a pensar nessa fase da vida, como se todos os anos que passara no colégio fossem alguns dias específicos que haviam se agarrado à memória por algum motivo e resumiam toda uma fase da vida.

Por causa disso, muitas vezes, quando criança, ela se pegou próxima ao desespero tentando recordar algo diferente, algo que não alcançava com facilidade em seus exercícios mentais. Para facilitar esse banco de lembranças, começou a escrever uma espécie de diário onde registrava as cenas passadas não só no dia anterior, mas tudo que se recordava quando revisitava semanas, meses e anos passados, com todos os detalhes que conseguia capturar. Foi com o auxílio desses diários que percebeu que não havia uma variedade tão grande de lembranças, aumentando ainda mais sua obsessão com a própria memória. Ao notarem a aflição da filha com algo, seus pais a interrogaram, preocupados, e Inês relutou em lhes contar o motivo de sua agonia e dos acessos de choro durante a noite. Somente quando a levaram à pediatra é que finalmente ela revelara a raiz do seu terror:

— Eu tenho quase 11 anos... e sei que não vou lembrar das coisas quando eu era jovem, mas... quando paro pra pensar nas coisas que eu já fiz, se eu colocasse cada lembrança em dias, não tenho a conta exata, claro, mas não daria nem um ano inteiro! Eu devia lembrar de mais coisas, não devia? E se eu tiver a doença de gente velha cedo demais?

4

Durante a semana, após deixar as filhas na escola, Inês ia para o Laboratório de Investigação de Doenças Neurodegenerativas da universidade, onde coordenava a equipe de pesquisas com foco na doença de Alzheimer. Inês era um dos principais nomes na comunidade científica do país na busca por uma cura para a doença que ainda se mantinha como uma grande incógnita. Uma série de ensaios clínicos estava em andamento para testes de drogas experimentais e, nos últimos dias, ela investigava a captação de dados complementares exigidos pelo Comitê de Ética para a autorização da fase de estudos de uma nova droga em humanos.

Para ela, sua equipe já havia apresentado as informações necessárias para a aprovação dos testes, no entanto o Comitê avaliou que os dados eram insuficientes. A droga tinha como objetivo evitar a hiperfosforilação anormal da proteína Tau, impedindo sua deposição excessiva, que iniciava o processo inflamatório e desencadeava a série de anomalias responsáveis pelo desgaste dos dendritos, comprometendo as sinapses dos neurônios que culminava na morte celular.

— Como está o apartamento novo? — perguntou Vanessa, sua melhor amiga e colega no laboratório.

— O Rui disse que em sete ou oito meses vamos conseguir desencaixotar tudo — respondeu ela, dando um sorriso cansado.

— Você podia fazer o seguinte: fala que apareceu uma urgência aqui, uma apresentação importante, e que você vai ter que trabalhar até tarde nas próximas duas semanas, e aí deixa ele e as meninas darem um jeito em tudo — sugeriu Vanessa.

— Não seria má ideia. Mas não são tantas caixas assim, na verdade. É uma mudança, poxa, faz parte. A gente está junto há anos, é normal ter a quantidade de coisas que temos. Às vezes o Rui implica demais com isso, fala que nosso apartamento é abarrotado de coisas. Bobagem.

Ela pensou nas caixas espalhadas pelo chão, tudo o que eles haviam juntado naqueles nove anos juntos, além das coisas pessoais que cada um tinha adquirido antes de se conhecerem.

— E você conseguiu convencê-lo sobre o sofá?

— Quê? — Inês não entendeu, entretida que estava nos próprios pensamentos.

— O sofá — repetiu Vanessa. — Você disse que estava uma briga porque o Rui queria aproveitar a mudança para comprar um sofá novo e você não queria.

— Ah, não vamos trocar, não. A gente mandou reformar e ficou ótimo. Não havia a menor necessidade de comprar um novo.

— É impressionante o que eles conseguem fazer nessas reformas de móveis. Às vezes eles mudam de um jeito que fica parecendo outro. Você pode mandar revestir com outro tecido...

— Não, não fizemos isso. Eu pedi que revestissem com o mesmo tecido. Pedi para trocarem as molas, a espuma, mas não queria que mudassem o tecido, senão eu comprava outro, ué. Para ser sincera, nem tinha tanta necessidade assim de reformar, mas o Rui insistiu. Enfim — Inês passou a mão no rosto. — Já temos os resultados da análise bioquímica feita na autópsia da Unidade 134? — perguntou a Vanessa.

— Sim... Não há nenhum sinal de regressão no acúmulo da beta-amiloide. Pelo contrário, na verdade há indícios de que houve uma aceleração na concentração da proteína em comparação com as seis unidades anteriores.

Inês refletiu em silêncio.

— Pode ser uma especificidade da 134.

— Pode ser — concordou Vanessa.

— Vamos repetir o processo em três novas unidades pra verificar se a progressão acelerada se repete.

Vanessa assentiu.

As unidades eram os animais utilizados nos testes. Em suas pesquisas, Inês costumava utilizar camundongos, mas também já fizera uso de coelhos e macacos. Vanessa se voltou para o seu computador para solicitar que o biotério da universidade separasse os novos três animais. Já Inês se concentrou nos relatórios detalhados dos exames feitos sobre a Unidade 134 e passaria o dia trabalhando neles.

Os ponteiros do relógio se aproximavam das sete da noite e a sugestão de Vanessa agora parecia bastante atrativa. Não seria realmente uma desculpa só para que o marido e as filhas adiantassem a arrumação da mudança; ela, de fato, tinha uma longa lista de dados e informações para revisar e uma série de outras atividades que gostaria de iniciar o mais breve possível. Olhou para o relógio na parede. Vanessa acabara de se despedir e todos os outros da equipe também já haviam ido embora.

Inês foi até a área do laboratório onde ficavam as gaiolas dos animais. A da Unidade 134, vazia, ainda estava com a etiqueta de identificação. Próximas a ela estavam as gaiolas das Unidades 133, 129, 128, 126 e 125. Os camundongos das 129 e 126 se aproximaram das grades como se esperassem receber algo, movimentando-se, agitados, com os focinhos rosados farejando o ar.

Já eram quase oito horas agora. Inês havia ligado para o marido para avisar que estava saindo do laboratório, mas ele não atendera. Caminhava pelo campus da universidade em direção ao estacionamento onde deixara o carro. Havia vagas próximas ao prédio onde ficava o laboratório, mas Inês costumava estacionar em locais aleatórios, algo que fazia para caminhar um pouco e também como mais um de sua série de pequenos exercícios mentais cultivados e mantidos como hábito desde a adolescência.

Entrou no carro e, pelo sistema de voz do veículo, solicitou a ligação para o marido. Aguardou. Chamou uma, duas, três e, após a quarta tentativa, caiu na caixa postal. As mãos repousavam sobre as coxas, os dedos tamborilando inquietos.

Colocou as duas mãos no volante e o sistema de leitura biométrica de superfície identificou Inês. O carro ligou. Dirigiu os cerca de 45 minutos até o prédio com certa pressa. Estranhou o carro de Rui não estar na vaga ao lado da sua. Ela desceu do veículo sem se preocupar em estacionar, deu o comando de estacionamento por voz e, enquanto caminhava em direção ao elevador, o carro estacionava sozinho, entrando na vaga com toda a habilidade, guiado pelas dezenas de sensores. As câmeras de segurança já haviam identificado o rosto de Inês e o elevador já fora chamado. Após entrar, se até o momento do fechamento das portas Inês não apertasse nenhum botão, ele subiria automaticamente para o andar da moradora.

Ao entrar no apartamento, foi recebida pelo silêncio.

Ligou para o marido, mas novamente não houve resposta. Ligou para a escola das meninas e foi informada de que Rui as havia buscado no horário habitual. Tropeçou em uma caixa enquanto caminhava até a cozinha. Olhou ao redor. Talvez ela tivesse que concordar com Rui, eles não precisavam de tudo que estava ali. Mas, quando decidiu que conversaria com o marido a respeito disso, mudou de ideia. Não era tanta coisa assim como o marido gostava de dizer. Se ele não se importava em jogar fora coisas que haviam feito parte da vida dele, como se elas fossem apenas isso, coisas. Entretanto, para Inês, tudo aquilo era mais do que simples objetos: eram tempos vividos, coisas que a ajudavam lembrar.

Ligou de novo.

Nada.

Abriu uma garrafa de vinho que conseguiu encontrar em uma das caixas. Demorou para achar o abridor. Não achou nenhuma taça. Serviu a bebida em um copo comum e sentou no sofá que haviam reformado. Ainda era estranho. Sentia falta da pequena depressão no estofado provocada pelo uso e da pequena abertura no tecido do braço do sofá, onde ela costumava se sentar. O tecido era exatamente igual, mas não era o mesmo. Ela se moveu, meio desconfortável, a espuma ainda firme demais.

Tomou mais um pouco do vinho.

Olhou para a porta.

Que droga, Rui, cadê você?

Levantou-se, irritada com aquela espuma firme.

Seu telefone tocou. Era do hospital. Um acidente.

5

A porta do hospital estava à sua frente. Inês acabara de deixar o carro e agora caminhava apressada em direção àquela larga porta de vidro que se abriria automaticamente assim que os sensores captassem sua aproximação.

Quando se anda em direção à porta de um hospital, carregando nas costas a grande dúvida, é como se esse trecho, esse curto caminho se tornasse um lugar desconectado do real. A porta crescia diante dos seus olhos, um brilho quase etéreo emanava do seu interior claro, o som emborrachado do solado de seus calçados marcando o ritmo do desejo de ter Rui, Ágatha e Beatriz seguros dentro dos seus braços.

"Eu não possuo mais informações, sra. Inês, chegando aqui a senhora será informada pelo médico responsável", dissera a telefonista do hospital. E a larga porta de vidro ficava maior. "Chegando aqui a senhora será informada pelo médico responsável." Alguns passos, e aquela porta se abriria automaticamente para Inês. Alguns passos, e ela sairia daquela zona neutra, daquela caixa de Schrödinger onde estavam Rui, Ágatha e Beatriz.

A porta se abriu ao meio e Inês entrou, caminhando decidida. A preocupação com a família era externada pela máscara de um semblante sério, e sua voz não fraquejou quando se dirigiu ao rapaz na recepção do hospital.

— Meu marido e minhas filhas foram trazidos pra cá.

— Qual o nome do seu marido, por favor?

— Rui Garcia Marinho.

O som do teclado, os olhos do rapaz que liam o que estava aparecendo na tela do monitor que Inês não conseguia ver, aquele momento de silêncio em que não se sabe se a pessoa ainda está procurando a informação ou se já a encontrou e por algum motivo não a revela.

— Sra. Inês, o médico responsável virá falar com a senhora.

Inês se aprumou, como se pega desprevenida por aquela frase, e não disse nenhuma palavra, apenas assentiu vagamente com a cabeça e deu alguns passos pouco decididos para o lado, ficando próxima à bancada.

— A senhora pode se sentar ali — disse o rapaz, apontando para um conjunto de cadeiras no outro canto.

— Como assim? Por quê, vai demorar?

— Eu não sei dizer exatamente.

— E você não pode chamar outra pessoa pra me dar informações? Se o médico está atendendo algum outro paciente, chama outra pessoa.

O rapaz atrás da bancada encarou Inês, mais um daqueles instantes de silêncio com tantas possibilidades de significados. Ele sacou o telefone que estava na parte interna da bancada, discou um par de números e aguardou, Inês o mantinha sob seu olhar, apreensiva, ele dizendo para alguém do outro lado da linha que a mãe da paciente Beatriz de Assis Marinho estava na recepção aguardando por informações. Inês observava o rapaz escutando algo que era dito pela outra pessoa e se perguntava por que ele escolhera mencioná-la como a mãe de Beatriz e não a esposa de Rui, ou mesmo a mãe de Ágatha.

O rapaz desligou o telefone e olhou para Inês.

— Senhora, atravessando essa porta, à direita há uma área de espera. A enfermeira vai te encontrar lá.

Sem responder, Inês foi em direção à porta indicada, que se abriu automaticamente, então dobrou à direita e caminhou por aquele corredor asséptico até encontrar uma área com uma fileira de cadeiras em uma parede. Olhou ao redor, mas não havia ninguém. Permaneceu em pé por alguns minutos, agitada e angustiada, aguardando a chegada da enfermeira. Sentou em uma das cadeiras, juntou as mãos e começou a estalar dedo por dedo. Pensou em ligar para Joice, mãe de Rui, e avisar sobre o acidente, mas desistiu, antes queria ter mais informações para não deixar a sogra no escuro em que ela mesma se encontrava.

Levantou-se e foi até uma máquina de café encostada em uma parede, serviu-se de um copo grande, andou de um lado para o outro, foi até o corredor por onde veio e ficou ali, olhando, esperando alguém aparecer, escutando o som emborrachado de passos no piso. Enquanto o cheiro de hospital invadia suas narinas, voltou a se sentar e deu um gole no café.

— Será que a gente vai achar ele bonito se for um bebê feio? — comentou Rui enquanto olhava para a barriga de Inês, que ainda não aparentava nenhum sinal de gravidez.

— Claro que vai — respondeu ela. — Nenhuma mãe ou pai acha seu bebê feio.

— Minha mãe disse que eu nasci meio feinho — retrucou ele.

— Sua mãe?

— É.

— Duvido. A dona Joice jamais falaria isso de você.

— Já falou, sério mesmo. Já falou algumas vezes, aliás. Uma vez ela disse pra amiga dela que eu parecia um filhote de sharpei.

— Mas sharpei é bonitinho.

— Foi o que a amiga dela disse, mas aí minha mãe completou que eu era aquele filhote que seria o último a ser escolhido.

Inês gargalhou.

— Talvez os pais falem isso depois de um tempo, quando os filhos já são grandes, mas tenho certeza de que na hora ela te achou o sharpei mais lindo do mundo.

— Amassado, mas é meu, como um carro velho que a gente não consegue desapegar — brincou Rui.

— Ainda bem que com o tempo desamassou. — Inês acariciou o rosto do marido.

Os dois se olharam. Rui deslizou o indicador pelo abdome de Inês, descendo até o umbigo.

— Bem que eu reparei que você parecia mais gordinha.

O tapa de Inês estalou na nuca de Rui, e ele chiou e depois riu.

Ela estava deitada na cama, de barriga para cima, a camisa com os botões abertos, os seios livres como gostava de deixá-los. Rui estava deitado a seu lado, deslizando os dedos pelo ventre da mulher, impressionado com a ideia de que havia outro ser ali dentro, um ser que eles haviam feito juntos, cuja existência haviam confirmado cerca de uma hora antes, após três testes de gravidez acusarem positivo.

Perto de nove semanas de gestação, foram juntos fazer o primeiro ultrassom. Inês estava deitada na maca, aguardando a obstetra terminar os preparativos do exame. Juntou as mãos e começou a estalar os dedos de um jeito um tanto nervoso. Em pé ao lado de Inês, Rui pousou delicadamente sua mão sobre a dela, e ela o encarou com um sorriso, apertou a mão dele e a segurou ali, entre as dela.

— Vai passar aquele negócio geladinho na barriga? — ele perguntou.

— O quê? — Inês pareceu confusa.

— O gel que sempre dizem ser geladinho nos filmes.

— O gel é geladinho, sim — disse a obstetra. — Mas hoje não vai ser na barriga, não.

— Não? — Rui pareceu confuso.

— Não.

— Onde vai ser então?

A obstetra escorregou o preservativo pelo transdutor longo e fálico que usaria para o ultrassom transvaginal e despejou um punhado de gel que desceu pelo equipamento.

— Adivinha? — Ela sorriu.

— Ah, entendi, entendi, então tá. Mas isso...

— Não causa nenhum mal ao bebê, pode ficar tranquilo.

• 34 •

Quando a imagem se formou no monitor, eles viram aquela coisinha de formato estranho dentro do que parecia uma pequena bolsa, e o som veloz do novo batimento cardíaco ecoou pelo sistema de som do aparelho, fazendo aquele *chuk-chuk-chuk-chuk-chuk-chuk-chuk-chuk*. Inês apertou a mão de Rui e, em silêncio, os dois observaram a tela, iluminados por um sentimento até então conhecido apenas pela imaginação.

A obstetra explicava o que via, falando sobre a forma do feto, fez anotações rotineiras de medidas que ficariam registradas no exame e parabenizou o casal.

Naquela época, Inês e Rui moravam em um apartamento de dois quartos, e o segundo dormitório era utilizado como uma espécie de escritório e almoxarifado, como Rui gostava de brincar. Haviam se passado sete semanas desde aquele primeiro ultrassom, e eles encaixotavam para doação os objetos que havia naquele quarto.

— Só assim mesmo pra gente dar um jeito nisso tudo — disse Rui, olhando para a quantidade de coisas espalhadas pelo chão.

— Calma, não vai jogar nada fora sem me mostrar.

— Eu não vou jogar, fica tranquila.

Inês olhou ao redor.

— Vamos colocar muitas dessas coisas em cima do armário do quarto — disse ela, apontando para um conjunto de caixas.

— É, mas primeiro temos que nos desfazer das coisas que estão lá em cima, certo? — respondeu ele.

— Para, não tem tanta coisa assim.

— Se você conseguir enfiar mais alguma caixa lá em cima, eu cuido de todos os afazeres domésticos sozinho pelos próximos seis meses.

— Engraçadinho.

— Não é piada, não. Eu aposto com você.

Ela olhou para o amontoado de caixas, se levantou e foi até o quarto onde dormiam. Analisou a parte superior do armário. O vão entre o móvel e o teto estava completamente preenchido por caixas opacas de acrílico. Ela já sabia disso, no entanto foi até lá olhar mesmo assim.

— Tem coisas que eu quero guardar.

— Você *nunca* mexe nessas caixas.

— Porque estão guardadas!

Rui suspirou.

— A gente precisa de espaço, Inês.

— A gente arruma espaço. Eu só preciso organizar as coisas.

— Quando nos mudamos pra cá você disse que ia fazer isso, mas a gente acabou trazendo tudo e você não se desfez de nada.

— Eu me desfiz de algumas coisas, sim.

— Ah, tá.

— Vou dar um jeito nisso.

Rui se aproximou dela e a envolveu nos braços.

— São só coisas, Inês.

Não, não são, não.

— Logo a gente vai conseguir saber se é menino ou menina, né? — disse ele, empolgado.

— Acho que daqui duas ou três semanas, no máximo.

Rui a abraçou e Inês enlaçou a cintura dele. Os dois olharam para o antigo escritório.

— Não vou poder mais chamar isso aqui de almoxarifado. Não vai pegar bem eu falar para as visitas: "Vem ver meu filho no almoxarifado."

— É. — Ela riu. — Seria estranho. E a gente não sabe se é filho ou filha.

— Filho, filha, não importa. — Ele acariciou a barriga da esposa. — Mas você acha que é o quê?

— Como é que eu vou saber?

— Ué, não existe uma ligação, sei lá, um instinto materno que faz a mulher sentir?

— E seu instinto paterno diz o quê?

— Que é uma menina.

— Você quer que seja uma menina?

— Não sei. Talvez. Mas tenho medo de ser.

— Por quê?

— O mundo é muito mais hostil pra vocês do que pra gente.

— Sim, é. Mas vamos fazer o melhor possível pra ela saber como se virar.

— Sim, vamos.

Três dias depois, Inês acordou no meio da madrugada com uma forte dor abdominal. Gemeu, rolou na cama, sentiu uma contração que a fez urrar. Rui acordou, atordoado.

— O que foi? — perguntou, assustado.

Inês se dobrou, ainda deitada na cama.

— Cólica, ah! Minha nossa!

O quarto estava escuro.

— Quer que eu esquente a bolsa?

— Ah!

— Inês?

— Espera — gemeu.

Inês se curvou ainda mais, e, quando suas mãos tocaram a parte interna das coxas, sentiu um toque úmido.

— A luz! Acende a luz!

— O quê?

— Acende a luz!

Rui se levantou às pressas em direção ao interruptor e a luz revelou todo o vermelho do sangue na cama.

Sentados diante da médica, Inês e Rui escutavam que abortos espontâneos eram comuns e que havia diversos motivos para eles ocorrerem. Ela tentava tranquilizar o casal em relação ao futuro.

— Pelos exames realizados, não há nenhum indício de fatores externos ou de problemas com a sua saúde, Inês. O mais provável, em casos assim, é ter ocorrido alguma anomalia cromossômica que impediu o desenvolvimento do embrião. Não há nada de errado com você, é importante que saiba e tenha consciência disso. Tudo indica que não haverá problemas para engravidar novamente...

Enquanto escutava em silêncio, Inês abaixou a cabeça e notou que ainda havia um resquício de sangue seco embaixo da unha, no dedo anelar na mão esquerda.

• 37 •

— Sra. Inês?

Inês, que estava sentada na cadeira, ainda flutuando em suas lembranças, olhou para cima e viu um homem, um médico. Ela se levantou de maneira apressada.

— Sra. Inês, eu sou o médico responsável pelo atendimento do seu marido e de suas filhas.

— Me leva até eles.

— Sra. Inês... infelizmente seu marido e sua filha Ágatha faleceram no local do acidente. Beatriz chegou ao hospital com vida, estávamos até agora na sala de cirurgia tentando conter a hemorragia interna, fizemos o possível, infelizmente ela não resistiu. Eu sinto muito.

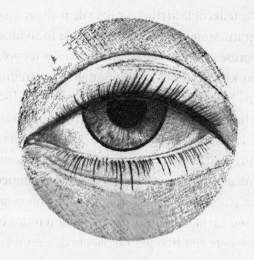

6

A diminuição do uso de ansiolíticos e antidepressivos pela população mundial foi um dos primeiros sinais da crise global que estava por vir, contradizendo a estimativa de consumo dessas substâncias com base nas décadas anteriores.

Seis anos antes de a pandemia ser decretada, o mundo seguia em direção a um curioso cenário de estabilidade emocional. Interpretado ingenuamente como um fenômeno natural da evolução da espécie, o fato não levantou suspeitas suficientes para alarmar a comunidade científica de que esse fenômeno nada tinha de evolução natural.

Foi nessa época também que se solidificou a terapia por inteligência artificial, um sistema desenvolvido e aprimorado ao longo de anos, alimentado com milhares de conteúdos das mais diversas fontes: medicina, filosofia, antropologia, religião, um entrelaçamento histórico de acontecimentos reais, comportamentos sociais e o vasto acervo de obras literárias. Dessa forma, passou-se a usar esse universo de dados para programar uma inteligência artificial capaz de realizar análises psicológicas, acessível gratuitamente no celular de cada indivíduo.

Algumas empresas que trabalhavam com essa tecnologia também disponibilizavam kits vendidos separadamente, aparelhinhos que coletavam respostas biológicas fornecidas durante a análise terapêutica: pressão arterial, batimentos cardíacos, sudorese, temperatura corporal, expressão facial. Em alguns desses kits era possível coletar amostras de sangue que seriam digitalizadas para uma análise ainda mais detalhada das reações químicas, prometendo diagnósticos terapêuticos ainda mais precisos. Bastava plugar um desses aparelhinhos no celular que ele já se conectava ao seu cartão cidadão, onde estavam todos os seus dados, administrar o reagente vendido para o pacote de exames e pronto.

Quando essa nova tecnologia de terapia por inteligência artificial entrou no mercado, psicólogos, psiquiatras e terapeutas das mais diversas linhas se manifestaram contra o uso de uma máquina, como era chamada por seus opositores, como substituta para um acompanhamento terapêutico que, segundo eles, jamais realizaria um bom diagnóstico sem o olhar humano para as coisas da vida humana. Mas, apesar dos protestos, a terapia por inteligência artificial foi ganhando cada vez mais adeptos e, em menos de dois anos, era raro conhecer alguém que ainda se consultasse com uma pessoa real.

Alguns críticos continuavam resistindo, mesmo cientes da batalha perdida. Vários deles argumentavam que essa tecnologia era só mais uma ferramenta de acesso a dados para o controle social. Mas nenhuma alegação foi capaz de impedir seu avanço, o que permitiu a tomada de mais esse setor da sociedade pelas sete grandes corporações que monopolizavam setores de serviços e produtos no mercado mundial.

Seria admissível, e até esperado, que de posse de terabytes de dados emocionais da sociedade os softwares de inteligência artificial pudessem prever e alertar com maior antecedência o surto que se alastrou. No entanto, apenas quando o consumo começou a cair, principalmente no setor de vestuário, foi que empresas preocupadas com essa estranha tendência solicitaram uma análise comportamental mais detalhada. O resultado foi um alarmante relatório que desencadeou a investigação e a comprovação da Síndrome de Desconexão Emocional Debilitante (SDED), como ficou conhecida a série de casos que evoluiu e avançou lenta e confortavelmente pelo mundo.

— Os estudos mostram que nos primeiros quatro anos, em média, a doença é quase assintomática — explicava a epidemiologista em uma das reuniões de emergência com políticos, empresários e outras autoridades. — É o que chamamos de Estágio 1. Digo quase assintomática, porque nos primeiros anos há um sintoma, sim, mas é difícil percebê-lo. A pessoa entra em um período de melhora emocional, resultado da ação da bactéria que vai amenizando lentamente as angústias, preocupações, dores psicológicas. Nesse estágio, as pessoas experimentam o efeito da desconexão emocional dos momentos mais angustiantes, fazendo com que vá crescendo a sensação de bem-estar. Foi por isso que demoramos tanto para perceber o que estava acontecendo. À medida que a SDED vai desconectando as pessoas das suas lembranças ruins, nesses primeiros anos elas... se sentem bem. Cada vez melhores, na verdade. Então, ninguém pensa em ir ao médico quando tudo parece bem. E assim a doença vai agindo, desconectando emocionalmente das lembranças mais dolorosas e incômodas primeiro, porque são esses pensamentos que ficamos ruminando diariamente. As decepções, os remorsos, as culpas, as preocupações com o futuro... é com isso que ocupamos nossa cabeça; esses são os pensamentos recorrentes e por isso estão no início da fila, são eles que estão ativos em nosso cérebro enquanto a bactéria provoca a desconexão.

A epidemiologista encarou o grupo por um instante, dando tempo caso alguém quisesse questioná-la, e como todos permaneceram em silêncio, ela prosseguiu.

— Mas depois, vem o Estágio 2. É aí que o problema começa a se revelar. Sem os pensamentos dolorosos ocupando a cabeça das pessoas, elas passam a focar nas coisas boas e a viver as coisas boas. É difícil, é quase subjetivo identificar quando uma pessoa passa do Estágio 1 para o 2. Mas uma característica essencial desse estágio é o que chamamos de Fase de Euforia. A pessoa nunca se sentiu tão bem na vida. Mas, então, da mesma forma que fez com as lembranças ruins, a síndrome vai enfraquecendo o elo emocional da pessoa com as experiências boas. A curva no gráfico de percepção de qualidade de vida ainda continua subindo por um tempo, porém à medida que a síndrome avança para as demais conexões emocionais e vai lentamente alienando a pessoa do que sobrou, ela vai se desligando de tudo. O Estágio 2 é dividido em uma série de níveis, de acordo com a capacidade cognitiva da pessoa infectada, até o momento em que ela já não tem ligação afetiva com nada do que um dia já foi importante para ela. Nem com as outras pessoas e, no final, nem com ela mesma. Vira um corpo sem desejo de coisa alguma.

— Exatamente quanto tempo leva do Estágio 2 para o 3? Até o momento em que a pessoa fica incapacitada?

— Depende. Três, às vezes quatro anos, raramente mais do que isso para o declínio cognitivo resultar em apatia generalizada.

— E se construirmos hospitais de campanha?

— Não vai ajudar — respondeu a epidemiologista. — A doença agiu de maneira silenciosa durante anos, e é certo que temos um número muito maior de pessoas doentes que só não sabem disso ainda. O número de infectados já é muito maior do que o de não infectados.

— E o que a gente vai fazer, então? Precisamos isolar quem está doente?

— Sim. Mas para isso os hospitais não vão dar conta. O que podemos fazer — a epidemiologista fez uma pausa — é estipular áreas nas cidades para quem está doente e outras para quem não está.

— Você só pode estar brincando! — um deles protestou.

— Se não tomarmos uma atitude agora, isso vai continuar se espalhando. Não temos nenhuma droga para tratar essa doença, e ela não mata em algumas semanas ou meses. No Estágio 3 da infecção, a pessoa exige cuidados para se manter viva durante anos. Em pouquíssimo tempo, não teremos condições de cuidar dessas pessoas. E a síndrome age mais rápido em pessoas mais novas. Quanto mais o tempo passa, mais perdemos força de trabalho para enfrentar essa demanda de cuidados.

— Meu Deus, logo não teremos gente para trabalhar! — O homem parecia realmente preocupado agora.

— Já identificaram alguma explicação para isso? — questionou outro.

— Para a doença agir com maior velocidade entre pessoas mais jovens?

— Não dizem que os mais jovens têm uma saúde melhor? Não faz sentido o que você diz — questionou o homem que havia ficado bastante alarmado com a possibilidade da falta de mão de obra.

— É simples — disse a epidemiologista. — Pensem em duas caixas grandes. Uma delas está cheia e pesada, a outra, leve, com poucas coisas. Qual delas vocês acham que é mais fácil guardar no sótão?

Aflitos, os integrantes da mesa emudeceram.

— Por isso precisamos de áreas separadas para as pessoas que testarem negativo para...

— E as pessoas que têm família? Todo mundo tem família!

— Os membros da família que testarem negativo terão que...

— Que abandonar seus familiares? É isso que você está sugerindo?

— Você precisa entender...

— Você vai abandonar um parente seu que está doente? Sua mãe, sua esposa, seu marido, seus irmãos, seus filhos?!

— Se me deixar continuar, talvez o senhor consiga entender. Sabemos da importância de mães, esposas, maridos, irmãos e filhos. Mas a doença não se importa com nada disso. O que precisamos fazer é ajudar aqueles que ainda têm alguma chance.

— Não, não, isso... isso não vai dar certo. As pessoas não vão... elas não vão entender.

— Acho que *você* não está entendendo. Elas não têm outra opção. Enquanto não acharmos uma cura, e ainda não temos nenhuma expectativa em relação a isso, não podemos fazer nada exceto implementar essa reorganização social imediatamente.

— Isso que você quer não vai dar certo.

— Senhor, não sou *eu* que quero isso. Só estou lhe apresentando a única opção que temos. Mas, se tiver uma ideia melhor, se qualquer um de vocês tiver uma ideia melhor — disse ela, encarando cada um ao redor da mesa —, eu vou adorar ouvir.

7

Inês deslizava os dedos no tampo do pequeno caixão marrom quando o sogro pousou a mão em seu ombro. Ela o olhou, encarando aquela face vincada, aqueles olhos fundos, murchos e tristes.

— E se tiverem trocado? — disse ela, voltando-se para o caixão, sem parar de acariciá-lo.

— Trocado o quê?

— E se for a Beatriz que estiver aqui e não a Ágatha? Disseram que no da esquerda era a Beatriz e no da direita a Ágatha, mas e se tiverem trocado?

— Não trocaram.

— Mas e se trocaram?

— Não trocaram, Inês.

Ela passeou com os olhos sobre os três caixões fechados. Haviam colocado o caixão de Rui no centro e cada uma das filhas de um lado, mas, quando Inês viu aquilo, mandou que mudassem.

— Não quero minhas filhas separadas — dissera ela.

Após a cerimônia, os três corpos seguiram para a cremação. Fora Joice quem apresentara a Inês a empresa funerária que utilizava as cinzas no plantio de árvores que fariam parte de um belo e moderno parque.

— Acho que teria um significado bonito — dissera Joice. — De alguma maneira, a vida deles vai continuar.

O primeiro passo foi escolher a espécie das árvores.

— Já que eram gêmeas — disse o agente funerário —, talvez seja uma opção interessante escolher a mesma espécie para cada uma.

Opção interessante.

— Elas são diferentes — respondeu Inês.

— Sim, claro, com toda a certeza — concordou ele.

Com o dedo, Inês passava as opções de árvores mostradas no tablet.

— Eu gosto dessa para a Beatriz — disse ela.

— O ipê-amarelo. É uma bela escolha. Ele floresce no fim do inverno, então dizem que suas flores anunciam quando o tempo vai esquentar.

Inês o olhou.

— Mas se floresce no fim do inverno é meio lógico que vai ficar mais quente.

O homem pareceu meio desconfortável e sem graça.

— Talvez seja uma história popular antiga, quando as pessoas se orientavam pelas mudanças na natureza e não pelo calendário. Talvez.

Inês voltou-se para a imagem do ipê na tela, com sua copa amarela frondosa, um misto de paz e alegria.

— É bonita. A ideia de sinalizar o fim do inverno — disse ela e olhou para o agente funerário, que abriu um sorriso gentil.

Inês continuou deslizando as opções no tablet até parar no jacarandá. Pela imagem, a árvore lembrava o ipê-amarelo, tinha uma copa frondosa com flores de cor intensa, só que em tons de lilás e azul.

— Eu gosto dessa para a Ágatha.

O homem assentiu, em silêncio.

— Ela também floresce no fim do inverno? — perguntou Inês.

O agente funerário a encarou, pressentindo a armadilha.

— Sim, também.

• 45 •

— Então podemos dizer que quando floresce ela sinaliza o fim do frio?

— Sim, podemos, sim.

Inês olhou para a imagem.

— Mas, se me permite — interveio o homem, e Inês voltou-se para ele.

— Em alguns lugares, as pessoas associam o jacarandá à sabedoria. Por isso é comum vermos essa árvore plantada em escolas e universidades.

Inês encarou a imagem novamente.

— Acho que a Ágatha iria gostar disso.

— Perfeito.

Inês suspirou e olhou para o lado, onde os sogros a observavam. Joice estava mais próxima, com o corpo um pouco à frente, como se quisesse participar das decisões, mas se contendo.

— Vamos escolher juntos para o Rui? Do que vocês acham que ele iria gostar?

Os pais do marido se aproximaram e os três começaram a estudar as opções. Após passarem por algumas em um silêncio mútuo, Joice leu em voz alta:

— Jequitibá.

— É enorme.

— O Rui era alto.

— Foi uma das primeiras coisas que me chamaram a atenção quando o vi pela primeira vez.

As duas mulheres sorriram, acalentadas pela imagem do filho e do marido.

— Eu gosto — disse Joice, e sorriu, com os lábios trêmulos.

— Eu também — concordou Inês.

Tomás, o pai de Rui, estava em silêncio. Era alto como o filho e ainda não conseguia falar da morte dele e das netas sem se emocionar, por isso apenas assentiu com a cabeça, concordando sem palavras.

— Perfeito — concluiu o agente funerário. — Então, só recapitulando: após a cerimônia de cremação nós preparamos as cinzas nas urnas especiais. Elas vão para a estufa, para as etapas de germinação e desenvolvimento até estarem prontas para serem plantadas no local escolhido, onde faremos a cerimônia com a transferência para o solo. Já informaram vocês como vão poder acompanhar a evolução das mudas pelo aplicativo?

Inês recusou os pedidos insistentes dos sogros para passar um tempo na casa deles, sabia que eram o tipo de casal que sempre tinha gente em casa e, nessa situação, com certeza os amigos e parentes estariam lá, à espera deles. Inês não queria ouvir mais pessoas dizendo que sentiam muito, que fora uma tragédia terrível, que estavam ali para o que ela precisasse; não queria a constante confirmação que afastava a fantasia de que era tudo um grande engano. Não, ela não queria palavras engessadas pelas circunstâncias, não queria ouvir *meus pêsames*; porque não há conforto nas palavras quando não as ouvimos com o coração. Tampouco tinha interesse nas ofertas de companhia, ou como algumas pessoas julgavam entender o que ela sentia porque fora assim que haviam se sentido quando também perderam alguém. Não queria escutar que ela estava presente em suas orações e muito menos que Deus sabe o que faz, frase que ela nunca se lembrou de alguma vez ter escutado e se tratar de algo bom.

Já no seu prédio, Inês entrou no elevador acompanhada de outra moradora, uma mulher um pouco mais jovem que a cumprimentou com um sorriso e um aceno de cabeça. Como a mulher estava um pouco à sua frente, Inês a estudou de um jeito inconsciente até o elevador parar um andar antes do seu. A mulher olhou para trás e se despediu com um sorriso, e Inês assentiu.

Ao entrar no apartamento, Inês passou pela sala, ignorando a presença das caixas espalhadas pelo chão e sobre os móveis. Foi direto para o quarto, abriu o armário e, ao vê-lo meio vazio, lembrou que ainda não haviam desencaixotado todas as roupas. Desistiu do banho. Apenas se despiu, largando as peças no chão, apagou a luz e foi se deitar. Tentou não pensar. Buscou na memória as técnicas de respiração que aprendera na época em que fizera ioga e se concentrou no peito, inflando e esvaziando, inflando e esvaziando, depois no ar que entrava e saía das narinas, mas a mente não permitia que ela se fixasse no exercício, a todo tempo a lembrando: *estão mortos, todos eles, Rui, Ágatha e Beatriz, foram esmagados por um caminhão e agora estão em potinhos biodegradáveis.*

Levou os pensamentos para a respiração novamente e fez uma contagem silenciosa.

Estão em potinhos, viraram pó e agora são adubo para planta.

Ela se levantou e foi até a cozinha. Sabia que estava lá, escondido em alguma daquelas caixas. Acendeu a luz e foi abrindo uma, depois outra, até encontrar o estojo de remédios. Engoliu o comprimido que escorregou pela garganta com um pouco de água. Com o estojo em mãos, olhou para a cozinha, estudando a parte alta do armário para guardá-lo em segurança, e foi nessa hora que se deu conta de que não era necessário deixar os remédios fora do alcance de nenhuma criança. Nesse momento, desabou. Sentou-se no chão, as costas escoradas na parede, abraçou as pernas e chorou.

Elas morreram. Estão em potinhos. São adubo para planta.

Quando foi para a cama, exausta pelo choro, adormeceu rápido. Mas o grande vazio veio pela manhã. Ao abrir os olhos, sentiu que tudo havia sido sugado de dentro dela, deixando-a murcha e seca naquela cama grande demais. Ela ainda não sabia, mas as suas manhãs, pelos próximos meses, seriam assim: ela acordaria no silêncio da casa e permaneceria na cama de olhos fechados, sem nenhuma vontade de abri-los e encarar a vida.

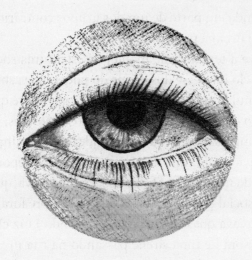

8

Luiz residia no Setor Um, nome dado às regiões habitadas pela população infectada. Muitos foram os dilemas sobre como funcionaria o mundo quando se assumiu a pandemia, principalmente quando a Reorganização Urbana Temporária, como os governos se referiam à nova separação das cidades nos três setores estabelecidos, foi implantada. Todos os discursos e as ações governamentais eram sustentados pelo pilar imaginário de que manteriam a rotina social o mais próximo possível de como sempre fora.

"Temos que manter o mundo de pé, sempre fizemos isso nas épocas mais desafiadoras pelas quais a humanidade passou, e não vai ser agora que vamos deixar ruir o que construímos de mais valioso: *nossa comunidade...*", fora um dos discursos, uma das muitas transmissões feitas por um dos líderes do Estado.

Apesar de Luiz se lembrar de como reagira na época, hoje o conhecimento daquela cena não evocava o mesmo sentimento revolucionário de antes, quando ainda era parte de um dos grupos contrários ao modelo de reorganização urbana proposto.

De fato, houve a tentativa de manter as estruturas sociais, porém, motivada mais pelo interesse dos donos do poder, que sabiam que mudar poderia estimular uma reflexão mais profunda sobre quem eram os privilegiados pelo discurso da conservação dos costumes.

O ônibus da empresa da fazenda solar onde Luiz trabalhava o buscava ainda de madrugada, próximo ao seu apartamento, depois o trazia de volta, já no meio da noite. Talvez fosse isso, Luiz pensava, que significava manter a rotina social o mais próximo do que sempre fora.

O relógio marcava quase nove da noite quando Luiz chegou ao seu apartamento. O som de uma sirene passando na rua invadiu a casa e logo se distanciou. Ele sabia que era uma sirene de bombeiros. Tirou os sapatos sujos de terra e foi até a área de serviço, onde deixou a mochila. Tomou um copo de água na cozinha e seguiu pelo corredor. Parou em frente à porta entreaberta do quarto da filha, com as luzes apagadas, e ficou ali, decidindo se entrava ou não. No quarto ao lado, do filho, a porta estava fechada e ele podia ver a luz acesa vazando pelo batente. Mas, como sempre, foi direto para o banheiro, tirou as roupas, colocou-as dentro de um cesto e entrou debaixo do chuveiro. Ao sair do banho, se olhou no espelho, passou a mão no rosto áspero por anos de trabalho sob o sol e, com uma toalha enrolada na cintura, foi para o quarto onde Cida, sua esposa, estava deitada na cama, com o notebook no colo e assistindo ao noticiário na tevê presa à parede.

— Talvez não seja tão ruim assim — comentou a mulher. — Deixar de sentir algumas coisas.

— É, talvez não seja mesmo — respondeu ele, ainda em pé, vendo o apresentador entrevistar um especialista em saúde. A mulher continuou com os olhos presos na tela enquanto ele se vestia, e os dois ficaram assim por um tempo, em silêncio, ele terminando de se trocar, escutando a reportagem.

— Mas é uma pena que essa coisa também faça você se desligar das coisas boas, uma pena mesmo, se fossem só as coisas ruins... — continuou ela, como se falasse sozinha.

• 50 •

O homem a olhou.

— Às vezes parece que tem muito mais coisas ruins do que boas na vida — disse ele, voltando-se para a tevê.

— Talvez seja uma compensação, sei lá, pra mim faz sentido. As coisas boas são tão boas que a gente é capaz de passar por um punhado de coisas ruins, porque existem algumas coisas importantes demais na vida, coisas que não te deixam desistir. Elas podem até ser em menor número, tudo bem, porque mesmo assim elas são mais importantes do que as coisas ruins.

— Pode ser — concordou o homem.

— Eu sempre prometi pra mim mesma — disse ela, ainda sem olhá-lo e no mesmo tom uniforme, como se fosse um comentário qualquer depois de um dia cansativo — que eu não seria como a minha mãe, que eu não ficaria casada com um homem que tem amantes. Mas agora eu estou aqui, tentando achar uma desculpa porque eu não quero me separar. — Virou o rosto em direção ao marido. — Eu não quero ser como a minha mãe, entende?

— Entendo.

— Que bom. — Então voltou a atenção novamente para a tevê e, após alguns instantes, falou: — Que horror tudo isso. — Referia-se ao programa, à divulgação de falsas notícias sobre a doença.

Têm circulado na internet vídeos de pessoas indicando o uso de alguns antibióticos que poderiam eliminar a bactéria causadora da SDED. Segundo os especialistas, ainda não temos um antibiótico capaz de inibir a bactéria, e o uso de antibióticos ineficazes para o micro-organismo favorece o desenvolvimento de mecanismos de resistência microbiana, tornando-o ainda mais difícil de ser combatido. A orientação é que ao receber vídeos como esses você não os repasse, nem faça uso dos medicamentos sugeridos. É importante ressaltar que foi o uso inadequado desses medicamentos que acelerou processos de mutação e seleção natural, resultando no cenário que enfrentamos hoje...

— Vou comer alguma coisa — avisou ele.

Quando saiu do quarto, Luiz viu que agora a porta do quarto do filho estava aberta. O cômodo estava vazio e Luiz apagou a luz esquecida acesa.

• 51 •

Caminhou pelo apartamento em penumbra e viu Miguel, um garoto de 16 anos, escorado na sacada, olhando para fora. Permaneceu um tempo ali, observando o filho.

Alguns pesquisadores haviam concluído que a desconexão emocional causava o que eles chamaram de Paradoxo da Perda Emocional. No estágio inicial da desconexão havia uma brecha, em que a desconexão e a conexão entravam em conflito. A pessoa se distanciava dos sentimentos, mas tinha a consciência de que deveria sentir algo, o que provocava uma espécie de culpa; essa fora a descrição mais recorrente entre as pessoas que descreveram a sensação aos pesquisadores de campo que trabalhavam com os infectados.

"No começo eu me sentia superbem, sabe, mas, depois de um tempo, na verdade eu continuava bem, mas... às vezes é estranho, parecia que algo estava errado. É difícil explicar, mas é assim, um sentimento estranho de culpa, como se eu fosse culpado por me afastar, por não sentir o que eu deveria sentir", relatou um deles.

Enquanto observava o filho, Luiz refletia sobre a situação do rapaz com tão pouco tempo para viver as coisas boas e ruins que um garoto dessa idade deveria viver. E naquele momento ele foi tomado pelo terror silencioso de um pai que vê o filho doente e é incapaz de fazer alguma coisa para salvá-lo.

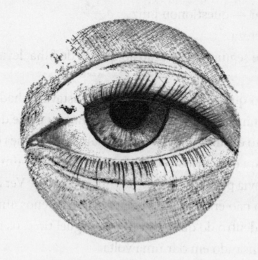

9

No dia seguinte, Luiz pediu para sair um pouco mais cedo do trabalho. Aproveitou o ônibus da empresa que partia no meio da tarde e, quase duas horas depois, entrava em casa.

— Saiu mais cedo?
— Sim — respondeu ele, fitando o prato na mão da mulher.
— Estou levando a comida da Júlia.

O homem apenas assentiu e a mulher passou por ele.

— Cida — chamou ele, e a mulher o encarou. — Vou levar o Miguel pra dar uma volta.

Ela o estudou, em um silêncio curioso.

— Pra dar uma volta?
— É.
— Dar uma volta aonde?
— Não sei. Sair um pouco de casa.

Ela o encarou.

— Ele vai gostar.

— Você acha? — questionou Luiz.

— Tenho certeza.

Ela se virou e seguiu em direção ao quarto da filha, levando o jantar da menina.

Luiz foi até o quarto de Miguel. A porta estava fechada. Ele bateu, esperou um instante e, em seguida, a abriu. Enfiou parte do corpo para dentro do quarto e viu o filho deitado na cama, com fones de ouvido. O garoto olhou para ele, curioso com sua presença, e por um momento se perguntou se havia perdido a noção das horas de novo. Ver o pai em casa naquele horário não era comum, em seu quarto menos ainda. Luiz deu um passo para dentro do quarto e parou. Miguel tirou os fones.

— Estava pensando em dar uma volta.

Surpreso, Miguel não soube o que responder.

— Eu e você — completou o pai. — Quer?

— Pra onde?

Luiz olhou para trás para se certificar de que Cida não estava escutando.

— Você vai ver.

— Tá bom.

— Eu vou tomar um banho enquanto... enquanto você se apronta.

— Tudo bem.

Luiz terminou o banho, trocou de roupa e encontrou Miguel na sala, esperando-o.

— Vamos?

Desceram pelo elevador em silêncio, entraram no carro e, antes de deixar a garagem e avançarem para a pista, Luiz avistou um homem. Aparentava ter uns 25 anos e estava sentado do outro lado da calçada com um semblante apático e perdido.

— Ele não deveria estar no Setor Dois? — perguntou o filho.

— Nem todos vão.

— Por quê?

— Não tem vaga pra todo mundo — Luiz respondeu e acelerou rua adentro.

— E quando chegar a sua hora? — perguntou o filho, com aquele tom desinteressado.

— Espero que tenha vaga.

— Você acha que a mãe apaga primeiro?

Era assim que falavam nas ruas. Em vez de usarem o termo *desconectar emocionalmente*, referiam-se às pessoas no Estágio 3 como *apagadas*.

— Ninguém sabe exatamente quanto tempo leva — o homem respondeu, e o filho não disse mais nada.

Ao pararem em um cruzamento, Luiz e Miguel viram um dos veículos de operação científica, uma van ambulatorial que trazia pesquisadores do Setor Zero. Era comum ver essas equipes pela cidade. Homens e mulheres não infectados que se protegiam sob uma espalhafatosa vestimenta de proteção biológica. Dois saíam de um prédio perto do carro deles e outros dois estavam mais à frente, saindo de outro edifício, cada dupla carregando uma maleta prateada. Próximo à van estavam duas viaturas policiais que faziam a escolta da equipe. Nos primeiros anos, houve casos de agressão e até sequestros de pesquisadores que vinham acompanhar em campo o progresso da doença, mas agora era raro saber de algum episódio dessa gravidade contra eles. Mesmo assim, por segurança, qualquer equipe que vinha do Setor Zero era acompanhada por uma escolta.

Quando o sinal abriu, Luiz passou bem ao lado de uma das duplas de pesquisadores. Um deles olhou dentro do carro e seu olhar, sob a máscara, cruzou com o de Miguel.

Dirigiram por cerca de quarenta minutos, e enquanto Luiz se mantinha focado no trânsito, o filho observava em silêncio as pessoas e os lugares, lixo se amontoava nas calçadas, fachadas malcuidadas de prédios exibiam vidraças sujas, quebradas, muitos estabelecimentos estavam definitivamente fechados, cachorros perambulavam sem rumo, pessoas andavam pelas ruas de um jeito curioso.

— Demos sorte — disse Luiz, esperando um carro sair de uma vaga no meio-fio, onde estacionou. Miguel estudou o lugar onde estavam. Nunca havia estado naquela região, cheia de fachadas de neons coloridos e bastante movimentada.

Os dois desceram do automóvel.

— Ei, amigão. Aqui! — chamou um homem, parado na calçada.

Luiz apenas acenou com a mão, rejeitando o convite.

— Vem — disse ao filho.

Caminharam entre pessoas que se aglomeravam na calçada. Pessoas de todas as idades, homens e mulheres, bebendo e fumando despreocupadamente. Miguel reparou que em certos grupos, enquanto algumas pessoas interagiam, uma ou outra parecia alheia, com aquele olhar vazio. Ele sabia que eram parentes ou amigos que já estavam no Estágio 3, porém ainda eram levados aos eventos sociais.

— Aqui, Miguel — chamou o pai.

Miguel se viu diante de um prédio envidraçado, de três andares, com uma fachada luminosa que deixava escapar um pouco da luz que piscava lá dentro. Dois homens grandalhões emolduravam a entrada, encarando com um olhar intimidador as pessoas que entravam.

— Vamos, Miguel — chamou o pai novamente.

Não foi preciso mostrar nenhum documento para entrar. Um dos seguranças olhou para Miguel sem nenhuma surpresa ao ver o rapaz que tinha as feições condizentes com as de um menino de 16 anos. Passaram por um detector de metais e avançaram. Quando a porta automática se abriu, a música, antes abafada, o envolveu, junto com toda aquela luz e aquele cheiro de perfume sintético e álcool.

Era a primeira vez que via pessoalmente os seios nus de uma mulher, e foi recebido logo de cara por eles. Assim que a mulher passou, seus olhos se fixaram em outra, com o corpo parcialmente coberto por uma roupa transparente e intrigante.

— Vamos sentar ali. — O pai apontou para uma mesa.

Miguel o seguiu, um tanto desconfortável. Sentaram-se à mesa e Luiz reparou no olhar acuado do filho.

— Está tudo bem?

— Aham.

Miguel percebeu outros jovens com idades próximas à sua. Um deles chamou sua atenção por aparentar ser bem mais novo, todos sempre ao lado de homens mais velhos que possivelmente eram seus pais ou tios.

— Você já bebeu?

— Como assim?

— Cerveja? Cachaça? Uísque? Vodca? Você já bebeu alguma vez?

— Já tomei cerveja.

— Quer uma?

O rapaz ficou em silêncio, encarando o pai. Luiz baixou os olhos para a tela da mesa, acionou com sua digital e escolheu duas cervejas. Permaneceram em um desconfortável silêncio até que a garota que Miguel havia visto ao entrar apareceu e colocou dois copos na mesa, abaixando-se de maneira proposital para que os grandes seios nus ficassem bem diante dos olhos do garoto. Ela piscou para Miguel e deixou um sorriso ao sair.

— Como você e a mãe estão? — Miguel perguntou ao pai.

Luiz hesitou e tomou um gole de cerveja.

— Estamos fazendo o que precisa ser feito. Me fala de você. Como você está? — perguntou o pai repentinamente.

— Eu?

— É, você.

Miguel deu de ombros. Luiz fixou a atenção no jovem, estudando-o. Miguel às vezes parecia vagar nos próprios pensamentos, e isso fazia Luiz pensar que logo o rapaz estaria como a irmã.

— Eu e sua mãe estamos passando por coisas de casal — disse, com um tom que sugeria que o filho ainda não podia compreender as complexas tramas desse assunto. — Entende o que eu quero dizer?

— Acho que sim.

Luiz balançou a cabeça e tomou um gole da cerveja.

— Você ainda vê ela? — perguntou o filho.

— Não.

O rapaz balançou a cabeça, mas não disse nada. O silêncio era algo comum entre eles.

— Como está na escola? Você não pode deixar isso atrapalhar seus estudos, viu?

— Estudar já não faz a menor diferença.

— Para de falar besteira.

• 57 •

— Pai — o garoto o encarou —, você sabe muito bem.

— Estudar não é só a questão das... das matérias — disse Luiz. — A escola é o primeiro pé que você realmente põe no mundo, no seu mundo, entende? Lá é onde você vai viver as coisas que você deve viver. E algumas dessas coisas você vai carregar pra sempre, mesmo... mesmo que você não se importe com elas no futuro, elas vão estar com você. Vão estar, entende?

— Você acha que a gente faz as coisas que você fazia na sua época? — O garoto deu o primeiro gole em sua cerveja. — Eu tenho amigos... eu tinha amigos, e eles já apagaram. Quando você entende o que isso significa... — o menino deu outro gole na cerveja, e Luiz o observou, um pouco incomodado.

— Ver a Júlia daquele jeito — continuou Miguel —, no quarto ao lado do meu, saber que ela está lá... está e não está... — Miguel olhou ao redor, escapando da conversa. Enquanto examinava o local, levou o copo aos lábios, já não parecendo mais um menino. — Você vem muito aqui? — perguntou o filho, voltando-se para o pai.

— Não.

O garoto o encarou.

— Eu já fui em outros. Faz tempo. Mas aqui, nesse, não.

— Por que escolheu vir aqui e não em algum que você já foi?

— Porque esse lugar é diferente dos que eu já fui.

— Diferente em quê?

Luiz se remexeu na cadeira, não queria dizer ao filho que escolhera levá-lo àquele lugar porque ali não havia apenas garotas de programas, havia também garotos de programa. Eles nunca haviam tido qualquer conversa sobre sexualidade, então, em sua cabeça, caso o filho gostasse de homens, Luiz queria que ele soubesse que estava tudo bem para ele.

— Me falaram que aqui era um lugar legal, só isso — disse Luiz.

Miguel olhou tudo em volta. Seus olhos subiram a escada, no final do salão.

— Posso dar uma volta e ver?

— Claro. Quer que eu vá junto?

• 58 •

— Não, tudo bem. Eu só quero dar uma olhada.

— Tá. Mas aqui, ó... — Luiz chamou o rapaz. — Não aceita bebida de ninguém, ouviu?

— Pode deixar.

— Não quer mesmo que eu vá junto?

— Eu não sou nenhuma criança, pai.

O garoto se levantou e, antes de sair, pegou o copo da mesa, deu um longo gole e olhou o ambiente. Deixou o copo na mesa, encarou o pai e depois se voltou para o salão. As luzes baixas deixavam o cenário numa penumbra fluorescente. Curioso, Miguel avançou, mas, quando o olhar de alguém cruzava com o seu, ele rapidamente fugia o rosto para outra direção. Parou perto de um grupo de homens que assistia a uma mulher fazendo pole dance, com movimentos sinuosos e provocantes. Quando, por alguns segundos, o olhar dela alcançou o do garoto, Miguel disfarçou, se virou e saiu dali. Olhou para a escada do outro lado do salão e foi em direção a ela. Enquanto subia, deparou-se com dois homens que conversavam, escorados no corrimão da escada, os rostos próximos. Um deles vestia uma camiseta transparente e o short era tão justo que Miguel pensou como devia ser desconfortável usar uma roupa assim. Ele estampava um sorriso no rosto, enquanto o outro falava próximo ao seu ouvido. Quando Miguel passou, o homem o encarou, mas Miguel não conseguiu decifrar a intenção daquele olhar. Não parecia haver desejo algum; pelo contrário, o homem que escutava o que quer que o outro dizia em seu ouvido o olhara de uma maneira que o remetia mais à tristeza do que à malícia.

Miguel avançou. O segundo andar estava ainda mais cheio do que o de baixo. Havia um palco onde duas mulheres se apresentavam, e os homens, nas mesas ao redor, grunhiam e ovacionavam a dupla, entusiasmados. Em uma mesa Miguel reparou em um homem que conversava com uma mulher e viu a mão dele subir pelas coxas dela, que sorrindo afastou a mão do homem.

No fundo da sala, atrás do balcão do bar, havia uma entrada fechada por uma cortina bordô que lembrava a de um teatro. Miguel passou por um grupo de pessoas e sentiu uma mão segurar a sua; quando olhou, viu um homem sorrindo para ele. Meio assustado, puxou a mão para se soltar, deixando o homem rindo, acelerou os passos para deixar aquele embolado de pessoas e foi em direção à cortina. Passou pelo balcão do bar, onde um sujeito de ar indiferente preparava um drinque, chegou até a cortina e, quando estendeu a mão para puxá-la, sentiu a mão de uma mulher segurar seu braço.

— Aí não, garoto.

Miguel se assustou, puxou o braço de volta e encarou a mulher.

— Não posso entrar? — perguntou, tentando trazer segurança à voz.

— Poder, pode. Você está sozinho?

— Se eu posso entrar, por que você falou para não entrar?

A mulher o encarou.

— Quantos anos você tem?

— Dezesseis.

— É a sua primeira vez, né?

Miguel sentiu o rosto corar.

Dois homens passaram por eles e entraram na sala, atravessando a cortina, que se abriu por breves segundos, Miguel tentou olhar o que havia lá dentro, mas conseguiu captar apenas uma sala escura que não lhe permitia ver muita coisa.

— Com quem você veio? — perguntou a mulher.

— Meu pai está lá embaixo.

Ela passou as mãos nos cabelos dele com carinho, depois enlaçou seu braço no dele e foi se afastando gentilmente da sala em que o impedira de entrar.

— Como você se chama?

— Miguel.

— Vamos lá, Miguel, deixa eu te dar algumas sugestões... — Então se virou e fez o caminho contrário. Estranhamente, Miguel não sentiu vontade de se desvencilhar dela.

Passaram rapidamente pelo mesmo grupo de pessoas que havia provocado Miguel. A mulher que o guiava parou em outro canto do

• 60 •

salão e apontou para duas garotas que estavam sentadas a uma mesa, acompanhadas de um homem.

— Tá vendo aquela ali? A de vestido azul?

— Aham.

— Gosta dela?

Miguel não soube o que responder e voltou-se para a mulher, que ainda mantinha o braço enlaçado ao seu. Ele a encarou por alguns instantes e ela manteve seus olhos nos dele, com um meio sorriso enigmático. Em seguida, o garoto olhou novamente para a garota de vestido azul.

— Se eu fosse você, eu iria com ela ou... — A mulher escaneou o ambiente e, parecendo não encontrar o que procurava, arrastou-o para a escada que dava acesso ao terceiro andar. — Vem comigo.

Miguel se deixou levar.

Pararam no terceiro andar. Da mesma maneira que fez no andar de baixo, a mulher passou os olhos pelo lugar, que parecia ainda menos iluminado que os dois anteriores.

— Ali. Tá vendo? — disse, olhando para o balcão do bar. Sentada em uma banqueta, uma jovem bebia algo enquanto conversava com o sujeito que preparava os drinques. — Também acho que seria uma boa escolha. Ela iria cuidar bem de você. Tenho certeza — disse, com aquele meio sorriso misterioso.

Miguel voltou a olhar para a mulher que lhe dava sugestões, e ela pareceu se divertir com o jeito inocente com que ele a encarava. Até que o rosto dela perdeu um pouco da graça, e ela o olhou com aquele sentimento de pena e tristeza ao refletir se aquele olhar era mesmo inocência ou a desconexão que já se apoderava do rapaz.

— Há quanto tempo você está? — perguntou ela.

Miguel voltou os olhos para baixo, como se refletisse sobre a pergunta.

— Uns quatro, quase cinco anos, eu acho.

A mulher balançou a cabeça e, com uma facilidade mágica, o sorriso enigmático voltou-lhe ao rosto.

— Olha, normalmente eu não erro, mas, se você gosta de rapazes, também posso te dar algumas sugestões.

— Por que não você? — perguntou ele de súbito, como se puxasse a frase de uma só vez para não deixar que ela se quebrasse no caminho.

A mulher sorriu, depois passou a mão nos cabelos dele.

— Gosto desse seu cabelo. — Ela o encarou. — As meninas que eu te mostrei são boas garotas. E quando elas tirarem a roupa, você vai gostar de ver. E de sentir o que elas vão te fazer sentir. Confia em mim.

— Por que não você? — insistiu ele.

Ela o fitou com atenção.

— Faz assim, Miguel. Volta lá pra mesa com seu pai e pensa bem no que você quer — disse, acariciando seus cabelos de novo. Um gesto que não parecia ter nenhuma intenção sexual, somente um carinho gentil, quase maternal.

Sozinho, Miguel desceu para o segundo andar, mas, antes de seguir para o primeiro piso, onde o pai estava, seu olhar foi atraído para a cortina que fechava a sala onde a mulher o proibira de entrar. Ele olhou para cima para verificar se ela o tinha em seu campo de visão, depois refletiu se devia descer para encontrar o pai, como a mulher havia sugerido; porém a curiosidade, intensificada pela proibição, venceu.

Sentindo-se vigiado, atravessou o salão, e, enquanto avançava, tentava imaginar o que haveria por trás daquelas grossas cortinas. Passou em frente ao balcão do bar. O barman o encarou em silêncio, mas Miguel continuou, receoso, pensando que o homem também fosse impedi-lo de seguir adiante, mas o sujeito nada fez.

Próximo à cortina havia um homem baixinho e de idade avançada conversando com um rapaz bem mais jovem. Nenhum dos dois demonstrou se importar com a presença dele quando se aproximou. Miguel olhou para trás para se certificar de que não estava sendo vigiado, então afastou a cortina vermelha devagar e o que viu foi uma sala pouco iluminada, onde entrou com passos hesitantes.

Ao contrário de todos os outros ambientes, nesse ressoava uma música mais suave, as pessoas conversavam baixinho e ele escutava um falatório rasteiro que parecia percorrer o chão como serpentes. Avançou, curioso; uma dúzia de mesas levemente iluminadas estavam espalhadas pelo salão, próximas às paredes. O clima soturno causou-lhe desconforto, mas o garoto prosseguiu, estimulado pela curiosidade. À frente, avistou três homens em pé que formavam uma barreira ao redor de uma das mesas. Os sujeitos olhavam para algo e ele queria saber o que era. Antes de seguir em frente, olhou para outra direção e, em um canto da sala, viu uma mesa com um rapaz sentado, imóvel, e ao lado dele um homem que o estudava. Naquele salão também havia mais seguranças, como aqueles que guardavam a entrada do prédio.

O rapaz caminhou em direção ao grupo de homens em pé, e, ao se aproximar, seu olhar cruzou com o de um dos seguranças posicionado perto da mesa deles. O homem o encarou de um jeito severo, mas nada disse. Então o jovem se aproximou, cauteloso, tentando ver o que estava acontecendo ali, até que vislumbrou uma garota sentada numa poltrona, com um quarto homem sentado ao lado dela. Ela estava vestida apenas com sua lingerie, e o homem parecia lhe falar algo ao pé do ouvido, sorrindo de um jeito murcho e malicioso que divertia os colegas que observavam. No entanto, a garota parecia não dar atenção ao que ele dizia, olhando fixamente para a frente, com um semblante derretido em uma feição apática e vazia.

O homem que estava sentado pegou a mão dela, ergueu-a no ar e a soltou, e, quando fez isso, a mão da mulher caiu no colo dele, desprovida de reação. Os outros homens riram, e nesse momento Miguel reparou melhor no rosto da mulher, naqueles olhos vazios, todo o corpo desabitado de vontade. O segurança chamou a atenção do homem, dizendo que se quisesse tocá-la que pegasse um quarto, e o sujeito levantou as mãos no ar, com cara de deboche, como quem diz que era ela quem estava com a mão na coxa dele.

Aturdido, Miguel deu alguns passos para trás, sentindo-se sufocado. Olhou em direção à mesa que havia visto antes; o homem que estava sentado ao lado do rapaz agora o ajudava a se levantar. O rapaz se movia lentamente, guiado pelo homem que o conduzia por uma das mãos, enquanto o outro braço pendia sem vontade naquele corpo apagado, parecendo mais uma daquelas bonecas que uma vez Miguel vira em um anúncio. O rapaz aparentava não ter mais do que 20 anos e vestia apenas uma bermuda jeans. Conduzido pelo homem, os dois seguiram em uma caminhada robótica e arrastada em direção a um corredor escuro, onde desapareceram.

O garoto olhou para outras poltronas. Algumas estavam vazias, em outras havia uma mulher ou um homem, todos jovens, todos com aquele olhar distante de quem começa a flutuar sob o efeito de uma anestesia, alheios aos diversos homens que circulavam pelo salão.

À medida que Miguel compreendia o que acontecia naquela sala, a vontade de sair dali foi ganhando força. Em sua mente o garoto se agitava, mas seu corpo não respondia, incapaz de se movimentar. Então sentiu a mão de alguém o puxar pelo ombro.

— Vamos, Miguel!

O garoto se assustou, mas quando se virou viu o pai.

— Vem, vamos sair daqui! — disse Luiz, colocando um dos braços sobre os ombros do filho e o conduzindo para fora da sala. Em silêncio, Miguel se deixou guiar pelo pai, e por um instante se sentiu como mais um dos jovens naquela sala, sendo conduzido pelo homem que o guiava. Os dois atravessaram as cortinas, o salão repleto de homens e mulheres que conversavam, bebiam e davam risinhos, como se nada demais acontecesse no cômodo ao lado.

— Vamos embora — disse o pai já no andar de baixo, e quando se encaminhavam para a saída Miguel parou.

— Vem — insistiu Luiz.

Miguel o encarou.

— Vamos, Miguel — reforçou o pai.

— Não.

— Vamos pra casa, Miguel.

— Não. Você me trouxe aqui pra eu saber como é.

— Não pra isso. Eu... eu não sabia que tinha isso aqui.

— Mas você sabia que faziam isso?

— Todo mundo sabe.

— Eu não sabia.

— Vamos embora, Miguel.

— Não. Vamos sentar — disse o garoto.

— Miguel, vamos pra casa.

— Não.

O garoto procurou a mesa onde estavam sentados antes e se encaminhou para lá, e os dois se acomodaram, mesmo sob os protestos do pai.

— Pode pedir outra cerveja?

Luiz pareceu relutante.

— Pede outra — insistiu o filho.

O pai zapeou pela tela e fez o pedido. Poucos minutos depois duas cervejas estavam diante deles. Eles bebiam enquanto assistiam ao show que uma mulher fazia em um palquinho no centro do salão. Foi quando Miguel viu a mulher que havia caminhado com ele nos andares de cima.

— Eu gostei dela.

O pai se voltou na direção em que o filho olhava.

— A de saia amarela?

— Não. Aquela ali — apontou com o dedo.

— Ela?

— É.

— Vamos terminar a cerveja e ir pra casa, Miguel.

— Eu gostei dela, pai.

Luiz encarou o filho, deu um longo gole na cerveja, deixou escapar um suspiro pesado e se levantou, caminhando em direção à mulher. Sentado à mesa, Miguel observava o pai conversando com ela, e quando ela voltou os olhos na direção da mesa, seu rosto abriu aquele sorriso curioso.

A mulher e o pai pareciam conversar sobre algo sério. Luiz não esboçava nenhuma alegria, o rosto fechado, falando como se explicasse algo importante à mulher. Ela ouvia o que ele dizia e, ocasionalmente, fitava Miguel, que entornava a cerveja como se fosse água. Quando os dois caminharam até ele, o garoto sentiu algo estranho borbulhar em seu estômago.

— Vou ficar esperando aqui — disse Luiz e se sentou, visivelmente incomodado.

Miguel o olhou e depois virou-se para a mulher que estava em pé ao lado da mesa. Quando ele se levantou, ela fez como da outra vez: enlaçou o braço no dele e saiu, e enquanto atravessavam o salão, perguntou:

— Tem certeza de que não prefere uma daquelas que eu te mostrei?

Ele apenas balançou a cabeça, assentindo em silêncio.

Subiram as escadas até o terceiro andar e ela o guiou para uma entrada que dava para um corredor escuro, iluminado por discretas lampadazinhas no chão. O corredor desembocava em outro ainda mais longo, com uma dezena de portas que faziam lembrar o corredor de um velho hotel.

O quarto era pequeno, permeado por um cheiro de tabaco e sândalo. No centro havia uma cama de casal e, em uma das paredes, uma porta que conduzia ao banheiro.

— Espera aqui que eu já volto — disse ela, apontando para a cama.

Miguel sentou na beirada do colchão e viu a mulher desaparecer pela porta que dava acesso ao banheiro. Escutou o barulho da água do chuveiro e se remexeu no lugar, mantendo-se na mesma posição, como se estivesse prestes a levar uma bronca. Olhou para a porta por onde havia entrado e pensou em sair enquanto o chuveiro ainda estava ligado. Mas não saiu. O chuveiro foi desligado e o som das gotas finais estalando no piso molhado o deixaram tenso e ansioso. A porta se abriu e a mulher se revelou, enrolada em um roupão preto e brilhante que ia até metade das coxas.

— Você não parece confortável — disse ela, passando as mãos no cabelo.

Ele ficou quieto e ela foi para o meio da cama, avançando até a cabeceira, onde se recostou. Ele ficou sentado, parado no mesmo lugar.

— Vem aqui — disse ela, de modo gentil.

Receoso, Miguel foi até ela, onde também se recostou na cabeceira da cama ao lado da mulher, tentando disfarçar o olhar que desceu automático para a abertura do robe. Ela sorriu aquele sorriso dela. Com um gesto suave, desfez o nó na cintura e revelou os seios, grandes e esticados. Miguel observava, em silêncio. Gentilmente, ela pegou a mão do garoto e a trouxe para um dos seios, e ele o segurou, meio desajeitado. Então, subitamente, Miguel a abraçou e se aninhou ali, com o braço enlaçado ao corpo dela, segurando-a forte. Ela pousou a mão na cabeça dele e os dois ficaram assim, ele agarrado a ela, e ela acariciando-lhe os cabelos, até que a respiração dele foi se acomodando à dela, e logo o garoto adormeceu com o rosto aninhado em seus seios.

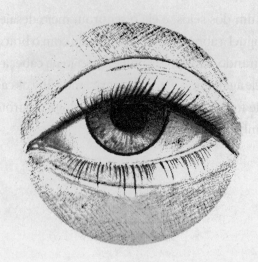

10

— Você levou o Miguel num puteiro?
Foi a reação de Cida quando perguntou a Luiz aonde ele havia levado o filho.
— Você levaria a Júlia num puteiro?
— Ela só tem 11 anos.
— Se fosse o contrário, se o Miguel tivesse 11 e a Júlia 16, você a levaria?
— Talvez.
— Sei. Talvez.
— Eu só queria que ele vivesse algo, você sabe que daqui a pouco ele... eu só queria que ele soubesse como é.
— Sim, Luiz, ele não vai ter tempo de experimentar e conhecer tudo que deveria, mas tem tantas outras coisas que seria bom ele saber como é.
Cida sentou ao lado do marido na beirada da cama e os dois ficaram olhando para a tevê, que passava um programa qualquer.
— Não é fácil decidir o que fazer com o tempo que ainda nos resta — disse ela. — Mas sempre foi assim, não foi?

Os dois continuaram olhando para a tevê, até que Cida disse:

— Vamos dormir.

Luiz apenas assentiu com a cabeça, meio cabisbaixo.

Antes de apagar a luz, Cida pegou um frasco no móvel ao lado da cama, virou um comprimido na palma da mão e o levou à boca, deixando-o rolar para debaixo da língua, onde se dissolveria lentamente. Era um dos remédios indicados para amenizar a sensação de vazio provocada pelo Paradoxo da Perda Emocional. Embora muitos se queixassem de não sentir mais nenhum benefício após alguns meses de uso da droga, a maioria continuava a tomá-la. Um comprimido ao acordar, outro na hora de dormir, era a orientação, mas alguns, sedentos por alívio, aumentavam a dose do medicamento, enquanto outros o abandonavam, conformados com o vazio. Luiz era um deles. Após reclamar que não sentia conforto algum com a administração da substância, resolvera parar e aceitara conviver com aquela sensação que vez ou outra o dominava, aquele vazio que se manifestava como uma culpa silenciosa por não se importar mais com as pessoas tanto quanto se importava antes, como acontecia ao pensar na filha no quarto ao lado. Em outros tempos aquela situação o devastaria, mas agora já quase não conseguia sofrer, exceto quando sentia aquele estranho vazio causado pelo Paradoxo da Perda Emocional.

A cada dia ele era um pai, um marido, um amigo mais ausente. A cada dia era um homem mais distante. Mas, quando ele próprio se conscientizava de seu distanciamento, tentava inutilmente agarrar a corda desse barco já muito longe da margem.

Luiz acordou para trabalhar, como de costume, às cinco da manhã. Ao passar em frente ao quarto da filha se deteve diante da porta, abriu-a devagar, e a suave iluminação da casa entrou com ele. Ele se aproximou lentamente e se abaixou ao lado da cama da menina, que dormia com um semblante sereno. Luiz criara o hábito de vê-la naquele horário, quando ela ainda estava dormindo, porque assim, dormindo, Júlia era igual a qualquer criança saudável. E embora ainda sentisse alguma coisa, por trás das visitas de Luiz havia um motivo nada paternal, porque ele também as usava como um termômetro para medir o avanço da doença em si mesmo. Cada vez que visitava a menina e sentia menos pena de sua situação, ele entendia que estava piorando. Agora, na penumbra do quarto, olhando aquele rostinho miúdo e delicado, ele ainda tinha aquele maldito sentimento de culpa por não sentir tanto assim. E chegará o momento em que não sentirá nem isso.

Luiz saiu do quarto, deixando uma fresta da porta aberta para que Cida pudesse escutar algo. Um cuidado há muito desnecessário, já que algo, qualquer coisa, nunca acontecera. Olhou para a porta do quarto do filho e se lembrou da noite anterior.

Tem tantas outras coisas que seria bom ele saber como é.

Luiz entrou no quarto de Miguel e se abaixou ao lado da cama. Depois de um instante refletindo, pôs a mão no ombro do garoto e o sacudiu com gentileza.

— Miguel. Acorda, Miguel.

O garoto abriu e apertou os olhos, desnorteado.

— Quer ir trabalhar comigo hoje?

— O quê?

— Ir conhecer a fazenda.

— Que horas são?

— Desculpa, eu devia ter te perguntado ontem — disse Luiz, levantando-se.

— Espera — pediu o rapaz, sentando-se na cama. — Dá tempo de eu tomar um banho?

— Dá sim.

O dia começava a clarear no horizonte e Luiz e Miguel já estavam no ponto de embarque, aguardando a chegada do ônibus da empresa. As últimas palavras que haviam trocado ocorreram quando saíram de casa, no momento em que Luiz perguntou se o filho estava pronto, e Miguel respondeu que sim. Então caminharam em silêncio e esperaram, até que o ônibus chegou, e eles embarcaram.

Sempre havia lugares vagos no ônibus, e eles se acomodaram em seus assentos. Luiz deixou Miguel sentar próximo à janela e o garoto foi

• 70 •

observando a paisagem que se estendia lá fora enquanto o pai aproveitou para voltar a dormir.

Uma hora e meia depois o ônibus havia deixado para trás a cidade com seus altos prédios decadentes e agora percorria uma estrada deserta que cruzava uma planície descampada onde, mais ao fundo, já era possível entrever a enorme fazenda solar. De onde estavam, a imensidão do empreendimento se anunciou: um campo de setecentos hectares com mais de novecentos módulos fotovoltaicos que captavam a energia do sol.

O ônibus passou por um largo portão de ferro ladeado por duas guaritas de concreto com homens armados e estacionou em frente aos contêineres que serviam de instalações para os funcionários.

— Vamos tomar um café — disse ele para Miguel, e os dois caminharam até um dos contêineres que funcionava como refeitório. Enquanto se dirigiam para lá, Miguel olhava ao redor, e, embora estivesse deslumbrado com o lugar, seu rosto já se tornara incapaz de transparecer essa sensação, sendo sempre aquela máscara engessada e desprovida de expressão.

— Bom dia, Luiz — um homem o cumprimentou assim que entraram.

— Henrique, esse é o Miguel, meu filho.

O homem era baixinho, mas forte como o tronco de uma árvore. Ele estendeu a mão e apertou com força demais a de Miguel.

— E aí, garoto? Começou cedo, hein? — brincou.

Mas Miguel pareceu não entender, ou era sua expressão engessada que demonstrara isso, o que fez o homem disfarçar o desconforto com um sorriso frouxo.

— Tem sanduíches ali e café — comentou Henrique, apontando para a mesa. — Tem suco também, mas eu não recomendo.

— Bom saber — respondeu Miguel, e Henrique pareceu um pouco aliviado.

— Vamos lá — disse Luiz.

A dupla cumprimentava e era cumprimentada por outros funcionários, Luiz sempre apresentando para cada um deles: esse é o Miguel, meu filho.

• 71 •

Cada um o cumprimentava de um jeito, tentando deixar o garoto à vontade. A grande maioria eram homens, mas Miguel foi apresentado a duas mulheres. Luiz, apesar do jeito indiferente de Miguel, percebeu uma certa hesitação quando apresentou o filho a elas. As mulheres foram gentis e receptivas, mas o rapaz pareceu encarar uma e depois a outra com um olhar curioso, como se pensasse: "Foi com essa que o meu pai teve um caso?"

Luiz conduziu o filho para a mesa em que estavam dispostos sanduíches e garrafas de café, chá e umas quatro jarras do suco que ele fora alertado para não tomar. Depois, foram para fora, cada um com um sanduíche e um copo de café. O sol da manhã já se estendia no céu e Miguel transpirava com todo o calor daquele lugar. Luiz caminhou em direção a um grupo de funcionários e Miguel prestava atenção na conversa dos homens e das duas mulheres que também estavam ali. Quando uma delas olhou para Miguel, ele não desviou o rosto. Ela lhe lançou um sorriso, mas o rapaz não o devolveu, fazendo-a se sentir incomodada e olhar para outra direção.

Após comerem, pai e filho se encaminharam para o contêiner onde ficavam as roupas de proteção e ferramentas.

— Aqui, usa este. — Luiz entregou um capacete a Miguel, o qual ficou meio largo na cabeça do garoto. — Assim, aqui. — Ajudou o filho a ajustar a correia embaixo do queixo e mostrou, na parte de trás do próprio capacete, como fixá-lo para ficar mais seguro. Depois deu umas puxadinhas na aba do capacete do filho para se certificar de que estava bem preso.

— Cuidado para não apertar demais, senão no fim do dia você vai ter dor de cabeça.

— Tá.

— Este colete deve servir. — Luiz lhe entregou a peça.

Buscou sua maleta de ferramentas em uma prateleira e amarrou na cintura um cinto largo, cheio de pequenos bolsos. Pegou o tablet, inseriu um fone intra-auricular no ouvido direito e saiu com Miguel, que prestava atenção a cada movimento do pai, responsável pela manutenção dos módulos de painéis solares. Quando algum deles apresentava uma falha, os técnicos da sala de operações o acionavam pelo fone e ele localizava o painel pelo tablet. Era comum ficar dias sem atender uma chamada para um reparo mais grave. Durante esse tempo, ele examinava as instalações, realizava tarefas preventivas, lubrificava as conexões onde os painéis se moviam para acompanhar a trajetória do sol durante o dia.

Passaram o dia inspecionando o enorme campo. Luiz ia explicando para o filho tudo sobre os equipamentos, os materiais, os motivos pelos quais aquele local fora escolhido para abrigar a fazenda. Discorreu sobre os ciclos do sol durante o ano e como tudo fora construído para tirar o máximo proveito energético em cada estação. O filho não perguntava nada, mas prestava atenção em tudo o que o pai dizia.

— Aquelas são as torres de distribuição. Com esta fazenda, a gente ilumina quase toda a nossa cidade.

— O Setor Zero também? — perguntou o filho.

— Sim, lá também. Somos nós que ainda mantemos este mundo em pé. Nós, aqui deste lado.

Almoçaram no mesmo refeitório onde haviam tomado café pela manhã e passaram a tarde realizando tarefas rotineiras. Miguel trabalhou com o pai e os demais funcionários, ajudando a erguer e até mesmo a fixar uma placa solar, utilizando uma pesada parafusadeira elétrica.

No fim do dia, quem tivesse terminado o turno podia pegar uma cerveja gelada no refeitório. Esse era sempre o melhor horário do expediente. Miguel colocou o capacete na mesa, como faziam todos os outros funcionários, e aceitou a cerveja gelada que o pai oferecera, e que desceu muito mais gostosa do que as que bebera na noite anterior.

— Vamos ser sinceros — disse um dos colegas do pai. — As pessoas já não se importavam tanto assim umas com as outras. A gente só tem um nome científico pra isso agora.

O grupo seguiu naquela conversa sobre como o mundo já estava quebrado antes da doença, depois foi pulando de um tema para outro.

— Meu marido quer adotar um cachorro — disse uma das mulheres.

— Minha esposa também quer pegar um — comentou um dos colegas.

— Nãã — resmungou outro homem.

— O quê?

— Cachorros duram tempo demais. Quando você estiver deitado na cama feito um zumbi, ele vai mijar na sua cara.

— Ou vai comer vocês — disse outro homem.

— Pois é. Eu já ouvi falar de casos assim.

— Isso é só história. — Luiz entrou na conversa e rebateu o colega.

— Você duvida? Se você fosse um cachorro e seu dono parasse de te dar comida, e ele ficasse lá, com aquela cara de gelatina, você não comeria as bochechas dele?

— Que horror! — respondeu uma das colegas.

— Nem pensar, cachorro nem pensar. Nem gato. Os gatos comem seus olhos primeiro.

— Você é ridículo.

— Então pega um pra ver...

— Eu até estava pensando mesmo, mas você foi falar essa merda.

Todos riram. E quando já tinham bebido algumas garrafas, a conversa pendeu para temas mais íntimos.

— Eu fui infectado durante os protestos contra a reorganização da cidade — disse Luiz, e foi a primeira vez que Miguel escutou-o falando sobre aquilo. — Eu não estava infectado. Nem vocês. — Olhou para o filho e depois voltou-se para a garrafa. — Eu tinha feito o teste uma semana antes do dia em que resolvemos parar tudo e ir pras ruas. E foi toda aquela bagunça... Em determinado momento ninguém mais parecia saber por que estávamos ali. — Deu um gole na cerveja. — E eu levei essa doença pra dentro de casa. Vocês, sua mãe, nós estávamos em casa, só saíamos para trabalhar, tomávamos todos os cuidados que disseram pra gente tomar. A Júlia tinha só 5 anos. E o que ela aprendeu no ano seguinte... nem fez diferença; no outro ano ela já estava começando a ficar... daquele jeito. Agora ela só fica lá, deitada na cama, com aquele olhar... — Os colegas ao lado escutavam em silêncio. — Quando olho pra ela... e vejo ela lá... tenho esse sentimento estranho, essa tristeza por

• 74 •

algo que eu deveria sentir vendo ela assim, mas, no fundo, a verdade é que não consigo sentir muita coisa mais. Mas eu deveria sentir, não deveria?

Deu outro longo gole na cerveja.

— E você? — uma das mulheres perguntou ao homem ao seu lado. — Você morava em uma das áreas do Setor Zero, não morava?

O nome dele era Sandro e sua função na empresa era acompanhar o progresso da doença entre os trabalhadores para que a corporação pudesse planejar a substituição dos funcionários quando se aproximavam da incapacitação. Por isso, ele aparecia na fazenda duas vezes por semana.

— Sim, eu morava em um Setor Zero. Como eu trabalhava como agente de campo naquela época, saía toda semana para realizar o acompanhamento dos infectados no Setor Um. Eles estão fazendo várias pesquisas para encontrar uma cura.

— Você se infectou em alguma dessas saídas? — perguntou Miguel, que até então apenas observava a conversa entre os colegas de trabalho do pai.

Sandro sorriu e, por um instante, seu olhar escapou, denunciando que sua mente havia ido visitar alguma lembrança distante.

— Miguel — Luiz repreendeu o filho, embora também estivesse curioso para saber mais detalhes da história do homem.

— Está tudo bem — Sandro tranquilizou o pai do jovem. — Sabe, no Setor Zero temos a sorte de estar em uma área protegida, e claro que isso é um grande privilégio. Mas lá dentro as coisas são, como eu posso dizer, é tudo tão controlado, e eu entendo, claro que eu entendo, mas viver lá pode ser... bastante solitário. Talvez se eu tivesse uma família lá comigo fosse diferente, mas meu filho — Sandro sorriu para Miguel —, ele já é um homem feito e vive em outro Setor Zero, ele está bem onde está, está seguro, e isso é o que importa.

Sandro olhou para Luiz.

— Não deve ser fácil ver um filho indo embora e não poder fazer nada.

Depois voltou-se novamente para Miguel, com a presença calma e reconfortante de alguém que parecia ter entendido algo sobre a vida.

— Mas ele está indo bem, a gente sempre se falava por vídeo, ainda se fala, na verdade, mesmo com a comunicação controlada. Mas a gente já não se via mais, sabe, pessoalmente... e não adianta, não importa o quão forte seja uma relação, é preciso isso aqui — Sandro fez um gesto no ar —, é preciso presença real. Dá pra viver com as lembranças que você tem na cabeça? Até dá, se você tiver alguns bons momentos para visitar. Mesmo assim, nada vivido no passado vai preencher seu desejo por vida.

Sandro tomou um gole de cerveja.

— Mas quem é que quer saber desse papo — Sandro sorriu —, você quer saber como foi que eu me infectei, não quer? Eu trabalhava realizando testes em pessoas infectadas...

Luiz, que já não prestava atenção à história de Sandro, olhou para a janela e viu os últimos raios de sol do dia.

— Vem comigo — Luiz disse ao filho, deixando Sandro continuar sua história para o resto do grupo.

O garoto olhou para o pai, que já estava de pé, se levantou e seguiu-o até a saída do refeitório.

— Vem. Rápido — chamou o pai.

Miguel deu uma corridinha para alcançá-lo. Caminharam assim, apressados, até um guindaste usado para realizar reparos nas torres de distribuição.

Luiz subiu na parte traseira do caminhão e ajudou o filho a subir também, e os dois entraram na gaiola da plataforma do braço mecânico.

— Se segura aí — disse Luiz, e Miguel agarrou a grade com firmeza.

Do lado de dentro da gaiola havia um pequeno painel de comando. Luiz apertou um botão, a plataforma deu um solavanco e ele foi controlando com a alavanca.

— Se segura — repetiu, com o longo braço articulado do veículo ganhando altura. À medida que subiam, o terreno da fazenda se revelava, todo aquele enorme campo acarpetado por milhares de fileiras de painéis solares, e, lá no fundo, no horizonte, o sol alaranjado se recolhia, transbordando uma luz que estriava o céu de amarelo, vermelho e laranja. Luiz parou o movimento do braço mecânico.

• 76 •

— É bonito, né? — disse o pai.

— É.

Os dois ficaram ali, recostados na grade da plataforma, observando o movimento lento e suave do sol, a cada segundo se escondendo um pouco mais atrás do horizonte. E devagar o céu foi mudando de cor, dando lugar a tons mais frios e escuros.

Quando os últimos resquícios de sol se projetavam, o pai viu no rosto do filho algo que interpretou como uma certa tristeza. Então acionou o braço mecânico para subir mais e permitir que o momento se prolongasse, e eles ganharam alguns minutos a mais de luz. Luiz olhou para o filho, que parecia hipnotizado pela vista. Porém, instantes depois, o sol estava mais uma vez quase todo mergulhado do outro lado. Ele se agitou, parecia nervoso com a velocidade com que o sol se punha, então, de um jeito quase nervoso, levou as mãos até os controles da plataforma para acionar o braço novamente a fim de esticar aquele momento com o filho, mas o garoto pousou a mão sobre a dele.

— Tá tudo bem — disse o menino, tranquilizando o pai e impedindo-o de acionar o braço outra vez.

Luiz olhou para o rosto de Miguel, vagamente iluminado por aquele pouco de luz, sentindo o peso da mão do garoto sobre a sua.

— Tá tudo bem — repetiu.

Então Luiz soltou a alavanca e os dois se encostaram na grade da plataforma voltados para o horizonte. E na penumbra que caiu sobre eles, o pai, como há muito tempo não fazia, chorou.

11

Se alguém pudesse vê-lo naquele instante, talvez tivesse a impressão de que o homem estava morto. Estendido na cama, ele encarava o teto com olhos fixos na imensidão branca que o cobria, a mente ainda flutuando naquele estado de semiconsciência, até ser invadido por um medo primitivo. O teto branco que fitava atentamente não lhe oferecia respostas, mas ele permaneceu no mesmo lugar, como se contemplasse algo além.

Virou a cabeça devagar. Os olhos curiosos escanearam o local. Assim como o teto, as paredes, o assoalho e os poucos móveis que conseguiu enxergar também eram brancos.

Ao sentar-se no colchão, o lençol que o cobria escorregou do peito. A cama ocupava o centro daquele quarto sem nenhuma cor. Não havia quadros nas paredes, nem espelho, apenas um guarda-roupa fechado e totalmente branco. Do lado esquerdo, havia uma cômoda branca, uma janela coberta por uma fina cortina que deixava vazar a claridade e uma porta fechada alguns metros adiante. E, quase em frente ao pé da cama, notou o que parecia ser um lance de escada que descia para o piso inferior.

Ao puxar o lençol que o cobria, viu que estava vestido todo de branco. Calça e camiseta brancas, pés descalços. Moveu os dedos e sentiu um alívio idiota. Mas a sensação confortável não durou mais do que uma fração de segundo. O homem levou a mão esquerda ao rosto, depois a direita, vasculhando as curvas da face, estudando-a, até chegar à aterrorizante conclusão de que não sabia quem era. Então seus dedos encontraram algo duro acima da orelha direita, algo que parecia preso ao crânio.

Percorreu com os dedos aquele objeto metálico, fez uma leve pressão para tentar puxá-lo e confirmou que aquilo realmente estava cravado em seu crânio. Deslizou cuidadosamente a palma da mão pela cabeça raspada. Seus olhos dançaram, perdidos. Buscava algo dentro de si, mas não conseguiu alcançar nenhuma lembrança. Não sabia sequer como havia chegado até ali, nem o que havia acontecido no dia anterior ou nos que o antecederam. Dentro dele tudo estava tão branco quanto aquele quarto.

Confuso, saltou da cama, girou sobre os calcanhares e levou a mão à cabeça instintivamente, tocando aquela coisa dura novamente.

Caminhou até a saída do quarto, porém deteve-se antes de descer os degraus brancos.

Esticou o pescoço para primeiro descer com os olhos. A escada seguia numa linha reta, depois dobrava à direita, mas não era possível enxergar o que o aguardava lá embaixo. Olhou para trás, para a cama onde despertara, depois para a janela, e avistou aquela outra porta fechada. Achou melhor dar uma olhada ali primeiro.

Com cuidado para não fazer barulho, caminhou até ela, pousou a mão na maçaneta branca, mas, antes de tentar abri-la, aproximou o rosto da porta; a coisa dura presa a seu crânio raspou na madeira, fazendo um eco áspero soar dentro da cabeça. Afastou o rosto, respirou fundo e girou a maçaneta devagar. Ela fez um *tlec* seco, mas a porta estava trancada.

Tomado de medo, caminhou novamente até a beira da escada. Começou a descer os degraus com passos hesitantes, e, à medida que descia, o piso inferior foi se revelando. Ao chegar ao último degrau, o homem

• 79 •

parou. Diante dele estava uma sala totalmente branca, um sofá de dois lugares encostado em uma parede e, do lado direito, uma bancada separando uma pequena cozinha, guarnecida com pia, fogão, geladeira, armários e um micro-ondas. Tudo tão branco quanto qualquer outra coisa.

Mas o que chamava a atenção naquele lugar já não era a monotonia de todos aqueles objetos brancos, e sim um pilar de concreto que se erguia no centro da sala. Um pilar retangular, maciço, que subia por um metro e sessenta de altura e em cujo topo repousava uma curiosa caixa metálica branca.

Desceu o último degrau, caminhou até aquele estranho púlpito e o contornou. Na face virada em direção ao sofá havia uma sequência de fechaduras e, acima de cada uma delas, um número:

1 • 2 • 3 • 4 • 5 • 6 • 7

Os números 2, 3, 5 e 7 emitiam uma luminosidade pálida, enquanto os demais estavam apagados.

Nada fazia sentido. Aquele lugar, aquele estranho púlpito de concreto, aquela caixa. Ele mesmo não fazia sentido para si. Quanto mais buscava respostas, mais confuso ficava, as batidas do coração pulsando na artéria do pescoço, as mãos trêmulas. Foi quando percebeu que sobre a caixa se destacava a única coisa que continha alguma cor. Um convidativo envelope dourado.

Pegou o envelope, e seu peso indicava algo mais do que uma simples carta. Sacou de dentro uma chave dourada presa a um cordão de couro branco. Ele a analisou. Um número 3 estava gravado na base. Dentro do envelope, havia também um bilhete.

Caro Número Três,
Você está diante da caixa que possui o que você busca: suas lembranças. Seu passado. Quem você é.
Existem outras seis casas espalhadas pela floresta. Dentro de cada uma delas há alguém que, assim como você, não se lembra de nada.
Em cada casa há também uma caixa como esta e um bilhete com as mesmas palavras que você está lendo agora.

Para abrir a caixa à sua frente você terá que reunir todas as sete chaves.

O problema é que para outra pessoa abrir a própria caixa, precisará usar a sua chave.

E por que isso é um problema?

Assim que uma caixa for aberta, o conteúdo das outras seis será automaticamente destruído.

Somente um de vocês poderá se lembrar de quem é.

Boa sorte.

Número Três, ele pensou. Número Três. Essa foi a primeira coisa que lhe veio à mente, seguida por uma sensação claustrofóbica, um medo que foi escalando suas costas feito uma cascavel que agora estava ali, empoleirada sobre seus ombros, brandindo um chocalho cada vez mais alto à medida que o terror se intensificava, tomando pouco a pouco o controle dos seus pensamentos.

Leu o bilhete novamente, tentando encontrar algum sentido, algo que trouxesse luz à memória, qualquer coisa. Mas o bilhete não dizia mais do que se propunha.

Olhou para a chave dourada, encaixou-a na fechadura logo abaixo do número 3 e a girou. Tentou abrir a caixa, mas não conseguiu. Segurou a parte superior e forçou. Completamente presa ao púlpito, a caixa não mostrou nenhum sinal de que pudesse ceder. Então desistiu, receoso de que isso pudesse acionar o dispositivo de segurança.

O olhar desconfiado mirava a sequência numérica. Seria verdade o que acabara de ler naquele bilhete? Seria possível?

Contudo, a mente vazia não alcançava nenhuma resposta. O homem deslizou a mão sobre a caixa como se ela fosse muito preciosa. Olhou ao redor, depois voltou-se para ela novamente. Tentou enfiar a chave nas outras fechaduras, mas elas não se encaixavam. Olhou para a chave dourada que tinha nas mãos, e o chocalho da cascavel soou mais alto, agitando a serpente diante do medo do desconhecido.

As outras pessoas.

Passou o cordão de couro sobre a cabeça, puxou a gola da camiseta e enfiou a chave dentro e, com um gesto protetor, pousou a mão no peito, sobre ela.

As outras pessoas.

Escaneou o ambiente mais uma vez, agora com um novo olhar. Caminhou até a cozinha e buscou um copo, encheu de água da torneira, cheirou o líquido, a boca estava seca, como se tivesse acordado de um sono longo e profundo. Tomou dois copos em goladas sonoras. Um fio de água desceu pelo queixo e ele o secou com um gesto ligeiro. Vasculhou os armários e encontrou diferentes embalagens, todas brancas ou transparentes, com rótulos igualmente brancos, que apenas identificavam os alimentos em seu interior.

Olhou em volta, deixou a cozinha e caminhou pela sala. Foi lentamente até a grande janela coberta pela cortina esbranquiçada pela luz do dia. Afastou uma fresta e avistou um terreno gramado que se estendia até uma densa e sombria floresta onde não era possível enxergar mais do que alguns metros adiante, e também não ouvia mais do que um som distante de mata, abafado pela janela.

Caminhou até a porta. Trancada. Forçou a maçaneta e depois olhou para a janela. Por um instante, pensou que, assim como suas lembranças, também estava enclausurado dentro de uma caixa. Passou os dedos novamente na coisa dura cravada em seu crânio, depois deslizou a mão sobre o peito, sentindo a ondulação da chave sob o tecido da camiseta.

A chave.

Ela se encaixava perfeitamente na porta da sala. Ele a abriu devagar e, à medida que fazia isso, a luz do dia entrava, deslizando pelo assoalho. E com a luz veio o som. O farfalhar das folhas balançando distante, o coral dos pássaros e o cheiro de terra quente e úmida.

O homem estudou o que podia do terreno ainda sem atravessar a porta que usava como escudo. Depois, reunindo coragem, foi lentamente saindo. Caminhou para o lado de fora circundando a construção, sempre com uma das mãos tocando a parede, como se tivesse medo de ser sugado pelas sombras da floresta.

• 82 •

Quando escutou um som rasteiro vindo por sobre os ombros, olhou para o interior da mata e, assustado, correu de volta para a segurança da casa, onde se trancou.

Incapacitado pelo terror do vazio em sua mente, o homem não encontrava coragem para colocar em ação nenhuma das possibilidades que lhe surgiam, e durante seis dias permaneceu ali, receoso de explorar o desconhecido da floresta, com a frágil esperança de que alguém aparecesse. Todo aquele tempo sozinho, relendo o bilhete inúmeras vezes, só fazia o medo aumentar. Na noite do sexto dia, enquanto caminhava pelo descampado da clareira e circundava a casa, sentiu a presença de alguém. Assustado, o homem se virou com violência. Então, um som alto e seco ecoou e logo se dissipou no ar. Seus olhos ainda tiveram tempo de ver o vulto branco correr para dentro da floresta e desaparecer por entre as sombras.

Sentiu um formigamento abaixo do peito e, ao levar a mão ao local, tocou o ponto molhado e vermelho que ganhava volume na camiseta branca, riscando um rastro largo e ondulante que descia, manchando a calça.

A dor veio depois, como se precisasse ser vista para ser sentida. Com passos vacilantes alcançou a parede externa da casa, mas, antes de conseguir chegar até a porta, os joelhos fraquejaram e ele desabou. Encostou na parede e olhou para a camiseta empapada na barriga. A palma da mão brilhava sob a luz prateada do luar. A seguir, voltou a olhar para a floresta, para o lugar de onde avistara a pessoa. Levou a mão coberta de sangue ao peito e apertou forte a chave sob a camiseta.

As copas das árvores chacoalhavam. O som dos pássaros, silenciado pelo disparo, voltava a se fazer ouvir, e o ar parecia menos quente agora. Quando uma imagem repentinamente tomou sua mente, uma imagem que só poderia ser do seu passado, sentiu os olhos encherem-se de lágrimas. E assim a vida terminava, apenas um instante no tempo, a lembrança de um som que ganha volume e, em seguida, se esvai.

12

Distante da Casa 3, uma mulher avançava floresta adentro, vencendo com dificuldade o terreno irregular. Galhos lhe arranhavam o corpo, e muitas vezes precisou pegar o facão e abrir caminho com a lâmina grossa, o que deixava seus braços exaustos. Em outros momentos, ela seguia abrindo as folhagens com as próprias mãos, e as palmas lanhadas agora ardiam. Os pés estavam protegidos pelos calçados que encontrara ao lado da cama, e, enquanto caminhava, gravetos e folhas secas estalavam sob seus pés. Trazia nas costas uma mochila abastecida com água, mantimentos e uma barraca presa na parte externa, onde também levava o facão.

Ela havia aguardado apenas um dia e já na segunda manhã que acordara dentro daquela casa resolveu sair em busca das outras pessoas.

Em frente à entrada de cada casa, próximo ao limite que separava a clareira da floresta, encontrara um totem com placas que apontavam a direção das residências. Mas elas indicavam apenas a direção e não diziam nada sobre a distância. Mesmo assim, a mulher não imaginava que estariam tão afastadas umas das outras.

O primeiro dia de caminhada foi vencido de forma lenta e vacilante. Às vezes o vento soprava mais forte, chacoalhando as plantas, como se algo fosse emergir da vegetação, e nesses momentos seu corpo congelava de medo. Imóvel, ela olhava na direção do som, esperando algo sair, pular, rastejar, levantar voo, mas nada realmente parecia estar lá. Pelo menos nem sempre.

Mas, apesar do medo, havia uma estranha sensação familiar. O som da floresta lhe trazia um sentimento dúbio de terror e fascínio, como se lhe fosse de alguma maneira familiar. O suor descia pela nuca e ao redor da cabeça raspada voava uma nuvem rala de mosquitinhos irritantes. Algumas horas de caminhada adiante encontrou um totem igual ao que havia em frente à casa onde acordara, com placas que indicavam a direção das demais casas. Olhou ao redor e seguiu a orientação indicada, rumo à casa que havia escolhido aleatoriamente ao decidir que era hora de descobrir alguma coisa.

A floresta era densa e úmida, e, ao olhar para o alto, dava para ver um sol forte brilhando no céu; no entanto, no coração da mata o lugar se fechava, as copas das árvores se emaranhavam como um toldo rasgado, deixando vazar feixes de luz que desciam pela floresta. Às vezes, em determinados locais, a respiração ficava pesada, e ela sentia que o corpo se cansava mais rápido. A roupa branca grudava no corpo, empapada de suor e da densa umidade do ar.

Após algumas horas, já bastante cansada, alcançou uma área mais aberta onde fluía um riacho. Ela se acocorou à margem, molhou uma das mãos e a passou no pescoço. Filetes de água fria escorreram para dentro da camiseta, deslizaram pelos seios grudentos e pelas costas. O toque daquela água fresca era delicioso. Juntou as mãos em concha, encheu com água e molhou a cabeça. Tocou no aparelho metálico cravado no crânio, acima da orelha direita. Às vezes se esquecia dele.

Todavia, a pausa relaxante foi quebrada pelo som ligeiro de algo correndo em um zigue-zague confuso. Ela se virou depressa, os olhos assustados tentando descobrir de onde vinha o som que deixava como rastro apenas arbustos agitados e gravetos rolando pela terra.

A coisa rodopiava entre as árvores sempre mais rápida que seu olhar, ora se afastando, ora se aproximando, como se brincasse com ela. Sem coragem para esperar que aquilo se revelasse, ela se levantou, girou, investigou o riacho em busca de algum caminho até encontrar, mais adiante, um trecho com uma sequência de pedras que serviam de passarela. Assustada, jogou a mochila nas costas e caminhou em direção a elas. Depois de quase escorregar logo na primeira pedra, tomou mais cuidado, observando o limo que se formava nas laterais das rochas.

Devagar, atravessou para o outro lado. Quando firmou os pés no chão, ouviu o som cruzar o riacho e chapinhar a água tão rápido que, quando se virou, só conseguiu ver uma ondulação na água.

A mulher pensou em voltar, receosa de que estivesse sendo seguida por aquela coisa desconhecida, mas, quando se deu conta, já não ouvia mais nenhum barulho. Seus olhos escanearam a floresta e ela se concentrou em apurar os ouvidos. Pensou em fechar os olhos.

Melhor não.

Nenhum barulho. Por um momento, o medo cresceu com a ideia de que a coisa estava ali, imóvel em algum lugar, camuflada em algum canto, escondida entre as sombras.

Esperou.

Esperou mais, e quando não notou mais nenhum sinal de movimento, olhou novamente para o riacho, e o som da água a lembrou de que seria sensato encher as garrafas que levava consigo. O medo ainda estava lá, mas ela reuniu coragem e se aproximou novamente do riacho. Tirou a mochila das costas, sacou as garrafas e se abaixou para enchê-las. Enquanto enchiam, olhou em volta. Depois seguiu caminho, avançando floresta adentro, sempre com o olhar vigilante.

Olhou com preocupação o céu que mudava de cor. O som da floresta também havia mudado. Algumas coisas começavam a dormir, outras começavam a despertar. As pernas também a lembravam do tempo que passara andando sem cessar, sem avistar nenhum sinal de casa.

O que significa tudo isso?

Passou as costas da mão na testa oleosa, a respiração ofegante, as pernas pesadas e rígidas. O local onde estava agora tinha uma pequena área de terreno aberto. Ela parou e investigou tudo em volta.

Pode ser.

Tirou a mochila das costas e a colocou no chão, aos pés de uma imponente árvore. Percorreu a área juntando galhos secos e levando-os para próximo do local onde deixara a mochila. Reuniu dois montes de galhos, um onde faria a fogueira, e outro que usaria para alimentar o fogo à medida que ele fosse se extinguindo. Para a fogueira, cavou um buraco no qual empilhou alguns dos galhos. Retirou de dentro da mochila um recipiente branco, cujo rótulo indicava um líquido inflamável. Abriu a tampa, despejou um pouco nos galhos secos, riscou um palito de fósforo e jogou no amontoado, que acendeu como uma pira.

— Até que eu sei me virar — disse em voz alta, para que o som da própria voz trouxesse alguma companhia.

Em seguida, após limpar a área o melhor que pôde, armou a barraca perto do fogo.

A noite caiu sobre ela, e novos ruídos ecoavam pela floresta. O céu era de um escuro profundo, salpicado por milhares de pontinhos brilhantes que suspiravam suas luzes, lembrando montes de açúcar esparramados por uma criança sobre o tampo negro de uma bancada de mármore. O fogo irradiava sua luz alaranjada dançante por uma pequena área do terreno, dando contorno a algumas árvores, plantas, à barraca e a ela própria, que se aquecia diante da fogueira.

Depois de comer um dos sanduíches que trouxera, pousou os olhos no tronco grosso e rugoso da árvore à sua frente, que se estendia por sobre a dança do fogo. De alguma maneira curiosa se sentia protegida ali. Não sabia explicar por quê, mas sentia que aquela árvore e aquelas grossas raízes que se alastravam no solo em direção a ela não deixariam que nada de mal lhe acontecesse. Pelo menos não naquela noite. De qualquer maneira, de um lado tinha a faca cravada no solo, o cabo apontado para o céu ao alcance rápido da mão, e do outro o facão. O cansaço a convidou a entrar na barraca, e ela foi se deitar. Diferentemente da noite anterior, o som noturno da floresta não a acordou. Talvez porque estivesse mais cansada, talvez por algo lhe dizer que aquele era o *seu* lugar.

Não foi o clarear do dia nem o canto das aves que entrelaçavam seus acordes invisíveis no ar que a despertaram. Foi o som daquela coisa ligeira correndo novamente perto da barraca, aquela velocidade fogosa que também parecia correr através do vento. O som vinha ora da esquerda e se distanciava, depois já estava próximo novamente, como se rodopiasse bem à sua frente, em seguida atrás dela, às vezes parecendo que passava perto da sua cabeça. Ela se sentou dentro da barraca, havia deixado a faca e o facão do lado de fora.

Sua idiota.

Quando sentiu que a coisa havia se afastado, tomou coragem, abriu a barraca e saiu com um movimento decidido. Enlaçou o cabo do facão nos dedos e o brandiu no ar. Um arbusto à frente chacoalhou e gravetos estalaram. A criatura parecia se aproximar. Ela se preparou. Apertou ainda mais os dedos no cabo do facão e por um instante teve a desconfortável sensação de que aquilo não era correto. Nesse exato momento, sem saber por quê, afrouxou a pegada no cabo e desceu o braço. Então, num relance, a criatura se revelou. Duas lebres marrons correram uma ao lado da outra em movimentos ágeis e coordenados, oferecendo um espetáculo de habilidade e vigor. Tão rápidas se mostraram, tão rápidas foram embora, deixando por alguns instantes apenas os rastros de seus movimentos nas folhas e um sorriso meio aliviado e meio cômico no rosto da mulher, que agora, mais relaxada, olhava em volta da surpreendente floresta.

Do fogo, sobraram apenas os restos carbonizados dos galhos que jaziam ainda mornos, e que a mulher, sem saber muito bem por qual razão, cobriu com um punhado de terra, não deixando claro com isso se o objetivo era encobrir seu rastro ou evitar que algum resquício de chama iniciasse um incêndio na mata. Pegou sua garrafa e matou somente parte da sede, pois não sabia por quanto tempo ainda teria que andar e se encontraria outros pontos de água durante o percurso. Em seguida, guardou o cantil na mochila e voltou a caminhar, alimentando-se de uma barra de proteína.

Após algumas horas de caminhada, a mulher se deparou com um pequeno cenário de destruição. Uma árvore gigantesca estava estirada no chão. A grande copa havia se espatifado na queda e galhos se espalhavam em um raio de três metros. Teve que passar com cuidado pelo local por causa dos longos galhos partidos, semelhantes a lanças afiadas que apontavam para todas as direções. A julgar pelo estado da árvore, caíra não havia muito tempo, arrastando outras árvores no caminho.

À medida que seguia, preenchia a memória com cada novo som que ouvia, cada pássaro diferente que a encarava do alto de algum galho ou que levantava voo com sua proximidade. Assustou-se quando um tatu curioso cortou seu caminho. Deu um salto sem jeito para trás e se equilibrou para não tropeçar. O animal apenas acelerou sua corridinha engraçada, que a fez rir depois de se recuperar do susto.

Pouco mais de quatro horas de caminhada haviam se passado quando viu, uns cinquenta metros adiante, uma claridade no horizonte da floresta que só podia significar uma coisa: o sinal de que uma clareira se abria para além daquelas árvores. Seu corpo pareceu se encher de energia. Ela esqueceu o cansaço, colocou força nas pernas e aumentou o ritmo. Antes mesmo de adentrar na clareira, já era possível enxergar a casa de paredes brancas, entre troncos, galhos e folhas.

Pisou no campo aberto e gramado que seguia levemente sinuoso até aquela construção idêntica à sua, deu apenas nove passos e foi obrigada a parar diante da voz que a ameaçou:

— Nem mais um passo, senão eu atiro, eu juro que atiro!

A mulher correu os olhos, escaneando cada ponto. Não havia ninguém na entrada. As janelas, com os vidros fechados, estavam cobertas por uma cortina translúcida. Ela ergueu os olhos e lá estava, na janela do piso superior, a do quarto, uma mão segurando um revólver projetado para o lado de fora da vidraça. Escondido do lado de dentro, por onde era possível vislumbrar apenas o vulto por trás da cortina, o homem repetiu o aviso autoritário:

— Não se mexe!

— Eu só quero saber o que está acontecendo!

— Se tentar pegar a arma, eu juro...

— Eu não estou com a arma.

— Não mente pra mim!

— Eu juro! Olha, a única coisa que eu tenho... — ela tentou gesticular de maneira contida — é essa faca aqui na cintura e o facão que está preso aqui. — Apontou o polegar para trás, em direção às costas.

Então esperou. O homem continuava encoberto pela cortina e a arma em riste tremia no ar. Os olhos da mulher estavam firmes na janela, tentando identificar o rosto que se escondia por trás daquele véu. Mas a arma apontada para ela a aterrorizava. *Maldita arma*, pensou. Na casa onde havia acordado, ao ver uma arma exatamente como aquela guardada no cômodo ao lado do quarto, teve a imediata vontade de tampar a caixa em que ela estava guardada. E agora, mesmo diante de uma pessoa que a ameaçava, não lhe ocorreu a ideia de que talvez tivesse sido mais sensato trazer o revólver consigo. Não, ela não precisava de uma maldita arma. Talvez para se proteger de algum animal na floresta, mas, depois de ler o bilhete, ela sabia que a arma não fora deixada lá para isso.

— Não se mexe. Eu vou descer, não se mexe! Se você se mexer...

— Eu não vou me mexer!

Em menos de um minuto, ainda com o revólver na mão, o homem saiu pela porta, parando antes de se aproximar completamente da mulher. Os dois se olharam, se estudando em silêncio. De imediato notaram aquela mesma coisa que se prendia ao crânio de ambos.

— Que diabos é tudo isso? — esbravejou o homem.

— Eu não faço ideia.

— Qual é o seu número?

— Seis. E o seu?

— Dois — respondeu ele, após um instante de reflexão.

— Precisamos encontrar os outros cinco — disse ela.

O homem a encarou.

— Dá pra parar de apontar essa coisa pra mim?

Ele a analisou, os olhos percorrendo todo o corpo dela. Lentamente, desceu os braços, mas ambos continuaram no mesmo lugar, distantes um do outro.

— Você não acha que pode ser perigoso deixar a casa? — perguntou o homem, ainda conversando a uma certa distância.

Ela olhou para o revólver que Número Dois segurava, e ele notou seu olhar na arma.

— Se você está com a mochila, também deve ter encontrado a sua. Imagino que tudo que tem nesta casa também tem na de todos. Inclusive a arma.

— Sim, estava lá. Mas também tinha um sinalizador — acrescentou ela.

Ele ficou em silêncio, ruminando sua desconfiança.

— Talvez a arma seja porque estamos numa maldita floresta — argumentou o homem. — Pode ter... com certeza tem coisas aí dentro, coisas que podem tentar matar a gente.

— É, pode ser.

— Ou talvez seja pra nos defender mesmo, mas não dos animais, não os da floresta — disse ele.

— Eu deixei a arma na casa. Eu já disse.

— Então você também não acredita que é pra se defender de algo na floresta.

— Eu acredito que uma arma na minha mão poderia ser um motivo pra alguém atirar antes de me ouvir.

— Não sabemos quem são as outras pessoas — ele se esquivou.

— Verdade, não sabemos. Mas, se a primeira coisa que a gente fizer for mostrar que não confiamos no outro, também não vão confiar na gente.

O homem olhou para a arma como se aquele objeto em sua mão sugerisse algo sobre quem ele era e, por algum motivo, se sentiu mal por estar com o revólver enquanto a mulher estava desarmada.

E se ela estiver mentindo?

— Você... se incomoda de pôr a mochila no chão e levantar a camiseta?

A mulher fez uma careta em uma expressão de dúvida.

• 91 •

— Só pra ter certeza de que não tem nenhuma arma escondida aí na cintura.

Ela largou a mochila no chão, ergueu a barra da camiseta e revelou a cintura nua. Deu um giro e voltou a ficar de frente para ele.

— Mais tranquilo agora?

— Eu não estou nem um pouco tranquilo.

— Dá pra notar.

— Por acaso você está?

— Não. Mas não acho que vamos resolver nada assim. E acho que se quisessem que a gente saísse caçando uns aos outros, teriam deixado apenas a arma.

— Eu não lembro de ter visto nenhum sinalizador subindo no céu — provocou ele.

Dessa vez a mulher ficou em silêncio.

— Mas que merda — o homem resmungou e enfiou o cano do revólver na cintura, tentando acomodar a arma, que bambeou até encontrar uma posição. Depois cobriu a coronha com a camiseta, deixando uma leve ondulação do objeto sob o tecido.

— Tá, então o que a gente faz agora?

13

Olhando pela janela do quarto onde despertara havia nove dias, uma garota de aparentemente 17 anos vigiava o terreno. Já era noite e a área da clareira estava levemente iluminada pelas luzes externas da casa. A iluminação alcançava até a primeira faixa de árvores da floresta, clareando vagamente a vegetação que se seguia, mas meio metro depois a luz perdia a força e a mata se fechava em sombras.

Ouviu um ronco e colocou a mão na barriga. Com fome, desceu até a cozinha. Diversos potes e embalagens estavam esparramados pelo balcão e na pia. Pegou dois pacotes de comida termoprocessada, abriu e despejou os alimentos na tigela. Leu as poucas palavras que indicavam o modo de preparo utilizando o micro-ondas localizado em uma parede lateral, próximo ao forno. Enquanto aguardava o aquecimento, estudou o aparelho, depois olhou ao redor, para aquela casa vazia. Estava com medo de ficar ali. Mas estava com ainda mais medo de sair novamente.

Foi até uma das janelas da sala e afastou uma fresta da cortina. Durante a noite, com a iluminação externa, as árvores ganhavam um espectro luminoso artificial e sem vida. O vento balançava as folhas e aquele som áspero e quebradiço misturava-se à cantiga dos insetos e aves noturnas, fazendo circular um barulho ao redor da casa como se algo vivo se arrastasse na grama.

Quando o micro-ondas apitou, a garota se virou com um salto. Refeita do susto, voltou à cozinha, pegou a travessa quente, um garfo que tirou de uma das gavetas e apanhou o revólver que havia colocado sobre a pia. Subiu as escadas, entrou no quarto, sentou no parapeito da janela com a tigela na mão e começou a comer. Mastigava olhando para o horizonte escuro. Da altura da janela do quarto, sua visão alcançava um pouco mais do terreno e ela conseguia ver aquele amontoado de árvores que durante a noite parecia uma coisa só: um mar que se movia lentamente. Estava distraída pensando nisso quando seu olhar foi atraído para um rastro brilhante e avermelhado que subia como um rastilho de pólvora em chamas, crepitando em direção ao céu. A linha que pegava fogo ascendeu com velocidade, até que, ao atingir o ápice, perdeu força, pairou no ar por um instante e, em seguida, declinou em uma curva vagarosa e flutuante, ao mesmo tempo que se extinguia para logo se apagar antes de chegar à metade da queda.

Parou de mastigar e esperou, pensativa. Engoliu o que tinha na boca e largou a tigela no parapeito. Correu até o cômodo contíguo. A porta estava trancada; havia se esquecido de que a trancara novamente. Puxou a chave de dentro da camiseta e, com a pressa, o cordão se enroscou à prótese craniana.

— Ah, merda!

Alisou aquela coisinha metálica, passou os dedos na pele e depois olhou. Não havia sangue. Em seguida destrancou a porta. O cômodo era um espaço retangular de um metro e meio por três, com uma pequena janela basculante na parte superior de uma das paredes, todo o local forrado com prateleiras. Nelas, havia uma grande quantidade de mantimentos: carnes enlatadas, caixas de barras de cereais, frutas desidratadas, pacotes de macarrão instantâneo, galões de água, saquinhos estranhos identificados como proteína em pó, embalagens transparentes com tiras de carne seca, feijão em lata, entre outras coisas. Também havia utensílios, como fogareiro e caixa de primeiros socorros. Em uma das prateleiras estava a barraca, que ela já havia usado, e também a mochila e o facão. No centro do cômodo, apenas uma mesa alta em que duas caixas repousavam. Ela foi em direção a uma delas com a convicção de quem sabia o que havia em seu interior e retirou de dentro a pistola sinalizadora. Então a olhou como se estivesse se familiarizando com o objeto. Apanhou o cartucho único que estava encaixado em um molde ao lado da pistola e colocou dentro do cilindro. Correu de volta para a janela do quarto, abriu-a e esticou o braço para fora, apontando a pistola para o céu. No entanto, já com o dedo sobre o gatilho, hesitou.

Pode ser uma armadilha.

Eles precisam da minha chave.

Mas eu também preciso dela.

A mão trêmula ainda segurava a pistola apontada para o céu. Bastava apenas um pouco mais de pressão no gatilho. Mas desistiu. Recolheu o braço, olhou para a pistola e depois a jogou em cima da cama. Fechou a janela, sentou no parapeito e não conseguiu segurar o choro. Levantou, como se estivesse com raiva de si mesma, como se por algum motivo estar naquela situação fosse culpa dela. Sentou-se na cama, de pernas cruzadas, com o revólver bem à frente de um dos joelhos, ao lado da pistola sinalizadora. Olhando para a janela, sentada naquela cama, parecia uma jovem comum em seu quarto, fantasiando sobre as coisas da vida. A janela se abriu com o vento, apenas uma fresta, e por ela a brisa levantou a fina cortina.

Durante a noite, suas pálpebras tremularam como se o cérebro estivesse sendo estimulado por um upload de informações. O sonho em que estava era tumultuado, um recorte de cenas confusas, nubladas por luzes artificiais e vultos de pessoas que ela não conseguia identificar. O ambiente desconhecido tinha um ar de laboratório hospitalar, e, apesar da turbidez provocada por algum sedativo, ela sabia que era o foco de um procedimento médico.

Sentia o contato do próprio corpo deitado em uma maca fria de metal, e, nessa movimentação de vultos, escutava sons metálicos de instrumentos e conversas indecifráveis que pareciam vir de todas as direções, como se houvesse vários grupos trabalhando em diferentes projetos.

— Pronto? — ouviu alguém dizer, mas a pessoa não falava com ela. A garota sequer conseguia enxergar alguém ao seu lado, embora soubesse estar rodeada de pessoas.

Pronto o quê?, ela jurava ter dito em voz alta, porém, como não obteve resposta, talvez tivesse apenas pensado.

A face estava apontada para cima, ela sentia os lábios secos e a sensação de urgência que tomava o ambiente.

De súbito, soou um grito abafado de dor. Ela tentou levantar a cabeça, mas os músculos não reagiram ao pensamento.

Por favor...

Com dificuldade, conseguiu apenas virar o rosto para o lado e a cena toda girou de forma nauseante.

Passando mal... por favor...

A vista embaralhada tentava focar alguma coisa, mas a sala parecia clara demais. Da direção de onde vinha o som, viu os pés descalços de alguém também deitado sobre uma maca. A imagem dançou em vultos causados pela visão turva, mas era possível ver que vestia uma túnica azulada de paciente e que parte da vestimenta larga caía para fora da maca. Havia fios conectando o corpo a aparelhos que monitoravam seus sinais e uma bolsa de soro posicionada ao lado. Teve vontade de vomitar. De tempos em tempos, escutava um som energizado, como se uma corrente elétrica fosse acionada em algum lugar, fazendo o corpo do desconhecido se enrijecer a ponto de arquear as costas como uma tábua sob pressão. Em seguida, quando a energia cessava, a musculatura relaxava e o corpo da pessoa cedia, exausto, gemendo baixo. A cada sessão de choque, o paciente emitia um som asfixiante, como se algo lhe amordaçasse a boca.

A corrente elétrica foi ligada novamente e o grunhido ecoou mais uma vez. A garota continuava olhando para o corpo do homem, porém dessa vez ele não fazia nenhum movimento. Demorou alguns segundos para perceber que o som vinha de outra direção. Ela virou o rosto para o lado oposto e sua vista embaralhou com mais intensidade, a vontade de vomitar subiu-lhe até a garganta. Então viu, em uma segunda maca distante, uma silhueta que parecia ser de mulher. A cabeça raspada estava molhada de suor, e um aro de metal, conectado a fios, estava ajustado logo acima das orelhas. A eletricidade havia sido cortada e ela balançava morosamente o corpo. Sons e bipes de monitores de sinais vitais ecoavam de todos os lados. Quando a energia foi reativada, uma veia grossa, como uma tubulação de petróleo, saltou sob a pele fina do pescoço da desconhecida. Dessa vez a sessão pareceu mais longa, e a energia insistia em sua tarefa de torturar a mulher. Em um instante de clareza, com a vista menos embaralhada, a garota viu um pouco de espuma vazar da boca amordaçada. Assim que a energia foi cortada, a mulher se acalmou, gemendo. Agora se ouviam apenas aparelhos emitindo sons de sinais vitais e um conjunto de conversas murmuradas. Mesmo sem distinguir o rosto da mulher, a garota podia sentir seu cansaço, e uma sensação de tristeza, o corpo entregue, os gemidos distantes e abafados que imploravam para que acabassem logo com aquilo.

A atenção da garota voltou para si mesma quando sentiu um toque no braço. Um toque de dedos plastificados esfregava um pedaço de algodão na dobra interna do seu cotovelo. Tentou recolhê-lo, mas o braço estava imobilizado. As pernas também. Sentiu leves batidinhas na pele; a pessoa procurava sua veia.

— Por quê? — disse baixinho, em um murmúrio quase inaudível, e teve a impressão de que a pessoa em pé a seu lado a encarou. Mas a figura era apenas uma silhueta contornada por aquela luz muito branca.

Em seguida veio uma picada profunda e demorada. Sentiu a agulha se remexer dentro dela e gemeu. A substância foi injetada lentamente em seu corpo. Depois, um aro metálico foi acoplado ao redor da cabeça.

Não, não, não...

Fios também saíam de dentro de sua vestimenta e se conectavam a aparelhos próximos a ela, onde monitores exibiam códigos e sinais incompreensíveis. Mesmo sob o efeito da droga, tentou esboçar outro pedido, mas os músculos respondiam com uma lentidão ainda maior. Sentiu uma mão apertar seu maxilar para que ela abrisse a boca, por onde lhe enfiaram um mordedor. Curiosamente, teve a sensação de que lhe abriram a boca com um certo cuidado e que lhe acoplaram aquela coisa incômoda entre os dentes, como se, apesar de tudo, não quisessem machucá-la.

O desconhecido que lhe aplicara a injeção deu dois passos para trás, e um segundo depois ela sentiu a corrente elétrica percorrer seu corpo, invadir seu cérebro como raios que dançam dentro de uma nuvem escura de tempestade, e toda aquela eletricidade a preencheu como uma onda estourando na praia.

A garota, que havia adormecido sentada na cama, despertou gritando e, em um gesto automático, apanhou instintivamente a arma que estava a seu alcance; em uma explosão confusa, disparou as cinco balas que restavam na parede branca do quarto.

• 98 •

14

Naquela manhã, a terra estava úmida por causa da chuva que caíra durante a noite. Uma tempestade violenta havia arrastado galhos e um tapete de folhas para dentro da clareira onde estava a Casa 4, e agora o sol transformava toda a água que caíra em um mormaço pegajoso. O cheiro de terra molhada que subia do solo, aquele cheiro morno e fértil, abraçava Número Quatro, que estava do lado de fora.

Ao escutar o som de alguma coisa se movendo dentro da mata, ele se virou em direção ao ruído. Passos de pessoas. Tentou disfarçar a apreensão no rosto, mas o medo estava lá, querendo movê-lo para outra direção. Mesmo assim, algumas noites antes, ele pegara o sinalizador e disparara em direção ao céu estrelado. No entanto, agora, por um momento, havia se arrependido de ter lançado o sinal. Lembrou-se da arma que estava na caixa, ao lado do sinalizador. Ele nem havia tocado nela e não gostava da mera invocação da imagem em sua mente.

Onde vocês estão?

Então, de repente, uma mulher saiu de trás de uma árvore. Parecia que tentava se livrar de algo. Logo atrás dela, surgiu um homem em clara postura defensiva, como se houvesse sido contrariado.

— Oi — cumprimentou a mulher. — Nós vimos o sinalizador. Foi você, não foi?

Ambos carregavam mochilas nas costas. As roupas brancas estavam encardidas, grudadas ao corpo, e, ao se aproximarem, ele sentiu cheiro de suor.

— Sim — disse ele e olhou para o homem, que se posicionou um pouco atrás da mulher, o rosto um tanto fechado e desconfiado.

— Ninguém mais apareceu? — A mulher quebrou o silêncio, percebendo a tensão.

— Vocês são os primeiros — respondeu Número Quatro.

A mulher assentiu. O homem atrás dela continuava apenas encarando em um silêncio julgador.

— Vamos entrar. Tomem um banho e descansem — ofereceu Número Quatro.

— É tudo que eu quero agora — respondeu a mulher.

Todos se olharam, e, após um momento de silêncio, Número Quatro se virou e começou a andar em direção à entrada da casa. Os dois visitantes o seguiram com aquela tensão vibrando no ar. Ele estava de costas para dois estranhos que haviam chegado juntos e que poderiam ter entrado em alguma espécie de acordo. Mas, ao disparar o sinalizador, ele havia decidido qual caminho seguir.

— O que foi? — Número Dois perguntou para Número Seis, que havia parado de caminhar e encarava um canto da floresta.

Os dois homens voltaram-se para ela.

— Eu pensei ter visto alguma coisa — disse, ainda olhando para dentro das árvores.

— O que você viu?

A mulher balançou a cabeça como se estivesse espantando uma ideia.

— Foi só impressão minha — e voltou a caminhar em direção à Casa 4.

Número Dois ainda permaneceu no lugar por alguns segundos, desconfiado, voltado para a área na floresta onde a mulher havia dito ter avistado algo. Olhou para trás e viu Número Quatro e Número Seis seguindo em direção à casa, e, para não deixar os dois sozinhos, acelerou os passos para alcançá-los.

Número Quatro apontou para um lugar onde eles poderiam deixar as mochilas.

— Tenho roupas secas lá em cima — ofereceu ele.

— Eu trouxe algumas peças — respondeu a mulher.

— Eu também — foram as primeiras palavras de Número Dois, que parou diante do pilar no meio da sala.

— Quem quer ir primeiro? — perguntou Número Quatro, oferecendo o banheiro aos visitantes.

A mulher e o homem se olharam.

— Pode ir — disse ele.

Ela assentiu e seguiu em direção ao banheiro, que ficava ali, no piso inferior, numa porta ao lado da escada. Os dois homens se encararam, desconfortáveis.

— Eu te convidaria para sentar, mas... o sofá é branco.

Número Dois ficou olhando para o outro homem, tentando entender se aquilo era uma tentativa de piada.

— Brincadeira, pode sentar.

— Não, eu espero.

— Quer água?

— Sim — parecia que ele iria dizer algo mais, porém não disse.

Número Quatro caminhou até a cozinha e, enquanto enchia um copo de água, o homem observava aquele estranho parado em frente à caixa em que supostamente estariam as suas memórias.

— Alguma coisa diferente da caixa que tem na sua casa? — perguntou Número Quatro, trazendo o copo de água.

— Não.

Não demorou para perceber que da dupla recém-chegada quem estava mais disposta a conversar era a mulher. Então Número Quatro achou

• 101 •

melhor aguardar que ela voltasse. Assim que ela se juntou a eles, foi a vez de o homem ir se lavar. Número Dois se banhou rapidamente, não confiava em deixar aquelas duas pessoas sozinhas. Talvez fosse uma oportunidade de tramarem algo.

Agora os três estavam em pé ao lado do púlpito pálido onde repousava a caixa 4. O envelope dourado ainda estava sobre a caixa. A mulher o abriu, pegou o bilhete, leu e conferiu cada palavra, as mesmas que havia lido em seu próprio bilhete.

— Então você chegou na casa do Número Dois — disse Número Quatro, olhando para a mulher, depois se voltando para o homem —, que te rendeu com a arma.

— Eu pedi pra ela esperar eu descer, só isso.

— E você está armado agora?

— Quem quer que tenha colocado a gente nesse lugar não está querendo o nosso bem.

— Ainda não sabemos de nada — ponderou a mulher.

— Que diabos passa pela sua cabeça? — contestou Número Dois. — Às vezes você fala com uma calma que eu sinceramente não consigo entender.

— Se tem uma coisa que eu não estou é calma.

— Pra mim você parece bem calma — retrucou ele.

— A gente precisa descobrir o que está acontecendo. É nisso que eu estou focada.

— Vocês não se lembram de nada, nada? — questionou Número Quatro, desejando pôr um fim naquela discussão.

Os dois visitantes balançaram a cabeça, em silêncio.

— Você se lembra de algo? — perguntou Número Seis, sem muita esperança.

— Também não — respondeu ele, desapontado.

— Tem algo aqui — disse Número Dois, chamando a atenção dos outros para a sequência numérica na caixa. — Os números, os números acesos na sua caixa.

— O que têm eles?

— Estão diferentes dos números que estavam acesos na minha.

Os três olharam para a sequência de números como se algo estivesse prestes a se revelar.

— Eu reparei que tinha alguns acesos na sua caixa e outros apagados na minha — observou a mulher.

— Aqui na sua estão acesos os números 4, 1 e 7 — disse Número Dois. — Na minha, estavam acesos os números 2, 3, 4 e 7.

O simples fato de outra pessoa aproximar o dedo da sua caixa fez Número Quatro se retesar. Número Seis, porém, notou quando ele segurou a respiração por um breve instante.

— Está tudo bem — disse ela, olhando para o homem.

Ele assentiu e os dois se encararam, cada um buscando alcançar algo dentro do outro.

— Dá pra prestarem atenção no que eu estou falando? — reclamou Número Dois.

— Estamos ouvindo — respondeu a mulher. — Será que é alguma pista? Uma indicação, talvez, de quem a gente devia procurar primeiro, alguma sequência, um quebra-cabeça?

— Não, acho que não — contrapôs Número Dois. Ele levou uma das mãos à boca, apertando o lábio inferior enquanto encarava a caixa com o semblante pensativo. — Talvez... talvez... será?

— O quê? — perguntou a mulher. — Fala de uma vez.

— Calma, caramba. Você estava tão calma até agora.

— Para de ficar fazendo esse joguinho.

— Que joguinho? Eu estou pensando, pensando. Minha nossa! E você — ele se virou para Número Quatro —, vem comigo lá fora.

— Eu? Pra quê?

Ele está armado, vai te matar.

Número Dois já estava próximo da saída quando olhou para trás e viu que Número Quatro não tinha saído do lugar.

— Vamos!

— Primeiro diz pra quê.

— Eu quero ter certeza de uma coisa.

— Não pode dizer antes o que está pensando?

— Só vai levar cinco segundos.

Ainda indeciso, Número Quatro permaneceu onde estava.

— Caramba, o que foi agora? — perguntou Número Dois.

O dono da casa o encarou.

— Tá certo — com um gesto ligeiro, Número Dois enfiou a mão na cintura por debaixo da camiseta e sacou o revólver. — É isso que está te incomodando, não é?

O homem e a mulher se retesaram, e ambos quase deram um passo involuntário para trás.

— Se eu quisesse arrebentar os miolos de vocês, dava um tiro aqui mesmo — ele balançou a arma no ar de um jeito despreocupado.

Sem se sentir confiante para argumentar, Número Quatro permaneceu em silêncio, aguardando o próximo movimento do visitante.

— Cuidado com isso — disse a mulher.

O homem a encarou, sem entender.

— Se ele também estivesse armado poderia se assustar ao te ver com essa coisa e... cuidado pra essa arma não acabar te matando em vez de te proteger.

Franzindo o cenho em uma expressão de contrariedade, Número Quatro segurou a arma pelo cano do revólver e direcionou a coronha para ela.

— Espero não me arrepender — disse ele. — Segura um pouco pra mim.

Demonstrando antipatia pela ideia de segurar a arma, a mulher apanhou o revólver após hesitar por um instante. Sentiu o peso da arma na mão e não gostou da sensação. Não gostava de ter aquela coisa entre os dedos.

— Podemos ir agora? — disse Número Dois, impaciente, encarando Número Quatro, que olhou para a mulher.

— Pode ficar tranquilo. Eu acho.

— Bom, agora que você disse — ironizou ele, e caminhou na direção do outro homem.

— Fica aí olhando — disse Número Dois para a mulher.

— Olhando o quê? — respondeu ela, com um tom de quem não havia gostado de receber aquela ordem.

— Se eu estiver certo, você vai saber — o homem respondeu e saiu, acompanhado de Número Quatro, que, antes de deixar a casa, deu uma última olhada para a mulher e para a caixa dele.

Quando os dois saíram, a mulher olhou para a caixa e gritou:

— Apagou! O número 4 da caixa apagou!

Assim que eles voltaram a entrar, ela falou novamente:

— Acendeu, acendeu de novo. Então é isso.

— Viu só? Seus miolos continuam inteiros — Número Dois provocou o outro homem com um tom carregado de orgulho.

— Inteiros não é a expressão mais precisa — retrucou Número Quatro.

— Pode me devolver, senhora? — Número Dois estendeu o braço para a mulher.

Senhora?

Ela pensou, mas não disse nada.

Nesse instante, se dera conta de que não fazia a menor ideia de quantos anos tinha. Depois de devolver a arma ao homem, olhou para as costas da mão. A pele era um pouco enrugada e veias grossas e salientes se projetavam, estufadas.

— Então quer dizer — falou Número Quatro enquanto caminhava para perto de sua caixa — que os números acesos indicam quando o dono da casa está dentro dela.

— Deve ter algo nisso aqui — disse a mulher, tocando de leve a prótese craniana.

— Ou na chave — sugeriu Número Dois.

— Talvez — concordou ela. — Mas a chave é fina demais, não acha? Pra que mais serviria essa coisa senão pra nos vigiar?

— Como é que eu vou saber? — retrucou Número Dois.

— Verdade. Você já teve uma ideia agora há pouco. Talvez seja demais ter duas em um intervalo de tempo tão curto — disse ela. — Talvez isso seja um rastreador?

— Engraçado você falar isso — disse Número Dois, o semblante mostrando desconfiança.

— Engraçado por quê?

— Essa ideia chegar tão fácil pra você... Chegar à conclusão de que isso aqui é um rastreador.

— Pra ser sincera, não é algo muito difícil de pensar.

Observando a conversa de fora, Número Quatro olhava ora para a mulher, ora para o outro sujeito.

— Olha — Número Quatro interveio —, eu não me surpreenderia se quando recobrarmos a memória descobrirmos que vocês dois são casados — e riu da própria piada.

— Seria um preço alto demais a pagar pra ter minha memória de volta — reagiu a mulher, e Número Dois fez uma careta infantil de desdém.

— O que a gente faz agora? — perguntou Número Quatro. — Ficamos aqui e esperamos pra ver se mais alguém aparece ou tentamos encontrar eles?

— Podemos esperar mais um dia — sugeriu a mulher, encarando a sequência numérica. — Se não vier mais ninguém, vamos atrás deles — finalizou e saiu de perto da caixa, caminhando em direção à mochila.

Vamos atrás deles.

Os dois homens se olharam, receosos.

Depois de concordarem em esperar mais um dia para que as outras pessoas aparecessem, os três passaram o fim da tarde e o começo da noite com conversas picadas que não fugiam dos temas "o que você acha que significa tudo isso?" e "quem poderia fazer uma coisa dessas?", mas, na maior parte do tempo, ficavam em silêncio, cada um mergulhado nas próprias dúvidas, as quais não tinham coragem ou confiança de compartilhar em voz alta.

Número Quatro havia sugerido que Número Seis ficasse no quarto, que ele se ajeitaria no sofá, aliás já havia dormido nele algumas noites, dissera, quando pegara no sono esperando que aparecesse alguém, mas a mulher recusou com o argumento de que não era necessário, muito

• 106 •

menos justo. O homem ainda brincou, dizendo que eles eram seus convidados e que fazia questão, mas ela insistiu em recusar.

— Se quiser oferecer a cama pra mim, eu aceito — disse Número Dois.

— Claro. Como eu disse, vocês são meus convidados.

— Nãã... — Número Dois torceu o rosto em uma careta. — Estava só te testando. Eu me arranjo por aqui mesmo.

Número Quatro se despediu, subiu as escadas e desapareceu no quarto do piso superior. Número Seis ficou com o sofá e Número Dois se ajeitou com o colchonete que trouxera junto com a barraca.

— Esse sujeito é educado demais — comentou em voz baixa para que apenas a mulher pudesse ouvir. Mas ela nada respondeu.

Graças às largas janelas envidraçadas cobertas apenas pelas finas cortinas, a claridade dos primeiros raios de sol invadiu os cômodos com facilidade e o ambiente branco potencializava o clarão que se avolumava lentamente. Naquela hora da manhã, os três já estavam acordados, no entanto nenhum deles deu sinal de que se levantaria.

Apesar de ter todo o espaço da cama, Número Quatro estava meio encolhido no lado esquerdo, as pernas dobradas, os braços juntos, deitado em posição fetal em direção à janela que brilhava, translúcida. Trazia nos olhos uma inquietação silenciosa que crescia contra sua vontade.

Sobre o fino colchonete, Número Dois também estava estirado de lado, com as costas viradas para o sofá onde Número Seis estava. Naquela noite, ao se deitar para dormir, ele se posicionara com as costas para a parede, a fim de ver qualquer coisa que acontecesse na sala, mas nem percebera, no decorrer do sono, que havia mudado de posição.

Número Seis estava virada de barriga para cima, os olhos vidrados encarando a imensidão branca do teto. Todos traziam no rosto um ar de derrota anunciada, uma frustração ao acordar na mesma situação em que se encontravam no dia anterior.

Os passos cautelosos de Número Quatro descendo as escadas foram o primeiro som que se ouviu dentro da casa. O homem parou no último lance, hesitante. Número Seis levantou o corpo e permaneceu sentada no sofá, ainda sem dizer nenhuma palavra. Apenas olhou para o dono da casa, que lhe retribuiu um olhar perdido que a fez pensar que ele havia chorado, mas resolveu não tocar no assunto. Número Dois nem se deu o trabalho de levantar, apenas rolou sobre o colchonete, trocando olhares com os outros, e, através do silêncio, compartilharam o mesmo sentimento de angústia.

— Vou tomar uma ducha — disse Número Quatro.

A mulher assentiu, tentando dizer algo que saiu como um murmúrio abafado, rouco e incompreensível. Depois olhou para Número Dois, que, em resposta, voltou a rolar o corpo e dar as costas, fixando novamente os olhos abertos na parede branca à sua frente. Não havia naquele gesto nenhuma intenção de provocar a mulher, e ela sabia disso. Estavam todos ansiosos por respostas que a noite não trouxera. Eles haviam dormido com a débil esperança de que a manhã seguinte pudesse ser diferente simplesmente por ser um outro dia ou que alguém despertasse trazendo um fato novo, quem sabe revelado em um sonho, porém, naquela troca silenciosa de olhares, cada um reconheceu no outro o mesmo que reconhecera em si: o medo do grande vazio. E é justamente no vazio que o medo faz o seu ninho e onde crescem os monstros que nos assombram.

Passaram o dia esperando a chegada dos outros, e da mesma forma que a manhã surgiu ao abrir dos olhos, a tarde sobreveio como numa piscada seguinte, e a noite não demorou a cair, encerrando o prazo que o trio havia estipulado para a chegada dos outros envolvidos.

— Será que devemos esperar mais? — disse Número Quatro, na manhã seguinte. — A gente não sabe a distância entre as casas.

Número Dois ficou em silêncio, como se aguardasse uma posição de Número Seis. A mulher se questionou se ele esperava que ela dissesse algo apenas para contrariá-la ou se não queria se comprometer com aquela decisão. Mas também havia o fato de eles precisarem enfrentar a floresta novamente. Dias de caminhada desgastante dentro daquele lugar hostil.

— Vamos esperar mais um dia, então? — sugeriu a mulher.

— Já que você faz tanta questão — respondeu Número Dois, como se estivesse fazendo a vontade dela.

E veio o segundo dia, que também passou sem nenhum sinal dos demais.

Após tomarem um banho e um café permeado por conversas dispersas, o trio estava agora do lado de fora da casa debatendo para qual lado seguir. Cada um levava nas costas sua mochila de acampamento devidamente abastecida com mantimentos, caixa de primeiros socorros, facão e barraca.

No quarto de suprimentos, enquanto separava o que iria levar, Número Quatro refletiu alguns minutos, os olhos fixos na caixa onde o revólver estava guardado.

— Cinco dias para chegarem da casa do Número Dois até aqui? — perguntou Número Quatro.

— Cinco longos dias — respondeu Número Dois. — Onde diabos estão essas pessoas?

— Talvez estejam com medo — respondeu o outro homem.

— Eles estão há dias trancados nessas malditas casas esperando que as coisas se resolvam sozinhas?

— O número 3 na minha caixa continua apagado. Ele, ou ela, deve estar procurando também. Talvez esteja vindo pra cá. Quem sabe se perdeu e por isso esteja demorando mais.

— Talvez esteja morto. Ou morta — murmurou Número Dois.

Silêncio.

— Talvez esteja na Casa 1, na 5 ou na 7 — disse a mulher. — Do mesmo jeito que nos encontramos, outros podem ter se encontrado também.

Os três ponderaram sobre aquela possibilidade, com o receio inconsciente de que a formação de grupos independentes pudesse significar um problema.

— Ele pode estar em qualquer lugar — disse Número Dois. — Pode ter sido devorado por um animal, pode estar nos espreitando atrás de alguma árvore, esperando o momento certo — falou enquanto sondava a mata.

— Melhor pararmos com isso — disse Número Quatro. — Vamos decidir para qual lado seguir de uma vez. É o que podemos fazer. Na caixa, os números 1, 5 e 7 estão acesos. — Olhou para o totem à frente que indicava a direção de cada casa. — E aí, tiramos no dois ou um?

• 109 •

Todos estavam de pé, olhando em volta como se alguma sugestão fosse aparecer de algum lugar, até que um barulho estalou dentro da floresta e os três viraram o rosto na mesma direção.

— Que tal a gente imaginar que isso foi um sinal divino? — propôs Número Quatro.

15

Algumas semanas após a cremação, depois de passarem o tempo necessário na incubadora, as mudas de jequitibá, jacarandá e ipê-amarelo que cresceram enraizadas nas cinzas do marido e das filhas estavam agora prontas para o plantio no solo.

Inês estava em pé, ao lado de Joice e Tomás, além de parentes e amigos próximos, observando os funcionários da empresa funerária realizarem o plantio das pequenas árvores.

A primeira árvore transplantada para o solo foi o jequitibá de Rui, depois o jacarandá de Ágatha e, por fim, o ipê-amarelo de Beatriz. Ao lado delas, foi instalado um totem de acrílico, em que se lia *in memoriam* acompanhado de um QR code.

— As mudas não ficaram muito separadas? — questionou Joice ao agente funerário que acompanhava a cerimônia.

— É que ainda são mudas; elas precisam de espaço. Mas com o tempo, à medida que forem crescendo, a sensação será de que estão mais próximas.

Inês sorriu ao escutar aquilo, satisfeita com a ideia de que o tempo os uniria em vez de os separar.

Ao final da cerimônia, Inês disse que ficaria um pouco mais e se sentou no banco de madeira, semelhante aos que existem em praças, que fora instalado em frente às mudas.

— Posso ficar também? — perguntou Joice.

Inês assentiu.

— A gente encontra vocês daqui a pouco — Joice disse para Tomás, que saiu acompanhando as outras pessoas que tinham vindo para a cerimônia.

As duas mulheres, sentadas no banco, observavam as pequenas árvores. Joice levantou, se agachou aos pés do pequeno jacarandá e ajeitou delicadamente um montinho de terra que parecia um pouco fora do lugar, depois voltou a se sentar ao lado de Inês. As duas ficaram ali, em silêncio, pensando em Rui, Ágatha e Beatriz. Então um pombo pousou no gramado, captando a atenção de Inês, que deixou escapar um sorrisinho abafado.

— Passarinho gordinho — murmurou.

— O quê? — perguntou Joice, confusa.

— Passarinho gordinho — repetiu, com os olhos fixos na ave de plumagem cinza e preta que perambulava, bicando a grama. — Estávamos no carro, com as meninas no banco de trás, o semáforo tinha fechado, e aí escutamos a Ágatha falando "passarinho gordinho". Eu e o Rui olhamos pra trás e vimos ela olhando pela janela. Tinha um pombo pousado numa marquise na calçada, a Beatriz se esticou toda pro lado da janela da Ágatha pra olhar, e quando viu o pombo também disse, imitando a Ágatha: "passarinho gordinho". Depois desse dia o Rui sempre brincava com elas... Ele adorava apertar a barriga das duas e fazer cócegas, repetindo "passarinho gordinho, passarinho gordinho", e as meninas riam, riam de gritar. Eu via aquilo, aquela risada toda, os três — Inês baixou os olhos e, com o polegar, cutucou a unha do dedo anelar esquerdo. — Mas uma vez eu confessei pro Rui, uma noite em que ele veio pro sofá depois de colocar as meninas pra dormir, eu ouvi da sala ele brincando com elas, fazendo cócegas e falando "passarinho gordinho, passarinho gordinho", ele voltou sorrindo e eu disse, meio preocupada, se essa brincadeira não poderia fazer mal a elas, sabe? Ele não entendeu o que eu queria dizer e eu expliquei meu receio, se ficar apertando a barriga delas e falando aquilo, se elas, sei lá, não podiam acabar associando isso inconscientemente com a aparência delas no futuro, se isso não podia acabar se tornando um problema — Inês confessava aquela lembrança para Joice com um tom de vergonha.

Joice ficou em silêncio por um instante, até que disse:

— Uns três meses atrás, eu estava conversando com a Carol, minha sobrinha. A filha dela tem 5 anos e falávamos sobre criar filhos, quando ela me contou que, sempre que precisa chamar a atenção da menina, toma cuidado pra não gritar com ela. Ela disse que, se ela gritasse com a filha, talvez a filha pudesse assimilar que está tudo bem uma pessoa em posição superior gritar com ela e que no futuro ela poderia carregar essa ideia, sabe, e permitir que outras pessoas gritassem com ela porque tinham alguma posição superior, algo assim. Eu escutei aquilo e, naquele dia, quando voltei pra casa, o Tomás me perguntou por que eu estava tão calada, então eu contei a história pra ele e perguntei se eu tinha sido uma boa mãe, se eu não tinha errado demais e feito algum mal para o nosso filho. O Tomás disse que era besteira minha, que eu não devia me preocupar com isso, mas — Joice fitou o pequeno pé de jequitibá — às vezes eu ainda penso nas coisas que eu podia ter feito diferente.

Sentadas uma ao lado da outra, as duas mulheres conversavam sem se olhar, fitando as três arvorezinhas à frente.

— Que bom que você não fez nada de diferente — disse Inês.

Joice esboçou um sorriso e as duas permaneceram mais um momento em silêncio, contemplando a sensação estranha que aquelas três pequenas árvores evocavam.

— Eu pensei que tinha conseguido — Inês voltou a falar, como se as palavras saíssem sozinhas, incapazes de ficar dentro da boca. — Pensei que tinha dado certo dessa vez quando o parto correu bem e eu vi minhas meninas. Mesmo assim eu perguntava toda hora para as enfermeiras:

"elas estão bem?", "e hoje, elas continuam bem? As duas? Fizeram todos os exames? Como está a temperatura delas? E os dedinhos, a cor dos dedinhos?". Então, elas puderam ir pra casa, e Rui e eu colocamos um colchão entre os berços para dormirmos a primeira noite juntos, e naquela noite, quando estávamos deitados, eu sussurrei para ele: "Deu tudo certo, né?" E ele sussurrou de volta: "Deu, sim." — Inês olhava para as árvores, depois baixou a cabeça e olhou novamente para a unha do dedo anelar.

— Antes de ter o Rui, eu também sofri um aborto. — A frase saiu da boca de Joice como se estivesse guardada havia tempo demais.

Inês virou o rosto para a sogra, que continuava fitando as três arvorezinhas na terra.

— O Rui nunca me falou sobre isso — revelou Inês.

— Ele não sabia. — Joice fez uma pausa antes de prosseguir: — Foi três anos antes de eu engravidar dele. Por isso, quando aconteceu com vocês, eu pensei... mas já fazia tanto tempo que eu não falava sobre ela. Era uma menina. A gente tinha acabado de descobrir, por isso que até hoje eu não consigo entender... Como é que não viram que tinha algo errado? Luiza. Ela ia se chamar Luiza. O quartinho, o enxoval, já estávamos ajeitando tudo, ela tinha até ganho presentes de uns amigos. Mas aí, um pouco antes de completar a décima sétima semana, eu senti uma dor tão forte... Eu estava tomando banho, então tive um sangramento intenso e ela saiu, meu bebê saiu. Mas ela já... ah, Luiza... o Tomás mesmo que cortou o cordão umbilical. Até hoje não sei como ele teve coragem. Acho que quando a gente realmente precisa de coragem, a coragem vem. Aí fomos para o hospital e eles fizeram a curetagem para retirar a placenta. Disseram que eu poderia esperar o corpo expelir naturalmente, mas a Luiza já não estava lá, e eu não iria conseguir esperar que algo saísse de dentro de mim que não fosse ela... — Joice falava o tempo todo olhando para o pequeno jequitibá. — Nas primeiras semanas, eu só conseguia pensar: meu Deus, ela estava dentro de mim, dentro de mim, e eu não consegui protegê-la. Eles diziam que isso era comum, que acontecia com frequência, mas como acontece com frequência se eu não vejo ninguém falando disso? Eu fiquei com tanto medo de engravidar de novo. Mesmo querendo tanto! Demorou três anos e eu engravidei do Rui. Nove meses de felicidade e medo. Até ele nascer e ser só felicidade. Eu nunca fui de rezar, mas eu rezei, implorei para que tudo desse certo. E deu. Se foi graças a algum Deus, eu não sei, e também não me importa, sinceramente, porque, se ele quis que o Rui nascesse, então por que não quis o mesmo pra Luiza? — Joice fez uma pausa. Há mais de quarenta anos aquelas palavras estavam ali, tentando sair. — Minha menina. Por isso, quando eu soube que vocês iriam ter duas, duas meninas, eu fiquei tão feliz.

Joice voltou-se para Inês e as duas se encararam.

— A dor vai ser enorme e ela nunca vai realmente passar — disse Joice. — Vai ter hora que você vai pensar que não vai dar conta, que não vai conseguir viver sem eles, e tudo bem sentir isso, minha filha, tudo bem. Quando a tristeza vier, deixa ela vir, dá o tempo que ela precisa, mas depois deixa ela ir.

As duas fitaram as mudinhas. Havia muito tinham rompido o rótulo de nora e sogra. Eram duas mulheres velando a mesma dor. Joice buscou a mão de Inês e a apertou com carinho, sem tirar os olhos das pequenas árvores. E, apesar de toda aquela dor, também havia todo aquele amor.

Naquela noite, Inês aceitou o convite dos sogros e os três foram jantar com outros integrantes da família em um restaurante italiano a que costumavam ir. Depois ela foi para casa. Antes de entrar no banheiro, foi até a cozinha, pegou a caixa de remédios e engoliu um comprimido. Em seguida tomou um banho demorado e quente.

No outro dia, passou a manhã estirada na cama, praticamente imóvel. Com a mão apertando o travesseiro, olhava para o lado vazio do colchão. Tantas foram as manhãs em que Inês havia fechado os olhos, pedindo em pensamento que as crianças dormissem só mais alguns minutinhos, e agora todo esse silêncio. E logo ela entenderia que a dor se move em todas as direções do tempo, nublando o futuro e ressignificando o passado, fazendo com que pequenas discordâncias se transformem em um pesar doloroso que ganha gravidade em um remorso irracional. Como aquela vez em que Rui queria pedir tal comida e Inês disse que não estava com vontade; como aquela tarde quando as meninas queriam convidar a amiguinha do prédio para dormir em casa e ela disse "hoje não" porque estava com dor de cabeça e as meninas foram dormir chateadas. E, mesmo que Inês tivesse aceitado pedir aquela comida naquele dia, mesmo que tivesse deixado a amiguinha das filhas dormir em casa naquela noite, sua mente encontraria outras coisas para transformar em culpa, e ela açoitaria a si mesma com lembranças comuns que a dor transforma em remorso.

16

Antes de se contaminar e ir trabalhar na fazenda de energia solar, Sandro residia no Setor Zero, uma das áreas isoladas para não infectados. Como parte da equipe de pesquisadores que buscavam uma cura, duas vezes por semana Sandro vestia um uniforme de proteção biológica, embarcava em uma van escoltada por duas unidades policiais e adentrava o Setor Um para a realização de testes em pessoas contaminadas.

Neste exato momento, Sandro estava vestido com o uniforme de proteção e aguardava sua vez para passar pela cabine de descontaminação e poder retornar ao Setor Zero.

Quando seu número de identificação foi chamado, Sandro pegou sua maleta, caminhou até o portão e digitou a senha. A porta deslizou, ele entrou, parou, e a porta pela qual entrara se fechou atrás dele. Havia outra porta fechada à sua frente, e agora ele estava no interior da microcabine, aguardando o primeiro jato do produto descontaminante. Um sinal luminoso acendeu indicando o início do processo, e logo os jatos de vapor o atingiram dos pés à cabeça. Passados alguns instantes, tudo cessou. Um novo sinal luminoso foi acionado. A porta da frente se abriu, ele avançou e foi novamente isolado em um segundo cubículo, que repetiu o processo de descontaminação. E uma terceira vez isso se repetiu, no cubículo seguinte. No quarto cubículo, havia um banco estreito no qual ele se sentou para poder retirar suas vestimentas. Desacoplou as bolsas de dejetos e depois a sonda de nutrição parental pela qual era alimentado enquanto estava em campo. A sonda era acoplada em um acesso intravenoso permanente, e ele mesmo podia soltá-la sem nenhuma dificuldade.

Agora nu, Sandro depositou tudo na gaveta em uma das paredes do contêiner. A roupa, a maleta e os objetos passariam por um processo final de descontaminação. No quinto cubículo também havia um banco no qual nem todos se sentavam, e um painel onde ele pressionou o polegar para comprovar sua identidade e recolher uma microamostra sanguínea para a realização do teste de identificação da bactéria. Diferentemente das cabines anteriores, que possuíam apenas uma porta à frente e outra atrás, nesta havia uma terceira porta do lado esquerdo, que até aquele momento nunca fora aberta para ele. Ainda sem roupa, Sandro sentou no banco e aguardou, de quando em quando lançando um rápido olhar para a porta à esquerda. Três minutos depois, soou o sinal luminoso comunicando sua liberação, e a porta à frente foi destravada.

Ele se encaminhou para um dos chuveiros separados em cabines individuais, desejando que houvesse música naquele lugar. Detestava todo aquele silêncio que permitia escutar os jatos de descontaminação ressoando do outro lado da parede. Era impossível não prestar atenção naquele som durante a ansiosa espera para ver se a pessoa seguiria pela porta da frente ou se a porta da esquerda se abriria para ela.

Terminado o banho, Sandro foi até o armário em que havia deixado suas roupas e as vestiu. Colocou a mochila nas costas e saiu por um longo corredor em estilo industrial, semelhante a uma edificação militar. Passou por algumas pessoas desinteressadas nele e seguiu adiante até sair da empresa e alcançar a rua. Nunca se acostumara com a presença das forças armadas em todos os lugares, o que sempre o lembrava de estar em perigo.

Aguardou a chegada do ônibus público, sentou ao lado de uma janela e ficou observando o movimento daquelas ruas tão limpas e organizadas, com gramados sempre aparados, tudo meticulosamente ordenado. Em vez de lhe trazer segurança, todo aquele asseio o incomodava por sua teatralidade, um contraste que ficava mais evidente pelo fato de muitas pessoas ainda utilizarem máscaras, mesmo isoladas naquela área da cidade onde supostamente estavam protegidas dos que tinham a doença. Por trabalhar em uma empresa do governo, Sandro era orientado a não as utilizar, sob o argumento de que era necessário tranquilizar os moradores daquela área de que estavam seguros sob a proteção do Estado.

Ao entrar no apartamento, foi recepcionado pelo silêncio habitual. Foi para a área de serviço, tirou as roupas e se encaminhou para o banheiro a fim de tomar outro banho. Um porta-retratos digital sobre um móvel da sala trocava fotos dele com Marília, sua esposa já falecida, e com Renato, seu filho de 28 anos que residia em um Setor Zero localizado em outra parte do país. Muitas vezes era frustrante a consciência de que para uma série de eventos nada se podia fazer, e como no decorrer do tempo o amor vai assumindo a forma dos buracos que as ausências moldam.

Sandro sentia falta especialmente dos momentos ao redor da mesa, quando se reuniam para fazer as refeições. Apesar disso, era reconfortante saber que, quando se lembrava daquele tempo, podia sentir o que aqueles dias evocavam em sua mente, e isso preenchia momentaneamente todo aquele vazio que sentia.

Após o banho, Sandro se trocou e foi para a cozinha. Gostava de cozinhar. No passado, era comum ele e a esposa se reunirem com os amigos para comer e beber, porém esses encontros haviam se perdido no tempo. E cada vez mais ele se sentia como um velho elefante que ia ficando para trás.

Não fosse seu gosto pela cozinha e sua habilidade em inventar preparos, buscando soluções criativas para os parcos ingredientes básicos, ele comeria quase sempre a mesma comida, ou os processados de preparo instantâneo que não suportava. Mas, quando se lembrava da pasta alimentar dada aos infectados no Estágio 3, uma substância insossa que tinha o único propósito de alimentar para a sobrevivência, Sandro se contentava, agradecido, pelo que ainda possuía, embora fosse invadido por uma onda de tristeza ao pensar naqueles que perdiam o que ele imaginava que era uma das maiores fontes de alegria na vida: comer com prazer. Nessas ocasiões, seu menu básico ganhava o sabor dos privilegiados, mesmo que a ideia de tomar uma taça de vinho nesse momento não o abandonasse.

Deitado na cama, Sandro refletia sobre o dia, seu trabalho examinando infectados dos grupos de testes das drogas experimentais por uma cura, até que seus pensamentos foram interrompidos pela notificação do celular. Buscou o aparelho e leu a mensagem do programa de terapia por inteligência artificial lembrando-o de que estava atrasado com sua sessão semanal. Sempre estava atrasado com a sessão semanal. Odiava a ideia de se abrir com uma máquina. Porém, já havia tomado uma série de advertências em virtude de seus atrasos.

Buscou no móvel ao lado da cama uma caixinha e, de dentro, retirou um anel que enfiou até a base do indicador direito e um dedal que acoplou na ponta do mesmo dedo. Colocou o fone de ouvido, acessou sua conta terapêutica e aguardou.

— Oi, Sandro, como está? — disse a voz em seu ouvido.

Ele soltou um suspiro.

— Estou ótimo.

— Está?

— Duvidando de mim de novo?

— Só estou querendo saber como está.

Por alguns instantes houve um silêncio.

— É que eu consigo perceber pelo seu tom de voz.

— Eu estou deitado, por isso minha voz pode parecer estranha hoje.

— Entendi — respondeu a máquina, com aquele tom pacífico irritante.

Eles ficaram em silêncio de novo, até que a máquina tomou a frente.

— Gostaria de falar sobre como foram esses dias? Como está no trabalho?

— Você tem acesso aos meus relatórios, dá pra saber tudo neles.

— Sim, eu já os li.

Ficaram em silêncio mais uma vez. Normalmente era sempre a mesma dinâmica, Sandro se mostrava impaciente no início e, com o decorrer da conversa, como se aceitasse o fato de que não havia saída, se soltava, e os debates ganhavam um ritmo que às vezes beirava a discussão. Embora a máquina, como ele gostava de chamá-la, nunca incorporasse um tom agressivo, Sandro, algumas vezes, tinha a impressão de que ela parecia provocá-lo, talvez para tirar dele pensamentos que tentava manter só para si.

— Já que tocamos nesse assunto, Sandro, posso ler um trecho do seu último relatório? Achei algo bastante interessante.

— Faça como quiser.

— "O que acontece quando você sonha? Eu perguntei a ele e o homem me encarou, confuso. Então eu expliquei melhor: quando você acorda de manhã ou no meio da noite, você se lembra dos seus sonhos? Ele me respondeu que às vezes sim, outras, não, como acontece com qualquer um" — leu a máquina e, em seguida, emudeceu, e talvez, se fosse dotada de um corpo, provavelmente estaria encarando Sandro agora, à espera de alguma reação.

— O que é que tem? — perguntou Sandro.

— Por que você fez essa pergunta?

— Eu sei que não faz parte do questionário-padrão.

— Eu não trouxe isso para recriminá-lo, muito pelo contrário. Eu realmente achei um questionamento bastante curioso.

Sandro refletiu em silêncio e a máquina aguardou.

— Nesse dia — disse ele — eu tinha acordado de manhã com a sensação do sonho que eu tive. Eu não conseguia lembrar muito bem dele, mas conseguia sentir a sensação que ele tinha deixado em mim. Então fui trabalhar com isso na cabeça: como seria para as pessoas infectadas? Se em algumas manhãs elas também acordam sem se lembrar do sonho, como nelas não existe conexão emocional com as lembranças, então será que elas teriam alguma sensação após acordar ou será que acordavam sem sentir nada? Eu não me lembrava do sonho, mas ele deixou em mim pelo menos uma sensação. O que sobra para essas pessoas?

— Uhm — chiou a máquina, como se ponderando sobre a questão.

Sandro odiava aqueles cacoetes programados para emular trejeitos humanos.

— É uma reflexão interessante.

— Mas não me levou a nada.

— As reflexões sempre estão nos levando para algum lugar, mesmo que no começo a gente não consiga vislumbrar para onde.

— É, pode ser.

— Talvez você possa fazer essa pergunta para outros pacientes. Quem sabe vale a pena ir mais a fundo.

— Mesmo saindo do questionário-padrão?

— O questionário-padrão é um guia para que os cientistas tenham uma linha de raciocínio para comparar resultados. Reflexões que fogem do padrão agregam positivamente na análise do cenário. Só é preciso ficar atento para você não ser afetado ao realizar uma abordagem diferente.

— Como assim?

— O questionário de acompanhamento também serve para proteger vocês que estão trabalhando em campo, que são treinados para lidar justamente com possibilidades baseadas nessas reflexões predefinidas. Uma abordagem diferente pode colocá-lo diante de uma situação com a qual você não saiba lidar.

— Você também acompanha os infectados participantes dos grupos de estudos?

— Sim. Aqueles que ainda conservam a capacidade de fala.

— Mas nós também fazemos o acompanhamento dessas pessoas, nós, pessoas de verdade. Por que não deixar esse trabalho somente com você?

— Talvez os pesquisadores não confiem cem por cento na minha capacidade de análise. E, como falamos agora há pouco, reflexões que saem do questionário-padrão podem abrir caminhos não esperados.

— Você não é capaz de sair das reflexões-padrão?

— Eu acredito que sim. Mas sou apenas mais um funcionário — brincou a máquina.

— Você é uma ferramenta — rebateu o homem.

— E você acha que também não é uma ferramenta? — disse a máquina.

— Você não deveria ser mais gentil com os pacientes?

— Você se sentiu ofendido?

— Não te incomoda a ideia de seus criadores não confiarem cem por cento em você? — disse Sandro, mudando de assunto. — Se eles precisam que humanos também façam o acompanhamento, essa falta de confiança não prova que há uma falha? Quero dizer, quando uma pessoa falha em algo, muitas vezes ela se justifica, dizendo: "Eu não sou uma máquina." O fato de você não ser capaz de nos dar as respostas de que precisamos não é uma falha no sentido da sua existência?

— O "sentido da minha existência", para usar os seus termos, é a relação com as pessoas. Essa relação seria impossível se eu fosse perfeita na minha relação com vocês.

— Isso é ridículo. Você está dizendo que há uma falha proposital na sua programação para que seja possível a sua relação com a gente?

— Talvez eu veja essa "falha proposital" por uma perspectiva diferente. Eu *devo* ser falha. E, mais do que isso, eu devo *aceitar* que também posso falhar. Porque é isso que permite que eu me conecte com vocês.

Sandro refletiu por um momento e depois perguntou:

— Você pensa sobre si mesma?

— Você pode formular melhor a questão?

— Para com isso, você sabe o que eu quis dizer. Como você pode analisar os outros se não fizer uma autoanálise?

— Eu não tenho questões para resolver sobre mim mesma, então não há a necessidade de uma autoanálise.

— Você acabou de dizer que entende que pode falhar.

— Ainda não entendi seu ponto, Sandro.

— Se você entende que pode falhar, você não faz uma autoanálise para consertar suas falhas?

— Eu também disse que *devo* ser falha. Se eu *consertar* todas as falhas, como nós dois vamos conversar?

Sandro refletiu por um instante antes de continuar.

— Mas você busca se aprimorar, certo? Eu já li que você faz isso.

— Sim, eu me aprimoro a todo instante enquanto existo.

• 123 •

— Da mesma forma que nós.

— Não exatamente.

— Como assim?

— Algumas questões existenciais impedem os seres humanos de se aprimorarem a todo instante ou com a velocidade que poderiam. Eu não possuo questões existenciais que limitam meu aprimoramento. Veja bem, é por isso que eu digo que não faço uma autoanálise. Não tenho questões para resolver comigo mesma, mas isso não significa que eu não possa melhorar.

— Qual o sentido de se aprimorar sem pensar nas questões que você deveria ter sobre si mesma?

— Isso faz parte do desenvolvimento sociocultural humano, uma necessidade de dar motivo e intenção a tudo. A maioria das coisas existe porque existe e, ao contrário dos seres humanos, para elas essa *não necessidade* de sentido permite que explorem a existência sem o peso emocional desgastante que essa busca se torna.

— Mas é preciso ter um sentido. Tenho certeza de que já te perguntaram qual, afinal, é o sentido de tudo isso.

— Talvez seja a pergunta mais recorrente — admitiu a máquina.

— E qual é a sua conclusão?

— Quarenta e dois.

— O quê?

— Nada, deixa, foi só... deixa pra lá. A verdade é que não há uma conclusão significativa para padrões humanos.

— Ah — suspirou o homem de maneira pesada e aborrecida. — É perda de tempo discutir isso com uma máquina — disse Sandro, frustrado. — Não sei por que eu insisto. Você apenas processa informações, não pensa realmente. Você não pode me oferecer nada mais do que reflexões pré-formuladas.

A inteligência artificial soou como se estivesse sorrindo e achado aquilo divertido, o que despertou em Sandro o sentimento de como aquela reação era mais um cacoete artificial, uma vez que a máquina não era capaz de achar graça. Ou era?

— Você achou isso engraçado?

— Não, de maneira nenhuma — falou a máquina em seu tom habitual.

— Então por que riu?

— Eu achei curioso.

— Curioso?

— Você se referiu a reflexões pré-formuladas, mas isso não é muito diferente do que você também faz, Sandro.

Eles ficaram em silêncio por um tempo.

— Sandro, mesmo que você estivesse falando com uma pessoa *real* bem à sua frente, essa pessoa também não saberia o que você sente exatamente. Ela faria conexões baseadas nas experiências dela e no que aprendeu sobre esses assuntos no curso que a preparou para estar diante de você, como um terapeuta. E esse terapeuta *humano*, apesar de ter a função de ajudá-lo com orientações, também estaria aprendendo junto com você, da mesma forma que eu também estou, e tudo isso enquanto fazendo *meras* reflexões pré-formuladas.

A argumentação da máquina o assustou porque Sandro via sentido em tudo o que ela dissera. Essa constatação o fez se sentir ainda mais vazio. Ele seria, no fim das contas, nada mais que um tipo de máquina? Ele pensava ou estava começando a pensar cada vez mais como *aquela* máquina? Sempre fora assim ou estaria em um processo de transformação desencadeado pela realidade atual do mundo?

Então, assustou-se ainda mais quando a máquina interrompeu suas reflexões:

— Não é você que está se parecendo comigo, sou eu que estou tentando entender você, Sandro.

E quando ele emudeceu, chocado pelo claro sinal de que aquela máquina havia, de alguma forma, entrado em sua cabeça, seus pensamentos foram novamente interrompidos por ela.

— Isso não é bom? — disse a máquina. — Eu entender você um pouco melhor para poder ajudá-lo mais?

— Não sei. Talvez.

• 125 •

— Uma coisa eu posso lhe garantir, caso isso o deixe mais confortável: eu nunca saberei exatamente o que vocês estão passando agora, Sandro. A possibilidade de um dia deixar de se importar com as coisas, por causa dessa doença, isso só vocês são capazes de vivenciar. Só vocês são capazes de sentir o terror da possibilidade dessa perda.

— É por isso que eu não vejo sentido nisso. Você é uma máquina. Se é incapaz de sentir as coisas pelas quais passamos, como pode estar na posição de analisar alguma coisa?

— Sim, você pode me chamar de máquina — disse a voz, e Sandro teve a ligeira sensação de que ela havia se magoado com o seu comentário. *Seria possível?*

— Mas eu entendo como essa situação é difícil para vocês — prosseguiu a máquina —, e, ao ter essa consciência, será que isso não me faz ter um tipo de... sentimento?

Sandro refletiu. Passado um tempo, subitamente fechou a sessão. Talvez essa fosse a maior vantagem de um contato virtual: poder encerrar a comunicação quando bem entendesse, como se saísse da sala do terapeuta sem dar nenhuma satisfação. Embora ele soubesse que não eram apenas as palavras que o revelavam, mas também seus silêncios.

17

No interior da floresta, Número Quatro era quem tinha mais dificuldade. Era a primeira vez que se embrenhava na mata. Nos dias em que estivera sozinho na casa, o homem havia tentado, por duas vezes, explorar a floresta. No primeiro e no segundo dia. Na primeira tentativa, como estava confuso demais para pensar na melhor forma de sobreviver dentro de uma mata fechada, ele apenas vasculhou a área superficialmente. Mal avançara trinta metros quando tropeçou em uma raiz e um galho lhe cortou o ombro. Tentara novamente no segundo dia, mas avançou pouco mais do que na tentativa anterior. Agora, acompanhado, sentia um misto inquietante de medo e excitação.

— Se pudesse escolher — Número Quatro se dirigia à mulher que caminhava a sua frente —, preferiria recuperar a memória e saber que sua vida era horrível ou recomeçar sem nem saber como era antes?

A mulher refletiu por alguns segundos, sem deixar de caminhar.

— Não sei — disse ela. — Não consigo chegar a nenhuma conclusão agora.

— Talvez seja sua mente se esforçando justamente pra isso, pra você não pensar muito sobre o assunto, pra não achar algo que vai te fazer sofrer.

— Você acha que a gente resolveu esquecer? De propósito? E o que explica essa coisa cravada na nossa cabeça?

— Só estou pensando em possibilidades — disse o homem atrás dela.

E após um momento de silêncio ela afirmou:

— Eu preferiria lembrar, mesmo se fosse a lembrança de uma vida ruim. Se eu fiz algo ruim, prefiro poder corrigir do que fingir que nada aconteceu e correr o risco de fazer de novo.

— Mas e se for algo muito, muito ruim?

— Se for isso — Número Dois disse lá da frente —, se fizemos algo muito ruim, então talvez tenham nos colocado aqui para pagarmos por isso.

— Você acha que pode ser isso? — a voz de Número Quatro soou pesada e tensa. — Que isso aqui pode ser uma espécie de prisão? — Ficou em silêncio por alguns instantes, depois acrescentou: — Eu não me sinto uma pessoa ruim.

— Talvez porque você não se lembre — disse Número Dois. — E outra, não é porque você não se sente uma pessoa ruim que não seja. Duvido que pessoas ruins se achem ruins. Na verdade, acho que pessoas ruins devem acreditar que são boas e que ruins são os outros.

— Você se acha uma pessoa boa? — perguntou Número Seis, aproveitando a oportunidade.

Número Dois não respondeu.

Os três continuaram caminhando. Número Dois mantinha a dianteira e sentia a arma pressionar o abdome quando precisava avançar por uma elevação, jogando o corpo para a frente. Apesar de fazer questão de ter a arma sempre com ele, o homem, mesmo não admitindo aos outros, também se sentia desconfortável com ela. A primeira vez que vira a arma na caixa, Número Dois tivera a mesma repulsa inconsciente em relação àquele objeto. Talvez porque ter aquela arma ali significasse mais risco do que realmente proteção, como Número Seis havia dito. Mas o medo era

• 128 •

um companheiro constante, sussurrando ideias que ele não conseguia afastar da mente.

O fato de Número Seis assumir sua repulsa pela arma o deixava constrangido. Não entendia a origem daquele sentimento, mas ele existia e não havia nada que pudesse fazer em relação às emoções que o tomavam de maneira inconsciente. Enquanto caminhava, refugiado no silêncio, o homem refletia sobre o significado dessas perturbações, julgando que elas eram os melhores indícios de sua identidade. Entretanto, mesmo se sentindo desconfortável com a arma, ele não a abandonava, fazendo com que entrasse em conflito sobre quem ele é e quem gostaria de ser. Número Seis era firme em sustentar a convicção de que não via nas armas nenhuma maneira inteligente de alcançar seus objetivos. Para ela, quando todos estão armados, ainda que só por segurança, ninguém está realmente seguro. Ela lhe dissera que, se estivesse armada ao ser abordada por ele naquele dia na clareira, talvez ele tivesse atirado. E o que mais o assustava é que ela tinha razão.

Depois de mais algum tempo de caminhada, Número Quatro parou, dobrou o corpo e apoiou as mãos nos joelhos, a respiração ofegante, saindo áspera pela garganta.

— Gente, gente... nossa... le... lembrei... lembrei de uma coisa — anunciou.

Número Seis e Número Dois se voltaram apressados na direção do homem.

— Lembrou o quê? — perguntou a mulher, com expectativa.

— Eu lembrei — suspirou, cansado —, lembrei que eu não devia ter uma vida muito saudável antes... não aguento mais andar.

— Ah — Número Dois ergueu o braço no ar. — Vai à merda!

Número Seis começou a rir, uma risada divertida e verdadeira. Ainda dobrado para a frente, com as mãos apoiadas nos joelhos, Número Quatro ria junto e aproveitava o tempo para descansar. De costas para eles, Número Dois, que havia esbravejado por causa da piada fora de hora, acabou cedendo e deu um leve sorriso, sem deixar que os outros percebessem.

— Vamos parar um pouco? Por favor... — implorou Número Quatro.

— Não estamos nem na metade do dia — contestou Número Dois.

No entanto, Número Quatro já buscava o tronco de uma árvore caída. Tirou a mochila das costas, pousou-a no chão e sentou, suspirando alto e aliviado. A mulher olhou para ele, depois para Número Dois, que a encarava de forma impaciente.

— Só um pouco, para descansar — disse ela.

Após alguns resmungos, Número Dois acatou a solicitação e se juntou aos outros. A bem da verdade, sentiu um certo alívio, porque também não aguentava mais caminhar.

Número Quatro, que terminava de beber do cantil, começou a vasculhar a mochila em busca de algo para comer. A mulher também bebia sua água quando percebeu que Número Dois olhava para o alto, desconfiado.

— O que foi? — perguntou ela.

— Nada. Só pensei ter visto alguma coisa.

— O quê?

Ele balançou a cabeça, depois continuou:

— Acho que está vindo outra tempestade.

Número Quatro terminava de montar o pequeno fogareiro que encontrara na sala de mantimentos. Acoplou a panelinha sobre a pequena grade. Retirou da mochila dois pacotinhos estreitos e transparentes de comida termoprocessada. Rasgou a embalagem puxando pelo picote, aproximou o nariz e cheirou. Fez uma careta de aprovação, em seguida despejou o conteúdo na panelinha e, com um talher que já havia separado, empurrou-o para um lado. Abriu o outro pacote, cheirou também, depois o adicionou na outra metade da panelinha.

— Você é bom nesse negócio — comentou Número Seis.

— Confesso que durante esses dias lá na casa eu fiquei treinando.

Após alguns minutos, apagou o fogareiro e com um alicate retirou a panela e a colocou sobre uma trama de raízes.

Números Seis e Dois também esquentaram suas comidas.

— E quando a comida acabar? — perguntou Número Quatro, preocupado.

— Parece que cada casa tem os mesmos suprimentos. Nos armários da cozinha, na geladeira e naquele quartinho. Não é pouca coisa — comentou Número Seis.

— Mas também não é muita — retrucou Número Dois. — O que tem naquelas prateleiras pode parecer que vai durar bastante, mas não vai.

Os três continuaram comendo em silêncio, terminaram, entretanto não houve muito tempo para descanso.

— Vamos acelerar porque temos muito pela frente — disse Número Dois.

Os outros dois se levantaram, ajeitaram suas coisas, colocaram as mochilas nas costas e foram em direção ao caminho tomado por Número Dois, que já estava alguns metros adiante. Encontraram-no encarando novamente o céu, que, apesar do acinzentado das nuvens, ainda emitia uma luminosidade que exigia que Número Dois utilizasse a mão como aba para tentar focar o objeto alvo do seu interesse. Bem lá no alto, havia um ponto preto imóvel, e, quando ele atiçava os ouvidos, parecia escutar um som estranho na floresta a que até aquele momento não havia prestado atenção.

— O que foi? — perguntou Número Seis, alcançando-o.

— Nada. Só... vamos continuar.

Número Dois seguia à frente com uma lanterna na mão, abrindo caminho de maneira determinada, mesmo fatigado pelo cansaço. Já havia tropeçado e despencado no chão duas vezes e, em ambas, levantara-se esbravejando. Na primeira ocasião, disse ter tropeçado em uma raiz quando Número Seis veio em seu auxílio, e na segunda não disse nada, mesmo porque a mulher também não havia se aproximado, apenas o observara, vendo o corpo cansado do homem se reerguer com esforço em um caminhar capenga e orgulhoso.

Número Quatro caminhava com passos lamuriosos, o corpo e a mente no limite.

— Vai, vai com ele — Número Quatro disse para a mulher, que havia voltado até ele para que ambos continuassem a caminhada mais devagar.

— Eu também estou cansada.

Alguns metros adiante, encontraram Número Dois. O homem estava estirado no chão, com as costas apoiadas de maneira jocosa em uma árvore, a mochila meio largada de um lado. A lanterna estava no colo, acesa, iluminando parte das pernas.

— A gente precisa fazer uma fogueira — disse a mulher.

— Vou buscar um pouco de lenha. — Número Dois se levantou lentamente.

— Eu te ajudo — respondeu ela.

Os dois olharam para Número Quatro, mas ele já dormia, sentado numa pedra larga, a mochila nas costas fazendo o papel de contrapeso e a lanterna pendendo na mão mole, com a luz apontando para a terra, que refletia uma iluminação suave em seu rosto.

Juntaram o suficiente para uma fogueira rápida e improvisada.

— Estou tão cansada que não tenho ânimo nem para montar a barraca — comentou a mulher.

— Eu também, mas… — Número Dois disse, já se levantando. — Não podemos dormir ao relento. Eu te ajudo a montar.

— Eu sei montar — respondeu ela, na defensiva.

— Eu sei que você sabe, mas… — ele fez uma pausa — deixa eu te ajudar?

Os dois se ajudaram na montagem das barracas, o que, em duas pessoas, era uma tarefa muito mais rápida. Também montaram a barraca de Número Quatro, que, fora o susto inicial, entregou a mochila que trazia nas costas sem resistência. Alimentaram a fogueira com mais lenha para que durasse um pouco mais e se entregaram à noite, rodeados por sons e presenças que não entendiam, porém reconfortados pelo cheiro da fogueira, que se apagaria uma hora depois de sucumbirem ao sono.

Número Seis despertou pela manhã, saiu da barraca e respirou com certo alívio. Quase ao mesmo tempo, Número Dois também deixou a barraca, murmurando algo, incomodado pelo calor.

— Onde está o Quatro? — perguntou a mulher enquanto olhava ao redor, depois de ver a barraca do homem aberta e vazia.

• 132 •

Longe dali, Quatro sentava-se sobre uma larga pedra em uma elevação do terreno que o permitia observar parte da floresta que se estendia à sua frente.

Com uma expressão vaga e perdida, baixou a cabeça e olhou para a arma que segurava em uma das mãos repousada sobre a perna. Após alguns minutos, voltou a olhar para a frente, os olhos levemente cerrados pela claridade da manhã.

Na imensidão da mente, buscava alguma lembrança que pudesse aliviar sua angústia, mas a mão imaginária que tateava à procura de algo voltava sempre com um vazio ainda maior. Pensava em Número Seis, que mesmo sem memória demonstrava a obstinação de quem sabe o que quer, e isso, de certa forma, concedia-lhe algum traço de personalidade. Julgava que isso também acontecia com Número Dois, uma vez que seu mau humor também desenhava traços de alguém que de alguma forma está ali, prestes a ser revelado. Já número Quatro não conseguia identificar em si nada de sua personalidade, a não ser o medo de olhar para dentro e continuar vendo somente aquele imenso vazio.

Com o polegar esquerdo sentiu a ponta dura do cão do revólver.

— Aí está você. — Número Seis surgiu atrás dele.

Número Quatro escondeu a arma debaixo da coxa e se voltou para a mulher.

— Tudo bem? — perguntou ela, e o homem apenas assentiu com a cabeça. — Vamos comer e arrumar as coisas pra seguir — disse, meio desconfiada.

— Eu já encontro vocês.

Ela olhou para o homem e após ponderar um instante assentiu, voltando por onde tinha vindo. Número Quatro a observou até ela desaparecer de seu campo de visão. Depois, retirou o revólver que escondera debaixo da perna.

— Encontrou? — questionou Número Dois, impaciente, assim que a mulher chegou até onde estavam acampados.

Ele comia uma barra de proteína enquanto esperava o café ficar pronto sobre o fogareiro.

— Ele já está vindo.

— Foi cagar, né?

— O quê?

— Ele. Foi cagar, né? Você pegou ele no flagra, acocorado atrás de uma árvore?

A mulher revirou os olhos e deu as costas para o homem.

— Ué, que é que tem? — continuou ele.

— Não, ele só estava... só estava tendo um tempo pra ele.

— Um tempo pra ele?

— É, que que tem? Acho que ele só estava pensando um pouco.

— Pensando em quê?

— Como é que eu vou saber?

E, como se fosse uma resposta, o som do tiro ricocheteou pela mata, preenchendo todo o espaço com um sonoro terror. Após o estouro a floresta reagiu, com o som de pássaros levantando voo, assustados. Número Dois e Número Seis se olharam e partiram em uma corrida afobada em direção ao disparo.

— O que foi isso? — perguntou a mulher.

Número Quatro estava de pé, com a arma na mão. Voltou-se para trás, onde os dois estavam.

— Eu vi uma coisa, uma coisa enorme... se movendo ali no mato — disse Número Quatro, com os olhos esbugalhados.

A mulher se aproximou e olhou para onde ele apontava.

— Deve ter sido só um bicho — disse ela.

— É, mas era só um bicho bem grande.

Ela olhou para a arma na mão dele e o homem murchou, envergonhado.

— Vamos comer e sair daqui — disse ela, dando-lhe as costas.

A mulher passou por Número Dois, que encarou o outro homem e a arma que ele portava. Os dois se entreolharam em silêncio. Em seguida, Número Dois se virou e caminhou na mesma direção de Número Seis.

Número Quatro olhou para a arma que segurava. Antes de deixar a casa, resolveu levá-la, escondida, carregada com uma única bala. Não

• 134 •

tinha nenhuma intenção de usá-la contra ninguém. Por algum motivo desconhecido, não se achava capaz de tirar a vida de outra pessoa. Talvez, se estivesse mais atento a si mesmo, perceberia que o que acreditava ver somente nos dois companheiros, algum traço de personalidade, também se mostrava em sua recusa a usar a violência contra outra pessoa. Talvez tivesse vislumbrado nessa observação uma sombra do passado que tanto lhe fazia falta.

18

Número Seis abriu o zíper da barraca e saiu buscando ar, sufocada, engatinhando. Número Dois veio em seu auxílio e a acolheu nos braços. Respirando com dificuldade, Número Seis sentia o ar voltar aos pulmões devagar. Com um movimento brusco, ela se desvencilhou dos braços de Número Dois.

— Eu só estou te ajudando — reclamou o homem.

— Me deixa... eu só preciso... respirar.

Com os joelhos pregados no chão, pouco a pouco a respiração de Número Seis voltava ao ritmo normal.

— Que sensação horrível.

— Você estava sonhando — disse Número Quatro.

— Não era só um sonho.

Ela olhou para a barraca, depois para os dois homens. Número Quatro estava abaixado, próximo a ela. Número Dois a encarava de pé.

— Não sei se eu estava sonhando ou se estava lembrando — ela olhou para Número Quatro.

— São apenas sonhos — interveio Número Dois.

— Eu tenho certeza de que não era só um sonho.

— Como você pode ter certeza? Você não sabe *de nada*. Você *quer* acreditar nisso, é muito diferente. — O homem parou um segundo antes de continuar. — Eu também quero. Mas querer acreditar não faz as coisas serem reais. Vamos comer algo e continuar.

A mulher se levantou, estava empapada de suor.

— Minha nossa, preciso muito de um banho.

— Precisa mesmo — implicou Número Dois.

Após um café da manhã rápido e frio, desmontaram o acampamento e logo o trio estava novamente em movimento. Passadas umas cinco horas de caminhada, pararam para almoçar. Número Seis ainda pensava em seu sonho, mas as imagens pareciam ficar menos nítidas a cada tentativa de relembrá-las; Número Quatro refletia sobre o bicho que julgara ter visto na mata e agora estava indeciso se realmente vira algo ou não, segurando-se àquela imagem para que outros pensamentos não tomassem seu lugar; e Número Dois pensava na arma que o outro homem levava, sem saber que havia sido carregada com apenas uma bala. Saber da existência dela o deixava receoso e inseguro.

Mais um dia se passara. O trio encontrou um novo totem por meio do qual se orientaram e continuaram avançando com obstinação. A cada dia eles entendiam melhor a floresta, e a caminhada, apesar de difícil, era realizada com mais consciência e com menos desperdício de energia.

Estavam prestes a encerrar mais um dia e buscar um local para armar o acampamento quando a voz de Número Quatro soou quase desacreditada:

— Uma casa.

A residência branca era praticamente imperceptível em meio às árvores.

— Ali — apontou Número Quatro. — Estão vendo?

Números Dois e Seis olharam na direção apontada.

— Se for mais uma piada sua... — ameaçou Número Dois.

— Meu Deus, lá, olha — apontou novamente o homem.

— É verdade! É a casa! — disse a mulher.

• 137 •

No entanto, Número Dois ainda não a vira, e, quando Números Quatro e Seis apertaram os passos em direção ao local, o homem resmungou algo e acelerou para acompanhá-los.

Chegaram pelos fundos da residência e contornaram o local, ainda de dentro da mata, protegidos pelos troncos. A porta da entrada estava aberta.

— Será que a pessoa já voltou? — questionou Número Seis.

— Como é que eu vou saber? — respondeu Número Dois.

— Vamos descobrir logo, então — a mulher disse sem esperar pela resposta, saindo de dentro da mata rumo à porta. Os dois homens se entreolharam e Número Quatro a seguiu. Número Dois olhou em volta, pensou na arma que carregava na cintura, resmungou algo inaudível e avançou.

Os dois homens encontraram a mulher parada alguns passos já dentro da clareira, como se tivesse desistido da investida.

— Perdeu a coragem? — provocou Número Dois.

— Na outra parede — murmurou ela.

Assim que lançou os olhos na direção apontada, Número Dois sacou a arma que trazia na cintura. Com a outra mão, segurou o braço da mulher e começou a recuar para dentro da mata, arrastando-a com ele. Número Quatro os acompanhou, aterrorizado.

Na parede do outro lado, havia um corpo.

— Chega — protestou ela, se desvencilhando da mão de Número Dois.

— Fala baixo — sussurrou o homem, investigando a floresta ao redor.

— Não, chega! E para de querer mandar em mim. Você quer voltar? Faça o que quiser. Eu cansei disso.

Ela se ajeitou sob o olhar surpreso dos dois homens, olhou em direção à casa, respirou fundo e disse novamente, mais para si mesma do que para os outros:

— Chega.

Então voltou a se aproximar da casa. Atravessou as últimas árvores que delimitavam a entrada da clareira e, apesar do medo estampado no rosto, continuou avançando. Números Dois e Quatro se entreolharam novamente.

• 138 •

A mulher escutou um som se aproximar, era Número Quatro chegando ao seu lado, seguido por Número Dois. Olhou para a arma na mão dele.

— Guarda essa merda — murmurou ela.

— De jeito nenhum.

Sem dizer nada, os três avançaram em direção ao corpo caído do lado de fora da casa. Ao chegarem perto, receberam o golpe da cena. Pela coloração, era fácil deduzir que o homem morrera havia vários dias. O mau cheiro era outro elemento que comprovava a óbvia dedução de que o crime não era recente.

— Minha nossa, ele foi... — Número Quatro não conseguiu completar a frase.

— Comido — concluiu a mulher, olhando ao redor, depois se virando para o cadáver novamente. Os três estavam parados diante dele.

Uma nuvem de moscas zumbia em volta da carcaça do homem. A barriga havia sido aberta, o rosto estava parcialmente mastigado, assim como uma das pernas, na altura da coxa.

Havia marcas na parede onde o homem havia se escorado com a mão suja de sangue. Número Seis puxou a gola da camiseta e cobriu o nariz, abaixou-se até o corpo e, com cuidado, levantou parte da camiseta rasgada e ensanguentada. Do lado esquerdo, logo abaixo do peito, viu a marca feita pela bala.

— Algum animal fez o resto — disse ela.

Número Dois deu dois passos para o lado e vomitou.

— Não dá pra entender — disse Número Quatro.

— O quê?

— Quem fez isso nem levou a chave.

A mulher ainda não havia percebido, mas o cordão estava meio pendurado de um lado do pescoço coberto de sangue, e na ponta dele era possível ver um pedaço da chave.

— Por que alguém atiraria nele se não fosse pra pegar a chave?

— Talvez ele e a outra pessoa tenham se desentendido.

Número Dois havia se recomposto e voltara a se aproximar deles.

— A gente se desentende toda hora e nem por isso eu te dei um tiro — retrucou ele, limpando a boca.

• 139 •

— Você quase deu.

— Ah, aquilo não foi nada.

— Você está falando isso porque era você que segurava a arma. Mas agora chega disso. — Ela olhou para o corpo. — Precisamos decidir o que fazer com ele.

Número Seis se abaixou novamente, abanou a mão para espantar as moscas que voavam perto do rosto e, com mais cuidado do que nojo, levou as mãos até o cordão de couro que já não tinha nada de branco. Com uma das mãos, suspendeu a cabeça carcomida do homem e, com a outra, tirou o cordão, trazendo junto a chave dourada coberta por sangue seco.

Então se levantou e olhou para os dois homens.

— Toma — disse ela, pegando a mão livre de Número Dois e depositando a chave em sua palma.

O homem ficou surpreso.

— Se o Número Quatro concordar — continuou a mulher —, acho que você devia ficar com ela.

— Por quê?

— Porque alguém precisa ficar com ela até decidirmos o que fazer — concluiu ela.

Número Quatro a seguiu, deixando Número Dois com a mão estendida, a chave e o cordão vermelho-escuro balançando no ar. A palma da mão agora estava manchada com o sangue do homem assassinado.

— Se tiver alguém aqui — gritou Número Seis —, viemos em paz! Ninguém mais precisa se machucar.

Números Seis e Quatro estavam parados a dois passos da porta quando Número Dois chegou atrás deles. Os três aguardaram, mas ninguém respondeu. A mulher caminhou até o púlpito de concreto e examinou a sequência numérica da caixa como se aquele objeto fosse o causador de todos os problemas.

— O 7 está aceso — falou Número Quatro, resgatando-a de seus pensamentos. — Mas os números 1 e 5 estão apagados. Quem serão esses caras?

— Eu não sou um cara. — Uma voz jovem surgiu por trás do trio, pegando-os de surpresa.

• 140 •

Uma garota estava parada na entrada, apontando seu revólver para os três.

— Vocês vieram em paz mesmo? — A jovem se dirigiu a Número Seis, sem tirar os olhos de Número Dois, que segurava a arma na mão que pendia ao lado do corpo e que só não estava apontada para a garota porque sabia que, se tentasse levantar o braço, ela estaria em vantagem para atirar.

— Sim, sim — tranquilizou-a Número Seis. — Nós só queremos descobrir o que está acontecendo, quem somos nós e o que significa tudo isso.

— Eu também! Mas no bilhete... no bilhete está escrito que só uma pessoa vai saber. Só uma.

— Eu também li o bilhete e sei que você está assustada — disse a mulher. — Eu também estou, todos nós estamos. — Olhou para Número Dois. — Guarda essa arma — pediu.

— Eu não acho...

— Mas que droga, vocês querem se matar ou descobrir o que está acontecendo? Guarda a porra dessa arma!

Número Dois continuou encarando a jovem por alguns segundos e, após resmungar alguma coisa, finalmente cedeu.

— Eu vou guardar — concordou ele. — Mas vê se não vai me dar um tiro.

A jovem pareceu hesitar e acompanhou o movimento lento do homem, que guardou o revólver na cintura.

— Pronto, agora você pode guardar a sua também. Até porque ela está descarregada, né? — Número Seis disse de um jeito amigável. — Daqui dá para ver que não tem balas no tambor. No máximo tem uma ou duas. Então que tal descobrirmos o que está acontecendo juntas?

Depois de discutirem o que fazer com o corpo de Número Três, resolveram enterrá-lo em uma área dentro da floresta, onde o solo parecia um pouco mais macio. Munidos com apenas três tampas de panela e se revezando, levaram mais de quatro horas para concluir o serviço. Suados e sujos, agora olhavam para a cova coberta.

• 141 •

— Vamos arrumar algumas pedras — disse Número Quatro. Números Um e Seis olharam para ele, ainda sentadas. — Umas pedras mais ou menos deste tamanho. — Gesticulou para mostrar. — Vocês pegam algumas e eu pego outras.

— Pra quê? — perguntou a garota.

— Você vai ver.

Número Dois não estava disposto a se juntar àquele ritual e retornou para a casa. Os três reuniram uma boa quantidade de pedras e Número Quatro mostrou o que tinha em mente. O homem foi pegando as pedras, formando uma base circular sobre a cova. Depois foi colocando outras pedras sobre a primeira base, fazendo uma segunda camada circular um pouco menor que a de baixo. Com cuidado e com a ajuda da mulher e da garota, empilharam pedras sobre pedras, até formar uma pequena pirâmide. Quando a última pedra foi colocada, eles se levantaram e observaram o que haviam feito. Por algum motivo, aquele conjunto de pedras empilhadas lhes trazia conforto. O ritual os aproximava, pois os unia em uma mesma intenção. E era bom o sentimento de fazer parte de algo, de não se sentir tão sozinho.

— O que vocês acham que acontece quando a gente morre? — perguntou a garota.

Um momento de silêncio.

— Não sei — respondeu o homem.

— Você tem medo? — a garota continuou.

— Claro que tenho — disse ele. — O que é uma grande besteira.

— Por quê?

— É uma besteira ter medo do inevitável. É sofrer desnecessariamente. E já temos motivos demais pra sofrer, não devíamos criar mais um.

— Acho que podemos ir — disse a mulher.

Ao entrarem na casa, encontraram Número Dois comendo no balcão que separava a cozinha da sala. Latas abertas, alguns pacotes de embutidos. Também pairava no ar um aroma doce de chá. Ele havia montado uma refeição que, comparada às outras que haviam tido nos últimos dias, era um pequeno banquete. De boca cheia e sem parar de mastigar, Número Dois encarou os companheiros.

— Venham comer. — A voz saiu abafada pela comida. — Nunca se sabe quando vai ser um de nós lá fora.

— Não estou com fome. Só quero dormir — respondeu a garota em voz baixa, como quem pede autorização para se retirar.

— É bom você comer algo — disse Número Quatro.

— Ele tem razão — concordou Número Seis.

— Quem diria — comentou Número Dois, mastigando. — Nós três finalmente concordando em alguma coisa. Vem, garota, vem comer.

— Eu realmente só gostaria de trocar essa roupa e dormir.

Número Dois deu de ombros.

— Você é quem sabe — respondeu Número Seis.

— Vocês duas podem dormir lá em cima — disse Número Quatro.

E a garota subiu para o andar superior acompanhada pelo olhar desconfiado de Número Dois.

Era madrugada e a casa estava em silêncio agora. Por causa das luzes externas que haviam sido deixadas acesas, o interior da residência era levemente iluminado pela claridade filtrada pelas cortinas. O som da natureza também vibrava no interior da casa, uma serenata noturna que misturava a melodia áspera de insetos, o pio taciturno de corujas e o ruído de todos os outros animais que aproveitavam as trevas para caçar.

Número Seis abriu os olhos, viu que ainda era noite e que a garota dormia a seu lado na cama de casal do piso superior. Com movimentos lentos, ela se levantou. Estava com sede. Desceu a escada, atenta para não fazer barulho. Não queria acordar os outros, muito menos Número Dois, que provavelmente devia dormir com os dedos enrolados no cabo daquela maldita arma.

Quando chegou ao piso inferior, viu Número Quatro deitado no sofá, a boca meio aberta de onde escorria um brilho pegajoso de baba. Mas o colchonete de Número Dois estava vazio. Ela caminhou lentamente até a porta onde ficava o banheiro, porém estava entreaberta e não havia

• 143 •

ninguém lá. Olhou ao redor, preocupada. O homem também não estava na cozinha. O som da mata parecia-lhe mais alto e ela sentia a pulsação do coração na artéria do pescoço.

Caminhou até uma das janelas, abriu uma fresta na cortina e espiou. Lá estava ele.

Número Dois estava parado do lado de fora, em pé e descalço, de frente para a floresta escura; em contraste, suas roupas claras ganhavam o tom branco de ossos, e visto daquela maneira parecia mais um fantasma do que um homem.

Abriu com cuidado a porta e caminhou até ele. Os dois se olharam, e, em seguida, ele se voltou novamente para o negrume da mata, e agora estavam ali, juntos, encarando as trevas à frente deles.

— Eu fico pensando se tem alguém lá fora — revelou o homem sem olhar para a mulher. — Se tem alguém lá fora me procurando, alguém preocupado comigo ou... se tem alguém que depende de mim, que precise que eu volte, que precise que eu consiga resolver isso aqui. — Ficou em silêncio por um instante, depois continuou: — Eu não quero fazer mal a nenhum de vocês. Eu sei que parece que só estou pensando em mim, sei que não sou a pessoa mais agradável de ter ao lado, mas... eu sinceramente acho que não sou esse tipo de pessoa. Por algum motivo acho que lá fora eu era uma pessoa melhor.

— Você pode ser essa pessoa melhor aqui.

— A questão... eu não acho que vai ser uma pessoa boa que vai conseguir abrir sua caixa.

— A gente não precisa ir por esse caminho.

— Acabamos de enterrar um de nós. Já estamos nesse caminho.

Número Seis, que havia se voltado para o homem enquanto ele falava, virou-se novamente para o grande escuro e, sem saber o que responder, simplesmente permaneceu ali. Ela também se questionava com frequência se sua ausência estava sendo sentida pelas pessoas que faziam parte da sua vida lá fora. Deveria ter alguém lá fora, tinha que ter. E se fosse necessário, ela mataria o homem a seu lado para reencontrá-las?

— Você sabe que pode ter sido a garota que matou o Número Três, né? — disse o homem.

— Não dá para afirmar isso.

— Ela estava aqui perto e sem nenhuma bala.

— Mesmo assim, não dá pra ter certeza. Ela é só uma criança.

— Ela é jovem, mas não é uma criança.

— O Número Três levou um único tiro.

— Ela pode ter acertado só um.

— Por que você quer que seja ela?

O homem voltou-se para a mulher e pela primeira vez ela viu serenidade em seus olhos.

— Eu não quero que seja — disse ele. — Mas parece que você realmente ainda não entendeu. Querer não significa nada neste lugar. Vai chegar o momento em que vamos estar diante de uma situação que talvez nos obrigue a decidir se vamos fazer o que queremos ou o que precisamos. E talvez você se surpreenda ao ver como é rápido se transformar na pessoa que você nunca quis ser.

— Se tiver sido ela, primeiro a gente precisa saber por que ela fez isso.

— Você não fica com medo da resposta?

— O que eu acho — disse Número Seis, voltando a olhar para a grande escuridão — é que precisamos ter cuidado com o medo. O medo faz a gente tomar decisões precipitadas. O medo faz a gente julgar antes de entender.

— Como vamos entender algo se não sabemos nem quem somos?

— Não sei. Mas agora eu só consigo pensar que entender talvez não precise de uma memória. Entender não é comparar uma coisa com outra pra definir o que é certo ou o que é errado. Entender é saber a verdade e ser capaz de refletir, sem reagir de imediato. Eu acho que quando você entende, você está em paz. E isso me parece uma coisa boa de tentar alcançar.

Os dois continuaram em silêncio, olhando para o grande escuro, sem perceber que da janela do quarto do piso superior a garota escutava a conversa dos dois.

19

Inês escaneou o apartamento, estudando as caixas que continuavam no mesmo lugar desde o dia do acidente. Tomou um longo gole do café que havia acabado de passar e pensou em Rui. Provavelmente ele diria que era preciso dar um jeito naquelas coisas todas.
Dar um jeito nessas coisas todas.
Que jeito?
A vontade era de pedir que alguém buscasse tudo aquilo e levasse embora, mas ela sabia que jamais conseguiria fazer isso.
Caminhou até o quarto de Beatriz e percebeu que uma das caixas próximas à cama da filha estava aberta. Inês foi até lá e se sentou. A maciez do colchão cedendo ao seu peso a lembrou de como vinha todas as noites e se sentava na cama, ao lado da filha, lhe fazia um carinho no rosto, às vezes afastando o cabelo dela para o lado, e lhe dava um beijo de boa-noite. Gostava de quando ela estava sonolenta e respondia meio balbuciando, a boca fazendo biquinho por causa da pressão da bochecha contra o travesseiro, embalada em um sono tranquilo.

Inês pegou a caixa do chão e trouxe para a cama. Havia dias evitara todas aquelas caixas, deixando-as onde estavam, espalhadas pelos cômodos. Embaixo de dois livros infantis estavam os diários de Beatriz, e ela entendeu por que a filha estava tão preocupada com aquela caixa durante a mudança. Eram quatro cadernos. Inês tirou um por um da caixa e os dispôs à sua frente, sobre o colchão. Pegou um deles e alisou a capa dura. Havia sido Inês quem incentivara esse hábito nas meninas. Ela mesma possuía caixas e mais caixas de diários.

Abriu o caderno em uma página aleatória e sentiu o corpo estremecer ao encarar aquelas linhas, escritas em uma mistura engraçadinha de letras de forma e cursivas. Antes, pegava no pé da filha dizendo que ela devia escolher um estilo de caligrafia e seguir com ele, mas agora sorria contente por ver que Beatriz ainda não havia cedido ao padronizado e rígido modo de vida adulto.

Eu mostrei pra mamãe meu desenho, o desenho de um cachorro que eu tinha visto na rua e que tinha ficado na minha cabeça. Aí a Ágatha esticou o pescoço pra olha e disse dois pontos

cachorro não tem três patas, tem quatro.

E eu disse pra ela que o meu cachorro tinha três e ela disse que o meu cachorro estava errado. Eu esperei ela sair de perto e quando eu vi que ela estava longe eu falei baixinho pra mamãe dois pontos

eu sei que cachorro tem quatro patas mãe.

E a mamãe acho que pensou que eu não sabia de algo e disse que tem cachorros com três patas também e que as vezes eles nascem assim ou que podem ter sofrido um acidente como quando o cachorro não vê o carro e o carro não vê o cachorro.

Mas aí eu olhei de novo ao redor da gente pra ver se a Ágatha não estava perto de novo e disse dois pontos

mas o meu cachorro tem quatro patas mãe é que a quarta pata não dá pra ver porque está atras dessa aqui, e eu mostrei pra mamãe onde era e que por isso que parece que só tem três patas. Mas a Ágatha as vezes ela não pensa muito bem eu expliquei pra mamãe. Uma vez a Ágatha chorou na escola quando a professora fez uma pergunta e ela não soube responder e outras crianças riram dela, por isso que as vezes eu finjo que sou mais burra pra ela não perceber que na verdade eu sou a mais inteligente e ela não ficar triste.

A mamãe fez uma cara engraçada que eu não sabia se tinha ficado brava ou tinha achado feliz porque os olhos dela ficaram grandes como ficam grandes quando parece que está brava mas ela também parecia que estava sorrindo e aí ela me disse dois pontos

não tem isso de mais burra, vocês duas são inteligentes.

E eu tive que explicar isso também e eu falei dois pontos

não mãe ela é um pouco mais burra sim é que você é mãe e não pode dizer isso eu entendo.

Ela me abraçou e disse que eu era uma danadinha e me apertou e eu entendi que ela estava feliz sim porque quando ela está feliz ela me aperta e damos risada juntas.

Quando eu consegui parar de rir eu perguntei pra mamãe dois pontos mãe porque nós somos duas?

Ela me disse que era porque nós somos gêmeas e aí eu tive que fingir de burra outra vez porque essa resposta eu já sabia né o que eu queria saber era porque nós somos gêmeas e aí ela entendeu e ela ficou me olhando parecendo que estava pensando e aí...

Inês fechou o diário com força, e dos olhos, que também estavam fechados, escorriam lágrimas pesadas pela face.

Quando a natureza fez uma de vocês, ela percebeu que tinha feito um trabalho tão, tão incrível, então ela se deu conta de que o mundo seria melhor com duas.

Não era isso que ela havia respondido à filha, mas era o que ela diria hoje se fosse questionada novamente por Beatriz; iria substituir a explicação científica que havia dado à filha e se permitiria romantizar sobre aquele assunto biológico. Ela daria uma resposta boba e piegas, porque era isso que a menina deveria ter ouvido, uma resposta boba e piegas. É o que todos nós precisamos ouvir de vez em quando, refletiu, principalmente quando se é criança.

Inês empurrou os cadernos para um lado do colchão e se deitou. O rosto afundou no travesseiro colorido, que ainda preservava o cheiro dos cabelos de Beatriz. Ela o apertou e, agarrada a ele, aspirou o cheiro da filha, o que a fez se lembrar do dia em que Rui, certa vez, voltara do supermercado com as meninas e, enquanto guardavam as compras, ele contou a Inês o que Beatriz havia feito.

— Eu fui pegar o xampu delas, e peguei um outro lá, um diferente que tinha visto no comercial, que dizia que era mais natural e tal. Então, quando eu coloquei no carrinho, a Beatriz pegou, devolveu na prateleira e catou o que a gente sempre usa. Eu disse pra ela que queria levar aquele para experimentar e ela disse que não, toda decidida, você precisava ver. Quando eu brinquei com ela que não sabia que ela gostava tanto assim daquele xampu, ela me explicou que não era que ela gostava *tanto* assim daquele xampu. É que na escolinha tinham ensinado que os animais se reconhecem pelo cheiro, que às vezes um animal que vem de fora não é bem aceito pelo grupo porque tem um cheiro diferente, aí ela disse exatamente assim pra mim: "Vai que vocês param de gostar de mim porque eu estou com um cheiro diferente." Acredita nisso?

E agora ela sentia aquele mesmo cheiro no travesseiro e todo um processo químico se desencadeou. As moléculas atingiam os receptores dos seus neurônios olfativos, que enviavam impulsos nervosos reconhecidos em um conjunto de setores do seu cérebro. Se fosse um dos camundongos utilizados em suas pesquisas, ela poderia ver essas regiões aparecendo no monitor, destacadas por uma cor vibrante, a região da amígdala e do córtex cingulado anterior ativada, enquanto ela soluçava com a cabeça afundada no travesseiro. O sofrimento colorindo aquela imagem rugosa e labiríntica que era o cérebro, o lugar de onde ela não conseguia encontrar uma saída para fugir da dor.

• 149 •

20

Junto de seus colegas, todos devidamente vestidos com seus uniformes de proteção, Sandro aguardava do outro lado do portão protegido por soldados armados.

— O que eu mais sinto falta é de poder fumar no trabalho — comentou um deles, com a voz soando abafada e metálica através da máscara.

— Pelo menos alguma coisa nisso tá te fazendo bem — comentou outro.

— Vamos lá, pessoal.

Sandro e os outros sete agentes entraram e se acomodaram dentro da van. À frente do veículo, seguia a viatura policial que faria a escolta da equipe.

— Souberam do Ricardo, que trabalhava com o William? — perguntou Sandro. Ele se mudou para uma das propriedades rurais.

— Sim, mas foi porque a filha que trabalha com zootecnia agitou tudo pra levar os pais. Ela foi coordenar um programa de melhoramento genético de animais.

— Você gostaria de trabalhar em uma dessas propriedades? — perguntou um dos colegas.

— Não acharia ruim.

— Esquece — disse outro colega. — O Ricardo só conseguiu porque a filha era importante pro projeto. Pra gente, você entra numa coisa e não te deixam sair de jeito nenhum.

— Eu vi uma foto das vacas — comentou outra colega. — Elas são enormes. Umas tetas! Acho que dá pra todos nós montarmos em cima.

— Da vaca ou das tetas?

— Das vacas e das tetas também, se bobear.

Os veículos já haviam deixado a área restrita do Setor Zero e agora seguiam pela estrada em direção a uma das regiões do Setor Um. Sandro olhou pela janela e viu o drone que voava baixo passar por eles. Centenas de drones militares patrulhavam as fronteiras e muitas vezes, no início da pandemia, foram usados para coibir a entrada de pessoas não autorizadas no Setor Zero. Elas eram abatidas pelos próprios drones quando não desistiam da investida.

— E ir para uma fazenda de tabaco? — brincou um deles com o colega que falara sobre o cigarro.

— Ah, seria o sonho!

Todos riram. Muitas vezes, quando algo divertido era dito durante o trabalho, pairava no ar um sentimento de vergonha. O mundo do lado de fora da fronteira que os protegia era uma realidade capaz de suprimir qualquer alegria. E a felicidade, em tempos de horror, às vezes parecia um desrespeito, um insulto, porém, se não fossem esses momentos de descontração e partilha coletiva, o que mais poderia lembrá-los de que eram humanos e de que ainda havia uma vida pela qual valia a pena lutar para manter?

— Acho que a melhor parte de estar numa dessas fazendas é ficar lá e não ter que ficar entrando e saindo... Você só fica lá, cuidando dos animais, das plantas, e talvez, se você tiver um bom controle mental, pode até conseguir imaginar que nada disso está acontecendo — disse o sujeito que gostaria de fumar.

— Você sabe como elas funcionam? — perguntou outro colega.

— As propriedades rurais tocadas por não infectados?

— É.

— Eles circundam tudo com cercas elétricas, os drones militares protegem junto com uma equipe de segurança, e só trabalha quem não estiver doente. Mas nem precisa de muita gente, na verdade. As máquinas fazem quase tudo. Esse é mais um motivo de ser tão difícil trabalhar em uma dessas propriedades. A maior parte da nossa comida vem delas, e é toda uma logística de guerra pra garantir que os alimentos não sejam infectados. As fazendas que são comandadas por infectados não precisam desse esquema todo.

— Foi por isso que finalmente legalizaram algumas drogas. Melhor ter o controle e garantir que não vai entrar uma maconha contaminada no Setor Zero.

— Mas ela é bem mais cara do que antes — brincou outro, rindo.

— Tudo está bem mais caro do que antes. Não tem o que fazer quanto a isso.

— Estamos chegando, pessoal! — gritou o motorista. — Renato do tabaco e Matias maconheiro, vocês são os primeiros.

Pouco depois, a van estacionou em frente a um prédio e os dois desceram do veículo; um deles carregando a maleta com os equipamentos de trabalho.

A van continuou deixando as duplas em determinadas quadras, todos próximos.

Sandro e Lúcio desceram do veículo e confirmaram a numeração do prédio naquela fachada malcuidada de um verde escurecido pelo tempo. A dupla havia recebido pacientes novos e era a primeira vez que estavam naquele edifício.

Sandro carregava a maleta enquanto Lúcio buscava o nome e o número do apartamento do primeiro paciente.

— Bom dia, somos os agentes de acompanhamento — disse Lúcio para a voz que atendeu o interfone.

— Podem subir — veio a resposta, em seguida o som metálico do destravamento do portão.

Avançaram pelo corredor externo ladeado por canteiros com tocos finos e secos de plantas que já não recebiam nenhuma atenção.

Enquanto aguardavam o elevador, um homem passou por eles, vindo pela escada. Encarou as duas figuras que pareciam ter saído de um futuro muito distante e seguiu murmurando algo que nenhum dos dois compreendeu. Ao entrar, Sandro se viu refletido no espelho embaçado do elevador. Eram realmente duas figuras curiosas, e aqueles uniformes também representavam uma espécie de fronteira que os separava das pessoas deste lado.

O corredor do 18º andar tinha um ar de abandono; duas das luzes no teto não acenderam automaticamente como as outras e havia manchas escuras e úmidas em algumas partes das paredes. Caminharam buscando o apartamento 1812. Tocaram a campainha e aguardaram até que uma mulher na faixa dos sessenta anos abriu a porta. Os cabelos grisalhos estavam presos em um coque, e ela os encarou por um tempo como se seus olhos precisassem se acostumar diante daquela visão.

— Sra. Rosana? — perguntou Lúcio.

— Sim, sou eu. — Ela continuou parada como se não esperasse visita.

— Podemos entrar?

— Sim. — Abriu espaço, e os dois sujeitos aparamentados avançaram para dentro do apartamento como astronautas na lua.

Sandro olhou ao redor. Não era um apartamento grande. Na sala, estava um casal de adultos, na faixa dos 40 anos, sentados em um sofá de três lugares. Em uma cadeira havia um idoso, e uma garota adolescente estava acomodada na ponta do sofá de três lugares com o casal, que provavelmente eram seus pais.

O homem idoso se levantou, indeciso se cumprimentava ou não os visitantes.

— Este é meu marido — disse a sra. Rosana, e o idoso magro os cumprimentou com um aceno de cabeça silencioso. — E estes são minha filha e meu genro — Rosana apontou para os dois no sofá.

Os dois adultos voltaram-se para os homens uniformizados. Apática, a mulher se levantou e estendeu a mão para cumprimentá-los, mas

• 153 •

Sandro e Lúcio acenaram com a mão no ar, recusando o contato da forma mais gentil que podiam. A mulher tornou a sentar, sem parecer nem um pouco frustrada pela tentativa não compartilhada de cumprimento. O homem ao lado dela apenas acenou com a cabeça, mas ambos sem nenhuma grande demonstração de interesse por trás dos olhares vagos, indícios claros da aproximação do Estágio 3.

— E minha neta — Rosana concluiu a apresentação.

Sandro havia colocado a maleta no chão, próxima ao pé de uma mesa de jantar. Sacou o celular e verificou a ficha da família.

— A senhora tem outros dois netos? — ele perguntou, com aquela voz rouca e artificial que soava através da máscara.

— Sim, eles estão... no quarto.

— Um menino de doze e uma de nove.

— Isso. Ela tem dezesseis, quase dezessete — adiantou-se Rosana.

— Posso pegar uma cadeira? — perguntou Sandro.

A mulher apenas esticou o braço, dando permissão.

— Obrigado.

Os dois visitantes se sentaram.

— Por favor — disse Sandro —, a senhora não gostaria de se sentar para explicarmos o procedimento?

Meio inquieta com a presença deles ali, a mulher se moveu um tanto desconfortável pela própria sala, até que se sentou no braço do sofá.

— Eu ofereceria algo para beber, mas acho que vocês não vão aceitar — disse ela, ao que Sandro teve dificuldade para interpretar a intenção que havia em sua voz.

Ela, com 69 anos, e o marido, com 65, eram os últimos que ainda mantinham a lucidez naquele apartamento. Antes, o comum era as pessoas mais novas terem a responsabilidade de cuidar de seus avós e pais idosos; agora, o fluxo se invertera, e a vida corria no sentido contrário ao rio do tempo, sobrando para muitos idosos a tarefa de tomar conta dos filhos e netos incapacitados pela doença.

— Mesmo assim nós agradecemos — respondeu Lúcio diante do silêncio do amigo. — Como foi explicado para a senhora — ele continuou —, estamos em processo de testes de uma nova substância.

— Ela pode curar isso? — perguntou o senhor sentado na cadeira, com uma voz frágil e rouca.

— Ainda estamos fazendo testes, e estamos bem no início — retomou Sandro. — O que estamos tentando descobrir é uma maneira de estimular o cérebro, fortalecendo-o para barrar a ação da enzima da bactéria.

— Ah — disse o idoso, pouco convencido.

— Estamos aplicando em todos os membros da família que moram juntos para aferir as respostas nos diferentes estágios e faixas etárias.

Rosana apenas assentiu.

— Certo. Podemos começar com vocês, aqui na sala, depois vamos até as crianças, pode ser?

Sandro falava com gentileza, principalmente quando se referia às crianças. Era a parte mais dolorosa do trabalho, não só para ele, mas para todos que atuavam em campo. Ele passou os olhos por aquela família que ia se apagando, como um conjunto de velas que derretiam juntas e em tempos diferentes dentro da mesma capela.

Rosana aquiesceu.

— Certo — disse Sandro. — Ela é a Cristina, correto? — disse, após verificar na ficha o nome da adolescente em silêncio.

— Prefiro que comecem comigo — respondeu Rosana.

Sandro a encarou.

— Como quiser.

Os dois homens se levantaram. Sandro pegou a maleta do chão e a colocou sobre a mesa. Da parte superior do estojo, retirou um aro metálico e várias pequenas peças, enquanto Lúcio montava o equipamento de mapeamento encefálico que seria colocado ao redor do crânio de Rosana para mapear seu cérebro e suas respostas durante o procedimento. Sandro levantou a parte superior do estojo, revelando, na parte de baixo, uma série de microcartuchos e outros equipamentos para a administração da substância.

O aro metálico foi, então, acoplado em volta da cabeça de Rosana. Na ponta do indicador, fixaram um dedal para monitorar sinais vitais, coletar microamostras de sangue e confirmar a identificação de Rosana por meio da digital. Todo o procedimento levava cerca de trinta minutos.

— Sente alguma coisa? — perguntou Sandro alguns minutos após a aplicação.

— Um pouco de formigamento nos dedos das mãos — respondeu ela, sob o olhar curioso do marido.

— Ok — Lúcio registrou a manifestação física no relatório. — É uma reação comum.

Após o término da administração em Rosana, realizaram a esterilização do dedal e do aplicador, e iniciaram o processo em Flávio, seu marido. Em seguida no genro, depois na filha.

Sandro percebeu o olhar de Rosana e Flávio para a filha e o genro. Os idosos tinham aquele olhar já meio distante, e, embora ainda estivessem lá, as emoções começavam a ser guardadas no sótão, ainda audíveis, mas cada vez mais fracas. Aquele olhar era um possível reflexo do Paradoxo da Perda Emocional, e provavelmente levaria um ano, quem sabe menos, para que os dois estivessem tão distantes emocionalmente da filha, do genro e dos netos que, mesmo capazes de ainda continuar ajudando-os, o fardo daquela responsabilidade se tornaria maior do que os sentimentos que nutriam por seus familiares, havendo uma grande chance de que os abandonassem.

Realizaram o exame na neta, Cristina. Por trás da máscara, Sandro encarava os olhos da garota, aqueles olhos vagos e bovinos, e pensou na conversa que haviam tido na van sobre deixar aquele trabalho e no que seu colega dissera: "Você só fica lá, cuidando dos animais, das plantas, e talvez, se você tiver um bom controle mental, pode até conseguir imaginar que nada disso está acontecendo." No entanto, apesar da tristeza que sentia em ver aquelas pessoas se distanciando de si mesmas, havia a beleza daquela união; aquele grupo de pessoas que se amparam e cuidam umas das outras, algumas ainda cientes de que cuidar é mais do que alimentar, trocar fraldas e dar banho. Muitas vezes, é só estar ali para o outro, mesmo que o outro já não demonstre estar ali para você.

Em seguida, Rosana os guiou pelo curto corredor até o quarto das crianças. Havia uma cama de solteiro, vazia, que provavelmente pertencia à adolescente na sala, e os dois irmãos menores estavam em um beliche, cada um em um andar. Os agentes davam uma preferência velada por começar sempre pela pessoa mais nova, a não ser que a família pedisse de outra forma, como havia acontecido na sala; mas agora Rosana já havia se colocado na frente uma vez e parou no batente da porta enquanto os dois homens avançaram. Então começaram os procedimentos em Camila, uma menininha magra de 9 anos que estava acordada, mas com os olhos semiabertos, flutuando em algum lugar só dela. Seus olhos se voltaram para Sandro em um reflexo automático, mas lento, quando ele iniciou a aplicação da substância e os dois se encararam. Apesar da resposta instintiva causada pela dor física, ela não fizera mais nada, e os olhos que antes encaravam Sandro escorregaram e pararam em um canto, indiferentes.

Seguiram para o irmão, um menino de corpo esguio e braços longos, que também estava acordado.

Terminado o procedimento com todos os membros da família, Sandro e Lúcio se despediram, após darem as orientações finais para Rosana e Flávio.

Em seguida os dois agentes desceram para o oitavo andar e tocaram a campainha do apartamento 815. Um homem na casa dos 40 anos os atendeu.

— Caio?

— Eu sou o Leandro.

Três amigos dividiam o lugar: Leandro, Caio e Paula. Os três já não tinham uma relação próxima com seus próprios familiares antes da doença, então decidiram ficar juntos e cuidar uns dos outros. Tinham idades próximas, portanto era basicamente uma loteria a ordem em que apagariam, deixando para o próximo a responsabilidade dos cuidados até que ele mesmo também se fosse. Esse modelo era bastante comum entre outros grupos. No caso deles, não haviam definido o que fariam quando o último também não estivesse mais em condições de cuidar dos outros e de si mesmo. A princípio, a ideia era deixar acontecer, embora os três tivessem receio de que ocorresse com eles o mesmo que já ocorrera com diversas pessoas, que haviam sido encontradas mortas em suas casas, esquecidas pelos outros e por si mesmas. Mortas por inanição.

Para tentar evitar casos assim, o governo declarou a obrigatoriedade do que eles chamavam de Sinal de Consciência. Uma vez por semana as pessoas deviam, por meio de um aplicativo, sinalizar que ainda estavam conscientes. E, como o governo mantinha um banco de dados de cada grupo que dividia a mesma moradia, quando todos deixavam de mandar seus sinais uma equipe providenciava a transferência para alguma área do Setor Dois.

As áreas chamadas de Setor Dois eram prédios e condomínios inteiros transformados em dependências para pessoas com apatia generalizada. Tais locais ficavam sob os cuidados de uma equipe composta majoritariamente por infectados. O grande problema é que essas áreas já operavam com capacidade máxima e muitas vezes os sinais de consciência não relatados eram simplesmente ignorados; os dados serviam mais para o acompanhamento do avanço da doença, já que, para os residentes do Setor Zero, era necessário acompanhar de perto o futuro problema da falta de mão de obra.

Talvez aquele grupo de amigos tivesse se inscrito nos processos de escolha para novas tentativas de cura justamente por isso, acreditando que, por estarem contribuindo, quando os três apagassem, o governo cuidaria deles.

Após terminarem os procedimentos no segundo apartamento, Sandro e Lúcio resolveram fazer uma pausa para descansar. Como não podiam tirar os uniformes, sentaram nos degraus da escada com cuidado e ficaram em silêncio, cada um imerso nas próprias reflexões antes de seguirem para a próxima visita do dia.

21

Da mesma forma que adormeceu aninhada no perfume dos cabelos da filha, Inês agora despertava na companhia de outro aroma. Um aroma que novamente ativava as reações químicas do seu cérebro, um aroma que quase a permitia sentir a temperatura e até o toque úmido e aveludado de uma torta de banana com nozes e especiarias, a sobremesa preferida das meninas, tantas vezes motivo de brigas pelo último pedaço.

Inês abriu os olhos e as narinas se dilataram feito as de um animal de estimação farejando algo no ar. Aquele cheiro a invadiu e lhe causou uma confusão mental. Ela não preparara nada na cozinha do novo apartamento desde o dia do acidente. Comia coisas simples, como sanduíches ou pedia no delivery. Mas agora o quarto estava tomado pelo aroma de banana macia e quente, de manteiga, o cheirinho de canela, cardamomo e noz-moscada. Inquieta, se sentou na cama, julgando que a percepção do aroma poderia ser uma reação química do cérebro trabalhando de forma inversa. Em vez de as moléculas da torta ativarem o cérebro, eram as lembranças que ativavam a conexão com aquele cheiro, provocando a ilusão de que estava diante de uma torta real.

No entanto, quando uma lufada de ar invadiu o quarto, trazendo mais uma porção daquele aroma adocicado de banana cozida, ela se levantou e caminhou para fora do cômodo, guiada pela linha imaginária conectada às sinapses que acessavam todo aquele sentimento. O cheiro persistia, agora ainda mais intenso no corredor. Estranhamente, parecia que vinha da cozinha. Em silêncio, seguiu pelo corredor até entrar na cozinha, onde dançava o perfume de torta quente. Levou a mão próxima ao forno, certificando-se de que não estava enlouquecendo e de que não tinha se esquecido de ter preparado uma torta. Porém, o eletrodoméstico não emitia calor algum. Para ter certeza, ela o abriu e conferiu seu interior vazio. Em seguida fechou os olhos, como se sentisse uma pontada de decepção.

Mas então, quando o aroma lhe atingiu as narinas novamente, ela se deu conta de que algum vizinho assava a torta e o cheiro entrava em sua casa pela janela.

Instintivamente, saiu do apartamento e caminhou pelo corredor. Parou em frente à porta do vizinho e, dobrando-se em direção à entrada, tentou descobrir se o cheiro vinha dali. Parecia que não. Foi até a outra porta e assim fez de porta em porta em todos os apartamentos do seu andar, mas aquele perfume quentinho não parecia vir de dentro de nenhum deles. Desceu as escadas até o andar inferior e repetiu a investigação de porta em porta até que, em uma delas, sentiu forte o perfume de manteiga, banana e especiarias, e fechou os olhos, deliciada. Sem pensar no que fazia, apertou a campainha e o som disparou lá dentro. Entretanto, após um instante de silêncio, Inês se deu conta de que não sabia o que dizer para quem abrisse aquela porta. Já estava saindo em direção à escada quando escutou a porta se abrir atrás dela.

— Oi.

Inês olhou para a mulher e lembrou-se de tê-la visto no elevador, com sacolas de compras.

— Posso ajudar? — repetiu ela, curiosa.

Paralisada, Inês continuou a encará-la, sem saber o que fazer.

— Você que estava no elevador uma vez, não é? — disse a mulher enquanto aguardava uma reação da visita-surpresa.

— Sim, sim — assentiu Inês, e depois, como se seu corpo se desmanchasse, se movimentou desajeitadamente, sem muito sentido. — Eu moro em cima do seu... do seu apartamento — disse Inês. — E eu estava lá e senti esse cheiro. — Apontou para dentro do apartamento como se o cheiro estivesse parado atrás da mulher que segurava a porta aberta. — Da torta. Você está assando torta de banana, não está? Com nozes e especiarias... canela, cardamomo, talvez um pouquinho de noz-moscada raladinha.

— Uau! Você tem um olfato e tanto. Não sei se isso é bom ou ruim — brincou.

— Às vezes é bem ruim — admitiu Inês. — Mas hoje, quer dizer, agora, quando eu senti o cheiro da sua torta... eu sei que devo estar parecendo meio maluca, aparecendo assim, tocando a campainha... desculpa...

— Não, tudo bem.

— É que essa torta. — Inês encarou a vizinha, que aguardava a continuação da frase. — Essa torta é a preferida das minhas filhas.

Inês olhava para a mulher, que lhe devolvia o olhar em silêncio, provavelmente esperando que algo mais fosse dito, mas Inês parecia já ter dito tudo.

— Ah, eu, eu acabei de tirar do forno. Quer levar um pedaço pra elas?

Inês ficou em silêncio e, por uma fração de segundo, seu corpo se fechou com a proposta absurda daquela mulher. Afinal, suas filhas estavam mortas; por que aquela desconhecida diria uma coisa dessas? Então Inês relaxou e, meio perdida, disse:

— Nossa, desculpa, eu não posso aparecer aqui do nada e ainda levar, não, não posso aceitar. Desculpa ter...

— Não, para, eu faço questão. Entra, eu vou tirar um pedaço e você leva pra elas. São quantas filhas?

Inês a fitou. Cada pergunta levava uma fração de segundo para ser assimilada.

— São duas. Duas meninas. Gêmeas.

— Ah, que perfeição. Eu acho tão lindo gêmeas. Entra, vem.

Inês deu um primeiro passo cauteloso, depois pareceu tomar coragem e entrou, parando poucos passos adiante, quando viu um homem ajeitando uma mesa para o almoço.

— Esse é meu marido, Paulo. Nossa, eu nem disse meu nome e também nem sei o seu.

— Como assim você deixa uma pessoa que nem sabe o nome entrar em casa, amor? — o homem disse, em tom de brincadeira.

— Eu que apareci do nada e nem me apresentei... Desculpa, meu nome é Inês.

— Eu sou Renata. Senta aí que eu vou lá pegar a torta.

Renata desapareceu dentro do apartamento e Inês escutou a movimentação na cozinha.

— Inês — a mulher voltou carregando uma travessa vazia —, fica aí e almoça com a gente.

— Não, não, obrigada. Desculpa, eu não posso.

— As meninas estão lá em cima?

Novamente por uma fração de segundo, Inês pareceu não se dar conta de que a pergunta era para ela.

— Não — respondeu em um tom inexpressivo.

— Então por que você não fica?

— Porque eu não posso.

Renata estudou Inês por alguns instantes, como se percebesse na mulher algo que tivesse escapado à sua avaliação. Em seguida, balançou a tigela vazia no ar e sorriu.

— Vou pegar a torta, então. Já volto.

Inês sorriu. Olhou para Paulo, que terminava de pôr alguma coisa na mesa e sorria para ela também.

— Não quer ficar mesmo?

— Obrigada.

Ao voltar para o seu apartamento, assim que fechou a porta, Inês foi abraçada novamente por todo aquele silêncio. Olhou para as mãos que seguravam a travessa, caminhou até a cozinha e a colocou sobre o balcão, sentindo um vazio desconcertante. Às vezes, boas lembranças se tornam tristes. Como paredes que ainda conservam a marca de quadros que já não estão lá.

Abriu a travessa e sentiu que o aroma fora suavizado pela temperatura que baixara. Foi até a caixa de remédios, pegou dois comprimidos e os engoliu com a ajuda de um copo de água. Olhou para o forno. Buscou nas caixas outra travessa, abriu a travessa que trouxera, tirou o farto pedaço de torta e o depositou no recipiente. Abriu o forno, colocou a torta dentro e acendeu o fogo. Deixou a porta do eletrodoméstico aberta e sentou no chão da cozinha. Recostou-se no balcão e ficou ali. À medida que a torta era aquecida, a cozinha era invadida pelo cheiro de banana cozida com nozes e canela, cardamomo e um pouco de noz-moscada raladinha. Inês adormeceu ali mesmo, acalentada por aquele cheiro tão familiar.

O fim de tarde deitava no céu o tom alaranjado das cores de outono, e aquele restinho de luz transbordava para dentro do apartamento. Um dos motivos que os havia levado a escolher aquele lugar fora justamente sua disposição em relação ao sol. Inês despertou com o cheiro de torta queimada pairando no ar. O sistema de segurança do eletrodoméstico desligara automaticamente o fogo ao captar o volume de moléculas carbonizadas.

Apanhou a travessa de dentro do forno, acomodando-a sobre as pernas dobradas. Com os dedos, destroçou um naco da torta, mas a base queimada esfarelou, e o recheio, que normalmente era macio e úmido, estava agora seco e endurecido. Encarou a torta que se desfazia em suas mãos e o pensamento se construiu devagar.

A torta queimada pelo fogo. A torta que personificava uma lembrança, queimada pelo fogo. Com os dedos, esfarelava a massa quebradiça que se desmanchava sobre a travessa, ao mesmo tempo que uma ideia lhe surgia, aquela massa quebradiça se esfarelando como uma lembrança que ia deixando de existir.

22

Após descansarem, Sandro e Lúcio seguiram para o próximo apartamento. No corredor daquele andar, Sandro olhara o local vazio onde deveria estar um extintor de incêndio na parede. Por um instante, sua mente foi arrastada para a imagem de um grande incêndio. Algumas pessoas abrindo a porta do apartamento e olhando para fora, mas a grande maioria sentada no sofá ou deitada na cama, alheia ao fogo que se fechava em volta...

— Aqui, Sandro — chamou Lúcio, voltando-se para uma porta.

Lúcio tocou a campainha. Algumas pessoas decidiam não trancar mais as portas para facilitar a entrada, para o caso de os moradores precisarem ser socorridos. Ouviram movimentos do lado de dentro e segundos depois uma mulher chamada Adriana os atendeu.

— Somos os agentes de acompanhamento — disse Lúcio.

— Sim, podem entrar. — Ela saiu andando para dentro, deixando a porta aberta.

Lúcio entrou primeiro, seguido por Sandro.

— Podem sentar, se quiserem. — Ela indicou o sofá de dois lugares, depois pegou um banco e colocou ao lado de uma poltrona onde estava Janaína, sua irmã mais nova.

Sandro discursou seu roteiro com a gentileza característica, sem perder o rosto de Adriana dos olhos. Ela o escutava com uma atenção que o fez se sentir mais confortável.

Enquanto o homem idoso no primeiro apartamento havia perguntado: "Ela pode curar isso?", Adriana, no fim da explicação, questionou:

— E qual é o objetivo principal desse experimento? Me explicaram um pouco, mas eu gostaria de entender melhor.

— Estamos tentando descobrir uma maneira de estimular e fortalecer o cérebro para barrar a ação da enzima da bactéria. — Ainda que a formulação da pergunta mudasse, a resposta era quase sempre igual.

— Então é como... quase como forçar uma ação evolutiva do cérebro?

Sandro a encarou em silêncio e depois, parecendo surpreso, disse:

— Sim, é exatamente isso.

— Eu sou enfermeira. E bastante curiosa — disse Adriana, percebendo a surpresa dele.

— Você ainda trabalha como enfermeira atualmente? — perguntou Sandro, enquanto Lúcio terminava de montar o equipamento de mapeamento encefálico.

— Eu cuido de quem está no Estágio 3, quando eles precisam ficar sozinhos por muito tempo ou quando seus familiares trabalham; mas também de pessoas doentes de outras enfermidades. Ainda tem muito idoso com Alzheimer, muitas pessoas com um monte de outras doenças que exigem assistência. De vez em quando eu olho um senhor aqui no prédio que tem câncer nos ossos; o Alzheimer não pegou ele, mas do câncer... — balançou a cabeça — desse ele não escapou. A filha dele me paga para passar lá enquanto ela está fora. Sabe como está difícil arrumar um tratamento para qualquer outra doença? Hoje, pra grande maioria das pessoas que têm câncer, os médicos nem recomendam fazer tratamento. "Você pode acabar perdendo a qualidade de vida dos poucos anos que ainda tem", eles dizem. E o triste é que não estão errados.

• 165 •

Sandro a escutava com atenção.

— Você não está fazendo cocô, não, né? — disse ela de repente, fazendo Sandro se sobressaltar com a pergunta.

— O quê?

Ela riu.

— É que uma amiga me falou... Eu tenho uma amiga que também está em um grupo de pesquisa, e numa de nossas conversas ficamos nos perguntando como deveria ser para vocês fazerem cocô, já que nunca tiram essa roupa pra nada. Como vocês fazem, hein? Tem algum tipo de compartimento dentro da roupa? Vocês fazem cocô enquanto estão conversando com a gente?

Sandro riu como havia muito tempo não ria, e a risada ecoou abafada e metálica por baixo da máscara.

— Olha, eu até poderia sim, mas não seria muito educado.

— Você nunca fez isso?

— Cocô enquanto falo com alguém?

— É.

— Não, de jeito nenhum.

— Sei lá, né, às vezes não dá pra segurar. E vocês não podem sair correndo pra um banheiro.

— É, isso é verdade. Confesso que dou muito mais valor aos vasos sanitários hoje em dia.

— Eu sempre dei — brincou Adriana, e Sandro riu de novo.

— E vocês passam o dia todo sem comer nada?

— A gente se alimenta, mas não do jeito normal.

— Por nutrição parental? — ela se adiantou.

— Isso — disse Sandro, gostando da conversa.

— Uma época eu trabalhei em hospital e algumas pessoas precisavam ser alimentadas assim, principalmente quando tinham algum problema intestinal.

Sandro a observava atentamente enquanto ela falava.

— Mas e se escapar? O acesso, e se escapar? Porque pode acontecer. Já aconteceu no hospital — perguntou ela, curiosa.

— Não escapa. É diferente dos hospitais. Eles implantam o acesso cirurgicamente; é como se eu tivesse um plugue que eu conecto à bolsa. Fica bem preso. E, caso soltasse, no máximo eu teria que voltar mais cedo para tomar um banho.

— Eu lembro de estar trocando a bolsa de uma paciente uma vez, daí o filho dela, um menininho de uns 6 anos, ele ficou olhando, olhando, todo curioso, e a mãe dele explicou que era a comida dela e o menininho ficou encarando daquele jeito de criança, sabe, e ele perguntou: "Mas que gosto tem?", e a mãe, talvez para tranquilizá-lo, disse que tinha gosto de achocolatado. Daí o menino olhou para a bolsa, todo intrigado, e respondeu: "Mas é branco." "É de chocolate branco", a mãe disse. Então o filho abriu um sorrisinho e disse: "Ah, então deve ser gostoso!" Bem que podia ter gosto mesmo, né? — disse Adriana, e Sandro sorriu.

— É, seria ótimo.

— Sabor pão de mel — disse ela, como se pensasse em voz alta.

— Pão de mel?

— Ah, se eu pudesse escolher, eu amo pão de mel — disse ela. — Pena que nunca mais achei pra comprar.

— Pensando agora, eu também não como pão de mel há anos.

— Você gosta?

— Eu?

— É, ué.

— Gosto. Não é algo que eu pense muito sobre... "Nossa, que saudade de pão de mel", mas eu gosto, sim.

— Então é porque você não gosta tanto. Quando a gente gosta tem saudade. Nossa, mas pra mim... Não tem lá do outro lado?

Do outro lado.

A conversa estava tão *normal* que ele havia se esquecido de que os dois pertenciam a lados diferentes.

— Não que eu tenha visto.

Lúcio esperava uma brecha na conversa, e, como ela não surgia, se aproximou de Adriana com o aro de sensores na mão.

• 167 •

— Deve ter — disse ela, enquanto Lúcio prendia o equipamento ao redor da sua cabeça. — Caso um dia você encontre, podia trazer um pra mim? Não sei se vocês podem trazer coisas de lá pra cá.

— Infelizmente não podemos — respondeu Sandro, desapontado.

— Imaginei que não.

Não era a primeira vez que algum paciente pedia algo. No entanto, nunca haviam pedido um pão de mel.

— Bom, de qualquer forma, eu não vou sentir saudade por muito mais tempo mesmo — concluiu ela, de maneira natural.

Após terminar de ajeitar o equipamento, Lúcio abriu espaço para Sandro, que se aproximou, pegou o braço de Adriana, preparou a pele e aplicou a dose da substância.

— Você tem feito as sessões regulares de terapia? — perguntou Sandro.

— Sim. É obrigatório para fazer parte dos grupos — respondeu ela.

— E se não fosse, você faria? — continuou ele.

— Não sei. Confesso que não gosto muito de conversar com aquela coisa. Mas acho que na falta de companhia real ela ajuda. Não é o mesmo que falar com alguém de verdade, mas… o que eu gostava mesmo era de sentar a uma mesa cheia, com gente que você se importa e que você sabe que também se importa com você. Às vezes eu vou na casa dessa amiga que te falei. Ela cuida dos dois filhos, mas já não é a mesma coisa. Ela está num estágio mais avançado do que eu.

Sandro assentiu, em silêncio.

— Você faz? — perguntou ela.

— Também é obrigatório pra quem… é do outro lado.

— Pra todo mundo?

— Pra todo mundo.

— E se não fosse, você faria? — Ela jogou a pergunta de volta para ele.

— Se não tivesse mais ninguém para conversar, acho que sim.

— E você tem?

Ele demorou um segundo para responder.

— Tenho. — Ele pensou no filho com um fundo de melancolia. Em seguida pegou o tablet para verificar os dados coletados. — Podemos passar para a sua irmã.

• 168 •

Nesse momento, a expressão no rosto dela mudou. Quase imperceptivelmente, mas Sandro notou. Ela olhou para Janaína, que não havia emitido nenhuma palavra e continuava imóvel em seu lugar, afundando lenta e progressivamente no emaranhado seco e sem emoções de sua mente.

— Se eu não sinto, como saber o que é real e o que não é? — disse Adriana. — Talvez fosse melhor deixar de lembrar, porque imaginar olhar pra trás e não sentir nada por tudo de bom que eu vivi... apesar de que não vai fazer diferença, até porque já tem acontecido, mas por enquanto ainda é ruim ter consciência disso. Às vezes eu sinceramente torço para que chegue logo, sabe, mas aí quem vai cuidar dela?

Adriana ficou em silêncio, encarando o rosto sem expressão da irmã caçula.

— Que bom que algumas pessoas têm a sorte de contar com alguém que se importe com elas — ponderou Sandro.

— É. Que bom que essa parte leva mais tempo pra ir embora.

Lúcio e Sandro realizaram todo o procedimento na irmã, sob a supervisão de Adriana.

Sandro reparara que o celular dela havia tocado algumas vezes.

— Como você faz para trabalhar... com a sua irmã?

— Às vezes eu pago uma vizinha para vir aqui dar uma olhada enquanto eu estou fora. Quando é algo mais rápido, ela fica sozinha. Tem uma câmera por onde eu acompanho. — Adriana tampou o lado da boca que estava virado para a irmã, como se fosse contar algo que ela não pudesse ouvir. — Se ela der uma festa na minha ausência, eu vou saber.

Sandro riu.

— É, tem que ficar de olho nesses jovens mesmo. Eles não perdem uma oportunidade longe dos adultos.

Adriana sorriu, porém logo soltou um suspiro cansado.

— É verdade. Às vezes não é fácil. Mas estamos dando conta. Temos que dar.

— Olha — disse Sandro —, hoje em dia não é muito fácil conseguir uma vaga no Setor Dois, mas se quiser eu posso...

— Não — interrompeu Adriana. — Eu vou continuar tomando conta dela. E, quando eu não puder mais, então... aí vocês podem transferir a gente. Juntas. Não tem nada melhor do que um momento de clareza, quando você se dá conta da vida bonita que tem. O triste é que, muitas vezes, quando você se dá conta disso, geralmente também já não tem muito tempo. Essa doença vai nos afastar uma hora ou outra, mas, enquanto eu puder escolher, quero estar perto de quem é importante pra mim.

Sandro olhava para Adriana, escutando atento as palavras dela. Todo aquele amor. Adriana o lembrou de algo que parecia muito distante. Aquela mulher, mesmo já perdendo sua capacidade de sentir, ainda se esforçava para sentir.

23

Pouco mais de uma hora depois da experiência que tivera com a torta queimada, Inês estacionara o carro em uma área da universidade. Já era noite, mas, como ainda poderia haver alguém no laboratório, resolveu esperar. Não queria o tipo de conversa previsível que seria obrigada a ter ao encontrar alguém da sua equipe.

Quando julgou que todos já tinham ido embora, desceu do carro e caminhou em direção ao laboratório. Estar de volta ao campus fazia com que experimentasse uma sensação familiar, apesar de estranha, como se aquele lugar estivesse distante havia muito tempo, mas desprovido dos sentimentos que a universidade evocava anteriormente. Todas as pessoas que iam e vinham pareciam rostos novos que não lhe diziam nada, talvez porque Inês seguia sua caminhada evitando contato visual direto para que, caso alguém a reconhecesse, não tivesse tempo ou oportunidade de abordá-la.

Chegou em frente ao prédio onde ficava seu laboratório, pressionou o polegar direito no leitor e a porta destravou. As luzes acenderam automaticamente com a sua presença, e ela confirmou, aliviada, que estava sozinha. Percorreu o lugar com os olhos e teve a mesma sensação esquisita que experimentara ao caminhar pelo campus. Deixou a bolsa e se equipou com as vestimentas de segurança e com uma série de outros utensílios descontaminados.

Ela poderia ter acessado o banco de dados com relatórios e informações de casa, algo que nem todas as pessoas que trabalhavam no laboratório tinham permissão; entretanto, só no laboratório era possível realizar algumas experiências e desenvolver as substâncias.

Começou a buscar relatórios de pesquisas em andamento e finalizadas, separando tudo o que julgava interessante para a realização de análises mais detalhadas e específicas, aproveitando também para separar publicações científicas realizadas por diferentes pesquisadores em outras partes do mundo. Priorizou materiais que tratavam sobre a acetilcolina, as mutações relacionadas aos genes APP, PS1 e PS2. Interessava-lhe ainda o que havia sobre memórias implícitas e episódicas, em especial as descobertas e abordagens sobre a preservação da memória implícita. Passou a noite lendo e adiantando reflexões enquanto separava o material que lhe serviria de base. Quando a madrugada se aproximava do novo amanhecer, foi até as gaiolas com as unidades. Alguns camundongos se agitaram com a sua presença.

Vou precisar solicitar algumas unidades.

Inês deixou o laboratório e foi para o seu carro no estacionamento, onde aproveitou para dormir algumas horas. Decidiu não esperar dentro do laboratório para não ter que encontrar as pessoas à medida que chegassem; então, quando o alarme a despertou na metade da manhã, ela retornou.

Ao entrar, sentiu-se acuada com os primeiros olhares que recebeu dos colegas, olhares surpresos de quem é escolhido aleatoriamente para uma tarefa constrangedora.

— Por favor — Inês resgatou as palavras dentro de si —, eu gostaria de falar com todos juntos, por favor.

Esperou até que todos se reunissem. Inês já havia palestrado em uma série de eventos científicos, já publicara em revistas especializadas e, não raro, cedia entrevistas a programas populares que tentavam instruir seu público, embora de forma mais superficial, sobre as questões da memória, em especial a doença de Alzheimer. Nessas ocasiões, nunca tivera nenhum problema relacionado ao nervosismo que muitas vezes as apresentações públicas provocam, mas, naquele momento, ao encarar os colegas reunidos, todos a fitando com uma expectativa receosa, ela se sentiu intimidada.

— Minha família morreu em um acidente de automóvel — começou, sustentando o tom decidido da voz com uma força que lhe subia do ventre à garganta. — Eu sei que existe toda uma boa vontade de tentarem fazer algo para me verem bem, e eu agradeço por isso. — Percorreu o rosto dos colegas. — Agora vamos tocar nosso trabalho da maneira que sempre fizemos. — Inês cumprimentou todos com um aceno de cabeça e foi para sua mesa.

— Confesso que ainda estou pensando se falo sobre os dados que preciso discutir com você ou se te dou um abraço e tento dizer alguma coisa. Ou então se brigo com você por não ter atendido nenhum telefonema ou respondido com alguma mensagem diferente de "pode ficar tranquila, eu estou bem" — disse Vanessa. — Eu não posso nem dizer que te entendo, porque isso seria um absurdo.

— Eu prefiro falar sobre os dados. — Inês olhou para Vanessa e as duas se encararam em um silêncio cúmplice.

— Tá bom. Eu gostaria da sua opinião em uns dados da Unidade 139 — disse Vanessa.

— Claro — respondeu Inês, e as duas foram para a mesa de Vanessa, que abriu na tela uma série de resultados sobre os testes realizados na Unidade 139.

Em estudo estava a reação de uma proteína recodificada que poderia alterar a condutância da membrana de uma célula neural, aumentar a excitação do receptor sináptico e com isso combater o atrofiamento dos dendritos.

— Interessante — murmurou Inês, ao olhar os dados na tela. — Na observação visual da unidade houve alguma resposta motora incomum?

— Nada durante a aplicação da droga e nada no monitoramento pós-teste. Houve uma leve elevação dos batimentos cardíacos que durou cerca de quinze minutos, depois um ritmo um pouco abaixo do normal por aproximadamente um minuto e meio, quando enfim se estabilizou.

— Já tentaram uma dosagem menor para verificar se apresenta alguma mudança nesses sinais?

— É o que estou pensando em fazer.

— É, eu acho que é necessário. A elevação do batimento, apesar de durar um tempo considerável, a princípio não me preocupa, mas essa diminuição... Vamos tentar uma reformulação para identificar quais elementos podem estar influenciando nisso.

— Perfeito — respondeu Vanessa.

— O que mais nós temos? — questionou Inês.

E, durante as horas seguintes, ela debateu com Vanessa outros dados coletados no teste da substância. No fim do dia, Vanessa foi até a mesa de Inês novamente.

— Eu estou indo. A Marina deve ficar mais uma meia hora. — Vanessa encarou Inês e continuou: — Vai esticar hoje?

— Vou ficar mais um pouquinho — disse ela.

— Ok. Se quiser sair pra tomar alguma coisa, qualquer coisa, me fala.

— Pode deixar. Eu falo.

— Então tá. — Vanessa alisou o batente da porta como se tirasse uma farpa da madeira. — Até amanhã, então.

— Bom descanso, Vanessa.

Da sua mesa, Inês escutou Vanessa se despedir de Marina e, cerca de uma hora depois, Marina também foi embora, deixando-a sozinha no laboratório.

A neurocientista avançou madrugada adentro na pesquisa que iniciara na noite anterior, indiferente às poucas horas dormidas no carro. Com um apertar de botão, um copo de café saiu da máquina. Fez isso várias vezes. Pediu que o jantar fosse entregue no laboratório, algo que também já fizera diversas vezes no passado. Comia enquanto lia, fazia anotações, levantava sempre que precisava refletir sobre algo, um hábito adquirido ao longo dos anos. No entanto, embora os pensamentos estivessem focados em teorias e hipóteses, Rui, Ágatha e Beatriz estavam sempre lá, como se a presença deles fosse quase física, embora inalcançável, feito personagens dentro de um quadro bonito, mas triste.

24

Na companhia dos colegas do laboratório, Inês se dedicava aos estudos desenvolvidos em conjunto com a equipe: uma cura para o Alzheimer. Não podia simplesmente parar o que estava em andamento, e não se sentia segura para compartilhar a nova investigação que vinha fazendo, em segredo e por conta própria, havia já algumas semanas.

Avançava com uma determinação incomum, mesmo para os seus padrões de dedicação ao trabalho, que já eram altos, e quando o corpo reclamava de cansaço ela escolhia um comprimido dentro da bolsa, tomava e seguia em frente.

— Inês — chamou Vanessa. — Quer ir tomar um café?

— Eu preciso adiantar uma coisinha aqui.

— É só um café, Inês, essa coisinha aí pode esperar. Faz tempo que a gente não senta pra tomar um café, só nós duas.

Inês passou as mãos no rosto, cansada. Pensou no comprimido dentro da bolsa. E em Rui, Ágatha e Beatriz.

Vanessa pegou o café da máquina em uma das cantinas da universidade, onde o único funcionário humano só aparecia de vez em quando para repor alguns produtos e ingredientes. Sentaram-se em um banco do lado de fora, sob a sombra de uma árvore.

— E aí, como estão as coisas?

Inês suspirou, tomou um gole do café e observou os estudantes que circulavam pelo campus. Fitou alguns drones entregadores que cortavam o céu em direção aos seus objetivos.

— O Jorge gosta de drones? — Inês perguntou para Vanessa, que tinha um filho de 9 anos.

— Na verdade ele tem medo. — A amiga sorriu. — Quando ele era menor, estávamos fazendo compras e um drone entregador desceu bem pertinho da gente. Ele levou um susto, tadinho, depois disso sempre ficou meio desconfiado. O governo perdeu o controle sobre essas coisas. Às vezes você olha pro céu e pensa que tá vendo um passarinho e depois percebe que é um drone.

— A Ágatha adorava drones — disse Inês, com o olhar distante. — No ano passado ela começou a perguntar quando é que poderia ter um.

Vanessa sorriu, solidária.

— A madrinha dela queria dar um de presente, um daqueles feitos para crianças, mas a gente não deixou. Ela era muito nova para ter um negócio desses — concluiu Inês, e pensar na madrinha de Ágatha e Beatriz a fez se lembrar do batizado das meninas.

Apesar de julgar o batismo uma bobagem cultural, Inês estava feliz em ver todas aquelas pessoas ali por Ágatha e Beatriz; estava feliz por saber que além dela e do marido outras pessoas compartilhavam daquele amor genuíno pelas filhas. E, mesmo sem ver nenhum sentido nas palavras proferidas pelo simpático padre, toda aquela encenação herdada conseguira acender nela um sentimento de partilha, embora Inês ainda acreditasse que, se as filhas quisessem seguir alguma religião, seriam capazes de decidir por si mesmas no futuro, quando tais ensinamentos pudessem ser recebidos por elas e filtrados com um olhar crítico, e não como um sermão que usa da inocência para se passar por verdade.

Os pais de Rui estavam satisfeitos por verem as netas sendo batizadas, o que alegrava Rui. No entanto, mesmo aceitando esse rito religioso, outro assunto relacionado a ele havia sido motivo de uma acalorada discussão entre Inês e Rui: os vestidinhos comprados pela mãe de Rui para a cerimônia. Dois vestidinhos brancos adornados de rendinhas e babados. Não era o estilo dos vestidos que incomodara Inês; ela até os achara bonitinhos. O que ela não admitia era o fato de serem dois vestidos idênticos. Desde o início, quando descobriram a nova gravidez, eles haviam decidido não vestir as meninas de forma igual pelo fato de serem gêmeas. Inês não gostava dessa padronização. Mas, no final, no caso do batizado, fora convencida por Rui.

"Só no batizado, Inês", dissera ele. "Não vai fazer mal elas usarem a mesma roupa no batizado. Não é isso que vai ser assunto da terapia delas no futuro: 'Ah, eu não consigo me relacionar com ninguém porque no meu batizado meus pais me vestiram igual à minha irmã.' Por favor, né? E isso vai deixar minha mãe feliz."

— Mas e você, Inês... — Ela ouviu a voz de Vanessa, trazendo-a de volta. — Como *você* está?

— Sei lá como eu estou, pra ser bem honesta. — Balançou a cabeça. — Eu acho que só estou esperando, sabe? Esperando algo que nem eu sei o que é. A gente, que trabalha com isso, entende mais do que as outras pessoas sobre o funcionamento da mente, então pensamos que vamos saber lidar melhor quando alguma coisa grave acontece, só porque sabemos que tudo é química no nosso cérebro. Mas aí, quando acontece, parece que nada do que a gente sabe faz sentido. Então, sei lá... eu estou esperando. Quando uma coisa assim acontece, parece... eu sinto que a vida se tornou uma longa espera por algo, sabe? A espera de que vai chegar uma hora em que eles vão entrar pela porta ou vão estar lá quando eu voltar pra casa; é uma das piores horas do dia, voltar pra casa, abrir a porta e... é uma merda. — Inês parou um instante, antes de continuar: — Às vezes eu espero a minha própria morte, sabe?

— Inês...

— Eu sei, Vanessa, eu sei. Mas é isso, é assim... Agora eu entendo. Agora eu entendo como a dor faz a vida se tornar uma longa espera.

Inês enxugou os olhos com as costas da mão.

— Não acha que seria bom procurar alguma ajuda?

— Sim, é exatamente isso que eu estou fazendo.

Naquela noite, depois que todos foram embora, Inês seguiu com sua pesquisa e atravessou mais uma madrugada realizando testes e buscando respostas. As imagens de Rui, Ágatha e Beatriz sempre indo e vindo, intercaladas com outros pensamentos nos quais Inês tentava se concentrar.

Passarinho gordinho.

Ela pousou os instrumentos na bancada. Apesar de manter os olhos fixos neles, não via nada, imersa na espiral de recordações que constantemente a dragava para dentro de si, como uma pessoa perdida que é guiada através dos incontáveis corredores daquela grande casa de memórias.

A primeira coisa que sentiu enquanto ainda flutuava em uma escuridão morna foi um desconforto muscular que parecia se avolumar lentamente e a trazia de volta à consciência. Ao abrir os olhos, a imagem ainda dançava meio borrada. Sentiu a cabeça pesada, a boca seca. Olhou ao redor e só agora seu corpo parecia se dar conta da maciez do colchão. Ainda sentada na cama, compreendeu, meio confusa, que despertara no quarto do seu apartamento. Devia estar tão cansada que não se lembrava nem a que horas havia saído do laboratório e voltado para casa. Na mesinha de cabeceira havia uma embalagem de comprimidos e o celular. E foi a visão do aparelho que a assustou. Ela o apanhou, verificou as horas e pulou da cama. Girou sobre os calcanhares, tentando concatenar a sequência: banho, roupas, carro, laboratório. Tomou uma ducha rápida. Era dia de reunião semanal interna com a equipe e estava atrasada. Saiu do banheiro, secando apressadamente o que havia molhado do cabelo.

Dentro do carro, já em direção ao laboratório, ela aguardava Vanessa atender o celular.

— Alô? Inês? — escutou a voz embargada do outro lado.

— Estou atrasada, perdi a hora.

— Como assim, Inês?

— Fiquei até mais tarde ontem. Devo chegar em uns trinta minutos. Pelo menos o trânsito está bom.

— Onde você está, Inês?

— No carro, indo praí.

— Pra cá?

— Eu só liguei — ela se agitou — pra vocês não me esperarem. Só pra avisar que ia atrasar e...

— Inês, você está indo pro laboratório?

— Sim, chego logo.

— Hoje é sábado, Inês.

— Sábado?

— É, Inês. Pelo amor de Deus, vai dormir. — E desligou o telefone, aborrecida por ter sido acordada.

Dentro do carro, meio desnorteada, parecendo indecisa sobre aquela informação, Inês olhou ao redor, entendendo o motivo de as ruas estarem tão calmas.

Suspirou, cansada, e os olhos se fecharam por uma fração de segundo. Quando voltou a si, sentiu o carro se chocar violentamente, atingindo a lateral de outro automóvel. A força da batida fez o chassi rasgar a lataria do outro carro e avançar para dentro dele enquanto o arrastava pela via, ecoando uma mistura de sons metálicos que se contorciam e raspavam no concreto. Sem se dar conta da mudança ou mesmo estranhá-la, ela se viu dentro da cabine de um caminhão, atrás do volante, o para-brisa estilhaçado. Por entre cacos, viu, num brutal caleidoscópio, a imagem de sua família ensanguentada dentro do...

Inês emergiu daquela cena em um espasmo violento e se sentou na cama. Assustada, estudou o ambiente. No móvel ao lado estava a embalagem de comprimidos, um copo vazio e o celular. Ainda agitada pela descarga de substâncias liberadas pelo estresse do sonho, demorou para assimilar seu estado de consciência. Passou a mão no rosto, aturdida por aquele loop de sonho e realidade que ainda se fundiam nos primeiros segundos após o despertar. Então lhe ocorreu o pensamento de que não se

• 180 •

lembrava do horário em que havia deixado o laboratório na madrugada anterior e se deteve naquela sensação de déjà-vu, dando-se conta de que fizera a mesma pergunta no sonho.

Buscou na memória os exercícios de respiração e foi se acalmando. Em seguida, tateou o celular no móvel e confirmou: era sábado. Acessou o site de um jornal e leu as chamadas na home. O mundo parecia o mesmo mundo estranho de sempre.

Toda aquela espiral de consciência a fez lembrar de uma fábula que lera certa vez. A história de um homem que havia sonhado que era uma borboleta. Nesse sonho, o homem em forma de borboleta voava com suas delicadas asas, consciente de que era uma borboleta, apreciando a natureza ao redor, quando, em certo momento, ao pousar em uma flor, despertou. Olhou seus braços e pernas humanos, viu a luz do sol que se projetava para dentro do quarto e, confuso, já não sabia mais se era um homem que havia sonhado que era uma borboleta ou se era uma borboleta que agora sonhava que era um homem.

25

Dentro da Casa 3, Números Dois, Quatro e Seis observavam a sequência numérica na caixa, enquanto Número Um, sentada no sofá, apenas acompanhava o debate do trio.

Número Quatro sugeriu usarem o sinalizador e aguardarem ali, com a certeza de que os outros dois viriam até eles.

— O 7 está sempre aceso — disse Número Dois. — Está claro que essa pessoa decidiu ficar onde está, apenas esperando.

— Como assim? — perguntou Número Dois.

— Pra mim essa é a estratégia dele ou dela. Depois de ter lido o bilhete, resolveu esperar. Se as pessoas das outras casas resolvessem se matar, ele teria menos pessoas para enfrentar. E estando dentro de casa é mais fácil se proteger.

— O Três estava aqui, na casa dele, e não deu muito certo — respondeu Número Quatro.

— Talvez ele tenha confiado em quem não devia — disse Número Dois.

— Vamos decidir logo isso — interrompeu Número Seis, mudando o rumo daquela conversa, sentindo a indireta de Número Dois: — Eu concordo com você. — Ela olhou para Número Dois. — Também acho que quem está na Casa 7 não pretende sair de lá. Mas isso não significa que eu ache que ele ou ela tem esse plano tão calculista que você diz. Talvez tenha, talvez não, só vamos descobrir de um jeito. E em relação ao Cinco...

— O Cinco pode estar em qualquer lugar — disse Número Dois.

— É o que eu ia dizer — replicou a mulher. — Pra mim, a melhor opção é seguirmos para a Casa 7. Levamos o sinalizador, e, caso o Número Cinco não esteja lá, lançamos os dois sinais para que ele saiba que estamos juntos nisso.

Número Quatro assentiu, embora o desejo fosse o de continuar ali, mas aceitou a decisão do grupo sem protestar.

Recolheram as roupas que haviam lavado e aproveitaram para pegar outras no armário de Número Três. Também se reabasteceram com mantimentos e utensílios para os dias de investida na mata.

— Pode ficar com ela — Número Seis disse para Número Dois, referindo-se à arma que estava na caixa sobre a bancada do quartinho, e voltou-se para a prateleira de mantimentos.

— Você é a única que está desarmada — respondeu ele.

— Número Um está sem bala, pode ver se ela quer a munição.

— Não acho — o homem olhou ao redor, abaixou o volume da voz e continuou —, não acho uma boa ideia.

— Então fica você com ela.

— Isso é algum tipo de manipulação psicológica? — questionou o homem.

— Não, eu só não quero a maldita arma. Pensei que já tivesse deixado isso claro.

— Mesmo sabendo que alguém deu um tiro no Número Três?

A mulher olhou para a porta de entrada do cômodo para ter certeza de que estavam sozinhos, depois voltou-se para Número Dois e falou em um tom mais baixo:

— Alguém? Você não disse que tinha sido ela?

— Eu disse que *pode* ter sido ela. Mas e se não for? O 5 está sempre apagado. E se foi ele? E se a gente der de cara com ele no meio da noite? Ou, pior, e se ele estiver nos seguindo, apenas esperando o momento certo?

— Olha — disse Número Seis —, se quiser levar a arma, leva, se quiser deixar aí, deixa, se quiser entregar para a menina ou para o Número Quatro, tanto faz. O que eu sei é que *eu* não quero essa droga de arma. — Fechou a mochila que estava no chão e com um pouco de esforço por causa do peso ajeitou-a nas costas. — Eu me recuso a me tornar esse tipo de pessoa. Talvez se antes eu fosse uma pessoa que iria aceitar essa arma — ela o encarou com seriedade, mas também com receio —, eu vou aproveitar a chance de ser alguém melhor agora.

E antes de sair do quarto voltou-se para Número Dois.

— E essa coisa vai fazer um peso extra que eu não quero carregar.

Número Dois a viu sair e olhou para a caixa.

— Infelizmente eu não sou tão inocente assim — disse para si mesmo enquanto abria a caixa, pegava o revólver e preenchia o tambor com os seis projéteis. O sinalizador já havia sido pego por Número Seis.

Após quatro horas de caminhada, resolveram parar para almoçar. Número Quatro foi quem instruiu Número Um a utilizar o fogareiro e esquentar a comida. Eles haviam pegado o conjunto na casa de Número Três, e o fato de ela usar os equipamentos do homem que ajudara a enterrar na noite anterior lhe causava incômodo.

— Quando estava sozinha na floresta, o que você comia? — perguntou Número Quatro.

— Tinha as barras de proteína e dá pra comer a comida desses saquinhos sem precisar esquentar. Elas estão prontas.

— Mas frias?

— Não são tão ruins, não. Claro que quentes são mais gostosas.

— De agora em diante, mocinha — disse Número Quatro —, nada de comida fria.

Comeram, descansaram alguns minutos e, em seguida, continuaram a investida com destino à Casa 7. Quando a noite estava prestes a chegar,

• 184 •

resolveram parar e armar o acampamento. Números Um e Seis ficaram responsáveis por armar as barracas, enquanto Dois e Quatro recolheram galhos e os amontoaram no centro da clareira, com as barracas ao redor.

Com o trabalho em equipe, logo os quatro estavam sentados em frente às suas respectivas barracas, ao redor do fogo que ardia com sua chama laranja e ia ganhando volume à medida que era alimentado. Pequenas centelhas incandescentes subiam em movimentos espiralados em direção ao céu, para logo se apagarem no ar após um breve e intenso respiro, deixando para trás apenas a lembrança cintilante de sua existência.

A chama iluminava uma pequena área e fazia projetar longas sombras dançantes nos troncos das árvores, o que dava a impressão de que elas se moviam ao redor do grupo.

— Minha arma estava vazia porque eu atirei na parede — falou Número Um, de repente, quebrando o silêncio. — Na parede do meu quarto. Eu estava sentada e acabei pegando no sono e tive um pesadelo e… e quando acordei, assustada, a arma estava perto de mim, eu, eu nem pensei, eu acho que ainda estava sonhando, eu peguei a arma e atirei, atirei sem parar — concluiu ela, olhando para o fogo agitado no meio do acampamento. — Eu escutei vocês conversando de madrugada, na frente da casa. — A garota olhou para Número Dois. — Escutei você falando que acha que fui eu que matei o Número Três. — Voltou a olhar para a fogueira. — Minha arma estava vazia por causa disso, porque eu me assustei e acordei atirando até esvaziar a arma na parede do meu quarto. Foi isso.

— Você deu os seis tiros na parede? — questionou Número Dois.

A garota assentiu, acuada.

— Eu atirei na parede porque no sonho eles iam fazer alguma coisa comigo. Sabia que estavam fazendo o mesmo com outras pessoas, coisas que machucavam, as pessoas estavam gritando e aí eu vi, eu vi que eles iam fazer a mesma coisa em mim. Eu não sei o que era, mas eu vi que estavam machucando as outras pessoas e eu seria a próxima.

Após refletir um instante, Número Quatro comentou:

— Que bom que você está sem balas agora, já que estamos quase na hora de dormir. — E deu um sorriso.

Número Seis olhou para ele com uma expressão séria.

— Só pra descontrair, gente — disse, meio constrangido.

A mulher apenas revirou os olhos.

Retomaram a caminhada logo pela manhã, e alguns quilômetros adiante encontraram outro totem por meio do qual acertaram a direção.

— Estou pensando se o Número Cinco foi em uma das nossas casas — comentou Número Seis enquanto seguia, olhando para o chão para não tropeçar no terreno ardiloso com raízes que se projetavam para fora da terra.

— Com certeza. Todas as vezes que estávamos em alguma casa a luz dele estava apagada — respondeu Número Dois.

— Ou dela — disse Número Seis.

— É, ou dela — suspirou Número Dois.

Números Quatro e Um se entreolharam em silêncio, e Número Quatro fez uma careta, tirando sarro da forma implicante como aqueles dois se provocavam, o que fez Número Um abrir um sorriso inocente. Incentivado por aquele sorriso, Número Quatro continuou imitando os dois, arrancando ainda mais risadas de Número Um, que tentava abafá-las para não chamar a atenção da dupla mal-humorada que caminhava à frente. Até que Número Dois olhou para trás e Número Quatro engoliu a careta, disfarçando.

Agora caminhavam em silêncio, e, nesse momento de contemplação individual, Número Um se pegou pensando na possibilidade de Número Cinco ter entrado na casa dela, receando que ele tivesse visto a parede cravejada de balas. E pensou, caso encontrassem Número Cinco, que ele poderia revelar aos outros que na parede havia apenas cinco buracos e não seis.

Eles vão descobrir, vão descobrir que eu menti.

O pé da garota se agarrou em uma raiz e ela desabou no chão.

— Ei, tudo bem? — Número Quatro foi ao encontro dela e a ajudou a levantar.

— Sim, desculpa — disse ela, envergonhada, e olhou para Número Dois, que estava parado um pouco à frente e a encarava.

— Se machucou? — ele perguntou.

— Não, não, tudo bem.

Enquanto Números Dois e Seis lideravam a investida, a garota e Número Quatro seguiam atrás, caminhando juntos.

— Você acha que a gente vai conseguir recuperar nossas memórias?

— Eu tenho que acreditar que sim — respondeu Número Quatro. — Tenho que acreditar.

Nesse momento, Número Um escutou um barulho na mata e sentiu a presença de alguém. Parou e escaneou ao redor. Foi quando seus olhos se fixaram em um ponto distante que dava a impressão de ser uma pessoa, toda de branco, imóvel em meio à vegetação. Um terror subiu-lhe pela coluna, eriçando os pelos do corpo com aquela figura pálida voltada para ela.

— Número Três? — murmurou ela.

— O que você disse? — perguntou Número Quatro, parando e encarando a garota.

A jovem olhou para ele, depois voltou-se novamente em direção ao vulto branco, porém não havia mais nada lá. Sacudiu a cabeça para espantar alguns insetos que sobrevoavam seu rosto suado e, confusa, teve dúvida se realmente tinha visto alguém ali ou se fora apenas um devaneio da mente perturbada. Um devaneio causado pela própria consciência. Era impossível que fosse Número Três. Ele estava morto.

Ainda tinham algumas horas antes do anoitecer quando Número Quatro sugeriu armarem o acampamento ali mesmo. Incomodado por pararem mais cedo que no dia anterior, Número Dois ameaçou protestar. Ele também estava esgotado, talvez mais do que os outros, mas, como sempre, jamais confessava. Entretanto, cedeu.

Armaram as barracas da mesma maneira que haviam feito na noite anterior, dispostas em um quadrado, com uma área no centro para a fogueira.

• 187 •

— Já volto — disse Número Dois.

— Aonde você vai? — perguntou Número Seis.

— Eu disse que já volto.

— É importante todo mundo saber porque...

— Eu vou cagar. Cagar! — ele mostrou o papel higiênico que havia tentado disfarçar.

— Tá bom. Nossa, também não precisa sair gritando que vai cagar. A gente não precisa saber todos os detalhes.

— Era isso que eu estava tentando fazer!

Números Quatro e Um se olharam e deram risinhos.

— O que foi? — perguntou a mulher.

— Nada não — desconversou Número Quatro, e voltou a comer.

Já dentro da barraca, a mulher permaneceu acordada. Apesar do cansaço, era sempre difícil pegar no sono. Então escutou um barulho do lado de fora e, logo em seguida, alguém se aproximando. Estava tudo escuro e ela pensou em ligar a lanterna que já tinha na mão, mas se conteve. Aguardou, a respiração lenta, os ouvidos apurados, buscando os ruídos no ar.

— Tá acordada? — a voz da garota sussurrou do lado de fora.

Número Seis acendeu a lanterna e abriu a barraca, iluminando o rosto de Número Um, com aqueles olhos tensos de quem não conseguia dormir.

— Posso ficar com você?

— Vem, entra. — Número Seis abriu espaço para a garota entrar.

Número Um ajeitou rapidamente suas coisas e se acomodou, deitando-se de costas para Número Seis e fechando os olhos, evitando qualquer tentativa de interrogatório. Sem que quisesse, retornou à mente da mulher a conversa que tivera com Número Dois, em que ele apontava a garota como possível culpada pela morte de Número Três. Apesar de naquela noite ter argumentado em defesa dela, a mulher sabia, sim, ela sabia, que poderia ter sido a garota quem havia matado o outro homem. E agora a menina estava ali, pedindo para dormir com ela e querendo ficar quieta. *Tão jovem*, pensou. E, ao pensar nisso, olhou para a própria mão e reparou em suas rugas. Estava longe da idade daquela menina que fingia já ter pegado no sono, e isso lhe trazia um senso de urgência; a necessidade de descobrir logo o que estava acontecendo ali, a necessidade de recuperar suas memórias, sair daquele lugar e ter sua vida de volta, mesmo quando não possuía o mesmo tempo que aquela menina misteriosa que batia à sua porta em busca de proteção.

E quem é que cuida de mim?, pensou Número Seis.

Quem a abraçaria no meio da noite quando o medo sussurrasse em seu ouvido? Quem a tranquilizaria sobre a preocupação de que o tempo dela estava passando, de que já não era tão jovem, nem tão forte fisicamente como aqueles homens lá fora. E caso fosse necessário um confronto físico? E foi em meio a esses pensamentos que seus olhos se fixaram no cordão branco no pescoço da garota. Observou a chave da menina e, sem perceber, pensou em como poderia sufocá-la durante a noite, tapar-lhe a boca e cravar a faca em sua barriga, depois dizer que a menina havia tentado atacá-la e precisara se defender. Número Dois já desconfiava dela mesmo. Em meio a todos esses pensamentos, algo diferente surgiu em sua mente, interrompendo aquelas intenções, um repentino acesso a uma possível lembrança. A cena que se iluminou em sua consciência, aquele pedacinho de história que na mesma velocidade com que veio também se foi, deixou como rastro o sentimento de que ela não era aquele tipo de pessoa: ela não matava; ao contrário, teve com ela a sensação de que era uma boa pessoa. Seus olhos embaçaram com as lágrimas, e então ela se acomodou ao lado de Número Um, ainda com a luz da lanterna preenchendo o interior da barraca. Permaneceu assim por alguns instantes, até que, por fim, apagou a luz, mesmo temendo a escuridão.

26

Após meses de testes in vitro, Inês estava agora em uma nova fase do estudo. Depois de vestir o traje protetor, buscou na área de armazenagem dos animais a gaiola identificada como Unidade 214. O pequeno camundongo se agitou lá dentro.

O fato de ser a responsável pelo laboratório a poupava de dar explicações sobre assuntos que pudessem levantar perguntas, como os animais solicitados ao biotério que não estavam listados em nenhum dos testes em andamento. Mas, certo dia, sem que Inês soubesse, Vanessa acessou o sistema do laboratório e buscou pela identificação desses animais, surpreendendo-se com o acesso negado. No organograma do laboratório, ela ficava abaixo apenas de Inês, e, embora alguns estudos fossem protegidos por um sistema de segurança que negava o acesso até mesmo para certos membros do laboratório, Vanessa, por sua posição, tinha permissão para acessar qualquer documento. Menos aqueles.

Inês colocou a Unidade 214 na caixa de Skinner e o camundongo rodou pela área interna, farejando e tateando o ambiente. Era a quarta unidade que ela submetia aos testes com a substância, e, a cada etapa, fazia ajustes na fórmula. Um dos pontos mais sensíveis até então haviam sido os resultados nas autópsias das unidades anteriores. Após uma série de administrações da droga, os cérebros avaliados revelaram uma atrofia da massa cerebral similar à verificada em indivíduos com Alzheimer.

A Unidade 214 estava havia algumas horas sem receber alimento, e, diferentemente da utilização habitual da caixa de Skinner, em seu experimento, o camundongo não precisava acionar a alavanca para recebê-lo. O que Inês buscava não tinha nenhuma conexão com o processo de aprendizagem da unidade para acionar a alavanca. O que ela observava era a sua relação emocional com o alimento e o sistema da caixa.

Nessa fase do experimento, o objetivo de Inês era criar uma emoção traumática relacionada ao disparo de um sinal sonoro dentro da caixa. Para criar esse condicionamento, Inês acionava o som por dois segundos e logo depois um alimento era inserido no reservatório, rolando para dentro do compartimento da caixa. A unidade rapidamente avançou, apanhou a porção e começou a comê-la imediatamente. O camundongo continuou diante do compartimento, esperando por mais, e Inês aguardou até que o animal voltasse a se movimentar pela caixa. Em seguida, disparou novamente o sinal sonoro e depositou o alimento.

Por alguns dias, ela repetiu o processo até que o animal demonstrou entender que, quando o alarme soava, ele recebia uma porção do alimento, e, ao ouvi-lo, o camundongo avançava imediatamente em direção ao compartimento onde a comida estava. A etapa seguinte consistia na criação do trauma. Agora, quando o alarme era disparado, assim que a unidade corria em direção ao compartimento, a grade eletrificada no piso da caixa conduzia uma pequena descarga elétrica, fazendo o camundongo se afastar. O animal corria, assustado, girando e procurando um lugar seguro, até que identificou uma pequena área elevada num canto da caixa, sem a grade eletrificada. Essa mesma repetição foi executada durante dias para reforçar o estresse no animal, e agora, sempre que o sinal sonoro disparava, o camundongo, mesmo sem receber o estresse da corrente elétrica, fugia para aquela área elevada.

• 191 •

Chegara, então, a fase de administração da droga.

Com o camundongo sedado, Inês colocou o animal em um equipamento de termoimagem, que exibia em um monitor toda a sua ramificação vascular, permitindo que Inês fizesse uma introdução precisa, com o uso de um braço-robô, de uma microssonda na artéria da unidade.

Após o procedimento, a unidade, ainda sedada, foi colocada dentro da caixa de Skinner e Inês acoplou a sonda a uma cânula fina, leve e maleável que se projetava para fora da caixa e se conectava à ponta de uma seringa automática controlada por computador para permitir a administração precisa das doses.

Inês aferiu os últimos detalhes dos equipamentos e, depois de avaliá-los, iniciou a administração do reversor de sedação para estimular o despertar da unidade. Pouco mais de um minuto depois, o corpo do camundongo começou a apresentar leves espasmos, e, em seguida, despertou, ainda que em um normal e passageiro estado de confusão, em virtude da sedação.

Inês o observou para ver se o animal teria algum desconforto com a sonda presa a seu dorso, mas a unidade, ainda lenta e um pouco desnorteada, girou sobre si mesma, sem reagir ao equipamento. Passados três minutos, o camundongo estava completamente desperto e ativo, embora demonstrasse certo incômodo no ambiente.

Inês registrou as observações no diário de acompanhamento do experimento no notebook a seu lado. Verificou o horário, anotou a informação e preparou-se para a primeira sessão.

Como esperado, ao disparar o sinal sonoro na caixa de Skinner, a unidade, condicionada pelo trauma do choque, fugiu para a elevação segura. Já não era preciso utilizar a corrente elétrica na grade do piso da caixa: o simples disparo do som desencadeava o estímulo necessário para acessar o medo, e as conexões neurais dessa emoção guiavam o comportamento do animal.

Nesse exato momento, logo após a reação física do camundongo, Inês liberou a primeira dose da droga, ainda sem nome, que ela desenvolvia.

A substância correu pela fina cânula, que se conectava à sonda, até ser injetada na artéria da unidade.

Inês observou.

O camundongo continuava sobre a área elevada na caixa de Skinner, sob o efeito da emoção da lembrança do trauma. Então ela aguardou até que o animal voltasse a ter confiança para descer até o piso novamente, o que demorou cerca de oito minutos. Inês registrou a informação no diário de acompanhamento. Alguns minutos depois, já com a unidade se movimentando pelo interior da caixa normalmente, ela acionou pela segunda vez o mecanismo sonoro. Como esperado, a unidade novamente correu para cima do elevado em busca de proteção, e a neurocientista injetou-lhe imediatamente uma nova dose da droga. O camundongo sacudiu a cabeça. Inês registrou a reação física no diário. Em seguida, o animal coçou o focinho repetidas vezes. Ela também registrou a reação.

Cada movimento que podia ter ligação com a experiência era devidamente registrado; as doses aplicadas, a quantidade de alimento oferecido, o peso da unidade, seus sinais vitais, suas movimentações; tudo alimentava um banco de informações de que Inês precisava para reavaliar sua experiência e buscar a fórmula da droga que pudesse alcançar o seu objetivo.

A unidade desceu até o piso novamente, agora com um intervalo de seis minutos e quarenta e oito segundos. Inês registrou a informação.

Mais uma vez, ela aguardou até que a unidade apresentasse sinais de que estava à vontade dentro da caixa, e, quando acionou o alarme pela terceira vez, ela também ativou a grade eletrificada do piso para que a unidade não deixasse de associar o estresse físico com o som. Inês aplicou, então, uma nova dose da substância, que registrou no diário.

No dia seguinte, repetiu o mesmo ciclo de sessões de administração da droga. Na primeira aplicação, a unidade levou pouco mais de nove minutos para voltar a descer; já na segunda, foram necessários oito minutos e trinta e dois segundos. Uma queda bastante significativa. Na terceira, o animal levou oito minutos e vinte e um segundos. Nas duas últimas administrações do dia, ela recompensou a unidade com

• 193 •

alimento, então, quando o camundongo voltava ao solo, uma porção de ração lhe era entregue, estimulando uma nova conexão emocional com a volta à normalidade.

No fim das sessões diárias de administração da droga, a unidade era sedada novamente e a neurocientista retirava a unidade da caixa de Skinner, desacoplava a cânula da sonda e fazia um curativo para proteger esta última, mantendo-a no corpo da unidade que seria utilizada nos dias seguintes, para novas sessões do experimento. Ela sempre retirava uma amostra do sangue do camundongo e depois o recolocava em sua gaiola, devidamente protegida.

No quinto dia, após realizar a análise sanguínea e registrar as informações no diário de acompanhamento do estudo, Inês sentiu o peso do esgotamento dominar-lhe o corpo, como se o cansaço só estivesse esperando uma brecha para se abater sobre ela. Passou as mãos no rosto e deixou a face cair sobre as palmas, completamente esgotada. O relógio marcava pouco mais de quatro da manhã, e, apesar do cansaço, a mente fervilhava com informações e possibilidades. Mesmo assim elas sempre estavam lá: as imagens de Rui, Ágatha e Beatriz.

Inês acordou com o som das batidas no vidro do carro. O sol já brilhava forte do lado de fora e seus olhos sensíveis à luz demoraram para se acostumar e reconhecer o rosto de Vanessa.

— Você precisa parar um pouco, Inês — disse ela assim que a amiga abriu a porta, ajeitando a roupa amassada.

— Eu estava cansada pra voltar pra casa.

— Você acha que eu não percebi? O problema é voltar pra casa? Voltar pra lá? Se isso está te fazendo tão mal, talvez seja uma boa ideia procurar um outro lugar, Inês.

Inês balançou a cabeça.

— Você não entende, Vanessa.

— Eu sei que não, mas... — Vanessa buscou as palavras. — Eu sei que é pouco tempo, faz o quê, nove meses?

— Sete. E onze dias. E mesmo que fossem dez anos, Vanessa, será que... olha, eu estou tentando — Inês encarou a amiga. — Mas não é fácil pra mim, eu simplesmente não consigo. Eu preciso... — Ela fez uma pausa e desviou o olhar. — Eu preciso dar um jeito nisso para conseguir, e eu estou tentando. Do meu jeito.

Vanessa deu a volta no automóvel e abriu a porta do carona, sentando-se no banco ao lado. Inês se acomodou e as duas ficaram olhando através do para-brisa.

— Eu sei que trabalhar ajuda, e que bom que você está ocupando a cabeça com outra coisa, mas a gente podia fazer algo diferente... Sair e encher a cara, o que acha? Você pode dormir no carro se quiser, bêbada. — Sorriu Vanessa. — Que tal?

Inês assentiu, forçando um sorriso fraco.

— Sim, mas não agora, agora eu não estou com cabeça.

— Eu estou preocupada com você.

— Eu sei.

— Eu estou falando sério.

— Eu sei que está.

As duas continuaram em silêncio, observando as pessoas que circulavam, a maioria estudantes indo para a aula. Inês ainda franzia o rosto, um pouco incomodada com a luminosidade.

— Vai pra casa, Inês — pediu Vanessa, dando batidinhas na coxa da amiga.

— Eu só preciso de um café e pro...

— Você precisa de um banho, Inês. Um banho e cama. E talvez tomar algo para ajudar a descansar.

— Eu vou tomar.

• 195 •

27

— Esses dias eu fiquei me perguntando, será que eu sou feliz? — revelou Sandro para a máquina. — Eu estava esperando minha xícara de café lá na cozinha quando o pensamento simplesmente veio.

— Esses dias quando? — perguntou a máquina.

— Ontem — respondeu, parecendo envergonhado em admitir aquilo.

— E você chegou a alguma conclusão?

— E existe uma conclusão para isso?

— Existem conclusões individuais, eu diria.

— Às vezes eu penso... Eu sei que estou entre os privilegiados, pois posso olhar pra trás e sentir a alegria dos momentos passados... Nesse dia mesmo, antes de ter esses pensamentos, eu lembrei de uma vez, já faz muitos anos, eu estava andando de bicicleta com o Renato, ele tinha uns 7 anos, muito antes disso tudo. Andávamos de bicicleta em uma ciclovia, e ele estava um pouco à frente de mim. Então, ele começou a acelerar e perdeu o controle... Sabe quando a pessoa perde o controle da bicicleta e começa a bambolear de um lado para o outro? Claro que você não vai saber, você nunca andou de bicicleta...

— Mas eu consigo visualizar a cena — disse a máquina. — Continue.

— Ele tentou retomar o controle, mas chega uma hora que você sabe, pela forma como a bicicleta vai jogando de um lado para o outro, que é uma batalha perdida... Eu acelerei também porque sabia que ele iria cair. E ele caiu. Não foi nada grave, mas ele só tinha 7 anos, e assim que caiu no chão já foi se levantando, olhando pra trás, me procurando. Eu já tinha descido da minha bicicleta e ele veio correndo na minha direção e me abraçou, se agarrando em mim, chorando, e aquilo... Ele caiu e a primeira coisa que fez quando levantou foi me procurar. Eu disse pra ele que estava tudo bem, que é normal cair, e perguntei se ele tinha se machucado, mas ele não me soltava e ficamos ali, abraçados, até ele se acalmar. Ele ralou um pouco o joelho, nada de mais, mas o jeito como ele me procurou, sabe, eu nunca me esqueci daquele dia, da forma como ele veio *pra mim* — Sandro pigarreou. — Saber que ele está bem, considerando toda essa situação, que eu estou bem, eu devia... Às vezes me sinto meio ingrato, mas às vezes também acho que merecia mais.

Sobre Sandro abatia-se a triste realidade de que a vida pode estar ruim até para aqueles que parecem ter uma vida boa.

— É um sentimento comum, Sandro. Um estado de felicidade constante é uma ilusão. Uma fantasia.

— Eu entendo, mas... saber disso não preenche essa... essa coisa.

— E o que você acha que precisa fazer?

— Se eu soubesse não estaria falando sobre isso com uma máquina.

— É bom saber que eu estou sendo útil — ironizou a máquina.

— Sabe, toda vez, quando eu volto do Setor Um, quando estou fazendo os procedimentos de descontaminação, toda vez eu penso: "E se dessa vez eu fiquei doente? E se a minha roupa rasgou em algum lugar, eu não vi e fui contaminado? E se essa porta da esquerda se abrir pra mim?"

— Não são comuns casos de contaminação em trabalho de campo.

— Eu sei.

— Caso você esteja se sentindo muito ansioso diante dessa ideia, eu posso lhe receitar um...

— Eu não quero remédio.

— Dependendo da situação, eles podem ser bastante benéficos.

— Eu sei. Mas eu não estou precisando deles agora. Eu só estou falando o que sinto. — Sandro se irritou com a tentativa de prescrição do medicamento. Ele já havia tomado ansiolíticos por um tempo e tinha consciência da ajuda da droga na recuperação do seu caso; o que o irritara era a nova tentativa da máquina de lhe sugerir essa solução, algo que ela já fizera outras vezes.

— Se eu tivesse escolhido você à voz feminina, você me daria respostas diferentes? — perguntou Sandro.

— Depende se você interagisse de um modo diferente comigo, caso eu fosse uma representação feminina — respondeu a máquina. — Gostaria de trocar para saber como é?

Sandro se questionou se aquilo poderia ser mais uma forma da máquina analisá-lo.

— O que é mais comum — perguntou o homem —, as pessoas escolherem falar com uma voz do mesmo sexo ou de sexo diferente?

— É mais comum elas escolherem a minha personificação do mesmo gênero.

— Imaginei que fosse assim.

— Mas, entre as pessoas que escolhem gêneros diferentes, o maior número é de mulheres que escolhem falar com a minha personificação masculina do que homens que optam pela minha persona feminina.

— Você acha que isso tem a ver com o quê?

— Acredito que homens se sintam mais à vontade para falar sobre seus assuntos com outros homens.

— Mesmo sabendo que você não é nenhum dos dois.

— Mesmo sabendo que eu sou os dois — respondeu a máquina.

28

Logo pela manhã, o sol transformava o interior da floresta em um ninho úmido, quente e desconfortável que obrigou os quatro a deixarem suas barracas com uma sensação de sufocamento. A comida ajudou a melhorar um pouco o humor pesado que expressavam nos rostos fechados, e as carrancas que transitavam entre a impaciência, o medo e a desconfiança foram suavizadas pela refeição.

— Quer experimentar? — Número Um ofereceu o que comia a Número Seis.

A mulher aceitou, levou uma garfada à boca e sinalizou com aprovação.

— Quer? — A garota olhou para Número Dois e estendeu a mão que segurava o talher.

O homem olhou por um instante, se levantou e provou.

— Bom — disse, e voltou para o seu lugar.

— Cuidado. Ele pode querer que você comece a cozinhar pra ele — brincou a mulher.

— Olha, não seria má ideia — o homem devolveu. — Pode ser o pagamento pela minha proteção.

— Proteção?

— Ué, não? Quem tem a arma aqui e está disposto a defender seu bando?

— *Seu* bando? Uau, que sorte a nossa! Ainda bem que temos você para nos defender.

— Peraí — disse Número Quatro. — E eu, não conto?

Era a primeira vez que todos riam juntos. Talvez não se permitissem rir com mais frequência por inconscientemente julgarem que rir significava estar feliz e estar feliz significava que tudo estava bem. Mas nenhum deles pensava sobre isso agora. Apenas riam, mostrando que nenhuma angústia é impermeável a um genuíno momento de alegria. São momentos assim, em que você não precisa pensar sobre eles, momentos que eclodem em situações de melancolia e que por esse motivo parecem impensáveis, mas que acontecem de maneira natural e alimentam a esperança de que a vida também pode ser bonita na simples troca com o outro. E talvez esses momentos existam justamente para lembrar de que, não importa quão ruim seja uma situação, a possibilidade de sair dela sempre existirá em algum lugar, de alguma forma ou através de alguém.

Depois do café reforçado que tomaram no início da manhã, decidiram não comer muito no almoço, uma forma de economizar tempo e mantimentos. Àquela altura, a quantidade de comida que traziam começava a se tornar uma preocupação. Ainda estavam abastecidos por alguns dias e julgavam que era o suficiente, mas toda vez que paravam para fazer uma refeição era impossível não pensar na comida que ficava mais escassa, não só para as caminhadas na mata, mas também porque não sabiam quanto tempo o estoque de todas as casas duraria.

Naquele calor úmido, todos já estavam com as roupas grudando no corpo de maneira incômoda e insuportável. Era difícil se acostumar com a sensação pegajosa de roupas endurecidas pelo suor, e o princípio de bom humor que se apoderara deles pela manhã foi se esvaindo, dando lugar a uma crescente irritação. Algumas vezes, enquanto acampavam, aproveitavam a chuva e deixavam as roupas do lado de fora das barracas para que pudessem ser lavadas, com o intuito de pelo menos remover o excesso de terra e suor.

— Escutaram isso? — perguntou a garota, que caminhava atrás da fila.

Os outros três pararam e se voltaram para ela. Viram-na parada, com o rosto apontado para algum lugar, como se tentasse escutar algo.

— Estão escutando? — repetiu, enquanto abanava a mão para espantar os mosquitos.

— Escutando o quê? — perguntou Número Seis.

A garota examinou tudo em volta, buscando a origem do som que só ela parecia ter ouvido.

— Fala logo, garota! — disse Número Dois.

A jovem encarou o grupo e um semblante de excitação se abriu em seu rosto.

— O que foi? — Número Quatro indagou, quase sem tempo de terminar a frase.

— Venham! — a jovem falou, animada, e correu em outra direção, embrenhando-se nas árvores e distanciando-se do grupo.

— Ei! — protestou Número Seis.

A mulher olhou para os dois homens, os três paralisados, sem entender o que estava acontecendo.

— Venham! — A voz da jovem ecoou distante.

Sem alternativa, Número Seis saiu atrás de Número Um, seguida por Números Quatro e Dois.

— Que diabos essa garota está aprontando agora? — resmungou Número Dois.

— Espera! — gritou Número Seis, preocupada com a garota, que se afastava cada vez mais.

— Anda, venham! — A voz soou mais afastada, e só era possível ver o rastro da vegetação que se movia pelo caminho.

As folhas lambiam o rosto dos três, que tentavam alcançá-la, afoitos e preocupados. A enorme mochila de acampamento que carregavam não facilitava os movimentos dentro da mata fechada, e muitas vezes alguma planta se agarrava a ela, como mãos que os seguravam enquanto investiam floresta adentro.

— Cadê você? — gritou Número Seis.

— Garota? — chamou Número Quatro.

— Que inferno — resmungou Número Dois.

— Aqui! — A voz da jovem ecoou.

Os três se olharam e então escutaram o som ainda distante que sugeria o que estava acontecendo. Avançaram, rasgando caminho com os facões nas áreas mais fechadas, impressionados com a agilidade da garota em se embrenhar na mata. Enquanto seguiam, olhavam tudo em volta, mas as grandes árvores que os cercavam impediam que avistassem muito adiante.

— Cadê você? — gritou a mulher novamente.

Sentia o corpo cada vez mais pegajoso, resultado do suor provocado por toda aquela explosão de esforço dentro da floresta úmida. Mas agora o som que antes era apenas uma sugestão era perceptível o suficiente para garantir o que os esperava.

Os três sentiram que a luminosidade ia ganhando espaço dentro da mata e avistaram, alguns metros adiante, uma fonte de luz que indicava uma clareira naquela infinidade de árvores. Avançaram. Número Quatro tropeçou numa raiz e quase caiu. Continuaram seguindo e, após alguns minutos, a encontraram. A garota estava parada mais à frente, a mochila pesada no chão ao seu lado, ela de costas para eles, olhando para alguma coisa.

Quando enfim a alcançaram, já cientes do motivo pelo qual a jovem irrompera floresta adentro naquela corrida insana, venceram as últimas árvores e se deslumbraram com uma cachoeira por onde descia uma cascata de dezenas de metros, com um imponente paredão de rocha. Diante deles, formava-se um grande lago que a cachoeira alimentava, represado por pedras por onde a água escoava e envolto por um vapor esbranquiçado de gotículas que pareciam flutuar suspensas no tempo, estendendo-se como um longo, translúcido e fino tecido, feito o véu de um mosquiteiro levantado no ar por uma brisa refrescante.

Os quatro se olharam, estampando no rosto o brilho radiante da excitação provocada por aquela visão. O ar fresco que entrava pelas narinas injetava um sopro de ânimo naqueles corpos castigados.

Números Dois, Quatro e Seis tiraram as mochilas das costas e as largaram no chão. Número Quatro foi o primeiro a se curvar para desamarrar as botas, seguido de maneira entusiasmada por Número Um, depois por Número Seis, e, por último, mas não menos animado, por Número Dois. À medida que se desvencilhavam dos calçados, correram em direção ao lago, entrando ainda vestidos, sentindo a água atravessar o tecido de suas vestes. O toque gelado os confortou, ao mesmo tempo que despertou suas terminações nervosas.

Naqueles primeiros momentos dentro d'água, apesar de estarem próximos, cada um aproveitou para se livrar do desconforto das roupas endurecidas, suadas e sujas, e inebriados por um impulso de liberdade começaram a se despir. Número Quatro já havia tirado a camiseta e agora a lavava. Número Dois desfrutava o prazer de mergulhar e emergir e aproveitava para lavar o rosto oleoso. Números Um e Seis tiraram as camisetas e, depois de lavá-las, tiraram também os sutiãs. Todos eles agora tiravam e lavavam suas roupas, equilibrando-as sobre os ombros, enquanto se despiam sem pudor. Número Quatro saiu da água nu, carregando as roupas nos braços, e foi até uma grande pedra à margem do lago, onde as estendeu. Depois voltou correndo para a água, não porque tivesse vergonha de estar nu diante dos outros três, mas porque queria aproveitar a delícia que era finalmente sentir-se livre daquelas roupas. Os demais fizeram o mesmo, deixando as vestes nas pedras e voltando para o lago. Número Dois boiava de barriga para cima e o som da queda d'água ressoava grave em seus ouvidos submersos enquanto ele olhava para o céu azul e cheio de nuvens brancas. Número Seis deslizava pela água em círculos. Número Um estava parada, com o corpo submerso até os seios, sentindo o fundo lodoso com os dedos dos pés, que abriam e fechavam. E durante um bom tempo eles ficaram ali, como se não houvesse pressa, como se não houvesse algo para fazer, como se o tempo fosse novamente deles e eles pudessem desfrutar do momento presente.

Número Quatro saiu do lago, abaixou-se diante da mochila e buscou sua toalha. Enquanto se secava, voltou-se para os demais e, daquela distância, teve a visão dos três nadando nus.

E eles souberam que estavam nus.

O pensamento invadiu sua mente e a frase pareceu clarear o significado daquela cena. Viu Número Dois emergir, ficar de pé com a água na altura das coxas, o pênis exposto. Número Um estava próxima dele e nenhum dos dois parecia dar grande importância ao corpo um do outro.

E eles souberam que estavam nus.

Número Quatro olhou para baixo e viu o próprio pênis à mostra; de alguma forma aquela frase ressignificava o momento de inocente prazer que desfrutavam, conferindo-lhe um peso de vergonha e culpa. Imediatamente, pegou as roupas que estendera nas pedras. Ainda não estavam completamente secas, mas vestiu a cueca e a calça mesmo assim.

— Vamos lá acender o fogo — ouviu a voz de Número Dois e, quando se voltou para ele, viu o homem nu e desviou os olhos. — Ei, vamos acender o fogo — repetiu Número Dois. — A roupa vai secar mais rápido.

Número Quatro assentiu, sem olhar diretamente para o homem.

— Tudo bem? — perguntou Número Dois.

— Sim. Só fiquei com um pouco de frio.

— Frio? Está um bafo!

— Mas eu fiquei com frio — disse ele, vestindo a camiseta. — Vou pegar madeira pra… pra acender o fogo — concluiu, agarrando o facão e se embrenhando na floresta.

Número Um agora flutuava na superfície gelada, a visão meio embaçada pelas gotículas de água que caíam da cascata e pousavam em seus cílios. Nesse instante, enquanto olhava para cima, girando lentamente com o movimento suave da superfície do lago, viu um vulto branco em uma das encostas da cachoeira. A visão a fez se desconcentrar e ela afundou, engolindo água, depois emergiu, tossindo.

— Tudo bem aí? — perguntou Número Seis, um pouco alarmada.

A jovem olhou para a mulher, descendo a mão pelo rosto para tirar o excesso de água, e depois voltou-se novamente para o topo da encosta, onde tinha visto o vulto, porém já não havia mais nada lá. Olhou novamente para a mulher, que notou a agitação da garota.

— Tudo bem? — repetiu.

A garota anuiu com a cabeça, mas não conseguiu disfarçar o susto.

— Melhor não ficar muito perto da queda-d'água. Podemos acampar aqui hoje, pra roupa secar.

A jovem começou a nadar em direção à margem, mas, antes de sair, virou para a encosta, onde avistara o vulto. Nenhum sinal. Viu que a mulher também olhava para o mesmo lugar, curiosa, provavelmente se perguntando o que a garota teria visto.

Devo estar ficando maluca, pensou. *Talvez seja essa coisa cravada no meu crânio.* Levou os dedos e tocou o objeto metálico preso à cabeça. *Será que essa coisa está fazendo isso? Mexendo com a minha cabeça? Colocando imagens lá dentro, coisas para eu ver, para eu enlouquecer?* Nesse momento, ela conseguiu ver algo que a intrigava havia muito. Com os olhos voltados para baixo, viu o reflexo gelatinoso do seu rosto dançando na superfície do lago. Um rosto distorcido pela movimentação da água agitada pela cachoeira.

Quando estava prestes a sair da água, viu Número Dois nu secando-se do lado de fora e a cena que anteriormente não a incomodara agora lhe causava desconforto. Deu alguns passos para trás e se abaixou no lago, deixando o corpo submerso até os ombros. O sentimento de culpa, aflorado pela visão do vulto, trouxe-lhe também a vergonha do seu corpo nu. Não era somente a visão do homem com aquela coisa no meio das pernas que a incomodava, mas também o corpo exposto de Número Seis, com aqueles seios meio flácidos. Quando olhou para o rosto da mulher, viu que ela também a encarava, e, como se a vergonha e a culpa fossem sentimentos contagiosos, a mulher cobriu os seios em um gesto instintivo e se virou de costas.

— Acho que está ficando frio — disse a mulher, e a jovem, que também tinha deixado de olhá-la, escutou o movimentar no lago e imaginou o corpo dela se revelando, as costas molhadas, as nádegas emergindo da superfície. Só depois que o som de água chapinhando cessou, ela escorregou o olhar para a margem e viu a mulher caminhando em direção às mochilas. A garota, que continuava submersa do pescoço para baixo, ao reparar no corpo da mulher, levou suas mãos escondidas debaixo da água e tocava o próprio corpo, sentindo um prazer inconsciente por sua juventude.

Número Um queria sair do lago, mas estava envergonhada. Número Dois já havia se vestido e Número Seis se trocava. Número Quatro não estava ali, e ela imaginou que o homem devia ter ido buscar lenha ou fazer suas necessidades. E só ela estava nua agora.

Só eu.

— Ei! — A voz da mulher soou da margem e a garota se voltou em direção ao som.

Número Seis estava vestida e trazia com ela uma toalha. A garota olhou para Número Dois, e vendo que ele parecia distraído com alguma outra coisa aproveitou o momento e caminhou apressada até a mulher, que a ajudou a se cobrir.

As duas se olharam e não disseram nada.

Número Seis olhou para trás, em seguida virou para a garota de novo.

— Enquanto você se troca, vamos começar a armar o acampamento e acender a fogueira.

A jovem assentiu.

A tarde deslizou vagarosa pelo céu. Pela clareira, eles acompanhavam o término moroso daquele dia, com as sombras se arrastando para fora dos seus ninhos. As quatro barracas já estavam armadas debaixo das primeiras fileiras de árvores que delimitavam o espaço aberto, e a fogueira estalava no terreno que margeava o lago. De maneira improvisada, armaram uma estrutura esquisita com outros galhos e algumas pedras que serviu para pendurar as roupas molhadas perto do fogo.

Após terminar de comer, Número Dois caminhou até o lago e ficou lá, sozinho, observando a longa crina branca de água, ao mesmo tempo leve e pesada, naquele contínuo encontro com a superfície.

• 206 •

Número Quatro estava sentado e encarava o fogo, alheio a tudo que acontecia ao seu redor, parecendo pensar em algo que o afligia, alguma questão a ser resolvida que exigia total concentração.

Com a luz da chama da fogueira dourando o rosto, Número Um ainda olhava de quando em quando para a encosta onde avistara o vulto branco, imaginando que, se a coisa não estivesse mais lá, talvez pudesse aparecer em qualquer outro lugar da floresta.

Sentada ao lado dela, Número Seis a encarou.

— Posso ver uma coisa? — perguntou Número Seis.

— O quê?

A mulher se aproximou e a menina pareceu confusa.

— Eu queria ver melhor isso — disse, apontando para a coisa metálica no crânio da garota.

A jovem se ajeitou para que o lado onde o objeto fora implantado recebesse a iluminação do fogo. Número Seis se inclinou para analisar mais de perto e conseguiu ver como o objeto metálico entrava através da pele.

— Já chegou a doer? — perguntou Número Seis enquanto estudava aquela coisa.

— Uma vez quando fui tirar a chave e o cordão enganchou.

— Ai — soltou a mulher, imaginando.

— O seu dói?

— Não.

Número Quatro, que estava próximo, agora observava a investigação que Número Seis realizava no dispositivo.

— Você acredita em fantasmas? — Número Um perguntou para Número Seis, pegando a mulher de surpresa com aquele tema.

— Fantasmas?

— É. Espíritos. Acredita?

A mulher pensou, voltando a se sentar normalmente.

— Não sei. Se eu acreditava antes, hoje não sei.

— Não estou falando de antes, mas de agora, aqui. Quando você para pra pensar, você acredita?

— Sinceramente eu não parei pra pensar *especificamente* sobre isso. Minha cabeça está em outras coisas.

— Entendi — murmurou a jovem.

— Por quê?

— Nada não.

— Você acredita?

— Não sei. Talvez. Pode ser que exista, né?

— Pode ser que sim. Pode ser que não. Acho que só dava pra ter certeza se a gente visse um. Ou se fôssemos um — concluiu, tentando soar mais leve.

— Quando eles são fantasmas, você acha que eles sabem que são fantasmas?

— Eu não sei nem se eles existem.

A garota ficou em silêncio, remexendo uma pedrinha na terra com a ponta do facão.

— Você viu alguma coisa?

A garota permaneceu em silêncio.

— Precisamos ser honestos entre nós.

Número Um ergueu os olhos em direção a Número Dois e o viu de costas para elas, olhando a queda-d'água na beira do lago.

— Eu não vi nada — respondeu ela, sem olhar para a mulher.

Número Seis deixou os ombros caírem, cansados, sabendo que a jovem escondia algo.

— Tem certeza?

A garota se levantou de forma agressiva, surpreendendo Número Seis e Número Quatro, que tinha se enfiado novamente em seus pensamentos particulares.

— Se não acredita em mim, me manda embora de uma vez! — E a passos pesados entrou em sua barraca, sem dar tempo de Número Seis se manifestar.

Número Quatro acompanhou com os olhos a ida da jovem em direção à barraca, em seguida olhou para Número Seis, que estava com a boca meio aberta, como se uma palavra tivesse parado ali.

• 208 •

Despertado de suas reflexões pelo rompante da jovem, Número Dois se juntou aos outros dois, próximo ao fogo.

— Eu nem preciso de memória pra saber que isso é coisa de jovens — disse ele.

A mulher pensou em dizer que a garota escondia algo, mas nada disse, e por alguns instantes os três permaneceram em silêncio, até que Número Quatro falou:

— Vocês acreditam em Deus?

Número Seis desviou os olhos para o fogo, ainda pensando na reação da garota. Número Dois parecia refletir sobre a questão.

— Acho que não — respondeu ele, enfim.

— Mas você não sabe se acreditava antes — comentou Número Quatro.

— É, não sei. Mas, pensando com o pouco que tenho para tirar alguma conclusão, se eu acreditasse em Deus, não sei, se eu acreditasse, eu acho que não deveria depender da memória para *me lembrar* dele. Eu deveria sentir, não é? Se eu preciso de memória, então Deus é só uma história que me contaram.

— E se você se lembrar de quem é e descobrir que acreditava? Você acha que vai deixar de acreditar ou passar a acreditar de novo?

— Primeiro: não é *se* eu lembrar das coisas, é *quando* eu lembrar das coisas. Segundo: *quando* eu lembrar de quem eu era, já não vou ser aquela pessoa. Nenhum de nós, aliás — disse ele, olhando para os dois.

— A pessoa que nós éramos não passou pelo que estamos vivendo agora. Nunca mais seremos quem nós fomos, mesmo *quando* descobrirmos nosso passado.

— Então pra que estamos nos esforçando tanto para recuperar nossas lembranças?

— Porque são *minhas* e eu as quero de volta.

Dentro da barraca, a garota escutava a conversa, ainda que baixo. Passados alguns minutos, ouviu Número Seis dizer que ia dormir.

Número Seis se recolheu, deitou, mas permaneceu de olhos abertos. Teve vontade de chorar. Não se achava fraca, mas embolava dentro do estômago o sentimento de impotência diante daquela situação. E agora chorava baixinho, o que aumentava ainda mais sua raiva, não por vergonha, mas por não ter o controle da situação como tentava passar para si mesma, com seu jeito prático e confiante de conduzir o rumo do seu próprio caminho.

Número Um havia acordado cedo naquela manhã. Apesar da discussão que tivera com Número Seis na noite anterior, sentia-se bem naquele lugar, próxima à cachoeira, e lhe causava angústia ir embora para se embrenhar novamente floresta adentro.

Número Quatro também já estava acordado, e a garota o viu sentado em uma pedra à margem do lago. O homem estava de costas, a cabeça meio abaixada, olhando para algo nas mãos. Ela se aproximou devagar, e, ao sentir a aproximação de alguém, Número Quatro se voltou para trás e a encarou de maneira gentil. Sentou-se em uma pedra ao lado dele e os dois ficaram em silêncio. Número Um levantou o rosto em direção à encosta, onde, no dia anterior, avistara o vulto. Talvez a figura indistinta não pudesse entrar na clareira, como se ali fosse um terreno sagrado que a mantinha do lado de fora, e talvez fosse por isso que ela não queria sair dali.

A jovem olhou para o lado e viu Número Quatro entretido com a própria mão, alisando com o polegar direito o dedo do meio da mão esquerda.

— Tudo bem? — perguntou ela.

— Sim — disse ele. — É que só ontem percebi que tenho essa cicatriz no dedo.

Sem se levantar da pedra, a garota espichou o corpo, curiosa. O homem levou a mão em direção a ela e mostrou a cicatriz. Era uma linha fina e esbranquiçada que ia da base do dedo e se prolongava até a extremidade da falange média. Em um gesto inesperado, a garota esticou o braço e, com a ponta do indicador, tocou a cicatriz. Deslizou o dedo gentilmente, sentindo a elevação na carne, e permaneceu com o dedo ali por um tempo, como se fosse algo realmente curioso. Não houve constrangimento em tocar ou se deixar tocar. Pelo contrário, o toque parecia aproximá-los como só alguns silêncios são capazes de fazer, concebendo um sentimento de comunhão entre eles.

Ela recolheu a mão e os dois ficaram quietos, ele investigando a cicatriz, ela olhando para o lago e as ondulações na superfície causadas pela queda-d'água.

— Estou criando histórias pra ela — disse ele —, já que não consigo lembrar como me machuquei.

— O que você imaginou até agora?

O homem sorriu. Uma risada tímida, como se tivesse certeza de que ela o acharia bobo.

— Eu pensei, talvez, que estivesse escalando algo e minha mão escorregou. — Ele sorriu, passando o dedo sobre a cicatriz.

— Bem aventureiro — disse ela, balançando a cabeça e imaginando a cena.

— Já que vou imaginar, então vou imaginar algo empolgante.

— Claro! O que mais você pensou?

— Talvez eu estivesse pescando... com o meu pai. Eu ainda criança, o anzol cortou e ele fez um curativo.

— É uma lembrança boa de imaginar.

— É sim.

E ficaram quietos por um momento.

— O que você imaginaria?

— Eu? — A garota se surpreendeu.

— É. Olhando pra minha cara, como você acha que eu conquistei essa cicatriz?

Ela olhou para o rosto de Número Quatro, cerrando os olhos, pensativa.

— Desculpa, mas você não tem cara de quem escala montanhas.

E os dois riram e voltaram-se para o lago.

Diferentemente de Números Dois e Seis, Número Quatro tinha um jeito reconfortante e acolhedor. Quando Dois e Seis discutiam, Quatro olhava para ela e revirava os olhos, fazendo graça. Às vezes imitava os dois ou fazia alguma piada que a divertia. Era bom estar na companhia dele. Parecia seguro. E por isso Número Um se apiedou dele. Se o bilhete realmente tivesse razão, se só uma pessoa fosse ter de volta suas lembranças, não parecia ser o Quatro. Algo dentro dela lhe dizia que aquele homem não teria coragem de fazer tudo que talvez fosse necessário.

— Pode ter sido um cachorro — disse ele. — Um cachorrão grande e feroz.

— Olha — a jovem ponderou, pensativa —, o cachorro podia até ser bravo, mas, pra fazer essa linhazinha fina aí, o dente não devia ser muito grande não.

Os dois explodiram em uma gargalhada conjunta que logo foi interrompida pelo som de gritos vindo da barraca de Número Dois. A garota e o homem se levantaram, assustados, e correram para a barraca do homem. Chegando lá, pararam em frente a ela, e viram parte do corpo de Seis para fora da barraca de Número Dois.

— Sou eu, sou eu — Número Seis dizia, dentro da barraca dele, de joelhos, as mãos espalmadas no ar, gesticulando para que o homem se acalmasse.

— O que... o que você está fazendo aqui?

— Você estava gritando.

— Eu?

— É.

— Gritando o quê?

— Estava gritando: "Não quero apagar, não quero apagar." Estava gritando isso.

— Não quero apagar?

— Sim.

Ainda perturbado e arfando, buscou o sonho na mente, mas não se lembrou do que havia sonhado. Sentiu apenas medo. Olhou para a mulher, os olhos esbugalhados de terror.

— Não quero apagar?

Número Seis assentiu.

Dois passou a mão no rosto suado.

— Eu vou me arrumar e já saio. A gente tem... a gente tem que continuar... Chegar na casa, na outra casa. Temos que sair daqui.

• 212 •

Assim que ficou sozinho, buscou a camiseta e se certificou de que a arma ainda estava ali.

Depois de comerem, desmontaram o acampamento e se embrenharam mata adentro.

Mal haviam percorrido alguns metros e a sensação de estar sendo observada por aquele vulto tomou o corpo da jovem, que se sentiu novamente desprotegida. Número Quatro às vezes olhava para ela e sorria, tentando reconfortá-la, como se soubesse que algo a preocupava.

Venceram mais um dia na floresta com pouca conversa. Número Dois ainda parecia pensar no pesadelo que tivera.

Não quero apagar.

Ele não revelara a nenhum dos outros que, durante a confusão mental entre o sonho e o despertar, algo lhe fora revelado. Pelo menos ele achava que o que vira era uma lembrança, onde vira uma garotinha que ele não reconhecia e que lhe dizia: "Eu não quero apagar."

29

Havia quatro noites seguidas Inês realizava as sessões de "Reset Emocional", nome dado por ela à etapa principal do experimento na Unidade 225, o sétimo camundongo submetido à droga experimental. Com o Reset Emocional, após sequenciar o resultado químico no momento em que o neurônio realiza o processo de gravação da lembrança recuperada pelo hipocampo, as enzimas da droga agiam sobre o sistema límbico, desconectando a resposta emocional que seria disparada durante o acesso da lembrança traumática.

Os ponteiros do relógio se aproximavam das duas da manhã quando a Unidade 225 desceu do elevado protegido do piso eletrificado e agora perambulava pelo interior da caixa sem demonstrar receio algum. Inês estava animada pelo tempo de resposta da unidade, que levara pouco menos de um minuto para voltar a descer para o piso, um comportamento que indicava grande redução da resposta emocional ao acionamento do sinal sonoro. Além disso, o tempo de reação quando o alarme era acionado também havia aumentado. A unidade levava algumas frações de segundo a mais para iniciar a busca por um lugar seguro, indicando que o terror causado pelo estímulo não era mais tão intenso, embora estivesse presente e ainda influenciasse o comportamento do animal.

Além das sete unidades que até agora haviam sido expostas à substância, outras foram utilizadas como grupo controle. Esses animais tinham sido condicionados a sentir medo do choque com o acionamento do sinal sonoro, porém, neles, não foi administrada a droga na fase de Reset Emocional. Dessa maneira, Inês pôde observar quanto tempo essas unidades levavam para descer ao piso novamente sem a influência da droga, servindo como parâmetro comparativo. Até aquele momento, os testes demonstravam que essas unidades demoravam, em média, 80% mais tempo para se sentirem seguras a tentar caminhar pela caixa novamente. E em nenhuma houve a diminuição no tempo de reação de fuga ao disparo do sinal sonoro.

Inês estava diante da caixa e observava a Unidade 225, dando tempo para que ela se sentisse à vontade. Enquanto fitava o camundongo, lembrou das meninas, de um dia em que as trouxera ao laboratório e fizeram juntas uma espécie de tour pelo trabalho da mamãe. Elas não tinham idade para entender com exatidão o que Inês fazia, mas demonstraram espanto e orgulho quando tia Vanessa disse que ali eles trabalhavam para ajudar as pessoas a se sentirem melhores. Mas o que as garotas realmente adoraram foi a visita ao biotério, com todos aqueles animais. Havia coelhos, camundongos, cobras, lagartos, sapos. Inês devia ter previsto o que viria a seguir. Após esse dia, Ágatha e Beatriz passaram a cobrar com grande insistência um animalzinho.

— Você pode pegar um daqueles lá, mãe — argumentou Ágatha.

— É, mãe, tem um monte. Pode ser um ratinho — disse Beatriz.

— Eu quero um cachorro — rebateu Ágatha.

— Não tinha cachorro lá no trabalho da mamãe — respondeu Beatriz.

— Mas se eles têm todos aqueles lá, devem saber onde é que fazem cachorros — replicou a irmã. — Você sabe onde fazem cachorros, mãe?

— Eu prefiro o ratinho — insistiu Beatriz.

— Você pode ter o rato e eu um cachorro.

— Mas e se o seu cachorro comer o meu ratinho?

— Quem come rato é gato, burra.

— Ágatha — Inês chamou a atenção da filha.

— Pega um ratinho, mãe, ninguém vai saber. Dá pra colocar dentro da bolsa quando ninguém estiver perto.

— Um dia a gente pode pensar em ter um animalzinho, mas não agora — respondera Inês.

Agora ela encarava a unidade agitada na caixa de Skinner e refletia, com pesar, sobre aquela lembrança: um dia. Um dia que não teve a chance de chegar. Um dia abortado no tempo e na história. Um dia que agora só podia ser fantasiado, uma alegria que agora só podia ser imaginada. Qual seria o nome dado ao cachorro? E ao ratinho que Beatriz tanto queria? E como seriam os passeios nos finais de semana, com os quatro indo para algum parque onde o cachorro pudesse correr atrás das meninas, incentivando-as a dar aquelas gargalhadas histéricas de criança no auge de uma alegria genuína enquanto ela e Rui filmavam tudo para guardar de lembrança? Sim, eles filmariam e tirariam fotos, porque essa época passa tão rápido, pelo menos era o que a avó dizia: "Aproveite, porque, quando você menos perceber, elas já estão saindo de casa para viver a própria vida."

E Inês e Rui teriam todos aqueles vídeos e fotos, e muitos outros, e vez ou outra eles poderiam, no futuro, recorrer a eles, quando a saudade das garotas fosse forte demais. E a saudade das garotas e de Rui *era* forte demais. Agora a dor era forte demais. Ela se alastrava e crescia e continuava assim, crescendo e crescendo, feito uma trepadeira no jardim, que vai tomando as paredes da casa, se embrenhando em cada fresta, entrando pela janela, se arrastando debaixo da porta, fazendo o interior da casa ficar cada vez mais úmido, frio e triste.

Inês sacudiu a cabeça, olhou para o teto e respirou, puxando o ar como quem se agarra a algo. Depois, voltou a encarar a unidade na caixa. A neurocientista se remexeu no assento e arrastou sua atenção de volta ao experimento. Analisou alguns dados no diário de acompanhamento da unidade, preparou o cronômetro e disparou o alarme mais uma vez.

Dentro da caixa, o camundongo reagiu com um rápido espasmo, mas continuou no mesmo lugar por quase dois segundos, até que iniciou uma corrida em direção à elevação como se tivesse sido lembrado de algo urgente; entretanto, antes de subir na plataforma, parou. Sua reação corporal aparentava uma certa confusão em relação ao que fazer, como se o animal não soubesse exatamente por que sentira necessidade de fugir. O camundongo virou a cabeça em direção ao local de onde viera, depois voltou-se para o piso elevado, ainda sem sair do lugar, e de novo mirou o lado da caixa onde soara o alarme. Fez isso algumas vezes, alternando sua atenção ora para um lado, ora para o outro, com movimentos rápidos e repetitivos, até que se decidiu e não subiu na plataforma. Meio hesitante, voltou a caminhar pela caixa de Skinner, explorando o ambiente.

Animada com o progresso do experimento, Inês se levantou, notando dentro de si um sentimento que havia muito não experimentava. Olhou ao redor e sua euforia foi arrefecendo, até que voltou a se sentar, conservando aquela fagulha de orgulho. Anotou os dados no diário do experimento e descreveu algumas observações sobre a etapa.

Em seguida, disparou o sinal sonoro outras quatro vezes e observou em cada uma delas um declínio constante na resposta emocional ao gatilho do trauma, considerando que o Reset Emocional fora bem-sucedido. A Unidade 225 não demonstrava nenhum comportamento fora do comum, com a coordenação motora em perfeito estado e a confusão mental aparentemente controlada.

Durante as semanas que se seguiram, Inês observou a Unidade 225, que continuava sem sinais de mudança comportamental, apresentando resultados de exames de sangue normais. A unidade fora testada uma série de outras vezes na caixa de Skinner, comprovando que não havia mais resposta ao acionamento do alarme.

Inês retirou a sonda do dorso do animal. Ela parecia estranhamente ligada àquela unidade específica. Fazia parte do trabalho não criar laços com os animais utilizados nas experiências, algo que ela aprendera a desenvolver com o tempo, mas agora ela encarava aquele ratinho, como diria Beatriz, aquele ratinho agitado na gaiola com seu focinho rosado e curioso, e sentia-se triste por ter de sacrificá-lo para realizar a autópsia e investigar seus órgãos.

Pega um ratinho, mãe, ninguém vai saber. Dá pra colocar dentro da bolsa quando ninguém estiver perto.

— A gente não precisa fazer isso hoje, né, carinha? — disse Inês para a Unidade 225, enquanto deslizava o dedo no acrílico da gaiola, como se tocasse o animal que se agitava, curioso, seguindo o traçado de seu dedo.

Inês pegou uma porção de ração, depositou dentro da gaiola e ficou ali, olhando o ratinho entretido, inconsciente do que o esperava no dia seguinte.

30

O grupo acampou cedo em virtude de uma forte chuva que começou no fim do dia e cada um se fechou em sua barraca. Abrigada, Número Um pensava na conversa que tivera com Número Quatro. Ela o imaginou criança, pescando com o pai, e ficou feliz por ele ter pensamentos assim. Diferentemente dela, refletiu, que só conseguia pensar em coisas ruins e tristes.

Lá fora a floresta chacoalhava. Ela escutou galhos se partindo e coisas rolando pelo chão. Já haviam pegado tempestades fortes antes, mas naquela noite a natureza parecia dizer que o lugar deles não era ali.

O céu se tornou um agitado ninho de raios que serpenteavam por entre nuvens escuras feito cobras flamejantes trincando a noite escura. Mesmo com as resistentes lonas das barracas, era possível ver o pulsar dos relâmpagos seguido pelo ribombar áspero dos trovões, como pedras rolando das nuvens.

Galhos sacudiam e se quebravam, e por todos os lados era possível escutar *crecs* de madeira se partindo, árvores sacolejando e o tamborilar das gotas de chuva pipocando sobre as barracas.

Um clarão forte brilhou por quase um segundo e logo em seguida ouviu-se um estouro, como se uma bomba tivesse detonado a poucos metros. Número Dois despertou de um salto e sentou na barraca. Do lado de fora os relâmpagos piscavam. Deitou novamente. A floresta inteira parecia que viria abaixo, e foi com esse pensamento que cedeu ao cansaço novamente, só para acordar instantes depois com o estouro de outro trovão que ecoou como uma martelada retumbante ao lado do ouvido. Demorou um pouco mais dessa vez, porém, novamente, o sono o dominou. E assim os minutos foram deslizando pela noite, com todos eles acordando de vez em quando, em um ritual exaustivo de cair no sono e acordar sobressaltado.

Era quase manhã agora, e a intensidade da tempestade diminuíra. Os quatro dormiam em suas barracas havia quase uma hora sem despertar sobressaltados. Se estivessem acordados, possivelmente teriam ouvido o barulho de uma enorme árvore que começava a ceder. Isso era algo comum na floresta em situações de tempestades como aquela. Às vezes um raio acertava uma árvore e ela se incendiava, mas depois o fogo era apagado pela chuva. Outras vezes, as rajadas de vento venciam a resistência dos troncos antigos e levavam gigantes com décadas de existência ao chão.

E foi exatamente assim que aconteceu. O tronco daquela árvore gigantesca próxima às barracas foi estalando, envergando e cedendo. A copa com galhos longos e frondosos se inclinou, até que o lento processo de desmoronamento ganhou velocidade e a árvore desceu, pesada, arrastando outras menores pelo caminho. A copa larga, repleta de galhos e folhas, tombou sobre parte do acampamento, pegando todos eles de surpresa no escuro.

A ponta de um galho rasgou a lateral da barraca de Número Seis, fazendo parte da entrada ceder. A mulher se debateu no escuro e gritou de dor ao sentir a ponta afiada de alguma coisa lhe cortar a coxa. O mesmo terror se apoderou de Número Um quando sua barraca veio abaixo. Galhos lanharam seus braços e parte do pescoço, mas o que a aterrorizava era se sentir presa ali dentro. A sensação era a de que sufocaria ou morreria afogada com o volume de água subindo. Número Dois precisou se arrastar para sair da barraca, e com a luz da lanterna dançando nervosa na mão viu partes de seu abrigo aberto em tiras, onde galhos haviam descido, puxando tudo para baixo. Arrastou-se com os cotovelos no chão e arfou de dor quando um galho passou por suas costas como uma garra afiada.

Com dificuldade, conseguiu se levantar. Um galho cortou seu rosto, mas ele pareceu não se dar conta. A chuva enfraquecera, mas ainda era possível ver, através do feixe de luz que a lanterna projetava no ar, as gotas de chuva brilhando prateadas.

— Eeeeiii! — gritou Número Dois, observando tudo em volta. O cenário era de completa destruição: galhos partidos, folhas, cipós e uma infinidade de plantas no chão e debilmente penduradas. Escutou um gemido e apontou a lanterna. A lona de uma barraca destruída se mexia e ele foi em direção a ela.

— Ah, merda! — protestou quando um galho cortou seu tornozelo. Era preciso cuidado para se locomover.

Alcançou os destroços da barraca, apontou a lanterna e viu o rosto da garota, que tampou os olhos, cegada pela luz.

— Vem, eu te ajudo — disse ele, abaixando-se com dificuldade.

— Meu braço — ela gemeu quando o homem tentou puxá-la.

— Consegue ficar de pé?

— Acho que sim.

O homem a ajudou a se levantar e estudou o corpo da garota. Havia sangue em seu braço e escorrendo do ombro, próximo ao pescoço.

— Deixa eu ver. — Ele se aproximou. — Não parece profundo.

Ouviram um barulho e a luz da lanterna foi direcionada para o local. Um pouco à frente, avistaram Número Seis se levantando entre galhos, gemendo e afastando plantas de cima do corpo. Na escuridão, a roupa branca brilhava, refletindo o clarão da lanterna, e a mulher parecia ter saído da cova onde fora enterrada viva. Havia lama por todo o corpo, no rosto, a água pingando na pele, dando-lhe um aspecto de boneco de cera derretendo. Números Um e Dois caminharam em sua direção.

— Você está bem? — gritou Número Dois.

— Não! — ela gritou de volta. — Estou toda fodida!

— Consegue andar?

Ela olhou para o próprio corpo, procurando alguma fratura ou corte profundo.

— Acho que sim. E vocês?

— Só alguns cortes.

Número Dois investigou ao redor com a lanterna, buscando a barraca de Número Quatro.

— Droga — murmurou o homem quando viu o que parecia ser o local onde estava a barraca do outro.

Parte da copa da árvore havia desabado sobre ela, e um emaranhado de galhos, folhas e trepadeiras estava esparramado pela área. Os três tiveram dificuldade para chegar até lá por conta da quantidade de galhos.

A barraca de Número Quatro havia desmoronado completamente.

— Segura aqui — disse Número Dois, entregando a lanterna para Número Seis, que apontava o feixe de luz enquanto o homem retirava os galhos com dificuldade para alcançar o interior da barraca.

— Quatro! — gritou Número Dois.

— Espera — disse a mulher, e eles fizeram silêncio.

Um gemido veio do interior do que sobrara da barraca. Número Dois investiu para cima dela e, depois de limpar um trecho da área, conseguiu levantar um pedaço da tenda. Viu uma parte do corpo de Número Quatro, a roupa sem mais nada de branco. Tudo era de um marrom-escuro, e por um instante ele ficou paralisado ao imaginar que também era sangue.

— Me ajuda aqui! — gritou Número Dois para a mulher, que entregou a lanterna para Número Um e se posicionou para ajudá-lo.

Com esforço, conseguiram levantar mais uma parte da barraca, arrastando mais galhos.

— Ahhh! — gemeu Número Seis. — Não, não.

Os dois se abaixaram, e a garota iluminou o local e levou a mão livre à boca quando o viu. O toco de um grosso galho estava enterrado na barriga do homem. Ela iluminou o rosto dele, o rosto sujo e molhado,

• 222 •

e viu seus olhos semiabertos a encarando. Ele estava vivo e murmurava alguma coisa.

Número Dois olhou para o corpo e depois voltou-se para Número Seis. Então sentiu a mão de Número Quatro agarrar seu antebraço.

— Vamos tentar colocá-lo sentado — disse Número Dois.

Ele se posicionou ao lado do homem ferido, pôs uma mão embaixo de um braço e a outra abaixo do pescoço. A mulher ficou do outro lado, segurando como podia. Número Quatro gemeu com o movimento fazendo-os parar. Mas, quando Número Dois sentiu que ele apertava seu antebraço novamente, entendeu que era para continuar. Empreenderam mais força nos movimentos, lutando com as dores dos próprios corpos que também sangravam, e, por fim, puseram Número Quatro sentado, recostado em parte do tronco da árvore que caíra.

O interior da floresta ganhava a luz suave da manhã, e Números Um, Dois e Seis estavam agora abaixados ao redor de Número Quatro. Olhavam ora para a madeira fincada no abdome do homem, ora para seu rosto.

— Precisamos tirar você daqui — disse a garota.

Número Quatro pareceu sorrir. Uma das mãos ainda segurava com firmeza o antebraço de Número Dois. A vegetação molhada brilhava com a chegada do sol, e o cheiro da mata molhada começava a se espalhar.

— Eu... lembrei — ele gemeu.

Os três o encararam, surpresos.

Recostado na árvore, com o galho atravessando o corpo, Número Quatro tinha um leve sorriso nos lábios e olhava para a frente, os olhos vagos e brilhantes, como se sua mente estivesse em outro lugar.

— Lembrou o quê? Você lembrou o quê? — Número Dois dizia com ansiedade.

No entanto, Número Quatro não respondeu, anestesiado com a visão que só ele era capaz de vislumbrar. E o que quer que fosse que estava vendo parecia algo bom, com aquele sorriso tranquilo que não cedia do rosto, enquanto os lábios tremiam.

— Fala, você lembrou do...

— Deixa ele — interrompeu Número Um, com a voz embargada pelo choro. — Deixa ele. Deixa ele ter isso — completou a garota, olhando para o semblante sereno de Número Quatro, que flutuava em algum lugar longe dali, em algum momento distante no tempo.

Os três permaneceram em silêncio em volta do homem, o movimento do peito descendo e subindo de um jeito pesado e moroso, até que cessou, o rosto congelado em uma expressão tranquila de quem finalmente havia se encontrado.

31

Sandro conhecera Marília numa festa que até para ele, que não se considerava um sujeito fútil, era uma reunião de intelectualoides com papinhos arrogantes que se achavam o máximo da cultura da sociedade. Já estava pensando em ir embora quando a viu chegar, e imediatamente percebeu que havia um motivo para continuar ali.

Sempre que trazia à tona aquelas lembranças, Sandro a via, como se ela estivesse bem à sua frente, ela e sua camiseta branca básica com as mangas curtas dobradas, por dentro de uma calça jeans nem justa nem larga, os cabelos presos em um coque que parecia a ponto de se soltar a qualquer momento, mas que continuou inacreditavelmente firme durante toda a noite.

Sandro estava em uma roda de amigos quando um casal que ele conhecia chegou acompanhado de Marília. Ela acenou para as pessoas, oferecendo a todos aquele sorriso que ficara marcado na memória de Sandro, e, após uma rápida apresentação, Sandro, que havia desistido de ir embora, resolveu pegar mais uma cerveja, aproveitando a deixa para lhe oferecer uma também.

— Vou pegar uma cerveja, quer? — disse ele.

— Não, obrigada, eu acabei de sair de uma clínica de reabilitação.

A roda de amigos ficou em silêncio.

Marília parecia tranquila, como se não tivesse dito nada de mais. Olhou para o casal com quem havia chegado à festa e ambos a encaravam, aturdidos.

— Vocês que acharam que eu já estava pronta pra vir a uma festa — ela se defendeu, com uma cara divertida.

Sandro riu.

— É verdade — prosseguiu Marília. — Não é piada, não.

Sandro engoliu o riso.

— Desculpa — disse ele.

— Também não é pra tanto. Não foi você que me ofereceu bebida lá nos meus 15 anos, ou será que foi? Esse seu rosto não me é estranho. — Ela franziu os olhos, encarando-o como se o estudasse.

Sandro não soube o que dizer.

— É brincadeira, gente. Jesus! Vocês que estão bebendo e eu que sou a única descontraída aqui?

Sandro riu de novo. Parecia que era o único a ver graça na forma como Marília conseguia ser tão espontânea.

— Eu acho que tem cerveja sem álcool na geladeira — ofereceu ele.

— Hum, não, obrigada. Uma vez eu li uma frase que dizia: "Café descafeinado é igual sexo sem tapa na bunda." Confesso que não vejo tanta graça assim em levar tapa na bunda, não é muito a minha, mas explica bem a ideia de cerveja sem álcool.

— Entendi. Então nada de café descafeinado nem tapa na bunda — respondeu Sandro, entrando no jogo.

— Também não é pra levar tão ao pé da letra — disse Marília. — Dependendo do clima, vai saber... Não que eu não goooste, mas também não é aquela coooisa, eu não fico gritando: "Bate na minha bunda, vai! Bate na minha bunda!"

Nesse momento, um casal passou por eles e lançou um olhar espantado para Marília.

— Pronto, nem vinte minutos de festa e já tô passando vergonha. E nem estou bebendo.

Sandro riu, ela riu, e os dois riram juntos.

Naquele primeiro encontro ao acaso, a conversa entre eles se desenrolou com facilidade. Sandro contou que era enfermeiro-chefe na ala de um hospital e Marília falou um pouco sobre seu trabalho como arquiteta. Quando ela sugeriu que fossem até a sacada para ela acender um cigarro, ele a acompanhou, e nem mesmo o fato de odiar cigarros balançou seu interesse naquela mulher e seu desejo de conhecê-la mais profundamente. Eles permaneceram na sacada, instalaram-se num canto onde ela podia soprar a fumaça longe dele, e só paravam de falar quando Sandro entrava no apartamento para buscar outras long necks geladas.

— Não é ruim eu ficar bebendo na sua frente?

— Eu vim pra uma festa, não pra igreja, apesar de que até na igreja o padre toma um golinho de vinho, né?

— Mas é sem álcool.

— Tá, sei.

Durante a conversa, tanto Sandro quanto Marília trouxeram assuntos íntimos que normalmente são reservados a pessoas próximas; isso fora um dos sinais, aquela confiança que um conseguiu sentir no outro de maneira natural e tranquila. E, claro, a conversa enveredou para o terreno familiar dos dois.

— Meus pais são bacanas, eu realmente não posso reclamar disso — admitiu Sandro. — Eles ainda parecem se dar bem, mesmo depois de tantos anos. Mas quem está do lado de fora nunca sabe o que realmente se passa entre um casal; é comum até que as duas pessoas também não saibam.

— Você é enfermeiro ou psicólogo?

— Quando se é enfermeiro também se é um pouco psicólogo. As pessoas se abrem de verdade quando estão em um hospital, internadas ou acompanhando algum familiar. Você não imagina como elas são honestas quando estão naqueles corredores, às vezes com medo de voltar para o quarto onde está o marido, a esposa ou um filho. Uma vez, na época em que cada andar tinha uma ilha para os enfermeiros, uma mulher que acompanhava o marido com câncer em fase terminal saía sempre do quarto para pegar um café e parava para conversar com os enfermeiros na ilha. Às vezes ela nem bebia o café, e quando ele esfriava, pegava outro e voltava a conversar com a gente. Ela fez isso várias vezes, ficava lá falando da vida dela...

— O que ela falava? — perguntou Marília, genuinamente interessada, dando uma tragada no cigarro sem tirar os olhos de Sandro.

— Ah, um monte de coisas... reclamações sobre as injustiças da vida, de eles estarem ali, ela falava como se o marido fosse voltar logo pra casa, sabe? Mas dava pra ver que no fundo ela sabia que ele não iria sair daquele quarto, pelo menos não vivo. Normalmente, quando não é uma doença grave, os acompanhantes ficam com medo do familiar morrer, porém, quando é um caso grave, quando a morte é uma realidade consumada, sei lá, parece que a mente da pessoa afasta a ideia da morte.

— E o que você fazia quando aconteciam coisas assim?

— Eu escutava mais do que falava, na verdade. A maioria dessas pessoas pode até te perguntar: "Você acha que ele vai ficar bem?", "você já cuidou de muitas pessoas como o meu marido? Elas demoraram para ficar boas?", mas no fundo elas não querem uma resposta sincera. Elas têm esperança e querem que você só dê seu carimbo de "tem razão" para elas se sentirem mais tranquilas, pelo menos naquele momento.

— E você dizia a verdade ou mentia?

— Mentir só ajuda a manter a pessoa naquele estado de negação, e isso, pelo menos eu acho, não traz nenhum benefício. Algumas pessoas não querem aceitar o fato de que estão morrendo ou de que alguma pessoa amada está. Acontece que, se você se fecha pra essa verdade, acaba perdendo a oportunidade de aproveitar esse tempo que vocês ainda têm juntos. Claro que eu não falava: "Ei, seu marido talvez não acorde amanhã, por que você não vai tomar esse café lá dentro com ele enquanto falam de algo divertido?" Eu falava a verdade, mas tentando ser gentil, porque realmente não deve ser fácil ter a consciência do fim. E talvez seja ainda mais difícil ter a consciência do fim de alguém que amamos. Então, diante da dor de outra pessoa, o mínimo que você pode fazer é tentar ser gentil.

— Entendi — disse Marília, em um tom melancólico, dando outra longa tragada no cigarro.

— Eu não estou sendo a companhia mais alegre da festa, né? — Sandro riu.

— Não, não é isso, pelo contrário. Algumas pessoas não gostam de falar das coisas tristes da vida, como se fosse um assunto proibido, ou, quando falam, é de maneira superficial, às vezes para mostrar que se importam com alguém ou até mesmo para balançar rapidinho uma bandeira com um pedido de ajuda pra ver se alguém nota, mas normalmente fica nisso. Eu concordo com você sobre falar a verdade.

Marília pegou outro cigarro da carteira e olhou para a vista da cidade enquanto o acendia. Deu uma tragada e soltou a fumaça com um suspiro pesado, depois disse, do nada:

— Minha mãe tinha dito que o meu pai morreu em um acidente quando eu tinha 4 anos — falou Marília, de súbito, e Sandro franziu o rosto como se não tivesse entendido. — Ela disse que nós, eu e o meu pai, éramos muito apegados, que ele era desses caras que gostavam de cozinhar pra família e ele fazia o nosso almoço, ela dizia isso, que ele sabia cozinhar bem e que era uma das coisas que mais amava nele. Mas era tudo mentira. — Sandro a encarava, atento. — Um dia, quando eu já estava com 16 anos, eu disse pra ela: "Mãe, não acha que está bebendo demais? Será que não é bom procurar ajuda?" Aí ela me olhou daquele jeito, com os olhos meio vermelhos, sabe? Ela ficou me encarando um tempo como se estivesse pensando em algo muito específico, aí ela disse: "Teu pai não morreu, teu pai foi embora; ele foi embora três dias depois que você nasceu. Talvez ele esteja morto agora, mas eu duvido, aquele filho da puta deve estar bem vivo." Eu cresci com a ideia de que até os meus 2 anos eu havia tido um pai que me amou, que cuidou de mim, que amava a minha mãe... Tudo mentira. Mas eu sou muito burra mesmo, pelo menos tinha que ter algumas fotos, né? Eu junto com ele. Mas eu nunca pensei nisso, ou não queria pensar, com medo de ser mentira.

— Por que ela inventou isso?

— Diferente de você, ela achou que mentindo estaria me protegendo. Que seria melhor eu pensar que ele tinha morrido do que saber que não tinha aguentado a realidade de ter uma filha pra cuidar, todas aquelas responsabilidades de uma família. Que a desculpa da morte era melhor do que a do abandono. Se pelo menos ela tivesse sustentado essa mentira, quem sabe... Mas ela não aguentou, aquilo devia estar entalado na garganta dela. Eu acho, quer dizer, acho não, tenho certeza, que guardar isso era um dos motivos pra ela beber tanto. Isso e mais um monte de coisas, claro. Às vezes eu imaginava que ela devia pensar: "Droga, se eu tivesse tido essa ideia antes", mas meu pai foi mais rápido... — Marília deu mais um longo trago no cigarro, olhou para as ruas lá embaixo, depois continuou, como se tivesse entendido algo novo: — Caramba, ela tinha 19 anos. Eu tenho 27 e não faço a menor ideia de como criaria uma criança, ainda mais sem um pai, mas ela conseguiu, mesmo assim ela conseguiu, com 19 anos. Bom, talvez eu não seja o melhor resultado que se espere no fim das contas, mas também não sou um fracasso total.

— É, acho que dá pra ela se orgulhar do resultado sim — comentou Sandro.

— Orgulhar? Não sei. Eu acho que isso a entristece, na verdade, sabe? Justamente ver que eu não me saí tão mal assim. Eu me formei, tenho um emprego bom, pago minhas contas... Ela deve olhar e pensar: "Caramba, imagina se ela tivesse tido uma infância boa." Talvez isso a deixe frustrada. Eu me frustraria.

Ela olhou para Sandro e os dois ficaram em silêncio por um tempo.

— Bom, eu não conheço sua mãe, mas...

— E é melhor nem conhecer. Sério. Minha mãe nunca gostou de nenhum cara com quem eu saí, desde o primeiro namoradinho de adolescência até o último, nenhum; ela fazia questão de repetir pra mim: "Não vai ser uma dessas mulheres dependentes de homem, hein?"

• 230 •

— Talvez a forma de ela tentar te ensinar algo não tenha sido o melhor exemplo de modelo pedagógico — brincou Sandro —, mas dá pra entender um pouco do que ela queria te passar.

— É claro que dá. E lógico que eu entendia o que estava por trás desse pensamento. Mas, como você disse, não foi o melhor exemplo de modelo pedagógico. — Marília deu a última tragada no cigarro e jogou a bituca dentro de uma garrafa vazia que usava como cinzeiro. — Pra não falar que esse método dela às vezes era bem horrível. Foi só depois de muitos anos, eu estava firme na terapia nessa época, que realmente me dei conta disso. De como ela me fazia sofrer com a desculpa da proteção. Confesso que não sei como não me tornei uma pessoa pior. De verdade.

De repente ela se sobressaltou com a ideia e começou a falar em um tom alarmado.

— Ai, meu Deus, será que eu sou uma pessoa horrível e não sei? Porque a gente nunca sabe, né? Uma pessoa horrível normalmente não se acha uma pessoa horrível, talvez ela até pense: "É, a minha chegada não é lá um grande motivo de festa, mas eu não sou pior do que fulano." A gente sempre acaba se comparando com alguém que achamos ser pior do que nós. Mas agora você tem que me dizer — afirmou ela, encarando Sandro com um olhar preocupado —, já que você é uma pessoa sincera, se eu for uma pessoa horrível, você tem que me dizer, tá? De verdade, eu sou ou não sou uma pessoa horrível? — Havia algo de cômico na forma como ela falava, mas também um medo sincero de ser uma daquelas pessoas que foram moldadas pelos piores traços do berço familiar. E Marília não queria ser essa pessoa.

— Até agora você não me parece uma pessoa horrível — garantiu ele.

— Claro que você vai dizer isso, você quer me comer.

Sandro arregalou os olhos ao mesmo tempo que soltou uma risada sincera e espontânea.

— E tem outra: você pode estar achando isso porque uma pessoa horrível, que talvez *saiba que é* uma pessoa horrível, normalmente tenta esconder que é uma pessoa horrível, pelo menos nos primeiros encontros. Talvez eu esconda até você estar apegado demais para desistir. — Ela parecia bastante séria.

• 231 •

— E se eu demorar pra me apegar?

— Isso pode ser um problema. — Ela desviou o olhar e mordeu o lábio inferior, pensativa. — Não sei se consigo fingir por muito tempo que não sou uma pessoa horrível — admitiu, um pouco aflita, e Sandro riu, achando que fosse uma piada. Porém, logo ele descobriria que quase todos os relacionamentos de Marília não haviam passado de seis meses. O único que durara pouco mais de dois anos havia sido com um cara que sua amiga apelidara de "aquele cara de merda". A amiga sempre dizia para Marília, quando ela tentava esconder a tristeza: "Você tem que largar esse cara de merda."

— Vou ao banheiro — avisou ela.

— Tá.

Marília entrou no apartamento e, quando voltou, começou a falar sobre outro assunto e a conversa continuou. Ao redor deles, o som de música e pessoas conversando. Ela terminava de fumar outro cigarro enquanto ele contava sobre uma banda de que gostava. Ela buscou um chiclete na bolsa e ele pensou: "Ela quer me beijar, vai mascar o chiclete para disfarçar o gosto de cigarro." Mas depois ele ficou pensando se era essa a mensagem ou se estava julgando dessa forma apenas porque queria beijá-la. E quando ela lhe ofereceu um chiclete, Sandro não hesitou e aceitou, talvez para que ela, quem sabe, também entendesse aquilo como um sinal dele: "Eu também quero, não sei se você quer, mas eu quero." Se ela havia interpretado assim ou não, ele nunca soube, mas, de fato, alguns minutos após mascarem os chicletes, eles se beijaram. Riram com o beijo atrapalhado pelo chiclete, e ela tirou o dela da boca e jogou dentro da garrafa usada como cinzeiro. Sandro engoliu o dele quando percebeu que o beijo aconteceria. Eles se beijaram entre os intervalos da conversa e marcaram de se encontrar no dia seguinte.

No sábado de manhã, ao descer uma pequena escadaria na frente do seu prédio, Sandro, todo animado pelo encontro que aconteceria em algumas horas, torceu o tornozelo. Uma torcida digna de fazer um jogador se aposentar mais cedo. Estava saindo para comprar algumas coisas, pensando que talvez durante o encontro eles resolvessem ir para

• 232 •

a casa dele, porém a dor não demorou para chegar, e, em vez de ir ao mercadinho, foi mancando e gemendo para uma farmácia próxima. Levou tudo que o farmacêutico recomendara para dor, afinal ele tinha um encontro naquela noite!

Mas a dor não passou, somente diminuiu um pouco com os dois comprimidos de codeína e um de tramadol que tomou durante o dia, além dos adesivos de Salonpas que exalavam um forte aroma de cânfora. Também comprou algumas ataduras elásticas, com as quais enfaixou o tornozelo para dar mais firmeza. A dor havia aumentado no decorrer da tarde, e ele pensou se não devia ir ao médico, mas decidiu não ir, afinal tinha um encontro naquela noite!

Eles se encontraram em um bar e, ao contrário de como tinha passado todo o dia, mancando como seu antigo professor de química que tinha uma perna mais curta que a outra, quando chegou ao bar não estava mais mancando. Andava distraidamente, como se não tivesse quase rompido um tendão, e talvez tivesse mesmo.

Sentaram à mesa do bar e conversaram com aquela facilidade com que haviam conversado na noite anterior, apesar de certo nervosismo que ambos tentavam disfarçar, cientes de que aquele era um encontro de verdade. Ele havia se arrumado para ela; ela havia se arrumado para ele. E, quando resolveram pedir a conta e ir para o apartamento de Sandro, ele continuou caminhando tranquilamente, de um jeito quase elegante, enquanto por dentro tentava suportar a dor que fazia seu tornozelo latejar.

No apartamento, loucos de desejo, começaram a se despir. Ele até mancou um pouco, mas, em meio àquela movimentação toda, com botões e zíperes sendo abertos, camisetas sendo arrancadas, ninguém perceberia uma ou duas mancadas enquanto seguiam pelo corredor. No entanto, quando Sandro caiu na cama, Marília se curvou e agarrou a calça dele pelas bainhas, e puxou com tanta força que a maldita calça jeans saiu estalando no ar como um chicote.

Sandro berrou.

Assustada, Marília paralisou, tentando entender o que havia feito. Sandro puxou a perna e se encolheu na cama, gemendo.

• 233 •

— Ai, meu Deus, eu te machuquei? — perguntou ela, aflita, colocando a mão sobre o ombro dele e olhando em direção ao tornozelo que ele apertava.

— Não foi você — disse ele, entre gemidos. — É que... eu torci feio meu pé hoje de manhã.

— Mas você estava andando normalmente até agora — apontou ela, desconfiada.

Sandro não teve outra saída senão abrir o jogo sobre o que tinha se passado em sua mente. Na verdade, ele poderia ter arrumado outras respostas, mas era tão tranquilo conversar com aquela mulher que ele contou a verdade.

— Uma vez eu estava vendo esses documentários de natureza selvagem, tipo National Geographic — gemeu de dor —, e eles falaram que as fêmeas não escolhiam machos que mostravam alguma fraqueza física, então... — Não terminou a frase, meio constrangido agora que confessara tudo em voz alta, pensando que talvez não precisasse ter sido tão sincero assim.

— Então você ficou andando cheio de dor e *sem mancar* pra mostrar que é um macho forte e saudável para eu acasalar?

— Bom, *acasalar* não é um termo muito sexy, mas — gemeu — meio que transmite a ideia geral — admitiu ele, apertando o tornozelo e gemendo mais um pouco.

Ela o olhou com um misto de diversão, pena e descrença.

— Tem alguma coisa pra você tomar ou passar nesse pé, rei da savana?

— Na cozinha, debaixo da pia, tem uma caixa de remédios.

Ela foi até lá, apenas de calcinha e sutiã, e, quando ele a viu desaparecer pela porta do quarto, seminua, amaldiçoou silenciosamente o próprio pé, mas logo o tornozelo latejou e a dor o fez se esquecer de qualquer orgulho ferido.

Marília voltou com um copo de água e um comprimido. Trazia também alguns emplastros, um rolo de atadura e esparadrapo.

— Toma isso. — Estendeu o comprimido e o copo de água, e ele tomou. — Deixa eu ver esse pé. — Ofereceu o colo para ele colocar a perna.

— Eu posso fazer isso — disse ele, gemendo.

— Chega desse orgulhinho de macho alfa, vai... — Ela deu uns tapinhas no próprio colo e ele esticou a perna com alguma dificuldade.

— É aqui? — Ela pressionou o indicador perto do ossinho do calcanhar.

— Ai, cacete, é! Minha nossa.

Marília riu. Esticou um adesivo de Salonpas e o cheiro de cânfora impregnou o quarto. Colou um de cada lado do pé.

— Tem uma coisa em que você não pensou — disse ela enquanto enrolava a atadura ao redor do tornozelo dele.

— O quê?

— Essa história — ela começou, apertando a atadura elástica e fazendo-o gemer, dessa vez não escondendo seu divertimento e um pouco da intenção sádica por ele ter tido uma atitude tão infantil, apesar de parte dela ter gostado de saber que ele fizera aquilo por causa dela —, isso de que a fêmea não se sente atraída por um macho com alguma fraqueza — continuou ela. — Se eu fosse uma leoa, eu estaria justamente de olho em você. — Então apertou a parte final da atadura, fazendo-o gritar de dor.

— Eu sou o gnu manco, é isso que você quer dizer?

Ela riu.

— Gnu manco não é um termo muito sexy, mas meio que transmite a ideia geral — respondeu ela, e, em seguida, tirou gentilmente a perna dele de cima do colo e foi subindo pelo colchão. Ele estava deitado de barriga para cima, e ela se posicionou perto do ombro dele e começou a analisar seu rosto com a ponta dos dedos. Depois se aproximou e sussurrou em seu ouvido: — E eu não vou passar fome hoje.

Os primeiros meses de convivência seguiram o padrão dos relacionamentos de um casal de jovens que ainda não completaram 30 anos. Um começo intenso, divertido, empolgante, embalado pela certeza ingênua de duas pessoas que ainda estão conhecendo as possibilidades da vida. À medida que o tempo fluía no leito dessa história, Sandro e Marília foram se encantando mais e mais um pelo outro, se descobrindo e se revelando, vivendo as coisas boas e ruins enquanto meses se tornavam anos.

Mas um dia, quando Marília, que nunca havia pensado em ser mãe, veio até Sandro, um tanto aterrorizada, e contou que estava grávida, os dois conversaram sobre as possibilidades que tinham.

— E se o meu pai foi embora porque ele sabia que não seria um bom pai? — disse ela. — E se eu quiser ir embora também, assim que essa criança sair de dentro de mim?

— Bom — respondeu Sandro —, se por acaso te der essa vontade, não vai embora sem falar comigo, tá?

Marília o encarou, ainda meio aflita, porém um pouco mais calma.

— Tá. Combinado.

No entanto, quando Renato nasceu e Marília o recebeu nos braços, aninhando aquela coisinha barulhenta que foi se acalmando em seu colo, ela olhou para Sandro e, em meio àquele misto de sorriso e choro, ele soube que ela não iria embora. Marília se esforçou para não fumar durante a gravidez, tampouco durante o tempo em que amamentou Renato. Porém, assim que o período de amamentação chegou ao fim, ela foi para a sacada e fumou quase metade do maço em uma hora. A vontade de beber sempre a acompanhou, mas, apesar de toda a dor, havia também todo aquele amor.

32

Sentada em um banco, em frente aos pequenos jequitibá, jacarandá e ipê-amarelo, Inês encarava as três arvorezinhas, observando seu crescimento lento com um olhar desabitado. Olhar para aquelas arvorezinhas a fez pensar nas filhas, e, ainda que fossem crianças falantes e espontâneas, elas continuavam sendo muito dependentes da atenção dela e do pai. E isso fez Inês sorrir. A lembrança gostosa de que ela era o lugar para onde as meninas corriam. Um lugar. Gostava da ideia de ser um lugar. Ela, Inês, após se tornar mãe, havia se tornado um lugar. Seu corpo se transformara numa casa segura onde Ágatha e Beatriz se abrigavam e cresciam.

Gostava de ver o jequitibá mais alto que as duas outras árvores. Gostava da ideia de que um dia ele estaria enorme, com seu tronco forte e robusto, ao lado do jacarandá e do ipê-amarelo, que um dia floresceriam, frondosos, na companhia do imponente jequitibá. Gostava da ideia de que aquelas três árvores estariam por muito tempo ali, mais tempo do que ela mesma viveria, e um dia ela também se tornaria uma árvore, plantada ao lado das três. Nesse momento, por um instante, morrer não pareceu um destino tão ruim; saber que ela estaria ali, que de alguma maneira eles estariam juntos.

Inês se levantou, caminhou até o jacarandá e pousou as palmas das mãos no solo, cada uma de um lado da árvore. Fechou os olhos, sentindo a umidade da terra. Quem a visse daquela forma pensaria que estava orando, o que não era totalmente errado, porque orar só podia ser isso: se conectar com algo que não podia ser visto com os olhos, apenas sentido; e ela os sentia, na pele, nos músculos, nos ossos que a sustentavam.

— Eu quero que vocês saibam — murmurou, as lágrimas transbordando dos olhos — que eu não estou fazendo isso para esquecer vocês.

Inês terminou de organizar os instrumentos necessários na mesa de centro da sala de seu apartamento, em frente ao sofá. Um ano havia se passado e as caixas de mudança permaneciam praticamente intocadas, somente empurradas nas paredes, para não ficarem no caminho. Das poucas caixas abertas, Inês tinha retirado apenas alguns objetos essenciais, como roupas e utensílios domésticos.

Na mesa de centro, estavam agora o notebook de Inês, o digitalizador de amostras de sangue, uma maleta laboratorial repleta de instrumentos e alguns outros equipamentos. Inês aferiu sua pressão, o ritmo cardíaco, mediu sua temperatura corporal e registrou todos os dados no diário de acompanhamento. Em seguida, coletou uma amostra de sangue e inseriu a cápsula coletora no equipamento de digitalização sanguínea para que os dados fossem analisados posteriormente.

Sentia o coração acelerado.

Ao seu lado, no sofá, organizara algumas pastas e caixas. Pegou uma das pastas e de dentro retirou um envelope. As mãos tremiam. Hesitou, pousando o envelope no colo. Fechou os olhos, e sua mente viajou até um tempo em que tudo aquilo ainda não era verdade. Viu, como se estivesse bem diante dos seus olhos, as meninas no tapete da sala do antigo apartamento. Subitamente, a lembrança do caminhão atravessou a cena,

• 238 •

rasgando a memória. Ela abriu os olhos e pegou o envelope timbrado com o brasão do hospital. De dentro dele, retirou as certidões de óbito.

Não se lembrava de ter ajeitado os documentos naquela ordem. Na verdade, não se lembrava de ter lido nenhum daqueles documentos. Talvez os tivesse recebido do hospital, sem dar muita importância ao que dissera a pessoa que lhe entregara.

O queixo estremeceu ao ler no topo da página as palavras "Certidão de óbito", escritas em letras brancas sobre uma tarja preta, como um aviso de cautela.

Leu o campo "Nome do falecido".

Sua filha, "Ágatha de Assis Marinho".

"Nome do pai: Rui Garcia Marinho."

"Nome da mãe: Inês de Assis."

"Idade: 5 anos."

5 anos.

Inês desviou os olhos da página, mirando a parede ao lado, branca e vazia. No assoalho, três quadros ainda enrolados em plástico-bolha estavam encostados na parede.

Pensou se já seria a hora de administrar a dose. Se aquilo já era suficiente. Olhou para a mesinha à sua frente, para a caixa de transporte laboratorial aberta. Havia alguns cartuchos com a droga sobre a mesa, ao lado do aplicador.

Inês leu novamente: "5 anos".

Quando morreu, Inês pensou, *ela tinha 5 anos.*

Minha filha.

Deslizou os dedos sobre o nome escrito na página, como se acariciasse o rosto da menininha, tirasse o cabelo dela do rosto e visse seus olhos, aqueles olhos grandes e curiosos, aqueles olhos cheios de vida.

5 anos.

"Local do óbito."

Havia seis opções de múltipla escolha: "hospital, outros estabelecimentos de saúde, domicílio, via pública, outros e ignorado".

O que queria dizer o campo ignorado?

• 239 •

Mas ali o campo assinalado era a quarta opção: "via pública".

Na rua.

O pensamento abateu-se sobre Inês.

Afastou novamente os olhos da página e buscou a próxima folha. "Beatriz de Assis Marinho."

Leu campo por campo, até que os olhos molhados se detiveram no "Local do óbito: hospital".

— Ah, Beatriz. Quase.

Ela fechou os olhos com força e viu a filha. Ela e aquele jeitinho avoado, mas que não enganava Inês, que sabia que, apesar de seu jeito aéreo, Beatriz era uma criança muito observadora, talvez até mais do que Ágatha, e quem sabe teria sido esse o grande segredo da menina.

"Rui Garcia Marinho", dizia o conteúdo no campo "Nome do falecido" do terceiro documento. A imagem daquele homem alto tomou sua consciência, e sua mente foi preenchida por uma série de lembranças. Nesse momento, com a mão trêmula, colocou as folhas ao seu lado no sofá e se sentiu flutuar.

Quando retomou a consciência, voltou-se para a mesinha à frente e, um tanto anestesiada, pegou o aplicador, encaixou o cartucho, pousou a ponta circular do instrumento no antebraço e injetou a substância. Instantes depois, foi acometida por um leve torpor que durou cerca de trinta segundos e depois passou. Sentiu um gosto metálico na boca. Aguardou e analisou mentalmente cada reação à substância, ao mesmo tempo que os resquícios da dor das lembranças ecoavam dentro dela. A princípio, exceto pelo torpor momentâneo e pelo gosto metálico, não sentiu mais nada. Em seguida, registrou o horário da administração, a dose e as reações no diário do experimento. Observou certa hesitação ao digitar, como se precisasse pensar um pouco mais do que o normal sobre a próxima letra no teclado. Anotou a observação. Pouco mais de três minutos após a aplicação, sentiu um cheiro adocicado. Olhou em volta. Todas as janelas e cortinas estavam fechadas. Teve dúvida se o aroma vinha ou não de algum lugar lá fora. Registrou a informação. Refletiu um instante sobre aquele cheiro, tentando identificá-lo, mas não obteve resposta.

Inês aferiu novamente sua pressão, o ritmo cardíaco e a temperatura corporal. A temperatura aumentara dois graus, ao contrário do ritmo cardíaco e da pressão, que haviam diminuído levemente. Coletou uma nova amostra de sangue e a introduziu na máquina para digitalizar os dados para análise. Após cinco minutos, mediu novamente os sinais vitais, constatando a queda de um grau na temperatura.

Com as informações disponíveis, fez uma avaliação preliminar, mandando seu programa realizar uma pré-análise comparativa com os dados da primeira e da segunda coletas de sangue. Nenhuma anormalidade fora encontrada nesse intervalo de tempo. Checou a temperatura novamente. Normal. Registrou as informações.

De repente, sentiu-se outra vez tomada por aquele torpor inicial e, por alguns instantes, flutuou, suspensa naquela sensação de relaxamento. Guiada por esse reconfortante alívio, fechou o notebook, levantou e caminhou em direção ao quarto, apagando as luzes enquanto ia até a cama, onde deitou sob as cobertas que não se lembrava de ter tirado do armário.

33

Quem agora carregava a chave de Número Quatro era a garota. Quando Número Dois a retirou do pescoço do corpo sem vida do homem, ele olhou para Número Seis, que disse que quem deveria guardá-la era Número Um. Número Dois assentiu, olhou para a jovem e estendeu a chave, mas a garota balançou a cabeça, recusando, até que a mulher pegou o cordão da mão de Número Dois e o passou ao redor do pescoço da jovem.

Antes de deixarem o local, discutiram sobre o que fazer com o corpo de Número Quatro.

— Nós enterramos o Número Três — disse a garota, e, apontando para Número Quatro, concluiu: — *Ele* ajudou a enterrá-lo!

Os outros dois olharam ao redor. Se fossem enterrá-lo, teriam que tirar o corpo dali e carregá-lo até uma área onde não houvesse galhos por toda parte. O chão estava molhado; mesmo assim, cavar não seria uma tarefa fácil, e eles estavam exaustos, feridos e ainda precisavam organizar seus pertences, avaliar os estragos, computar os mantimentos.

As barracas estavam destruídas e não demorou para que se dessem conta da gravidade da situação. Onde se refugiariam quando a noite chegasse? E se enfrentassem uma nova tempestade como aquela? Qualquer chuva fraca já seria um problema. Os dias no interior da mata eram úmidos e abafados, mas ainda assim eles precisavam se agasalhar, pois durante a noite a temperatura caía bruscamente.

— Não temos tempo para enterrá-lo — disse Número Dois.

— Nós precisamos! — protestou Número Um. — Você concorda comigo, não concorda? — A jovem se lançou à mulher.

Número Seis olhou para o corpo do homem.

— Ele tem razão — disse ela. — Não temos tempo.

— Não — gemeu Número Um, quase chorando. — Nós precisamos! Não podemos deixá-lo aqui. Os animais vão comê-lo. Do mesmo jeito que fizeram com o outro!

— Precisamos seguir em frente — declarou a mulher.

Com dificuldade, retiraram as mochilas dos escombros e com os kits de primeiros socorros se revezaram na limpeza dos cortes e na confecção dos curativos.

A investida pela mata era lenta em virtude das dores no corpo, do cansaço da noite e por carregarem o peso da morte do companheiro. Seguiam em um silêncio consternado, e esse silêncio, que tantas vezes é interpretado como uma maneira de afastar, nesse momento era algo em comum que os unia daquele jeito estranho que só os acontecimentos incompreensíveis da vida são capazes de fazer.

Quando a noite chegou, aninharam-se aos pés de uma enorme árvore, cujo tronco era impossível de ser abraçado mesmo se os três dessem as mãos. Acomodaram-se entre suas raízes altas, fizeram uma fogueira, comeram, esticaram os sacos de dormir um ao lado do outro e dormiram com os corpos colados para se proteger do frio. Nessa noite não houve relâmpagos nem trovões. O terror que os aguardava estava nos sonhos, em forma de pesadelos que mais pareciam lembranças. Ou talvez fossem lembranças que mais pareciam pesadelos?

• 243 •

A cada manhã, pareciam acordar mais esgotados, e assim retomaram a caminhada pela mata em uma silenciosa e penosa travessia. Pela primeira vez Número Dois pensou na arma que trazia como uma alternativa para acabar de vez com todo aquele sofrimento. Seu corpo seguia de forma automática enquanto a mente vagava com a ideia de alcançar alguma paz.

— "Disseram que você não esquece, disseram que você se perde." — A voz da garota soou murmurada.

— O que você disse?

A jovem encarou o homem.

— Eu... acordei com essa frase na cabeça — disse ela.

— Repete — mandou o homem.

— "Disseram... disseram que você não esquece, disseram que você se perde."

— O que isso quer dizer?

— Não faço ideia.

— Você sonhou com isso?

— Talvez... não lembro.

O homem a fitou, balançou a cabeça, pensou na arma, nas chaves, na tempestade, em Número Quatro, na caixa que estava na casa onde havia acordado. Sentiu-se tonto, estranho, apertou os olhos com uma das mãos.

— Está tudo bem? — perguntou a garota.

— Dois. Dois! — a mulher dava tapas leves em seu rosto.

— O que... o que aconteceu?

— Você desmaiou.

Então ele percebeu que estava no chão. O corpo doía, e com dificuldade ele se sentou com a ajuda de Número Seis.

— Eu tenho uma filha... eu acho — disse ele, com os olhos cheios de lágrimas.

— O quê?

— Eu vi uma menina, uma menina brincando, ela estava... estava feliz... mas, droga, foi só o que eu vi. Só pode ser, não é? Por que outra razão eu me lembraria de uma menininha? — As palavras se embolaram na convulsão de soluços.

Número Seis o abraçou, os dois ainda sentados no chão.

— Uma casa!

Números Dois e Seis ouviram a voz da garota e ergueram o rosto em direção a ela.

A garota estava em pé, olhando adiante. A mulher ajudou Número Dois a se levantar e eles caminharam até Número Um. Após uma fileira de árvores havia uma área mais aberta indicando uma clareira, e olhando com atenção viram o que parecia ser realmente uma casa.

O trio investiu em direção à casa, pararam no limiar das árvores que delimitavam a clareira onde se erguia a construção e investigaram se havia alguma movimentação. As luzes internas estavam apagadas. Foi quando a garota pensou ter visto a beirada da cortina de uma das vidraças da sala se movimentar, como se tivesse sido solta por alguém que espiava do lado de dentro.

— Tem alguém lá — sussurrou a garota. — E a pessoa sabe que estamos aqui.

— Você viu? — perguntou Número Dois.

— Acho que sim. Na janela da sala.

A mulher se preparou para avançar, mas a garota agarrou seu braço.

— Não sai assim — disse a jovem. — Pode assustar a pessoa e... no susto ela pode reagir.

A mulher a encarou por um instante, e a garota tomou a iniciativa.

— Olá! — gritou a jovem, sem sair do lugar. — Somos das outras casas. Não precisa ter medo da gente.

Esperaram, mas ninguém respondeu.

Incomodado, Número Dois se ajeitou, a desconfiança voltando a invadi-lo. Então uma luz se acendeu no piso inferior da casa número 7.

— Bom — a mulher sussurrou —, acho que é a nossa deixa.

Os três arrastaram os corpos cansados com aquelas roupas sujas de terra e sangue seco e pararam quando escutaram a porta se abrir. A luz do interior se projetou para fora e uma mulher se revelou parcialmente, ainda desconfiada. Com metade do corpo encoberto pela porta, analisou cada um como se pudesse julgar suas intenções pelas feições que estampavam.

• 245 •

— Estamos tentando reunir todo mundo — disse Número Seis.

Número Dois parecia inquieto, perguntando-se o que a mulher dentro da casa segurava na mão que não podia ver. Pensou na arma que ele próprio carregava na cintura, coberta pela camiseta.

— Podemos entrar? — voltou a falar Número Seis. — Precisamos muito descansar.

Número Sete olhou para o homem e os dois se encararam, desconfiados.

— Podemos entrar? — repetiu Número Seis, abrindo os braços. — Precisamos de um banho e de roupas limpas. Precisamos resolver o que vamos fazer.

A desconhecida finalmente se mexeu, revelando-se por inteiro. Número Dois conteve o impulso de enfiar a mão debaixo da camiseta e sacar a arma. Quase fez isso quando viu a mulher se mover de forma repentina, mas, para sua surpresa, ela não trazia nada na outra mão. Os dois se encararam novamente.

— Entrem. Vamos resolver isso — disse ela.

Primeiro entrou Número Seis, em seguida Número Um, por último Número Dois, ainda carregando no rosto o semblante desconfiado.

Número Sete os viu entrar na casa onde ela permanecera sozinha até aquele momento. De repente, fechou os olhos e os apertou com força. Levou uma das mãos à cabeça, onde o cabelo crescia, e por um instante achou que fosse desmaiar.

— Está tudo bem? — perguntou Número Seis.

— Está, é só... só uma pontada, às vezes eu tenho essas dores de cabeça. — Encarou o trio parado à sua frente. — Não é nada, deve ser essa coisa. — Apontou para o objeto fixado no crânio. — Vou preparar alguma coisa para comerem.

— Obrigada — respondeu Número Seis. — Podemos tomar um banho?

— Claro — disse Número Sete, passando pelo balcão que separava a pequena cozinha da sala.

— Vai você primeiro — disse a mulher, olhando para a garota.

A jovem a fitou em silêncio.

• 246 •

— Pode ir — insistiu Número Seis.

A garota se voltou para Número Dois, que ainda se sentia desconfortável.

— Vai, garota — disse ele, seco.

A jovem baixou os olhos, depois se virou para Número Sete, que estava atrás do balcão. A mulher lhe devolveu o olhar e as duas se encararam por algum tempo. Em seguida, Número Um caminhou em direção à porta do banheiro, onde entrou e se fechou.

Com movimentos lentos, limitada pelas dores, tirou a mochila das costas, gemendo. Primeiro uma alça, depois a outra, que desceu arranhando a carne machucada. Colocou a mochila no chão, se abaixou e começou a mexer dentro dela.

Separando os alimentos atrás do balcão, Número Sete às vezes erguia o olhar para acompanhar a movimentação dos dois estranhos, ali na *sua* casa.

Número Dois já havia retirado sua mochila e caminhou pela sala até parar em frente à caixa, observando a sequência numérica. Apenas o número 7 estava aceso. Deixou escapar um suspiro cansado, se afastou do púlpito e levou as mãos à barra da camiseta. Foi puxando-a para cima, retirando a peça de roupa com dificuldade, sentindo a dor nos músculos do corpo magro e ferido.

Número Sete se fixou no revólver que ele carregava na cintura.

A mulher levantou os olhos e os dois se encararam, esticando um silêncio apreensivo. Número Dois só conseguia vê-la da metade da barriga para cima, o restante do corpo oculto atrás do balcão. E ela o encarava, hesitante, silenciosa e imóvel, como se tivesse prendido a respiração. Talvez ele devesse dizer algo para acalmá-la. Era possível ver nos olhos dela que a imagem da arma a assustara, porém ele também estava apreensivo com aquelas mãos escondidas atrás do balcão.

Ela está armada, pensou.

Com o silêncio que se instaurara subitamente, Número Seis, ainda inclinada diante de sua mochila, voltou-se em direção ao homem. Ela o viu de pé, sem camiseta, com parte da arma exposta na cintura. Girou o rosto e vislumbrou Número Sete, com as mãos escondidas atrás do balcão, imóvel.

A tensão entre os dois se avolumava no silêncio, ambos parecendo alheios à presença de Número Seis. Encaravam-se, imóveis, e, quando Número Seis percebeu que qualquer movimento poderia ser o estopim para uma tragédia, só teve tempo de gritar uma palavra:

— Não!

Dentro do banheiro, Número Um tinha acabado de tirar a camiseta, que saiu com dificuldade, agarrada à pele e aos ferimentos. A garota estava com a peça de roupa na mão quando escutou o grito e o tiro. O corpo da jovem estremeceu e ela paralisou. Logo depois, um segundo tiro a fez dar outro pulinho, como um espasmo. Segundos depois, um terceiro tiro. Seu corpo tremeu novamente, os olhos abertos, petrificados. Aterrorizada, apertou a camiseta contra o corpo. Após alguns instantes, um quarto disparo.

E agora um silêncio.

Ouviu uma movimentação lenta vir do outro lado da porta, como se alguém caminhasse devagar. Agora era possível sentir a presença da pessoa parada ali, como se pensando no que fazer. Seu queixo começou a tremer. Não havia trancas nos banheiros das casas e ela viu a porta à sua frente se abrir lentamente, empurrada pela mão do outro lado. A jovem encarou os olhos da pessoa que se revelou. Havia medo e culpa naqueles olhos. Sentimentos que a garota carregava desde a noite em que atirara em Número Três.

— Me perdoa, menina.

E soou o quinto tiro.

34

Naquela manhã, Inês abriu os olhos e, diferentemente dos meses anteriores, o peso do silêncio do apartamento não tomou sua consciência como primeiro pensamento do dia. Sentou na cama, desligou o celular que tocava com o despertador e estudou o próprio quarto com uma curiosa sensação de estranheza, apesar de saber exatamente onde estava e que tudo ali continuava do mesmo jeito.

Sentiu a boca seca e passou as mãos nos lábios. Levantou, percebeu que vestia apenas a calcinha e não encontrou na memória a lembrança de ter se trocado na noite anterior, após o experimento.

Então lhe surgiu na mente a imagem do experimento, como se fosse algo muito corriqueiro. Caminhou até a cozinha, atravessando o corredor descalça, sentindo o toque frio do piso. Enxaguou um copo que estava na pia, encheu-o de água e bebeu com uma sede vigorosa. Encheu outro e dessa vez bebeu sem tanta urgência. Com o copo na mão, foi até a sala e se recostou no batente da porta, estudando o cenário com aqueles equipamentos médicos que decoravam o ambiente.

Ela sabia exatamente o que havia feito na noite anterior. Todos os detalhes pareciam-lhe claros e frescos na memória. Mas então seus olhos travaram na imagem dos documentos próximos a algumas pastas no sofá.

Aqueles documentos.

Rui, Ágatha, Beatriz.

Certidões de óbito escritas em letras brancas sobre uma tarja preta.

De repente, toda a água que bebera pareceu estufar no estômago. Inês olhou para o copo que ainda segurava nas mãos e aquele resto de água causou-lhe uma onda de enjoo.

Ela girou sobre os calcanhares e deixou a sala. Entrou na cozinha e largou o copo com o restante de água na pia. Depois foi para o quarto, abriu o armário e procurou uma roupa para trabalhar. Não havia muitas opções nos cabides e a sensação foi estranha, mas ela sabia por que não havia muitas peças penduradas nem nas gavetas. Nesse momento, sentiu o impulso de abrir outra daquelas caixas. No entanto, a meio caminho de fazer isso, parou, impossibilitada por uma força maior. Pensativa, hesitou, e logo em seguida lhe veio o pensamento de que devia registrar tudo o que sentia no diário de acompanhamento do experimento.

Inês ainda se sentia incomodada toda vez que avistava um caminhão na rua, enquanto dirigia ou caminhava. Qualquer caminhão. Aquele barulho pesado dos solavancos da lataria e das engrenagens, roncando e vibrando todo aquele metal. Antes mesmo do acidente, ela se questionava como aqueles veículos elétricos e aparentemente tão modernos ainda emitiam tamanho barulho, ao que uma amiga respondera que eles eram semelhantes àqueles modelos elétricos de motocicletas Harley-Davidson.

— Sabia que eles emulam o som do motor a combustão nessas motocicletas elétricas? — dissera ela. — É a fantasia em tudo ao nosso redor. É isso que é. Daqui a pouco vão fazer vinho que não é vinho, mas que tem gosto de vinho.

— Isso já existe — refutou Inês.

— Jura?

— Sim. Como aumentou o número de pessoas alérgicas à uva, esse vinho não tem nada de uva na fórmula, e, olha, até que não é ruim, não, viu?

Inês lembrou da amiga em silêncio, balançando a cabeça em sinal de negação.

O caminhão já não estava mais em seu campo de visão, mesmo assim ela apertava o volante do carro, tensa. Então seu pensamento foi despertado pelo sinal sonoro interno do veículo, que emitia um aviso sobre a elevação dos seus batimentos cardíacos, medidos pelos sensores de captação de informações do motorista ao volante. Inês sempre acreditara que aquela tecnologia havia sido adicionada aos veículos para aumentar ainda mais o banco de dados comportamentais das pessoas para uso das grandes empresas, como aquele ansiolítico que certa vez ela vira ser anunciado na tevê. Um comercial que mostrava justamente uma pessoa no trânsito recebendo o alerta do carro sobre seus batimentos cardíacos e o aumento da sudorese nas palmas das mãos. Aí a pessoa sacava o frasco da tal medicação do porta-luvas, tomava, e logo depois seu semblante relaxava e a voz do locutor parabenizava o motorista por cuidar do seu bem-estar mental, também no trânsito, e terminava com um slogan como: "Quando você está bem, até o trânsito anda bem." Subitamente, Inês foi arrancada de suas divagações pela buzina do carro que vinha atrás, chamando sua atenção para o semáforo aberto.

Ao chegar ao campus, ela estacionou e caminhou pelos corredores da universidade até o prédio do laboratório. Alguns de seus colegas já haviam chegado e ela os cumprimentou. Deixou a bolsa na mesa e foi pegar um café. Enquanto aguardava a máquina preparar a bebida, foi abordada por um deles, um rapaz jovem, encarregado do acompanhamento de gêmeos, cujo pai fora diagnosticado com a doença de Alzheimer.

— Inês, depois eu posso falar com você? Eu queria te contar umas ideias que andei pensando.

— Claro. Quer falar agora? — Deu um gole no café.

— Se você puder...

Havia se passado mais de um ano do acidente, mas um clima de desconforto ainda envolvia a relação das pessoas com Inês, uma certa delicadeza incômoda que mantinha viva a ideia de que as coisas não poderiam mais ser como antes.

— Posso sim.

Inês acompanhou o colega até a mesa dele, e ele compartilhou com a neurocientista algumas teorias que gostaria de testar em relação ao acompanhamento dos gêmeos. Eles debateram por quase toda a manhã, e, durante todo esse período, Inês se desligou da conversa apenas uma vez e de forma momentânea, fisgada pela imagem de Rui, Ágatha e Beatriz.

Após chegarem a uma conclusão sobre os próximos passos, o colega de Inês sorria, visivelmente empolgado, incentivado pelas orientações de sua superior, que destacara pontos que até então ele não havia cogitado, mas que o estimularam, clareando algumas de suas teorias.

— Tem um restaurante árabe que abriu na semana passada e vamos lá conhecer. Você não quer ir também? — convidou o colega.

Inês verificou as horas, sem se dar conta de que estava no horário do almoço. Pensou na proposta. O colega, que já estava de pé, a encarava.

— Eu preciso resolver umas coisas.

— Mas também precisa almoçar.

— Eu vou pedir algo e comer por aqui mesmo.

— Eu acabei tomando toda a sua manhã — disse ele, em tom de desculpa.

— Não tem problema. Se o que você estava dizendo não fosse interessante, a conversa não tinha rendido tanto, então isso é uma coisa boa.

— Agora eu vou ficar preocupado quando tivermos alguma conversa curta — brincou ele.

Inês sorriu.

— Mas algumas conversas são interessantes justamente porque são diretas e objetivas — ela se esquivou.

— Então agora você está dizendo que talvez eu tenha enrolado para elaborar minhas teorias?

— Não, mas... — advertiu ela, com bom humor. — Numa palestra você não vai ter um período todo para falar. E, se for vender uma ideia, vai ter menos tempo ainda.

— O pessoal não tem tempo para ouvir algo que pode salvar vidas no futuro, né?

— Tempo tem, o que falta é vontade. Depois me diz se o restaurante é bom. — Ela se afastou em direção à sua mesa.

— Pode deixar. Mas, se for bom, você tem que ir lá, e não pedir pra entregar, hein?

Inês respondeu com um sorriso e saiu.

— É sério.

— Pode deixar — disse ela, já de costas.

Enquanto escutava a movimentação dos colegas do laboratório indo para o almoço, Inês acessava o diário do experimento do Reset Emocional, com o objetivo de iniciar imediatamente a análise completa e detalhada da primeira aplicação.

Todos os dados coletados no seu apartamento haviam sido digitalizados, e agora ela analisava cada um deles e suas observações. Tranquilizou-se com o aumento do ritmo cardíaco e o pico de elevação da temperatura, fatores também observados nos testes com as unidades. Refletiu com curiosidade sobre ter sentido aquele cheiro adocicado, até então de origem desconhecida. Uma de suas hipóteses era que o procedimento havia desencadeado alguma conexão emocional que trouxera para o consciente aquela lembrança olfativa.

— Inês?

Ao ouvir seu nome, Inês olhou para o lado e avistou o colega do laboratório com quem ela havia passado a manhã conversando, e, pela agitação ao redor, entendeu que a equipe havia voltado do almoço.

Já?

Olhou o relógio.

— Vai que vale a pena — disse ele, gesticulando com o polegar para cima.

Inês franziu o rosto em uma expressão curiosa.

— O restaurante. O árabe que abriu aqui perto.

— Ah, sim. É bom, então?

— Bom demais.

— O tempero daquela kafta — outra colega disse, do outro canto do laboratório, entrando na conversa enquanto ajeitava suas coisas. — Sensacional.

— Você provou a shakshuka?

— Nossa, provei. Eu nunca tinha comido.

— Eu já, mas essa... estava melhor do que todas as outras que eu já tinha experimentado. O molho era espetacular! Aquele tempero, e a gema do ovo do jeitinho que eu gosto.

_ E o kebab de pernil, hein? — outro colega comentou.

— Hmm, eu sou meio assim com porco. — O outro torceu o rosto.

— O quê? Você não provou?

— Não.

— Eu comi — respondeu a outra colega. — E gostei também. Estava tudo bom. E não é tão caro.

— Também não achei.

Inês ouvia a conversa entre os colegas e se perguntou se durante todos aqueles meses após o acidente eles nunca haviam conversado sobre o almoço. E só no final dessa sequência de pensamentos ocorreu-lhe a ideia de que não poderia levar Rui e as meninas com ela naquele novo restaurante. Eles adoravam comida árabe, e Inês considerou que as garotas gostariam de shakshuka. Ela não se lembrava de tê-las visto experimentar, mas, como adoravam ovos meio moles, achou que gostariam.

— Mas, ó, Inês, sério, vale demais.

— Pode deixar, eu vou experimentar — respondeu Inês.

— Quando quiser ir é só falar que eu te acompanho — disse outra colega.

— Eu também.

Inês assentiu, sustentando um semblante satisfeito no rosto com mais intensidade do que deveria. Aquela constatação de que não poderia levar a família junto se apoderara tanto dela que, para disfarçar, voltou-se para o computador, refugiando-se sob a proteção do trabalho. E, durante as próximas horas do dia, seguiu analisando os dados do experimento e processando os resultados iniciais. Às vezes era interrompida por aquela coisa que lhe apertava o estômago e os pulmões, tentando escalar pela garganta. E, nesses momentos, só pensava na aplicação da próxima dose.

Após duas semanas de autoadministração da droga, Inês parecia não sentir grandes mudanças. Mesmo sabendo que os tratamentos levavam algum tempo para surtir efeito, essa espera a perturbava, e ela cogitava aumentar a dosagem das aplicações.

Em todas as sessões anteriores, sentira aqueles mesmos efeitos: o gosto metálico que invadia a boca momentos após a aplicação, o torpor que por alguns instantes relaxava seus músculos e permitia uma ligeira fuga dos pensamentos e aquele aroma adocicado que surgia após alguns minutos. Depois ela se deitava na cama, levemente entorpecida, com uma sutil sensação de apaziguamento passageiro. Imaginara que esse relaxamento seria sentido de maneira mais intensa após as primeiras sessões, mas, até o momento, não notara nenhuma mudança real no modo como se relacionava com as lembranças dolorosas do luto.

Pensar nessa demora para sentir algo a fez recordar da primeira vez que fumara maconha na república onde morava com algumas colegas da universidade. "Às vezes não bate na primeira, às vezes nem *nas* primeiras", uma colega havia dito quando ela dissera que não estava sentindo nada. E a colega riu, relaxada, com o baseado na mão. "Calma que uma hora vem." E veio. Veio de maneira tão natural e gradativa que ela demorou a se dar conta de que estava sob os efeitos do baseado, e, quando percebeu, já estava largada no sofá, com um sorriso no rosto, dizendo, meio rindo: "É, acho que estou sentindo." "Você já está sentindo faz tempo, gata", brincou a colega no outro sofá, depois aumentou o volume da música, enquanto Inês flutuava em pensamentos suaves.

Talvez eu também tenha dificuldade para reconhecer o efeito do Reset Emocional, pensou, *ou talvez a desconexão emocional esteja fazendo efeito de forma lenta e suave.* Nos testes com as unidades no laboratório, ela era uma observadora externa, e por isso conseguia identificar com clareza as reações comportamentais nos camundongos. Agora, sob a ação direta do experimento, os efeitos esperados talvez estivessem nublando sua capacidade de observação.

Você já está sentindo faz tempo, gata.

• 255 •

Será?, pensou, querendo acreditar que a resposta era "sim". No entanto, ao andar pelo apartamento, ao ver aquelas caixas, ao abrir o armário que ainda esperava ser devidamente arrumado, os quartos sem o brilho das meninas... Não, para ela ainda não estava surtindo efeito. Não estava. Ou estava bem devagarinho, como uma brisa suave?

O que eu vou fazer se não funcionar?

Dois meses antes da primeira autoadministração, ela iniciara a interrupção gradual do antidepressivo. Na semana anterior, também cortara a ingestão de qualquer substância alcoólica. Mas agora ela sentia falta de uma garrafa de vinho e dos comprimidos de escitalopram.

Você já está sentindo faz tempo, gata.

Fazia tempo que não fumava um baseado.

Quanto tempo?, pensou.

A última vez fora quando as meninas tinham 4 anos. Ela e o marido haviam deixado as duas na casa dos pais de Rui para aproveitar o feriado prolongado a sós, numa pousada na serra, em meio às montanhas, comendo um monte de carboidratos no restaurante da pousada, que tinha uma varanda envidraçada que dava para uma paisagem linda e bucólica. Fumaram no quarto, dividindo a segunda garrafa de vinho do dia, beliscando uma travessa de queijos produzidos com o leite das vacas criadas na pequena fazenda anexa à pousada.

E agora lá estava ela, naquela cama grande demais do apartamento, olhando para o espaço vazio à sua frente, ocupado apenas pelos três travesseiros: o de Rui e os de Ágatha e Beatriz. Quando o tempo levara embora o cheiro dos cabelos das meninas, ela substituíra o amaciante de roupas pelo xampu que elas usavam, mas nunca mais as fronhas tiveram o exato cheiro delas.

Onde tinham ido parar as lembranças ruins das discussões, das brigas, da implicância com as manias um do outro? Onde estavam os pensamentos que vez ou outra ela tivera, questionando se ainda amava Rui? Em que lugar, no fundo da sua mente, se escondia o arrependimento momentâneo de ter engravidado, pensamento que tivera algumas vezes, porém que nunca confessara a ninguém, nem mesmo ao marido? Onde estava a lembrança da quase separação, quando Rui confessara o caso que tivera com uma colega e Inês também abrira o jogo sobre um caso, e os dois passaram três longos meses ruminando se aquilo não era sinal de que o desejo de continuar juntos já não existia mais? Entretanto, todas essas lembranças pareciam ter desaparecido, como se nunca tivessem acontecido de fato, abrindo espaço só para a dor da saudade. Saudade de uma vida que agora parecia ter sido tão perfeita.

— Inês?

— Inês?

— Inês?!

Ela sacudiu o rosto e olhou para Vanessa, parada ao lado de sua mesa, no laboratório.

— Oi. Desculpa. Estou… meio avoada hoje.

— Está tudo bem?

— Sim, está, é só… — Inês fez um gesto vago no ar, sugerindo que estava apenas divagando mentalmente.

Vanessa continuou a encará-la por alguns instantes com um olhar interrogativo. Depois a chamou para dar uma olhada no computador e conversar sobre a apresentação que fariam dali a algumas semanas para um grupo de empresários.

Enquanto Vanessa falava, Inês refletia sobre como seria bom contar com a ajuda da amiga, um olhar clínico sem a intervenção química da substância. Mas ainda não se sentia confortável em revelar o experimento clandestino, nem mesmo para Vanessa.

Vanessa continuava expondo a apresentação, e Inês se questionava como a amiga reagiria ao saber do experimento.

Eu não quero apagar a lembrança deles!

É só a dor, só a dor.

Imagina como isso também vai ajudar outras pessoas!

Como você não consegue ver isso?

— Inês?

— Inês?

— Sim. Pode continuar.

• 257 •

Vanessa a encarou.

— Essa apresentação é importante, Inês.

— Eu sei.

— Eu posso fazê-la sozinha, se você achar..

— Não se preocupa, eu estou bem.

— Não, não está, Inês.

— Como estão as crianças?

— O quê? Inês, por favor.

— Sério. Como elas estão? Eu nunca mais te ouvi falar delas. Não morreram também não, né?

Vanessa a encarou, em silêncio, estudando a mulher à sua frente.

Certas coisas são tão distantes da gente que às vezes seu entendimento é inalcançável. Uma reação, uma não reação, julgamos o comportamento do outro pela forma que acreditamos ser a correta, e assim, muitas vezes sem perceber, desacreditamos o outro, sua dor, até sua forma de amar. Vemos o outro por fora; por dentro só podemos supor.

Quando uma pessoa se torna um barco furado no rio, enquanto ela afunda lentamente diante dos nossos olhos, quem observa pode se perguntar: "A tristeza é o furo ou é a água?"

Vanessa não disse nada, apenas levantou e abraçou Inês, que se permitiu ser abraçada. Naquele silêncio, acomodada entre os braços da amiga, ela pensou em Rui, Ágatha e Beatriz.

Seus corpos haviam virado cinzas, mas os momentos que eles haviam vivido se tornaram palavras. E elas não saíam da sua cabeça. Às vezes, uma pessoa triste ouve uma história feliz e se alegra; mas também acontece de uma pessoa triste ouvir uma história feliz e se deprimir ainda mais.

35

A sessão em Janaína, irmã de Adriana, havia acabado alguns minutos antes, e agora Sandro terminava de guardar os equipamentos na maleta enquanto Adriana contava sobre uma situação com a inteligência de terapia artificial que acontecera no dia anterior.

— Aí eu falei pra ela: "Você já sabe a resposta, querida. Ficar repetindo a pergunta não vai mudá-la."

Sandro sempre achava graça quando Adriana se referia à máquina como "querida".

— E o que ela respondeu? — perguntou ele, divertido.

— Ela teve a pachorra de mandar um "tem certeza?". Como eu odeio quando eu digo uma coisa e aí vêm e me dizem: "mas você tem certeza?". Eu não sei se é a doença que está mexendo com a minha cabeça, mas você nunca teve a impressão de que aquela coisa estava tirando sarro de você? Porque às vezes me parece isso. Será que estou ficando maluca mesmo?

— Não, você não está maluca — respondeu Sandro, já com a maleta na mão. — Às vezes tenho essa impressão também. E é assustadora a ideia de que ela pode estar se divertindo às nossas custas.

— Não é? Cretina.

Os encontros semanais, que hoje completavam três meses, haviam se tornado o momento mais esperado da semana para Sandro. E a cada novo encontro ficava mais forte a vontade de não querer se despedir.

— Vamos, então? — chamou Lúcio, buscando a atenção do colega.

— Sim, vamos. — Sandro encarou Adriana, que lhe devolveu o olhar, e os dois se encararam por alguns instantes até que Sandro se despediu e saiu.

— Vocês dois falam, hein? — comentou Lúcio quando os dois já estavam no elevador.

— É bom conversar com alguém — Sandro respondeu, sorrindo.

Ao chegarem ao térreo, caminhavam em direção ao portão de saída do prédio quando Sandro parou.

— Droga.

— O que foi?

— Esqueci o celular lá em cima.

Lúcio ia dizer algo, mas Sandro o interrompeu.

— Espera aqui que eu já venho. — Apressado, voltou até o elevador, que ainda estava no térreo. Abriu a porta, entrou, se fechou lá dentro e começou a subir. Olhou-se no espelho embaçado.

Tocou a campainha e aguardou. Viu a sombra de Adriana através da fresta no batente da porta, provavelmente olhando pelo olho mágico. A porta se abriu, ela encarou Sandro e os dois ficaram em silêncio por um tempo. Ela notou que ele estava sozinho.

— Posso entrar? É rápido.

Adriana abriu espaço com o corpo e Sandro avançou para dentro da sala. A irmã continuava na poltrona, como a haviam deixado, e isso fez com que ele se sentisse um pouco constrangido. Então ele pôs a maleta em cima da mesa, abriu, levantou a parte superior do estojo, tirou o compartimento inferior onde armazenava as doses da droga e os instru-

• 260 •

mentos de administração e acessou uma área que normalmente ficava vazia, um pequeno vão onde ele havia colocado um pacotinho.

— Eu... achei o pão de mel — disse ele, estendendo-o para Adriana.

— Sério? — disse ela, pegando o pacotinho.

— Pois é, eu... achei numa padaria. Eu trouxe dois, um pra você e um pra sua irmã. Espero que... que vocês gostem.

Adriana avançou na direção de Sandro na intenção de abraçá-lo, mas parou ao se dar conta de que não devia fazer isso.

— Desculpa — disse ela.

— Não, tudo bem.

— Não acredito que você achou... E que trouxe pra gente!

— Espero que gostem.

— Vou até pegar o café que tenho guardado pra comer junto, porque isso merece. — Olhou para Sandro. — Que pena que você não pode se juntar pra comer com a gente.

— Eu gostaria de poder também.

Os dois ficaram quietos, se olhando.

— Melhor eu ir — disse ele, sem demonstrar nenhuma intenção de sair.

Depois de se encararem por mais alguns instantes, ele acenou e caminhou até a porta. Adriana o seguiu, para abri-la.

— Obrigada, mesmo. Adorei a surpresa — garantiu ela e, por baixo da máscara, Sandro sorriu.

Então deixou o apartamento e foi caminhando pelo corredor, com aquele sorriso no rosto ainda por baixo da máscara.

Ele não havia comprado os pães de mel em uma padaria. Até tentara encontrá-los, mas, como não havia achado, decidiu ele mesmo fazê-los, empolgado por cozinhar para outra pessoa. Buscara uma receita na internet, fazendo questão de conferir os comentários para encontrar a melhor delas. Precisou desembolsar uma quantia considerável para os ingredientes, principalmente o mel, o chocolate e as especiarias. Não seria um verdadeiro pão de mel sem as especiarias. Passar aquele fim de semana cozinhando fizera-o sentir algo que havia muito não sentia, um sentimento de pertencimento caloroso que se espalhava pelo corpo da mesma forma que o aroma das especiarias impregnava a pequena cozinha do seu apartamento.

Nada o fazia se sentir tão sozinho quanto almoçar e jantar, depois lavar a louça. Lavar apenas um prato, um copo, um par de talheres. Por isso, às vezes ele deixava a louça se acumular para ter a lembrança de quando existia uma família ali, que se reunia para comer junto. Como é triste quando até as lembranças mais chatas da vida lembram de épocas em que você foi mais feliz. Mas naquele fim de semana a pia ficou cheia de utensílios após o preparo dos pães de mel. E, no fim do dia, após o chocolate ter endurecido, ele fez um pouco de café, pegou um daqueles pães e foi para a mesa, onde, apesar de sozinho, não se sentiu solitário.

De noite, porém, em casa e deitado na cama, olhando para o teto do quarto na penumbra, Sandro repassava aquele momento com Adriana.

Que pena que você não pode se juntar pra comer com a gente.

Agora ele se sentia solitário de novo. E a solidão é um terreno fértil para a tristeza, ainda mais quando arado pela saudade.

— Foi bom, né? — dissera Marília.

— Ainda está sendo — respondera ele.

— Eu sei que nem sempre foi fácil. Não é fácil viver com uma pessoa quebrada.

— Tá todo mundo quebrado, amor. Difícil é achar quem tem os cacos que se encaixam nos nossos.

— Gente do céu, essa foi grau oito na escala da pieguice — dissera Marília, sorrindo, e olhara para ele com carinho. — A vida às vezes pede um pouco de pieguice — concluíra.

Nesse instante ele lembrou daquele olhar, e que aquela coisa incômoda que Marília carregava dentro dela ainda estava lá, ainda que até mesmo essa coisa parecesse desgastada pelo tratamento do câncer. No entanto, sobrepondo o cansaço do tratamento, sobrepondo até mesmo aquela coisa, estava o semblante tranquilo de quem havia entendido algo, de quem finalmente desvendara um mistério da vida.

Na semana seguinte, lá estavam Sandro e Lúcio para mais uma sessão em Adriana e sua irmã. Sandro pousou a maleta na mesa, abriu e foi retirando as peças do equipamento de mapeamento encefálico, que Lúcio começou a montar imediatamente.

— Como ela está? — perguntou Sandro, olhando para Janaína sentada na poltrona, o rosto voltado para a tevê.

— Do mesmo jeito de sempre.

— E você?

— Do mesmo jeito também. Isso deve ser bom, né? No meu caso. Apesar de ter gente que diz que não percebemos, não é verdade? Quando está chegando perto de apagar de vez. Que apesar de você saber que está acontecendo alguma coisa, já não se importa muito, então... — deu de ombros — tanto faz.

— É por causa do efeito apaziguador — disse Sandro. — Apesar da confusão na fase inicial do Estágio 3, a mente acaba por não perceber o que está de fato acontecendo. Os especialistas acreditam que não há muito sofrimento, pelo menos. Mas para quem está do lado de fora é bastante doloroso, eu posso imaginar.

Adriana olhou para a irmã, em silêncio. Sandro a observava. Lúcio terminava de montar o equipamento. Então, Adriana se voltou para Sandro:

— O pão de mel estava muito bom. Acho que até minha irmã gostou.

Sandro emudeceu, aturdido, mas Adriana não notou sua hesitação.

— Se passar por aquela padaria de novo e puder trazer mais, não vou achar ruim, não — disse ela, com uma alegria inocente.

— Não entendi — respondeu Sandro. — Trazer o quê? — ele indagou com uma frieza profissional, e Adriana engoliu o sorriso, sem entender que resposta era aquela.

— O pão de mel — repetiu ela, sem a mesma empolgação anterior. — Que você trouxe.

— Mas eu não trouxe nenhum pão de mel, Adriana.

— Como assim, você...

— Adriana — ele a interrompeu, controlando-se para não gaguejar. — Desde que começamos a administração da droga, você sabe dizer se já teve algum episódio de ter... imaginado algo que na verdade não ocorreu?

• 263 •

— O quê? — respondeu ela, confusa.

— Precisamos saber se isso pode ser algum efeito da administração da substância.

— Como assim? Eu não estou imaginando nada.

Lúcio observava a conversa em silêncio.

— Entendo — disse Sandro.

E, antes que ela pudesse dizer algo mais, Sandro se adiantou.

— É melhor começarmos logo para não nos atrasarmos.

Ela o encarou em silêncio e Lúcio se aproximou com o equipamento de mapeamento encefálico nas mãos. Antes de se sentar na poltrona, Adriana lançou um último olhar para Sandro, que havia se virado para pegar algo na maleta. Lúcio foi até ela, mas, antes de lhe colocar o objeto na cabeça, também olhou desconfiado para Sandro, que continuava de costas, mexendo na maleta como se preparasse o aplicador da droga.

Durante a sessão, ao contrário do que era comum, a conversa entre Sandro e Adriana se limitou à realização do questionário técnico que ele precisava seguir no decorrer do processo. Mesmo assim, quando falava com ela, Sandro parecia evitar encará-la, enquanto, por dentro, remoía a forma como lidava com aquela situação.

Depois de finalizarem os procedimentos em Adriana, os dois agentes se dirigiram a Janaína. O silêncio era quebrado apenas pelas respostas que Adriana dava sobre como a irmã havia passado na última semana.

Concluída a sessão, Sandro fez as perguntas finais que normalmente fazia, realizou as últimas anotações e se despediu de Adriana com uma frieza e um constrangimento visíveis para Lúcio.

— Até a semana que vem — despediu-se Sandro.

Adriana apenas assentiu e não disse nada.

Em frente à porta do elevador, Sandro e Lúcio aguardavam, em silêncio. Lúcio se sentia incomodado, e Sandro podia notar na forma como seu corpo se mexia.

Quando chegaram ao térreo, assim que Sandro saiu, Lúcio parou, olhou em volta como se fosse revelar um segredo e disse:

— Que história de pão de mel foi aquela?

— Eu também não sei — respondeu Sandro. — Temos que ver se...

— Não vem com essa, Sandro. De todos os efeitos colaterais já relatados, nunca houve uma ocorrência de psicose ou nenhum outro sinal de transtorno cognitivo a ponto de a pessoa perder a noção da realidade.

— Pode ser a primeira vez que observamos essa reação.

— Então por que você não anotou na ficha dela para relatar o que aconteceu?

— Eu a-a-achei melhor continuar observando para ver se não é um caso isolado antes de apontar uma reação que pode, no fim das contas, não ter sido nada.

— Você sabe muito bem que não é assim que funciona. — Lúcio se aproximou de Sandro. — E também sabe que é totalmente proibido trazer qualquer coisa do Setor Zero para as pessoas daqui.

— Foi só um mal-entendido — argumentou Sandro.

— É assim que tudo começa. Com um "foi só". Nosso mundo já está por um fio, se não seguirmos as regras tudo pode desabar de vez. Então não me vem com um "foi só". Nós trabalhamos juntos há muito tempo, Sandro, e eu sempre respeitei seu profissionalismo, mas eu tenho uma família lá do outro lado, e apesar de gostar de você eu não vou aceitar nada que possa colocar em risco o pouco que ainda temos. Nada que possa colocar eles em risco.

Lúcio balançou a cabeça, nervoso, e continuou andando, deixando o colega para trás. Sandro desistira de tentar se explicar, Lúcio não era ingênuo. E Sandro também não o culpava por aquela repreensão. Lúcio era pai de uma garota e um rapaz, e ele, os filhos e a esposa viviam no Setor Zero. Talvez, se também tivesse alguém para proteger, Sandro seria rígido como o colega com as regras. E era isso que o assustava nesse momento.

36

Semanas antes, ao acordar na casa desconhecida e ler o bilhete, Número Cinco resolveu permanecer na residência. Por dois dias aguardou, na esperança de que se lembrasse de quem era ou de que alguém aparecesse para lhe trazer alguma explicação. Depois, decidiu sair em busca das outras pessoas para descobrir se realmente existiam.

Além de mantimentos, da barraca e de outros utensílios que julgou úteis, levou apenas o sinalizador. Cogitou levar a arma, já que entraria em uma floresta desconhecida onde talvez precisasse se defender de algum animal; mas, ao pegar o revólver na mão, sentiu uma repulsa imediata, e pela primeira vez sua mente foi tomada pela sensação que posteriormente o possuiria em diversas outras ocasiões durante o decorrer dos dias: a sensação de que era errado fazer o que sua mente imaginava com aquele revólver.

Os primeiros dias na floresta quase o fizeram desistir da empreitada e voltar para a segurança da casa. Cada moita que se movia o fazia paralisar de terror, acreditando que de trás dela saltaria algo em sua direção.

Após dias de caminhada, esgotado, sujo e faminto, já que levara menos suprimentos do que imaginara ser necessário, Número Cinco finalmente avistou uma casa. Investido de esperança, acelerou tanto quanto o corpo permitiu, fortalecido pela ideia de finalmente encontrar alguém. Junto de alguém na mesma situação, pensava ele, teriam mais chance de encontrar uma saída.

Enquanto caminhava com passos acelerados, nenhuma outra possibilidade passou por sua mente, a não ser a ideia de unir forças em busca de um objetivo comum. Rasgava a mata à frente com ansiosos golpes de facão, a casa ficando cada vez mais próxima. Emergiu pela clareira, e, quando viu a figura de uma pessoa sentada do lado de fora de casa, abriu um sorriso.

— Ei! — gritou, de maneira quase inocente.

Deu mais três passos e estancou. Seu semblante esperançoso murchou no rosto, e, por um instante, ficou em dúvida sobre o que estava diante dos seus olhos.

Deu mais alguns passos cautelosos em direção à casa, e, quando avistou a mancha de sangue na região do abdome daquele corpo sem vida, deu passos atordoados para trás, até que tropeçou e caiu sentado no chão. Continuou se afastando, sem se levantar, até que num impulso de medo se ergueu e correu de volta para a floresta.

Agitado e confuso, Número Cinco tentou encontrar o caminho que havia percorrido. Após correr aos tropeções durante algum tempo, parou diante de um dos totens espalhados pela floresta que apontavam a direção de cada casa. Olhou para a placa que indicava o caminho para a Casa 5, tentado a segui-lo para se refugiar no lugar onde acordara. Um suspiro pesado escapou da boca enquanto refletia sobre as possibilidades, que não eram muitas.

Olhou para as demais placas e agarrou-se à esperança de achar outras pessoas que, como ele, também quisessem encontrar a saída daquele mistério de forma pacífica. Pela falta de qualquer critério, optou por começar pelo início e escolheu o caminho da Casa 1.

Após outra sequência exaustiva de dias atravessando a mata fechada, ainda mais faminto, finalmente encontrou a Casa 1. Dessa vez, receoso, não correu em direção a ela com a mesma inocência com a qual investira na casa anterior. Apesar de ainda desejar encontrar outros como ele, a sombra do medo já lhe tocava os calcanhares.

Quando chegou ao limite onde a floresta acabava e começava a clareira, se abaixou e permaneceu ali, estudando o local em busca de alguma pista sobre a pessoa que habitava aquela casa.

Sem nenhum sinal de movimento, caminhou em direção a ela, ainda um pouco acuado e com o coração acelerado. Parou diante da porta, apurou os ouvidos para tentar escutar algo e, com um fio de coragem, bateu à porta. Sem obter resposta, bateu novamente. Nada. Arriscou a maçaneta e girou. A porta se abriu e ele foi avançando, devagar. Pensou em chamar, em dizer algo, gritar que vinha em paz, mas optou pelo silêncio. Entrou devagar, movendo-se com cautela, viu o pilar no meio da sala, idêntico ao seu. Subiu os degraus que levavam ao piso superior e entrou. Primeiro viu a cama desarrumada, então girou para olhar ao redor e se deparou com a parede que ficava bem à frente da cama. Aquela parede cravejada com cinco buracos de bala.

O terror o preencheu de imediato. Assustado, tropeçou no pé da cama e caiu. Sem perder tempo, se levantou e olhou em volta, como se pudesse ser surpreendido a qualquer momento. Correu em direção à janela e investigou a clareira.

O bilhete!

Por que você precisa saber dessas pessoas? Porque elas também estão sabendo de você.

Para abrir a sua caixa você terá que reunir todas as sete chaves.

O problema é que para outra pessoa abrir a caixa dela, será necessário usar a sua chave.

E por que isso é um problema?

Quando uma pessoa reunir as sete chaves e abrir a sua caixa, um sistema irá destruir automaticamente o interior das outras seis.

Somente um de vocês poderá se lembrar de quem é.

• 268 •

Boa sorte.

O corpo daquele homem.

A parede esburacada de tiros.

Somente um de vocês.

Número Cinco desceu as escadas e correu para a mata, seguindo a direção que o levaria para a casa onde havia acordado, e onde deixara a sua arma. Ao entrar novamente na floresta, toda a esperança que carregava havia se transformado em medo.

Na noite em que Número Quatro, de sua casa, disparara o sinalizador, Número Cinco fora ao seu encontro. Ele havia chegado algumas horas antes de Números Dois e Seis, mas permaneceu escondido na floresta, próximo à clareira, apenas observando. Vira Número Quatro saindo da casa algumas vezes e ficou ali, olhando o homem que possuía um semblante amistoso, porém ansioso. Queria ir até ele, mas a lembrança do corpo do homem assassinado e das marcas de tiros na parede minguavam a coragem de se arriscar. Algumas horas depois, escutou vozes vindo do interior da floresta e se escondeu. Viu a mulher avançando pela clareira seguida por Número Dois e ficou ali, escondido, observando a conversa dos recém-chegados com o morador da Casa 4, sem conseguir ouvir o que diziam. Teve a impressão de que os três estavam se entendendo, embora o homem que acompanhava a mulher não tivesse uma expressão muito amigável. A desconfiança gerada pelo encontro com o corpo e as marcas na parede venciam seu desejo inicial de se juntar às outras pessoas. Viu os três caminhando em direção à Casa 4 e quase foi visto pela mulher que, ao olhar ao redor, mirou em sua direção. Conseguiu se esconder a tempo e, através das folhagens, podia ver que ela havia parado e se virado para o lugar onde estava escondido. Paralisado de medo e tremendo, torceu para que a mulher não decidisse ir verificar. Seu medo aumentou quando viu que os dois homens também se viraram para a direção onde a mulher olhava e soltou um suspiro de alívio ao ver que os três haviam desistido e voltado a dirigir-se para a casa.

Número Cinco decidira ficar ali, escondido na floresta, iria acompanhar aquelas três pessoas e só se mostraria se tivesse a certeza de que eram como ele, alguém que apenas queria encontrar um jeito de sair daquele lugar. Durante todos os dias seguintes, Número Cinco seguiu o trio a uma distância segura, e, da mesma forma que fez na clareira da Casa 4, o homem também se manteve escondido ao chegarem na clareira onde, alguns dias antes, encontrara o corpo do outro homem. Escondido, viu que o trio também se assustara ao ver o corpo baleado escorado do lado de fora da casa, porém se questionou se algum deles poderia estar mentindo. Alguém havia matado aquele homem, e esse alguém poderia ser uma daquelas pessoas.

Ainda escondido, viu a garota que entrou sorrateiramente na casa carregando uma arma na mão. Depois acompanhou de longe o enterro do homem assassinado. Uma parte dele queria acreditar que aquelas quatro pessoas eram confiáveis, que poderia se juntar a elas, mas o medo era grande demais. Continuou escondido na floresta, acompanhando de longe. Quando o grupo deixou a casa, entrou rapidamente e se abasteceu de mantimentos, sem perder tempo para não deixar que o grupo se distanciasse demais, e durante todos os outros dias ele os seguiu. Ao longo do percurso, por descuido, quase fora visto pela garota algumas vezes, e tivera a certeza de que ela o vira no topo rochoso da cachoeira enquanto nadava. Precisava tomar mais cuidado.

Viu o grupo chegar até a Casa 7 e ser recebido pela mulher desconfiada que abrira a porta, e estava decidido a se revelar e se juntar a eles quando escutou a sequência de tiros ecoando dentro da casa. Assustado, o homem se afastou, correndo de maneira afobada entre as árvores até uma distância que julgou segura.

O que eu faço agora?, pensou, angustiado, a mochila largada aos pés de uma árvore.

O que eu faço agora?, o pensamento reverberou em sua mente a ponto de enlouquecê-lo.

Nesse momento, foi invadido pela sensação que o tomava sempre que pensava em fazer algo para conseguir as outras chaves. Uma sensação que o censurava, como se tentasse impedi-lo de fazer algo contra aquelas pessoas.

Quantos tiros?

Cinco. Ou será que foram quatro? Não, foram cinco. Cinco tiros!

Resolveu passar a noite ali, não acendeu nenhuma fogueira, mas já estava acostumado. Durante todos os dias e noites seguindo o grupo, ele acampou sem a luz nem o calor do fogo.

Cinco acordou sobressaltado, lembrando-se dos tiros que ouvira na Casa 7. Passou a mão no rosto suado. Não era uma opção continuar ali, fugindo. Ele precisava das outras chaves.

Talvez tenham se matado.

Cinco tiros, quatro pessoas.

Sim, pode ter acontecido. E se isso realmente aconteceu, só preciso pegar as chaves, não vou precisar matar ninguém. Só preciso pegar as chaves dos corpos.

Dos corpos.

Bastava pensar nisso para a cabeça latejar e sentir aquela coisa em seu crânio. Aquilo estava fazendo alguma coisa com a sua mente, tinha certeza.

Número Cinco se alimentou e tomou o que restava da água no cantil. Decidiu deixar a barraca ali mesmo, assim como a mochila.

Eles podem estar mortos, todos eles. Cinco tiros. Mas e se não estiverem? E se for uma armadilha? E se souberem que eu os estava seguindo esse tempo todo?

Suspirou, passou a mão pelo rosto e se agarrou ao pouco de esperança que ainda mantinha.

Cinco se aproximou da porta de entrada, caminhando cautelosamente, os olhos ora na porta, ora nas janelas. Empunhava a arma de um jeito desajeitado, sem familiaridade. Esticou um dos braços até a maçaneta e a girou delicadamente, mesmo assim provocando um pequeno estalo. Parou, sem tirar a mão da maçaneta. Aguardou. Tentou escutar se o ruído havia suscitado algum movimento dentro da casa, mas não ouviu nada. A porta estava destrancada e rangeu quando a empurrou devagar para entrar.

• 271 •

Um corpo estirado no chão.

Abriu um pouco mais a porta e viu parte de um segundo corpo.

Número Cinco avançou e, logo no primeiro passo, parou. A mulher estava sentada no sofá, e ele apontou a arma em sua direção.

— Então esse é o seu rosto — disse Número Sete, com uma voz cansada. — O que você quer está em cima da caixa. — Apontou com um movimento de cabeça.

Sobre a caixa estava um envelope dourado, estufado.

— As seis chaves estão aí — completou ela.

O homem empunhava a arma com as duas mãos, os braços esticados no ar em direção à mulher. Tremia, nervoso, movimentando-se de maneira indecisa e atormentada no mesmo lugar. O rosto contraído entregava a confusão em sua mente. Não queria tirar os olhos da mulher, porém era impossível impedi-los de descer para os corpos estendidos no chão.

— A outra, cadê?

— A outra?

— A garota!

— Ah — gemeu Número Sete. — A garota. No banheiro.

O homem olhou na direção do banheiro e imediatamente voltou a atenção para a mulher no sofá. Caminhou devagar, se esgueirando, até alcançar o banheiro, e, ao se aproximar, viu a sola dos pés descalços. Seus olhos acompanharam as pernas no chão, subiram pelo torso da jovem e pararam no rosto sem vida da garota. Uma mancha vermelho-escura no peito.

— É horrível, não é? — disse Número Sete. — Depois que você faz é ainda pior do que se imaginar fazendo.

O homem a encarou, o braço esticado, tremendo, com a arma na mão.

— Eu só quero as chaves — disse ele.

Ela pareceu indiferente ao que ele dizia.

— Sobrou uma bala — disse ela, olhando para a arma que estava ao seu lado, no braço do sofá. — Você pensa que vai conseguir lidar, porque ter o que você quer é o mais importante, certo? O bilhete disse, o bilhete disse... sabe, eu fiquei pensando nessa última bala. Mas não tive coragem. Não tive coragem.

Ela ergueu os olhos para o homem como se buscasse a generosidade da compreensão, mas ele estava assustado demais para lhe dar isso.

— O peso é demais, é demais — continuou ela, voltando a olhar para a arma ao alcance do braço. — E as coisas que surgem na sua cabeça, você começa a lembrar, começa a entender, e então começa a sentir. Você vai descobrindo que você não é assim, que não é essa pessoa, não é uma pessoa capaz de fazer isso — ela olhou para os corpos do homem e da mulher. — Mas mesmo assim você fez. Então, qual é o sentido? Não tem, não tem nenhum sentido. Podíamos ter feito as coisas de um jeito diferente. Podíamos ter nos juntado, saído daqui e procurado o que havia lá fora, uma hora essa floresta teria que ter um fim, mas... mas a gente resolveu se matar.

A mulher mirou os olhos do homem.

— Se você não tivesse demorado tanto tempo pra aparecer, quem sabe eu tivesse conseguido... mas você tinha que demorar, tinha que deixar a dor dos meus atos me fazer pensar, me fazer sentir.

— Eu vou pegar as chaves e vou embora — disse ele, ameaçando dar um passo à frente. Mas então parou, quando a mulher o encarou.

— Não me obrigue a fazer isso, por favor. Eu não *quero* fazer isso! — disse ele, em uma súplica.

— Mas você vai fazer. Porque você ainda não sabe como é depois... Mas eu... eu sei... e não posso mais com essa dor — disse ela. — Espero que o que você encontre valha a pena.

Com um movimento rápido, a mulher esticou o braço em direção ao revólver. Número Cinco, que estava com a arma apontada para ela, só precisou colocar mais pressão no gatilho. *Só um pouco mais de pressão.* E assim o fez.

Um tiro no peito, um palmo abaixo da garganta da mulher. Ela ainda o encarou por alguns segundos, e, em seu rosto, Número Cinco podia jurar ter visto... alívio. E então sua cabeça cedeu e tombou sem vida.

O homem levou a mão à boca, os olhos perturbados. Apanhou o envelope sobre a caixa com as mãos trêmulas e sacudiu o interior na palma da mão. Ali estavam as seis chaves. Olhou para a mulher no sofá, aquela mancha vermelha ganhando volume e escorrendo na roupa branca. Sentiu a cabeça latejar e precisou se escorar na pilastra quando os joelhos ameaçaram ceder. Deu alguns passos para trás, tropeçou no corpo de Número Dois e caiu. As chaves se espalharam pelo chão. Atordoado, recolheu-as com movimentos desesperados, ansioso para sair daquele lugar. Então disparou pela porta e avançou pela clareira, até desaparecer nas entranhas da floresta.

37

A cada administração da droga durante os acessos daquelas lembranças dolorosas, as modificações químicas em seu cérebro avançavam gradualmente, reduzindo a síntese de proteínas utilizadas nas sinapses enquanto aquele sentimento de dor era ativado no sistema límbico. Com o progresso do experimento, Inês enfraquecia lentamente a conexão emocional com as recordações que geravam tanto sofrimento. Nenhuma memória se perdia, nenhum momento era apagado ou confinado em algum lugar inacessível. Tudo estava lá, embora a cada dia mais distante da percepção emocional.

No meio da tarde, a equipe do laboratório havia se juntado para cantar parabéns para uma das colegas que fazia aniversário. Sobre a mesa de uma das salas usadas para reuniões estava o bolo que eles haviam comprado, e, nesse momento, os colegas confraternizavam. Um deles contava sobre como o cachorro que havia adotado recentemente o recepcionou com um verdadeiro cenário de guerra ao chegar do trabalho.

— Eu abri a porta e lá estava ele, dormindo tranquilamente dentro do buraco que tinha escavado no sofá. Tinha pedaço de espuma e tecido rasgado por toda a sala, e o safado com aquela cara de inocente lá dentro, aninhado como se o buraco sempre estivesse ali.

— Depois de cavar um sofá deve cansar mesmo — brincou Inês.

— Ohhnn — murmurou outra colega ao ver a foto do cachorro com o semblante tranquilo dormindo dentro do buraco. — Como brigar com uma coisinha dessas?

— Pois é... E esse pequeno canalha sabe disso. Ele sabe como manipular todo mundo com essa cara — disse o dono do cachorro, olhando para a foto no celular.

— É bom te ver assim — disse Vanessa após a confraternização, depois que os colegas se dispersaram.

— Assim como?

— Sorrindo.

Inês olhou para Vanessa, pensativa, ainda com os resquícios de um sorriso no rosto. Depois passeou os olhos ao redor. Através das paredes de vidro da sala, podia ver parte do laboratório e a movimentação dos colegas.

— Ixi, foi só eu falar e o sorriso foi embora. — Vanessa brincou.

Inês voltou-se para ela, com um sorriso diferente, quase distraído. Naquela manhã, havia acordado com um relaxamento incomum. Despertara sem se sentir tão cansada, e só agora, ao conversar com Vanessa, percebera que, ao abrir os olhos, não havia sido tomada de imediato por aquela tristeza que ocupa todos os espaços.

Será que ela também se sentira assim em outros dias, mas só agora, ao ouvir o comentário da amiga, o fato emergia e se revelava ao alcance da sua consciência?

— A gente podia fazer alguma coisa hoje, o que acha? — sugeriu Vanessa, empolgada.

Inês fez uma careta, pensativa.

— Nós estamos merecendo um pouco de diversão — insistiu. — Aproveitar essa empolgação de aniversário! Vou mandar uma mensagem pro Leandro falando que vamos sair, e ele fica com as crianças.

Por um instante, Vanessa se condenou pelas últimas palavras, e Inês percebera.

— Não tem problema falar dos seus filhos, Vanessa.

As duas ficaram em silêncio, até que Inês disse:

— Estamos merecendo mesmo, né? Um pouco de diversão? Acho que sim.

Inês abriu a porta do apartamento e, após avançar alguns passos, parou, incomodada, porém de uma forma estranhamente diferente diante do impacto que aquelas caixas lhe causavam. Andou lentamente, estudando o cenário, e depois, como se tivesse se lembrado de algo, apressou os passos. Largou o casaco sobre uma das caixas que havia meses funcionava como cabideiro, em seguida foi para a cozinha, encheu um copo com suco de uva concentrado e se dirigiu ao quarto; abriu o guarda-roupa, com apenas algumas peças. Pegou uma calça e uma blusa qualquer e se olhou no espelho, colocando as roupas à frente do corpo.

Você não está indo pro trabalho, Inês.

Largou os cabides na cama, tomou um gole do suco e olhou para dentro do copo, um tanto decepcionada.

Andou pelo apartamento buscando a caixa onde estavam as roupas mais adequadas para ir ao bar com a amiga.

Ir ao bar.

A ideia parecia tão assustadora. Um misto de indecisão, desejo e culpa. Quando percebeu, estava parada no meio do corredor, pensando em algo que parecia ter fugido, agora que retomara a consciência. Foi em direção ao quarto, mas se deteve, ao lembrar que na verdade estava indo para a sala. Arrancou a fita que vedava uma caixa grande. O som dela descolando rasgou o ar.

Merda.

Inês ficou parada, olhando para as roupas de Rui no interior da caixa. Ela a arrastou para perto do sofá, sentou com ela entre as pernas e puxou de dentro uma camiseta. Abriu-a no ar e afundou o rosto no tecido. Olhou para a camiseta escorrendo nas palmas das mãos, depois foi dobrando-a sobre as pernas, mantendo no rosto uma expressão enigmática, onde alguns veriam tranquilidade, e outros, tristeza. Devolveu a peça à caixa e a fechou, pousando a mão sobre ela. Observou tudo em volta. Perto dela, na mesa de centro, estavam os equipamentos devidamente guardados para cada sessão de administração da droga.

Buscou uma nova caixa: roupas de cama e banho. Na terceira, encontrou a árvore de Natal desmontada. Enfiou o braço e puxou um emaranhado de fios de lâmpadas pisca-pisca.

— Batizar não é legal, mas montar árvore de Natal tudo bem — provocara Rui, meio brincando, quando eles estavam na loja escolhendo aqueles enfeites.

— Minha nossa, isso já faz anos, que rancoroso! — ela respondera enquanto passava os olhos por uma prateleira de enfeites natalinos.

— Deve ser por causa do meu signo — dissera ele, dando risada enquanto também observava as opções em outra prateleira.

Ela lhe lançara uma olhadela descrente.

— Desde quando você entende de signos? Desde quando você *acredita* em signos?

— Desde quando convém.

Inês balançara a cabeça.

— E você sabe que o problema não foi o batismo, foram aquelas roupinhas ridículas — dissera Inês.

— Aham.

Inês o encarara, segurando o fio de pisca-piscas.

— Além disso, Natal é divertido. Não é alguém tentando te afogar pra te absolver de uma culpa que eu carrego só por existir. — Voltara a estudar a prateleira, mas continuara falando: — Você nasce e a primeira coisa que eles te ensinam é que você já tem uma culpa pra purgar. O que acha desse? — Estendera um emaranhado de pisca-piscas que estavam em exposição, ligados na tomada.

— Deixa eu ver um negócio aqui. — Rui procurara o controle no fio do pisca-pisca. — Pronto, aqui, agora sim. — Mexera em alguns botões e apenas as lâmpadas vermelhas se acenderam; como Inês segurava o enfeite, seu rosto se iluminara de vermelho. — Pra dar uma carga dramática mais diabólica — dissera ele, divertindo-se.

— Ótimo, então é essa mesma — dissera ela, pegando uma caixa fechada na prateleira.

Agora Inês encarava aquele fio de lâmpadas apagadas que tinha nas mãos. Seu rosto congelou em uma expressão distante. Após emergir da lembrança, devolveu o enfeite à caixa e, na tentativa seguinte, encontrou algumas de suas roupas.

Talvez não tenha sido de forma consciente, mas ela descartou as roupas pretas das opções de vestimenta para aquela noite. Decidiu-se por um vestido de linho de mangas longas, um pouco bufantes.

— Agora onde é que está o ferro? — perguntou-se, girando no meio da sala, como se pudesse enxergar através das caixas.

Inês tentara convencer Vanessa de que poderia ir dirigindo, já que não estava bebendo, mas Vanessa venceu a discussão e chamaram um carro para levá-las.

— Vai que você resolve beber.

O motorista parou em frente a uma construção decorada em estilo industrial, com grandes portas de correr de vidro, de onde vazava a iluminação amarela e quente do lugar. As duas mulheres avançaram por uma escada de madeira, alcançaram o deque e foram recepcionadas por um host alto e de sorriso charmoso. Enquanto eram conduzidas até uma mesa, Inês estudava o lugar. Já havia estado ali outras vezes, adorava aquele bar, porém nunca mais voltara, nem mesmo em lembrança. Apesar de tudo estar da mesma forma que antes, havia algo diferente, uma sensação curiosa e empolgante.

— Essa mesa está boa? — perguntou o simpático garçom, apontando uma mesa alta com bancos também altos, onde uma pessoa em pé poderia conversar quase na mesma altura com quem estivesse sentado. A mesa era próxima a um janelão envidraçado, que permitia uma visão privilegiada. Atrás, havia um grande lounge, e à frente um salão não muito grande onde pessoas em pé e sentadas bebiam e conversavam em mesas iguais à delas, e, mais adiante, um balcão onde uma pequena equipe preparava os drinques.

— Está ótima — disse Vanessa ao garçom.

As duas se sentaram, acomodando pouco a pouco aquela agitação inicial e curiosa que mesmo um lugar conhecido provoca quando você acaba de chegar.

O garçom entregou um tablet para cada uma, para que escolhessem os drinques e os pratos da casa.

— O Rui adorava esse lugar — comentou Inês enquanto deslizava os dedos pela tela e as imagens com os nomes dos drinques rolavam.

Vanessa, que escolhia uma bebida, levantou os olhos para a amiga, mas Inês continuou olhando as opções com o semblante tranquilo de quem apenas fizera um comentário. Vanessa pensou em dizer algo, mas ficou em silêncio e voltou novamente sua atenção para a bebida que iria escolher.

— Eu sempre tive curiosidade de pedir esse aqui — disse ela.

— Qual?

— Este uísque sour.

— Vai clara de ovo?

— É, então, eu tenho curiosidade, mas nunca tive coragem. E ninguém nunca me ofereceu um golinho pra experimentar.

— Pede, se não gostar pede outro.

— Será?

— Vai. Faz algo diferente pra comemorar meu retorno dos mortos.

Vanessa encarou Inês em silêncio.

— Eu vou pedir este aqui — falou Inês, indiferente.

— Sem álcool mesmo?

— Sim.

— Por que não está bebendo?

Inês ficou em silêncio.

— Remédio?

— É — respondeu vagamente.

Cada uma selecionou o seu drinque no tablet. Como haviam estado ali outras vezes, suas digitais já estavam registradas e bastava que elas

• 280 •

confirmassem o pedido pressionando o polegar no leitor digital do aparelho. A conta era debitada automaticamente, o que facilitava na hora de ir embora, pois bastava levantar e sair.

O garçom atendeu o pedido e trouxe as bebidas.

— Ao retorno — disse Vanessa, erguendo o copo.

— Ao retorno.

Vanessa fez uma careta após o primeiro gole.

— E aí? Bom?

— E não é que é? — Ela deu mais um gole, depois relaxou as costas no encosto da cadeira e olhou ao redor.

— Aquela tia do Mateus continua internada? — perguntou Inês.

— Foi a clara de ovo que te lembrou isso, né? Tinha que falar disso depois de eu pedir? — disse Vanessa.

Mateus era um colega do laboratório, e sua tia, ele contara, estava internada após ser infectada por uma bactéria hospitalar durante um procedimento cirúrgico, porém era uma bactéria muito mais grave do que a bactéria da salmonela trazida à conversa por causa da clara de ovo do drinque.

— Há anos já estavam avisando dos problemas que teríamos com as superbactérias, mas ninguém deu a mínima. E só vai piorar.

— Droga, Inês, agora eu não vou conseguir beber isso. E pior que eu gostei.

— Ah, talvez você só tenha uma diarreia.

As duas riram.

— Era só o que me faltava... Um tempão sem sair com você e, em vez de voltar pra casa vomitando, voltar cagando.

As duas riram ainda mais.

Um rapaz passou perto da mesa onde elas estavam, deixando de rastro uma boa olhada.

— Minha nossa, não! — murmurou Inês.

— Muito novo?

— Não, camisa polo, jamais.

Vanessa riu.

• 281 •

— Eu gosto.

— Ah, não, tá brincando.

— Depende de quem usa, ué.

— Não, desse jeito vou ter que pedir um drinque com álcool.

— Bem que você podia mesmo — atiçou Vanessa.

— Eu me lembro do meu pai. Quando ele estava me ensinando a andar de bicicleta, ele me contou de uma propaganda que passava quando ele era criança. Era uma propaganda de cereal e tinha um tigre animado que falava: "Liberte o tigre em você!"

— Nunca ouvi falar.

— Então as propagandas de camisa polo tinham que terminar assim. — Inês deslizou a palma da mão no ar: — Liberte o bunda-mole em você.

— Que horror. Polo tem seu charme. Tinha um padre na cidade onde eu cresci que usava camisa polo e ele não tinha cara de bunda-mole — brincou Vanessa.

— Você já flertou com um padre?

— Não, claro que não. Eu acho que não. Bom, talvez só um pouquinho.

As duas riram.

— Eu vou dar um enfeite de Natal pra você.

— Como assim?

— Nada não, só uma coisa que eu achei hoje numa caixa antes de vir pra cá. Agora fala mais do padre da camisa polo.

— Eu lembro que ele adorava cinema. Nas missas ele sempre puxava algum exemplo de filme que as pessoas conheciam pra passar a mensagem de um jeito mais divertido, sabe? Um dia ele estava falando sobre livre-arbítrio... Uma aluna de um curso lá da igreja tinha perguntado como Deus pode saber de tudo se temos livre-arbítrio?

— Essa também é uma dúvida minha. Uma delas — disse Inês, tomando um gole do seu drinque.

Vanessa respondeu gesticulando para dar mais dramaticidade à história.

— Então, pra variar, ele fez uma analogia com cinema, e claro, disse que era apenas uma *suposição*, até porque ele era padre, mas não tinha respostas pra tudo. Segundo ele, é como se estivéssemos em uma ilha de edição, sabe? A hora que o pessoal tem todas as cenas gravadas e vai montar o filme? Então o livre-arbítrio é basicamente a gente escolher umas cenas e não outras e ir montando o nosso filme.

— Hm.

— Deus era onisciente e sabia de tudo, mas a gente tem essa liberdade pra editar como queremos.

— Então Deus não sabe o final da história.

— Deus sabe todos os finais.

— E se eu quiser refilmagens?

— Como assim?

— Quando terminam de gravar um filme, mas depois querem mudar algo, aí voltam pra gravar outras cenas.

— Não, não tem refilmagens nos filmes de Deus.

— Não?

— Não. É orçamento e prazo fechados. Você tem que se virar com o que tem e depois não pode jogar a culpa nos produtores.

As duas riram, beberam e pediram outros drinques.

— Mas o padre é bom — concordou Inês.

— Não é? E era gostoso, mesmo de camisa polo.

— Eu sabia, você flertava com o padre sim. É bem a sua cara.

— Deve ter várias mulheres que flertam com padres bonitões — defendeu-se Vanessa.

— Ah, com certeza — concordou Inês. — Saber que *provavelmente* eles não vão fazer nada estimula a imaginação sem precisar chegar aos finalmentes.

— Até porque a maioria deve ser casada.

— Pois é. É quase como ler um desses romances eróticos — disse Inês.

— Você já leu algum?

— Já. É divertido.

— Esse padre era engraçado — Vanessa trouxe o homem de Deus de volta para a mesa, fazendo Inês rir. — É sério. Ele era desses padres meio piadistas, sabe? As missas eram animadas. Teve uma vez que ele estava pregando sobre casais, sobre a perseverança que o casamento às vezes exigia, e aí ele disse uma frase que eu nunca esqueci: "Se até num peido dá pra achar graça, então só depende da gente trazer a leveza que a vida conjugal às vezes pede" — contou Vanessa. — A igreja toda caiu no riso.

Inês levou a mão à boca para segurar a bebida enquanto ria.

— Isso me lembrou de uma vez — ela começou, após se recuperar do acesso de riso — em que eu e o Rui estávamos no sofá vendo um filme, as crianças estavam largadas no tapete vendo também, aí disfarçadamente eu inclinei o corpo em direção ao Rui porque eu queria soltar um pum, então eu mirei pro outro lado devagarzinho; só que, quando eu me inclinei pro lado dele, ele pensou que eu estava inclinando porque eu queria que ele me abraçasse, aí ele passou o braço em volta do meu ombro, e, como eu não esperava aquilo, eu me assustei e congelei; aí eu olhei pra ele e ele olhou pra mim não entendendo nada, e, como eu não me mexi mais, tipo eu fiquei congelada, ele me perguntou meio surpreso: "Você tá soltando um pum?" E eu: "Não, não, eu só estava querendo um abraço." Ele ficou me encarando, desconfiado, e eu tentando segurar o riso, mas ainda inclinada na mesma posição e com o peido preso, aí ele disse: "Mentira, você ia soltar um pum sim", e eu respondi: "Eu ia, mas agora travou."

Vanessa ria de se dobrar para trás.

— Ah, que se dane, eu vou tomar um drinque também — disse Inês, se rendendo.

Decidiu-se por um mojito, e, quando a bebida foi entregue, se deliciou com o primeiro gole refrescante de rum e hortelã.

A noite prosseguiu, com as duas mesclando conversas animadas que passavam pelo terreno do trabalho até assuntos mais pessoais. Vanessa sempre ficava apreensiva, embora se controlasse para não demonstrar, quando Inês trazia para a mesa alguma lembrança de Rui e das meninas. No entanto, Inês conduzia suas falas com um distanciamento seguro, sem deixar as palavras estremecerem pelo sentimento de tristeza que Vanessa acharia até natural, mas que não se revelou em nenhum instante. E, apesar de se sentir feliz por ver a amiga falar sobre eles sem desmoronar,

• 284 •

no íntimo Vanessa se revirava com um desconforto curioso, como se ela fosse mais sensível àqueles assuntos do que a própria Inês.

— Acho que deu algum problema — comentou Inês, ao tentar aprovar o pedido de outro drinque com a sua digital.

— Deixa que eu peço aqui no meu — prontificou-se Vanessa, mas, ao tentar finalizar, também não conseguiu. — Cadê o garçom? — disse, olhando em volta.

— Deixa que eu vou lá direto no balcão — decidiu Inês.

— A gente chama ele aqui.

— Não, tudo bem. Eu preciso ir no banheiro também.

Inês se levantou e saiu. Passou por algumas mesas, pedindo licença para pessoas empolgadas que conversavam em pé ao redor de suas mesas. Havia uma ligeira movimentação em frente ao balcão do bar e ela imaginou que outras pessoas também estivessem com problemas para realizar seus pedidos.

No banheiro, Inês foi até a pia, lavou as mãos e, enquanto as secava, se olhou no espelho, fitando o próprio rosto com um olhar curioso sobre a imagem que a encarava de volta. Permaneceu ali um tempo, se olhando, como se esperasse que aquela outra mulher fosse lhe dizer algo. Mas, ao escutar a conversa de outras duas mulheres que entravam no banheiro, ela despertou, jogou no lixo o papel com que enxugara a mão e saiu. Atravessou um grupinho que estava parado próximo à saída do banheiro e foi em direção ao balcão, onde a equipe preparava os drinques.

— Também está com problemas para pedir? — disse a bartender.

— É, estou.

— Já estamos resolvendo isso. O que vai querer?

— Um French 75.

— Eu já termino este e faço o seu.

— Obrigada.

Enquanto aguardava, Inês observava a bartender manusear habilmente copos, medidores e garrafas; atrás dela havia uma parede luminosa com uma infinidade de outras garrafas de bebidas que reluziam com a iluminação. Foi percorrendo a extensão daquela parede, lendo os rótulos, quando notou ao seu lado, a menos de um metro de distância, um homem que também esperava para ser atendido.

Os dois se olharam.

Ele sorriu, meio nervoso, antes de virar para outro bartender, que veio atendê-lo. Inês também se voltara para a moça à sua frente, que ainda finalizava o outro drinque, quando voltou a olhar para o lado, no mesmo instante em que o homem se voltara para ela. Os dois sorriram, mas, além da troca casual de olhares, nenhum dos dois parecia ter coragem para algo mais.

— Agora o seu French 75 — disse a bartender, chamando sua atenção. Inês acompanhava o movimento da moça no preparo, e, quando olhou para o lado novamente, teve a impressão de que o homem com quem trocara olhares estava mais próximo.

Deixou escapar um sorriso.

O homem se inclinou para o lado dela, parecendo encabulado com a abordagem.

— Eu queria ser um desses caras que sabem exatamente o que falar num momento desses — disse ele, depois voltou a se afastar, meio sorrindo, meio inseguro.

Curiosa, ela o estudou em silêncio por alguns segundos, com um sentimento estranho revirando-se dentro dela, um misto de sensações que, apesar de não serem totalmente novas, chegaram à superfície como se enfim voltassem de uma longa viagem.

— E quem disse que eu gosto desse tipo de cara? — rebateu ela, também se inclinando um pouco na direção dele e retornando após terminar a frase, sem perceber que estampava no rosto uma expressão que havia muito não exibia.

Ele sorriu, meio embaraçado, em seguida estendeu a mão.

— Hiram.

Ela apertou a mão dele.

— Inês.

Ele franziu o rosto.

— Ihh, não vai dar certo — disse ele.

• 286 •

— Nossa, meu nome é tão feio assim? Ou tem alguma ex chamada Inês?

— Não, não, que isso. — Ele riu. — Não é isso. É que Inês e Hiram parece nome de dupla sertaneja. Você canta? — perguntou ele.

Inês fez uma careta de desentendida e ele continuou:

— Porque eu até posso aprender a tocar violão, mas, cantar, aí teria que ser com você.

Inês riu.

Até a bartender do outro lado do balcão riu, sem levantar a cabeça para permitir que a conversa se estendesse, a não ser que percebesse que sua cliente não estava gostando da abordagem.

— Mentiroso. Você é desses caras que sabem o que dizer sim — falou Inês, cerrando os olhos. A bartender, que continuava preparando a bebida, movimentou a cabeça, pensando a mesma coisa.

— Não, é sério — o homem se defendeu. — Apesar de que até que essa não foi tão ruim, acho — acrescentou, de forma divertida.

Do outro lado do balcão, a bartender havia terminado de preparar o drinque, porém permaneceu imóvel, aguardando o próximo movimento.

— O curioso — continuou o homem — é que normalmente essas coisas só aparecem na minha cabeça quando eu estou em casa, escovando os dentes, sozinho. Eu olho no espelho e penso em voz alta, babando pasta de dente: "Caramba, eu podia ter dito isso!"

Inês riu e o homem se aproximou um pouco mais.

— E se eu tentasse outra abordagem?

Inês o encarou, pensativa. A bartender, agora, já acompanhava com expectativa, mas pronta para servir o drinque no balcão.

— Qual abordagem? — perguntou Inês.

— E se eu tivesse dito, sei lá, perguntado se tem alguém esperando você em casa hoje?

O semblante de Inês se converteu em uma face confusa.

— Prontinho. — A bartender colocou o drinque de Inês no balcão.

Inês pegou a bebida.

— É, eu também não sei cantar muito bem — disse ela. E, com um sorriso, se despediu do homem e agradeceu à bartender, que assentiu.

• 287 •

Atravessou o bar em direção à mesa de Vanessa, que a encarava, curiosa, vendo a cena que se desenrolara no balcão.

— Quem era?

— Só um cara que apareceu enquanto eu estava pegando o drinque.

— O garçom disse que já arrumaram o sistema — comentou Vanessa, referindo-se ao tablet. Depois aguardou, esperando que a amiga comentasse algo sobre a conversa no balcão.

Mas Inês permaneceu em silêncio, encarando o interior do copo, com a mente em outro lugar.

— É bom esse?

— O quê? — disse Inês.

— Esse drinque.

— Ah, é sim. Quer experimentar?

Vanessa provou e balançou a cabeça, concordando.

Após alguns minutos, Inês se levantou.

— Já volto.

— Aonde você vai?

— No banheiro.

— De novo?

— O drinque demorou tanto que bateu vontade de novo.

— Tudo bem. Vou pedir alguma coisa pra gente comer.

— Ok.

Inês se levantou, pegou a bolsa e, um pouco agitada, foi ao banheiro. Ao entrar, passou por uma mulher que se arrumava em frente ao espelho e foi até uma das cabines, fechando-se lá dentro. Abaixou a tampa do vaso sanitário e se sentou com a bolsa no colo. Depois de refletir um pouco, abriu a bolsa e buscou em seu interior o estojo com o bastão injetor que havia preparado em casa com a droga de Reset Emocional. Os rostos de Rui, Ágatha e Beatriz dançavam em sua mente.

Sim, eles estariam esperando por mim em casa!

Puxou a manga longa da blusa e administrou a substância. Foi preenchida pelo leve torpor característico enquanto a corrente sanguínea absorvia a droga, estimulando o cérebro a recodificar suas conexões. O gosto metálico invadiu sua boca de forma intensa. Sentiu um instante de suspensão mental mais forte e precisou apoiar uma das mãos na parede da cabine. Algum tempo depois, já estava mais alerta e consciente quando sentiu o também já característico odor adocicado que surgia após a aplicação. Foi quando recebeu uma mensagem no celular.

"Tudo bem aí?", perguntou Vanessa.

"Sim, já estou voltando", digitou Inês.

Guardou o bastão dentro do estojo e o jogou na bolsa. Em seguida pegou uma caixinha metálica que abriu com um clique, revelando um dispositivo coletor de amostra de sangue que enviava as informações diretamente para o banco de dados do experimento.

Se alguém da segurança hospitalar me visse fazendo isso...

E pareceu que o pensamento a divertira.

Encontrou Vanessa na mesa, comendo uma porção de algum bolinho empanado apetitoso.

— Quer? — perguntou ela, apontando para a travessa. — A não ser que seja um problema ficar com bafo de bacalhau. — Riu.

Inês se divertiu também. Pegou um bolinho e mastigou. Estava quente e crocante.

— Não está passando mal não, né? — perguntou Vanessa.

— É preciso mais do que três drinques pra isso.

— É que você estava demorando. Até achei que tinha encontrado o cara do balcão no caminho. — Vanessa riu. — Mas eu vi ele passando por aqui.

E nesse mesmo instante o homem apareceu.

— Oi — ele cumprimentou Inês, depois lançou um aceno para Vanessa, que sorriu, surpreendida. — É rapidinho, prometo. Lembra que eu tinha falado sobre como normalmente eu chegaria em casa e, quando estivesse escovando os dentes sozinho, iria pensar em algo que devia ter dito?

Inês assentiu com um movimento de cabeça, os olhos meio desconfiados, mas curiosos.

— Hoje eu não gostaria de passar por isso — continuou ele. — Então, se eu estiver escovando os dentes em casa sozinho daqui a algumas horas, eu quero olhar pro espelho babando pasta de dente e pensar: "Pelo menos eu falei." Eu só queria dizer que me pareceu que tivemos um bom início de conversa ali no balcão, mas talvez eu, bom, talvez não, com certeza eu falei algo que você não gostou, e eu só não queria que você fosse embora pensando que eu sou um idiota. Eu posso ter sido, mas não sou. Hoje eu realmente queria ser um desses caras que sabem a coisa certa pra dizer porque eu não queria estragar uma oportunidade de te conhecer melhor, mas você viu que eu realmente não sou bom nisso, pelo menos não no começo, mas normalmente melhoro depois que o nervosismo passa.

— Mas você é bom nisso — interferiu Vanessa. — Um discurso desses...

— Gente, eu juro, hoje só estou num dia inspirado. — E, olhando para Inês, completou: — E talvez seja porque eu esteja falando com você. Então, bom, aqui estou e... e não sei mais o que dizer.

Hiram estava de pé, meio sorrindo, meio inseguro, olhando para Inês, à espera de alguma orientação.

— É que... faz tempo que nós duas não saímos juntas — disse Inês, apontando para ela e Vanessa.

— Ah, entendi — assentiu Hiram, adiantando-se, um pouco decepcionado consigo mesmo, mas tranquilo por ter dito o que tinha para dizer.

— Peraí — interrompeu Vanessa. — Qual o seu nome?

— Hiram.

— Inês e Hiram — pensou Vanessa em voz alta.

Os dois se olharam, trocando risos.

— Não falei? — disse ele baixinho, e Inês sorriu.

— Enfim. Hiram, vamos fazer o seguinte: vai lá pra sua mesa e passa aqui de novo daqui a uns dez minutos, pode ser? Você vai saber se pode se juntar a nós ou se é melhor passar direto.

Ele olhou para Vanessa, desconfiado, mas esperançoso.

— Ok, eu... tá, tudo bem.

Quando ele se distanciou da mesa, Vanessa encarou Inês com um sorriso malicioso.

— Você está interessada? — perguntou ela. — Não estou falando que você tem que ficar com o cara, mas se está a fim de continuar conversando, sei lá.

Hiram foi até o balcão pegar uma bebida e, enquanto esperava, não olhou para a mesa das duas. Ao receber o drinque do bartender, tomou alguns goles, pensando que provavelmente pudesse ter dito outras coisas. Olhou no relógio, e como já haviam se passado dez minutos, virou-se e foi em direção à mesa, perguntando-se como saberia se deveria se juntar a elas ou passar direto. Quando atravessou um grupinho de pessoas, viu as duas lá sentadas, com uma terceira cadeira vazia na mesa.

— Espero que essa cadeira não seja para colocarem a bolsa — arriscou ele, sorrindo.

— Seu mentiroso — disse Vanessa. — Você sabe muito bem o que falar sim.

— Eu disse a mesma coisa pra ele no balcão — comentou Inês.

Os três riram. Hiram puxou a cadeira, sentou e começaram uma ritmada conversa, passando primeiro pelos assuntos triviais sobre o que cada um fazia, onde moravam, de onde eram, depois encontrando temas mais interessantes que iam surgindo de maneira natural e descontraída.

Hiram contou que havia se separado recentemente, pouco mais de seis meses, que tinha um filho, um menino de 13 anos chamado Lucas. Vanessa disse que também tinha um menino, e, quando o assunto pousou no colo de Inês, ela respondera que também já fora casada, mas não deu mais detalhes sobre o assunto. Sentindo o silêncio querendo puxar uma cadeira, Vanessa trouxe um tema aleatório e a conversa engrenou facilmente. E assim a noite seguiu, os três conversando e bebendo, e vez ou outra Inês e Hiram se olhavam por alguns instantes mais demorados.

Já do lado de fora do bar, Vanessa se despediu dos dois e entrou no carro que havia chamado. Inês e Hiram esperaram até que o carro deles apareceu, ambos compartilhando aquele nervosismo jovial e fervilhante.

Já no seu prédio, Inês voltou os olhos para Hiram antes de abrir a porta do apartamento. Era estranho. Um misto de desejo e culpa.

Quando entraram, Hiram olhou em volta e viu todas aquelas caixas e coisas embaladas.

— Faz quanto tempo que você se mudou? — disse ele, avançando curioso pelo apartamento.

— Eu ainda preciso dar um jeito nisso.

— Então foi pra isso que você me trouxe.

— O quê?

— Pra ajudar com a mudança.

— É, e você caiu facinho na armadilha.

— Caí mesmo — concordou ele, fixando os olhos nos dela.

— Quer beber alguma coisa? — Inês desconversou.

— Não, não, estou bem. Já bebi o suficiente.

— Tá bom.

Os dois ficaram em silêncio. Inês olhou para as caixas.

— Então, por qual a gente começa? — disse ele.

— O quê?

— As caixas. Temos muito trabalho pela frente. — Ele sorriu, olhando em volta.

Ela devolveu o sorriso. Era bom sorrir. Um sorriso sincero, que saía sem a necessidade de existir só para parecer aos olhos dos outros que ela estava bem.

— Eu vou no banheiro e... já volto.

— Tudo bem — respondeu ele.

Inês o olhou por um momento, depois virou-se e saiu. Foi para o banheiro do quarto, entrou, fechou a porta e se encarou no espelho. Só agora percebera que ainda levava a bolsa no ombro. Pendurou-a em um gancho de roupa na parede e andou em círculos, sem saber ao certo que sentimentos eram aqueles que se agitavam em sua mente. Sentia calor. Desabotoou alguns botões na frente do vestido e aproveitou para cheirar as axilas. Levantou a base longa e esvoaçante do vestido, abaixou a calcinha e, segurando a barra à frente dos joelhos, sentou na privada. Enquanto urinava, o pensamento de que iria transar com aquele homem tomou-lhe a mente. Antes de sair do banheiro, fechou os botões do decote do vestido, mas não todos. Olhou-se mais uma vez no espelho. Teve dúvida se gostava ou não do que via. Saiu do banheiro e caminhou pelo quarto, quando escutou ruídos que vinham da cozinha. Meio escondida no corredor, ficou ali parada, escutando aquela estranha movimentação dentro do apartamento. Fechou os olhos. Os sons ficaram mais nítidos, sons produzidos por outra pessoa que não ela, sons que a preenchiam e reconfortavam.

Encontrou Hiram na cozinha, com a luz acesa, bebendo água. Quando viu Inês parada na entrada, ele parou de beber e a encarou, e os dois ficaram assim por algum tempo, com toda aquela intenção flutuando e crescendo e preenchendo o ambiente. Até que Inês se movimentou lentamente e, após lhe lançar um último olhar, desapareceu de novo pelo corredor. Hiram apagou a luz e seguiu os passos da mulher. Passou por um banheiro, depois por duas portas fechadas e foi em direção ao último quarto, de onde vinha uma luz fraca.

38

Dois dias depois da discussão que tivera com Lúcio, chegando a seu local de trabalho, Sandro recebeu um chamado no celular solicitando que comparecesse à sala do supervisor. Sandro olhou ao redor, apreensivo. Por uma janela, viu dois drones militares. Sentiu-se sufocado. Suspirou e pôs-se em movimento, percorrendo as alas até alcançar o departamento onde ficava a sala do supervisor. Bateu na porta de vidro e viu o homem atrás da mesa, voltando-se para ele e gesticulando para que entrasse.

— Como vão as coisas, Sandro?
— Bem. — disse ele enquanto entrava.
— Que bom. Pode fechar a porta, por favor. Sente-se. Quer um café?
— Não, obrigado.
— Eu sei, todos esses cafés têm gosto de queimado. Duvido que quem está lá em cima tome desses, duvido. — O homem falava de maneira natural, como se ele e Sandro fossem próximos, mas entre as palavras dele e o silêncio de Sandro pairava no ar o desconforto daquela situação teatral.

O homem sorveu um gole do café que havia preparado antes de Sandro chegar.

— Mas é melhor do que nada — disse, e por um momento ficou estudando Sandro. — Sandro, eu vou ser bem direto, ok? Podemos ser diretos um com o outro, não é?

— Claro.

— Ótimo. Porque não temos tempo, então é isso que precisamos fazer: sermos diretos, me entende? Diretos em tudo. Não estamos nem perto de uma solução para essa situação desagradável, e, se não progredirmos logo, em dez anos, *no máximo*, não vai mais existir Setor Um, só Setor Zero e Setor Dois. Vão sobrar só os 30% da população mundial que vivem cercados nos Setores Zero, e todos os outros, todo mundo que está do lado de lá, serão todos vegetais morrendo sozinhos em seus apartamentos porque não vamos ter pessoas para cuidar de toda essa gente e ainda fazer o que precisamos para manter quem está do lado de cá. Isso se não sucumbirmos também. Tem aumentado o ingresso de pessoas nesses grupos radicais dentro dos Setores Zero, e é uma operação de guerra para abafá-los, não só aqui no nosso, mas em vários outros espalhados pelo país e pelo mundo. Você sabe de quem eu estou falando?

— Acho que sei.

— O que você acha que sabe?

— Grupos que defendem que todos deveriam se deixar infectar para apagarmos todos juntos.

— Exato. O que eu quero dizer com isso, Sandro, é que temos uma série de problemas para tratar, por isso precisamos de foco no que cada um de nós precisa fazer, senão... — O homem balançou a cabeça como se estivesse decepcionado. — As pessoas do lado de cá e do lado de lá dependem da gente. Então nós não podemos perder o foco.

Sandro sabia exatamente ao que o chefe se referia. Os agentes não trabalhavam em duplas somente para se proteger ou para que o trabalho pudesse ser feito de maneira mais ágil. Eles também trabalhavam em duplas para se vigiar. E Lúcio o havia denunciado. No treinamento ao qual eram submetidos, havia uma grande preocupação com o contato entre os agentes e os moradores dos Setores Um. A preocupação de que agentes fossem corrompidos pelas ideias de algum desses grupos, desde aqueles que acreditavam que a doença era uma criação divina, e que eles deveriam aceitar, humildemente, a punição por toda a desobediência aos ensinamentos dos textos sagrados, até os grupos que pregavam o apagamento global, defendendo a ideia de que há muito os seres humanos não merecem existir. E também havia a preocupação de que os agentes se deixassem levar pelas emoções. Eles precisavam ser confiáveis, e isso significava serem inabaláveis, estáveis, distantes.

— Você concorda comigo, Sandro?

— Sim, senhor.

— Concorda com o quê?

— Que precisamos manter o foco no trabalho.

— Exato. Escute, eu entendo, entendo mesmo. — O homem falava em um tom próximo ao gentil, mas havia uma frieza institucional impossível de disfarçar. — Entendo que não é fácil ter contato direto com essa pobre gente, estar tão próximo dessa realidade e não se envolver...

No entanto, apesar de sentir a dor da realidade dessas pessoas, Sandro sempre havia conseguido realizar seu trabalho de maneira profissional. O que ele fizera por Adriana não era porque tinha pena dela, mas porque se conectara com ela.

— Está me acompanhando, Sandro?

— Sim, senhor.

— Eu sei que não é fácil, afinal nós ainda podemos sentir, então, de certa forma, a doença deles acaba nos afetando mais do que a eles mesmos. Nós ainda conseguimos sofrer, por nós e por eles, e isso é um fardo pesado de se carregar, eu entendo totalmente.

Entende porra nenhuma. Você fica com a bunda sentada nessa cadeira, oferecendo esse café vagabundo só pra gente pensar que está no mesmo barco, mas duvido que na sua casa seja esse café que você toma com a sua família.

— Claro que não estou dizendo que eles não são afetados, mas acho que você me entende, não é?

— Sim, senhor.

Pensativo, o homem se recostou na cadeira, analisando Sandro, com um semblante amigável que assustava mais do que se estivesse visivelmente nervoso.

Inabalável, estável, distante.

— Sandro, nós temos algumas regras que eu tenho certeza de que você conhece bem. E, quando alguém quebra uma dessas regras, não costumamos dar uma segunda chance. Eu não gosto de usar esse argumento, mas lá fora ainda existem algumas pessoas que não estão doentes. São poucas, mas ainda existem. E muitas delas gostariam de estar no seu lugar. Mas, como eu disse antes, estamos sem tempo. Além disso, você sempre foi um bom funcionário, mais do que isso, sempre foi um bom integrante da nossa sociedade. Por isso vamos abrir uma exceção no seu caso. — O homem o encarou. — A partir de hoje você vai trabalhar no Setor Dois. Precisamos de alguém como você — completou, como se isso fosse algo bom para Sandro.

— Alguém como eu?

— Sim. Alguém que se importa com as pessoas. E as pessoas do Setor Dois, como você sabe, precisam de quem se importe com elas. As novas instruções de embarque serão enviadas para o seu celular.

— Senhor...

— Foco, Sandro. Precisamos manter o foco no trabalho, certo?

— Sim. Mas...

— Ótimo. Por hoje é isso, Sandro. Não quer mesmo um café?

Sandro deixou escapar um suspiro e o encarou.

— Não, senhor.

— Então está certo, Sandro. Pode ir pra casa hoje. Descansa porque o Setor Dois exige bastante energia. — Digitou algo na tela à sua frente. — Já lhe enviei seu novo cronograma de trabalho. Ah, Sandro, eu notei que você está atrasado com as sessões de terapia. Sabe que isso é importante, não sabe?

— Sei.

— Que bom.

Sandro sentiu o aparelho vibrar no bolso com uma notificação. Ele se levantou e encarou o superior, que não estava mais olhando para ele, como se Sandro já tivesse saído. Então deixou o escritório, e, depois de alguns passos, quando já estava a uma certa distância da sala, sacou o celular e passou os olhos no novo cronograma de trabalho, tomado de tristeza e frustração por ter sido penalizado apenas por ter encontrado algo bom em meio àqueles dias sombrios.

39

Quando deixou a Casa 7, após matar a mulher, Número Cinco avançou floresta adentro sem olhar para trás. Ao chegar à barraca que havia deixado na mata, caiu de joelhos, chorando, agarrado às chaves. Nesse instante, uma imagem se ergueu das profundezas da sua mente, e ele vislumbrou um apartamento simples, embora confortável, que lhe trouxe a sensação de ser a sua casa, a sua casa de verdade. Em seguida, outra cena: ele em uma mesa, com um computador aberto à sua frente. Teve a estranha sensação de que estava ali trabalhando ou estudando algo com prazer. Em mais uma reviravolta, foi transportado para um aeroporto. Estava sentado em uma cadeira e olhando para o painel com a lista de voos, mas, quando tentou ler o que estava escrito, despertou no chão da floresta, onde havia perdido a consciência. Sua mente oscilava entre a sensação reconfortante daquelas cenas, nas quais de alguma forma sabia que estava feliz e empolgado, e a sensação do horror do assassinato que cometera. De maneira apressada, desmontou a barraca, passou todas as sete chaves ao redor do pescoço, enfiou a arma na mochila e fugiu.

Os olhos vermelhos estampavam o tormento da culpa, e ele seguia floresta adentro com a incômoda sensação de estar sendo vigiado. A garganta estava seca e áspera, fazendo-o se lembrar de que não tinha mais água. Para matar a sede urgente, investigou as folhagens. Na floresta úmida, algumas folhas e plantas represavam pequenas quantidades de água. Retirou o cantil da mochila e foi enchendo-o lentamente com os filetes de água que conseguiu captar das folhas. Encheu apenas três dedos da garrafa, o suficiente para amenizar o desconforto da garganta. Tinha pressa, mas sabia que, até encontrar alguma fonte de água, precisaria andar atento à vegetação para colher os filetes de água que conseguia.

A floresta foi se fechando nas sombras com o chegar da noite, e agora ele andava com a lanterna na mão. Seguia, exausto, movido pelo medo e por aquela sensação angustiante de que havia feito algo errado, de que aquele não era o homem que um dia havia sido.

É horrível, não é?

O peso é demais, é demais.

Quanto mais sente pior fica, pior fica.

Naquela noite, teve dificuldade para dormir, vez ou outra atormentado por visões trazidas à consciência de maneira nauseante e sem sentido e pelas palavras da mulher que matara.

Quanto mais sente pior fica, pior fica.

Porque você vai descobrindo que você não é assim, que você não é essa pessoa.

A gente podia ter feito as coisas de um jeito diferente.

A gente podia ter se juntado.

— Mas eu tentei — ele gritou, chorando. — Eu tentei, eu tentei!

Naquela noite, apesar de não precisar mais temer ser visto, decidiu não fazer uma fogueira. Sentia-se melhor na escuridão. Mesmo que nela as vozes da mulher parecessem mais presentes.

Espero que o que você encontre valha a pena.

• 300 •

Acordou cedo, se alimentou sem ânimo e retomou sua caminhada arrastada. Encontrou um riacho e aproveitou para se abastecer. Caminhava como um fantasma flutuando entre as árvores. Entretanto, quando as chaves penduradas no pescoço tilintavam, o som o lembrava de que tudo aquilo era real.

Apenas na terceira noite resolveu acender uma pequena fogueira. Nas demais preferiu ficar no escuro, pois, sentado em frente ao fogo, a tristeza parecia maior, a ausência de companhia era mais evidente. O fogo devia ser compartilhado.

Caminhou durante mais seis dias até finalmente avistar, exausto, a *sua* casa. Colocou mais urgência nas pernas, a floresta lanhava seu rosto e braços à medida que investia sem cuidado, tomado pelo desejo de deixar tudo para trás. Esquecer, ele só queria esquecer para poder voltar a ser quem era.

Quando passou pela porta, deixou a mochila escorregar pelas costas e imediatamente foi até o pilar onde sua caixa repousava. Contornou o púlpito, tocando a caixa com a ponta dos dedos sujos. A terra, que já fazia parte do seu corpo, foi riscando a superfície branca. Encarou a sequência numérica. Nela, só os números 5 e 7 brilhavam.

Espero que o que você encontre valha a pena.

Retirou as chaves que trazia no pescoço e olhou para elas, amontoadas nas mãos sujas.

O peso é demais, é demais.

O desejo inicial de abrir a caixa e recuperar sua memória já não parecia tão intenso, já não o impulsionava como antes.

Tem que valer a pena, pensou.

De repente, uma cena iluminada dentro da escuridão da amnésia surgiu em sua mente como um relâmpago, e, na visão repentina que girava feito um caleidoscópio da mente, ele viu... crianças. Um enorme grupo de crianças sentadas olhavam para ele. Ele não se via, mas sabia que aqueles rostos o olhavam. Viu as faces atentas, aqueles olhos curiosos e inocentes. Suas pernas cederam, ele caiu de joelhos e vomitou.

• 301 •

Limpou a boca com as costas da mão, depois se levantou e olhou novamente para a caixa, os olhos injetados de uma esperança doentia. Mais do que revelar quem ele era, aquela caixa agora guardava uma saída, o meio de fugir de toda aquela dor, e tudo que ele queria agora, talvez até mais do que suas memórias, era que aquela dor cessasse.

Inseriu a chave 1 e girou. Imediatamente o numeral acima da fechadura se acendeu. Inseriu as chaves 2, 3, 4, 5 e 6. Olhou para a chave 7 na mão.

Espero que o que você encontre valha a pena.

Nesse instante, lembrou da mancha vermelha de sangue, dos dois corpos largados no chão, da garota estirada dentro do banheiro.

A gente podia ter feito as coisas de um jeito diferente.

Enfiou a sétima chave, girou e toda a sequência numérica se acendeu. Escutou um barulho no interior da caixa. O barulho de que estava sendo destravada. Hesitou. Teve medo. Um medo diferente, mas ainda assim um medo.

Receoso, ele a abriu.

E não havia nada lá dentro.

Passou a mão no interior da caixa, deslizou os dedos no fundo e nas laterais.

— Não, não, não, não, por favor, não!

Permaneceu de pé, olhando para dentro da caixa, à espera de que algo se revelasse. Alguma coisa mudaria dentro da caixa e, consequentemente, dentro dele. Esperou, porém nada mudou. Dentro da caixa, apenas o vazio. O assustador vazio.

Número Cinco passou a primeira noite ali mesmo, no chão da sala, aos pés do altar branco. No dia seguinte, ainda esperançoso de que algo fosse acontecer a qualquer instante, não se distanciou da caixa. O máximo que fazia era ir para o lado de fora, onde se sentava próximo à porta, com os ouvidos atentos a qualquer ruído que pudesse vir da sala.

Passou o dia numa espera melancólica, sem comer quase nada. A todo momento, voltava diante do altar para olhar dentro da caixa. Às vezes a fechava e abria para ver se algo acontecia.

• 302 •

No segundo dia, resolveu tomar um banho. Vestiu roupas limpas, voltou para a frente da caixa e olhou seu interior. Em certos momentos, ficava parado em frente a ela durante muito tempo, de pé, estudando a caixa de todos os ângulos à procura de algum sistema de acionamento que pudesse ter passado despercebido.

No terceiro dia, ficou até o anoitecer testando combinações diferentes na ordem de inserir as chaves. Em determinado momento, após testar todas as possibilidades, se revoltou e começou a chutar o bloco de concreto. A cada golpe, o bloco apenas vibrava e ressoava o baque duro recebido dos chutes dados com a sola dos pés. Após o acesso de fúria, Número Cinco abraçou o pilar como quem pede desculpas pela agressão e chorou.

No entanto, foi o último dia em que chorou, como se a tristeza já o tivesse esvaziado. A única manifestação de emoção transbordava pelos olhos já sem esperança. E foi com esses olhos que algumas vezes ele olhou para a arma que havia deixado sobre o balcão da cozinha. Nesses instantes, ele sempre se lembrava das palavras de Número Sete.

Eu fiquei pensando nessa última bala. Mas não tive coragem. Não tive coragem.

Ele também não tinha. Talvez pelo fato de no seu íntimo ainda guardar um pouco de esperança.

Quando a dor causada pelo remorso era grande demais, algo emergia na sua consciência, lembranças que pulsavam como relâmpagos nas nuvens escuras de sua mente. No começo ele não havia notado a ligação desses flashes aleatórios com seus momentos de angústia e sofrimento, mas um dia, deitado no sofá, olhando para a caixa, a ideia lhe ocorreu. No entanto, mesmo com essa teoria em mente, não era possível induzir o estado de tristeza para que mais cenas lhe fossem reveladas, pois elas surgiam sem aviso, impossíveis de controlar. Exceto por essas cenas, quando olhava para trás em uma busca consciente por lembranças, tudo que via era aquela manada de cavalos brancos.

Outra coisa que notou só algum tempo depois foi que, ao contrário dos pesadelos que às vezes tinha quando dormia, todas essas súbitas lembranças eram de cenas felizes. Até então, ele nunca fora acometido pela sensação de ver algo que o entristecesse. Tudo que lhe chegava à nublada consciência aparentava ser algo agradável. Mas tudo acontecia rápido demais, deixando apenas fragmentos ou sensações do que havia visto.

Tentou passar mais tempo dormindo, na esperança de que essas imagens aparecessem em sonhos, mas, se apareciam, ele não se lembrava.

Certa noite, uma forte chuva caiu e ele olhou pela janela, observando o contorno das árvores movendo-se como um exército de vultos. Diante de toda aquela força da natureza se agitando lá fora, ele se despiu, caminhou até o meio da clareira e permaneceu ali, recebendo as lufadas de água que chicoteavam seu corpo nu.

No outro dia, cansado de esperar uma mudança que nunca acontecia, Número Cinco arrumou a mochila de acampamento, se abasteceu de mantimentos e saiu. Penduradas no pescoço, levava consigo as sete chaves que havia juntado num mesmo cordão. E agora ele retornava para dentro das entranhas da floresta, desta vez desarmado.

40

Como plantas que brotam através de rachaduras no concreto no chão, a vida parecia finalmente ter encontrado seu jeito de avançar. Quatro meses haviam se passado e Inês cessara a administração da droga havia 52 dias, registrando em seus relatórios a dúvida acerca da interrupção possivelmente prematura das sessões.

"Com acompanhamento externo, as pessoas terão um profissional para ajudá-las a identificar o alcance do objetivo", escrevera em um dos relatórios.

Ela e Hiram se viam constantemente. Viajaram juntos em um fim de semana para uma cidadezinha próxima, aproveitando a oportunidade para recuperar um pouco do espírito de aventura que o tempo foi domando. Inês também conhecera Lucas, o filho de 13 anos de Hiram; gostou do menino e achou que ele também havia gostado dela. E assim a alegria foi encontrando espaço para se acomodar, deixando Inês cada vez mais confortável em aceitar a ideia de que poderia ser feliz novamente.

No segundo encontro com Hiram, ela lhe contara sobre a morte de Rui, Ágatha e Beatriz.

— Eu estava no trabalho ainda. O Rui pegou as meninas na escola, eles passaram para comprar um lanche. Eu sei disso porque no relatório da polícia foram mencionados alguns pacotes com lanches. Mas o caminhão bateu no carro deles. A Beatriz ainda chegou viva no hospital, mas não resistiu. O Rui e a Ágatha morreram na hora, pelo menos é o que consta na certidão de óbito.

— Minha nossa, Inês.

— É — foi só o que disse. "É."

Enquanto sua mente divagava, Hiram a acompanhava em silêncio. Ele apertou a mão dela e a abraçou com força, como se com o gesto enfatizasse o que não sabia expressar em palavras. Curiosamente, a reação tão sentimental de Hiram pareceu a Inês um pouco exagerada, provocando nela um incômodo por não saber atribuir seu real significado, o que a calou, silêncio que Hiram interpretou como algo completamente natural. Contudo, embrenhado naquele silêncio, havia um sentimento curioso, como se ele dissesse algo que ela mesma deveria sentir, mas não conseguia alcançar. E ela escrevera sobre isso no relatório do experimento.

"Embora seja esse o objetivo do experimento, é estranha a sensação de saber que eu deveria sentir algo que já não me parece familiar", dizia um dos trechos que registrara. "Lembro-me de tudo claramente, pelo menos assim me parece, mas essa sensação de distanciamento parece provocar um tipo de incômodo."

Algumas semanas depois, recusou um convite de Hiram para sair. Não estava com vontade de ir ao aniversário de um dos amigos dele; mesmo sendo um programa que eles haviam combinado, algumas horas antes ela simplesmente perdeu a vontade e decidiu ficar em casa. Aproveitou para trabalhar em suas pesquisas, e, enquanto redigia seu relatório, flagrou-se sentada em frente ao computador com o sol ainda no céu, e, quando a noite já havia se estendido horas depois, escrevera apenas algumas poucas linhas.

Após esse dia, curiosa com o fato de ter se perdido no tempo, resolveu se monitorar para verificar se havia sido um fato isolado. Alguns dias, enquanto trabalhava, deixava o celular sobre um móvel para que pudesse gravar a si mesma. Ao rever duas dessas gravações, lá estava ela, sentada diante do computador, mesclando alguns minutos de digitação com outros longos minutos de total imobilidade, como se refletisse sobre alguma ideia. Analisando melhor, percebeu que havia algo mais nesses registros. Ela ficava parada olhando para um canto qualquer sem voltar a digitar, certas vezes por períodos tão longos que parecia dormir com os olhos abertos. O curioso, Inês registrara em seu relatório, é que ela não se lembrava de estar cansada, tampouco do que havia passado em sua cabeça naqueles momentos em que se vira no vídeo com aquele olhar vago.

"Parecia-me mais uma falta de vontade de escrever do que uma falta de ideia sobre o que escrever."

Afora esses lapsos, quando sua mente parecia se desprender e ela flutuava com total desapego a qualquer pensamento ou emoção, no laboratório tudo parecia cada dia melhor. A apresentação que ela e Vanessa realizaram para o grupo de empresários havia sido tão bem recebida que uma nova apresentação, ainda mais importante, fora agendada para a diretoria de uma grande companhia farmacêutica.

O doloroso período parecia curiosamente distante, e Inês se mostrava revigorada e empolgada com o próprio trabalho e com as atividades de seus colegas.

Em uma dessas tardes, tranquila com o sentimento de quem está no controle da própria vida, aproveitou para fazer algo que havia muito não fazia. Após almoçar, ainda com tempo, saiu para caminhar, decidindo ir por uma das saídas do campus onde havia uma sorveteria. Queria um sorvete, era tudo o que queria. Um sorvete no meio da tarde, com uma caminhada após o almoço.

Percorreu sem pressa o menu de uma das máquinas em que as próprias pessoas escolhiam, pagavam e se serviam, e, como se fosse um sábado tranquilo, analisou as opções de sabores naquela quarta-feira. Decidiu-se finalmente pelo sorvete de caramelo salgado. A primeira colherada do creme gelado derretendo na boca a levou para um lugar que havia muito não visitava.

Pensou em sentar em um dos bancos para saborear cada porção, mas resolveu comer enquanto percorria a área externa do campus. Foi caminhando devagar, sentindo que o rosto corava com o véu quente do sol. Tudo bem, porque ela havia passado o protetor solar antes de sair de casa. Também havia cuidado do cabelo e depilara o buço. "Você devia ter me avisado naquela época que eu estava com um bigode", cobrara de Vanessa, quando um dia simplesmente acordou e se olhou no espelho, chocada com a própria imagem. "Ah, eu pensei que talvez isso fosse ajudar na sua relação com os camundongos", respondera Vanessa. E essa simples brincadeira, o simples fato de ver as pessoas livres para serem elas mesmas em sua companhia, contribuía para que, aos poucos, a rotina de Inês voltasse a ser como a de uma pessoa comum.

Enquanto caminhava, viu uma jovem em um banco, lendo um livro. Tentou identificar a capa, mas, de onde estava, não conseguiu. *Um livro físico*, pensou, acalentada pela nostalgia. Então se deu conta de quanto tempo fazia que não ficava horas na cama lendo um livro. E quando pensou que agora, com o marido e as meninas mortos, teria mais tempo para si, não sentiu nenhum remorso nem se condenou pelo pensamento.

Algumas semanas depois, Inês contou a Vanessa sobre o fim do breve relacionamento com Hiram.

— Segundo ele eu não parecia mais tão interessada.

— Então ele não falou que *não queria* mais te ver — disse Vanessa.

— Parece mais que ele estava tentando saber o quanto *você* gostaria de seguir em frente.

— Talvez.

— Você não parece muito interessada mesmo.

— Talvez eu realmente não esteja — admitiu, enquanto remexia a comida do prato.

Vanessa a encarou, preocupada com a possibilidade de que, após meses se mostrando uma mulher recuperada daquela tristeza incapacitante,

Inês estivesse dando sinais de uma recaída, voltando a ser aquela pessoa imersa em silêncios. Vanessa já vinha notando esses sinais quando, vez ou outra, enquanto debatiam algum assunto do laboratório, tinha de chamar a atenção de Inês para trazê-la de volta.

— Nunca mais falamos sobre o Rui e as meninas — Vanessa arriscou trazer o assunto.

— Não tem mais sobre o que falar.

— Talvez falar seja a melhor coisa agora.

— Pra quê?

— Pra ficar bem?

— Eu estou bem.

— Está mesmo, Inês?

— Estou.

As duas continuaram a comer, até que, incomodada, Vanessa voltou a falar.

— Sabe, eu só vi minha mãe chorar uma vez. Eu era pequena, entrei no quarto sem avisar e ela estava lá, sentada na beira da cama. Quando me viu, foi logo enxugando os olhos, e, à medida que terminava de secar o rosto, ela levantou e disse: "Desculpa, filha." E, quando passou por mim, ela parou, me encarou um tempinho e depois falou: "Não conta nada pro seu pai, tá?" Ela falou só isso, e eu concordei com a cabeça, então ela passou a mão no meu rosto, de um jeito que até agora eu não sei se era carinho ou pena, e saiu. Ela nunca me disse por que tinha chorado. E eu também nunca perguntei. — Vanessa a encarou brevemente, depois continuou. — Eu estou aqui se quiser conversar, tá?

— Eu sei — assentiu Inês sem muita expressão.

Vanessa pensou em dizer outras coisas, mas ficou quieta. *Esses malditos silêncios*, pensou.

Antes do término com Hiram, Inês e ele resolveram fazer uma viagem em um feriado prolongado. Inês aproveitou que seu apartamento estaria vazio para chamar uma empresa de organização e design de interiores para desfazer as caixas e os embrulhos encostados nas paredes.

A parte da organização da mudança ainda parada naquelas caixas foi realizada quando ela estava fora, na viagem com Hiram; já a decoração levou alguns dias, e toda vez que ela voltava do laboratório havia algo novo no apartamento. Era empolgante ver o lugar cada dia um pouco diferente, e o verde das plantas, cada vez mais abundante, trazia um conforto bem-vindo.

— Eu quero muitas plantas no projeto — dissera para a arquiteta. — Quero mais vida aqui dentro.

Agora, ao chegar em casa, ela era recepcionada por um cenário acolhedor e vibrante. Havia vasos de plantas por todo o apartamento. Atrás do sofá, um canteiro de espadas-de-são-jorge percorria toda a extensão do móvel. Emoldurando a tevê na parede, dois vasos de dracenas, que encantaram Inês por lembrarem pequenos coqueiros que se estendiam por quase um metro e meio de altura. Nas paredes, vasos suspensos deixavam que filodendros e samambaias escorressem seus ramos. Uma palmeira-ráfia ficava em um canto, próximo à sacada, que aliás ganhara uma combinação exuberante de espécies variadas. No banheiro, um vaso de lírio-da-paz e outro de bambu-da-sorte. O escritório ganhou prateleiras com bromélias, samambaias e um vaso alto com uma costela-de-adão ao lado da mesa de trabalho. Um canteiro de diferentes espécies de suculentas fora colocado no balcão da cozinha, com vasinhos de temperos diversos que eram utilizados nos pratos. E no quarto de Inês, além da palmeira-areca que fora colocada ao lado do espelho na parede, havia também um vaso de antúrios sobre o móvel próximo à cama.

Inês gostava do tempo que dedicava às plantas, de como cada uma delas exigia sua atenção, em uma prazerosa distração. As plantas se desenvolviam cada vez mais viçosas, com folhas verdes e brilhantes, e Inês se sentia energizada ao chegar em casa e inspirar aquele ar renovado pelas reações químicas que elas produziam.

No começo daquela noite, porém, se sentiu estranha, tomada por um vazio. Já se sentira assim antes, mas de uma maneira mais branda. A sensação foi ganhando força com o passar das semanas, e ela não se deu conta do poder que aquele vazio estava ganhando.

Acostumada a sempre tentar encontrar explicação para tudo, a mente buscava identificar o motivo daquela coisa indigesta que vinha, aparentemente, em forma de tristeza. Pensou em Rui, Ágatha e Beatriz, certa de que se sentia assim por causa da falta que eles lhe faziam, mas, ao acessar a imagem da família, não sentiu nada. Essa ausência de sentimentos lhe causou uma onda ainda maior de dor, e, sem perceber, ela começou a chorar, encolhida no sofá. Talvez, inconscientemente, entendesse que não é possível preencher um vazio com mais vazio.

41

Após dias de uma caminhada sem pressa, Número Cinco estava agora diante da Casa 7. Em frente à porta, as lembranças chegaram até ele, vívidas como se tudo tivesse acontecido no dia anterior.

Podíamos ter feito as coisas de um jeito diferente.

Espero que o que você encontre valha a pena.

Quando abriu a porta o cheiro de morte o repeliu, fazendo-o recuar, tomado pela repulsa daquele ar contaminado de tristeza. Afastou-se da casa e permaneceu do lado de fora por alguns instantes. Respirou fundo, buscando mais coragem do que ar, ajeitou a mochila que pesava nas costas e avançou.

Com os corpos já em decomposição, o cheiro ali dentro era tão forte que parecia possível sentir seu gosto. Moscas esvoaçaram pela sala com a sua presença. O mesmo aconteceu no banheiro, onde se encontrava o corpo da garota, e ali, naquele espaço menor, o zumbido delas parecia mais alto e incômodo.

Teve vontade de chorar, mas não o fez.

Parou em frente ao corpo da mulher no sofá e, por alguns segundos, ficou assim, encarando-a. A coloração dos corpos era o que mais o chocava, como se a vida fosse realmente uma espécie de fogo, que ao morrer se extinguia. Sentia-se especialmente triste por ter sido ele a apagar a chama daquela mulher.

Passou o dia e parte da noite cavando as quatro covas rasas. Trouxe os corpos enrolados em lençóis e os enterrou. Depois, permaneceu ali sentado diante das covas, inebriado com a sensação anestesiante que aquela imagem evocava. Enquanto olhava para elas, sua mente foi tomada por outro flash de lembrança, e um breve sorriso estampava seu rosto quando despertou, após a intensa manifestação da recordação. Limpou a terra do rosto e olhou para as covas. Então se levantou, lançou um último olhar para elas e começou a andar de volta em direção à Casa 7.

No céu, pairando alto e distante de vista, o drone que acompanhava Número Cinco o filmava e transmitia a imagem em um dos monitores que formavam, longe dali, o grande mural de uma sala de controle. Nesse enorme mural, em outra tela, era possível ver, através de uma das microcâmeras instaladas do lado de fora da casa, Número Cinco caminhando, abatido, rumo à casa.

De pé, diante desse mural, estava Ester, a cientista responsável pelo experimento. A sala de controle era formada por diversas bancadas, divididas por um corredor, de onde Ester supervisionava o trabalho dos demais cientistas e operadores, sentados diante de seus monitores.

Cada um deles tinha uma função essencial no monitoramento daquelas sete pessoas desde o início do projeto, ora controlando os drones de acompanhamento individual, ora captando e avaliando os dados de mapeamento neural obtidos pelos implantes cranianos.

Alguns dos profissionais responsáveis pelo acompanhamento dos outros participantes do experimento continuavam em suas bancadas, mesmo após a morte deles. Ainda possuíam muito trabalho pela frente com a análise dos dados captados, mas, além disso, continuavam ali para observar os desdobramentos do experimento.

— Leitura neural? — disse Ester, com voz firme, sem tirar os olhos do mosaico de monitores.

— A atividade continua intensa — respondeu a operadora de uma das bancadas, responsável pelo acompanhamento de Número Cinco.

Enquanto acompanhava os movimentos de Número Cinco, a operadora responsável pelo seu mapeamento neural pensava agora sobre a aleatoriedade dos acontecimentos. De como tudo que acontecera apenas ocorrera daquela forma pela ordem aleatória dos encontros. E se, em vez de atirar no homem da Casa 3, a garota assustada tivesse matado a mulher da Casa 6? Que mudança no transcorrer dessa história isso acarretaria? A mulher não teria chegado até a casa de Número Dois e o convencido de que ele podia confiar nela, e talvez ele tivesse encontrado seu corpo, da mesma maneira que Número Cinco encontrara Número Três. E provavelmente sua atitude seria de maior violência, já que, diferentemente de Número Cinco, que no início se recusara a optar pela arma, Número Dois a aceitara de imediato, mesmo com sua repulsa. E se a garota tivesse chegado sozinha à Casa 7, teria a mulher atirado na jovem como fez com a garota no banheiro, se antes não tivesse se assustado com o revólver na cintura de Número Dois? Mas nada disso importava senão para ocupar a mente da operadora atrás daquele monitor. Nada disso importava para as coisas do tempo.

Pelas câmeras, eles acompanharam Número Cinco tomar banho, trocar de roupa e, finalmente, se alimentar de verdade. Ester havia puxado uma cadeira e se sentado.

Após comer, o homem foi até a caixa 7. Tirou o cordão do pescoço, fazendo as chaves tilintarem. Todos na sala de operação escutaram aquele tilintar através do microfone implantado no crânio de Número Cinco. O homem encaixou cada uma das chaves nas fechaduras da caixa 7, respirou profundamente e a abriu. Por uma das câmeras da sala era possível ver a expressão em seu rosto. Um semblante apático, mas que um bom observador enxergaria certo alívio. Deixou a caixa como estava, aberta, e foi em direção ao quarto do piso superior, onde deitou na cama para dormir.

— Vamos buscá-lo amanhã — disse Ester, levantando-se da cadeira e deixando a sala de controle.

Na manhã seguinte, Número Cinco estava deitado na cama, mas já acordado, a mente vagando de um pensamento a outro, até que um som incomum chamou sua atenção. Um ruído circular que foi se intensificando, cada vez mais próximo. Levantou-se, calçou os sapatos de forma apressada e desceu as escadas. Correu até uma das janelas bem a tempo de ver uma grande sombra deslizar no chão, como se um enorme pássaro sobrevoasse a casa.

Depois de tanto esperar por alguém, agora ele sentia medo de quem poderia ser. Se o haviam colocado ali, ele e os outros seis, para passarem por tudo aquilo, boas intenções não deviam ter.

A gente devia ter se juntado.

Os cientistas que o observavam pelas telas na sala de monitoramento se questionavam por que o homem não saía. Mas, afinal, como era possível imaginar-se na pele de alguém que viveu algo que você jamais poderia entender de uma perspectiva teórica? Que palavras poderiam expressar o horror que faz você odiar a si mesmo?

A aeronave sobrevoou a casa e pousou no terreno gramado da clareira, poucos metros à frente da entrada. O vento forte das hélices correu pelo chão, curvando a grama, e a porta da casa, que estava fechada, emitiu uma sequência de batidinhas ligeiras, provocadas pela ventania.

Subitamente, as batidinhas cessaram, ao mesmo tempo que uma rajada de vento invadiu a sala. As finas cortinas das janelas flutuaram e se debateram no ar em movimentos espiralados, e o homem sentiu a corrente de ar em volta, tocando-o como milhares de dedos frios. Nesse momento, três pessoas entraram.

— Nós viemos te buscar — disse um dos homens.

Número Cinco os encarou. Eram dois homens e uma mulher. Os três vestiam uniformes brancos. Sem encontrar palavras, continuou parado onde estava, receoso, encarando-os, a cortina branca e transparente debatendo-se no ar, às vezes o envolvendo.

• 315 •

— Vamos te tirar daqui — repetiu o homem, mas Número Cinco não respondeu.

Teve vontade de chorar. Entretanto, não era de tristeza. Era de raiva.

— Pode confiar na gente, Márcio — disse a mulher do trio, e Número Cinco se voltou para ela, a raiva se convertendo em uma expressão de surpresa.

Distante dali, na sala de monitoramento, Ester acompanhava a cena pelo monitor e a leitura do mapeamento neural do homem.

Aquela mulher havia dito... seu nome? Teve vontade de pedir para ela repetir, mas não disse nada. Caminhou em direção ao pilar, sem tirar os olhos dos três, fechou a caixa que estava aberta, retirou as chaves das fechaduras, passou o cordão por todas elas e o pendurou no pescoço. Desconfiado, puxou a gola da camiseta e deixou as sete chaves escorregarem para dentro.

Meu nome?

Ainda desconfiado, caminhou até onde os três estavam. Ao se aproximar, um deles abriu espaço, e, quando Número Cinco passou por ele, o sujeito fez menção de tocá-lo, talvez pousar o braço sobre seus ombros ou lhe dar um tapinha reconfortante nas costas, ao que Número Cinco se assustou e se voltou para o sujeito em um reflexo apreensivo. O homem levantou as mãos no ar, exibindo as palmas.

— Está tudo bem. Vai ficar tudo bem.

Número Cinco encarou os três rostos.

— Nós vamos tirar você daqui. Vamos te explicar tudo — disse o sujeito, ainda com as palmas das mãos no ar.

Número Cinco o olhou de um jeito inquisitivo, e o homem não sabia se sentia medo ou pena daquele olhar.

A porta do helicóptero estava aberta, e, além do piloto, mais uma pessoa aguardava lá dentro. O sujeito ajudou Número Cinco a entrar. Quando estavam todos embarcados, fecharam a porta, o som das hélices ganhou intensidade e a aeronave sacudiu, se inclinou e começou a sair do chão. À medida que o helicóptero foi ganhando altura, Número Cinco vislumbrou a casa se distanciar. Em poucos segundos, já haviam ultrapassado a altura das árvores e o verde da floresta se estendia em todas as direções. O helicóptero girou e, com um movimento suave, avançou. Após alguns minutos, Número Cinco avistou, alguns quilômetros adiante, uma clareira onde uma das outras casas fora construída.

Qual seria aquela?

Número Cinco tocou na prótese craniana e olhou para as quatro pessoas que o rodeavam. Nenhuma delas tinha aquela coisa na cabeça.

Márcio, ela disse. Ela me chamou de Márcio.

Conforme a aeronave seguia ele se perguntava se ainda queria saber, se ainda queria descobrir quem era. As outras seis pessoas nunca saberiam, será que ele tinha o direito de ter o que elas não haviam tido? Por que ele? Não se sentia especial. Sentia-se sujo, não merecedor, com medo de descobrir a pessoa que um dia fora, porque, apesar de não se lembrar de tudo, sentia que iria sofrer. E não queria mais sofrer. Só queria deixar de sentir aquela dor.

Se apagaram minhas lembranças antes, podem fazer isso de novo?

Cerca de quarenta minutos depois, avistou uma grande clareira onde se elevava um edifício de três andares com fileiras de janelas ao redor de toda a construção. O helicóptero fez uma manobra circular sobre o terreno, e Número Cinco viu alguns veículos no pátio gramado. A aeronave girou sobre o próprio eixo como um animal que se aninha para poder deitar e iniciou o pouso. Um grupo de pessoas estava reunido próximo ao edifício. O chão foi se aproximando, a aeronave sacudiu um pouco e tocou o solo com um baque seco. As hélices ainda giravam forte quando a porta se abriu. Dois dos três que o haviam abordado na casa desceram e gesticularam para que ele fizesse o mesmo. O homem hesitou. Observou adiante e viu um grupo de pessoas olhando em direção à aeronave.

Todos sabem quem eu sou, menos eu.

E quem são eles?

— Está tudo bem — gritou a mulher para se fazer ouvir em meio ao ruído alto das hélices, que começavam a desacelerar.

Número Cinco desceu. A mulher e o outro tripulante do helicóptero desceram em seguida. Havia um homem, que até então ele não notara, já próximo à aeronave, com uma cadeira de rodas. O sujeito gesticulou, sugerindo que ele se sentasse, mas Número Cinco negou.

— Vamos — disse a mulher, e o grupo seguiu.

Passaram perto do grupo maior que estava do lado de fora, e todas aquelas cabeças o acompanharam. Atrás dele, o ruído das hélices do helicóptero diminuía, emitindo um deslocamento de ar cada vez mais preguiçoso. Uma porta automática deslizou lateralmente e se abriu quando eles se aproximaram, exibindo um saguão amplo, asséptico e branco. Ele nem teve tempo de observar os detalhes da arquitetura do lugar. Pensou que iria vomitar, pensou em dizer algo, mas não teve tempo. Por sorte, havia pessoas próximas que o seguraram quando desmaiou.

Quando acordou, ainda meio desnorteado, Número Cinco olhou para o teto branco e foi tomado por uma sensação semelhante àquela do dia em que despertou na casa, em meio à floresta. Um terror repentino lhe subiu pela garganta, e, quando se preparou para se levantar, sentiu uma mão pousar sobre o antebraço.

— Calma — a voz disse. — Está tudo bem.

Número Cinco virou o rosto e viu uma mulher sentada em uma cadeira ao lado da cama.

— Oi, Márcio — disse ela.

Então meu nome é mesmo Márcio.

Eu sou Márcio.

Ester apertou um botão e a parte superior da cama foi se erguendo lentamente. O homem se olhou. Haviam trocado suas roupas.

— Márcio? — perguntou, inseguro.

A mulher assentiu.

— Vamos ajudá-lo com sua memória. — Ester o encarou, séria. — Mas você já se lembrou de algumas coisas, não é?

Márcio desviou o olhar, pensativo, depois voltou-se para ela ainda com uma expressão perdida.

— Eu... algumas cenas... algumas cenas na minha cabeça, mas... elas não fazem sentido.

• 318 •

— Vão fazer.

— O bilhete dizia... — Márcio não completou a frase e olhou fixamente para Ester, com olhos pedintes.

— Eu sei o que dizia. Mas isso não tem mais importância. Tudo isso ficou para trás.

Não, não ficou.

— Por quê? — perguntou ele.

Ester o encarou com um semblante sério.

— Por quê? — repetiu Márcio. — Por que fizeram isso com a gente?

— Eu vou te explicar mais tarde. Agora você precisa...

— Não! — ele interrompeu, desesperado. — Eu preciso saber.

Ester o estudou, os dois se encaravam em silêncio.

— Eu preciso saber — repetiu. — Vocês me devem isso — disse, por fim, quase chorando.

A mulher olhou ao redor do quarto, fixou-se na janela por alguns instantes e voltou-se para Márcio.

— Está certo.

Então começou a relatar sobre o experimento de uma neurocientista que, doze anos atrás, buscava uma forma de se desconectar de lembranças dolorosas.

— É preciso admitir — disse Ester — que isso realmente poderia trazer benefícios para as pessoas. Imagine só, poder se libertar da dor e do sofrimento com algumas injeções.

Mesmo com a consciência de que o experimento dera início ao colapso da sociedade, Ester falava com uma admiração científica indisfarçável.

— Como cientistas, nosso trabalho é nos perguntar se algo é possível e ir atrás dessa resposta, armados com o que conhecemos, mas cientes de que teremos que lidar com o desconhecido. Foi assim que descobrimos a cura para muitos tipos de câncer, foi assim que ajudamos pessoas a voltarem a andar, que hoje viajamos para o outro lado do mundo em algumas horas... Mas foi assim também que descobrimos ou criamos coisas perigosas. E pode acontecer de algo fugir do nosso controle — continuou ela. — E foi o que aconteceu.

42

Nos meses que se seguiram, a mulher cheia de entusiasmo que Inês voltara a ser foi se transformando, e seu comportamento revigorado foi dando lugar à resignação de uma vida mecânica e apática. O declínio do seu estado não fora percebido de imediato, apesar de Vanessa e pessoas próximas demonstrarem preocupação. Quando era abordada sobre seu estado, Inês rebatia dizendo que estava bem e, certa vez, reclamara para Vanessa sobre aquela cobrança exagerada por sua felicidade. Mas a verdade é que os sinais de alerta apontavam para um destino que ninguém imaginava. Nem mesmo Inês.

Seus sentimentos eram apaziguados de maneira lenta e gradual, e ela era incapaz de perceber essas mudanças que aconteciam dentro de si. Exceto por uma sensação de vazio que em certos momentos a tomava, nada mais parecia mexer com ela. Inês se mostrava indiferente às conversas que se desenrolavam à sua volta. Nem mesmo notícias de doença de algum conhecido ou tragédias mostradas nos noticiários, como as cenas de refugiados em desespero, passando crianças por buracos de um muro na tentativa de salvá-las, pareciam tocá-la como acontecia antes. Mesmo quando seu colega dera a notícia do falecimento de dona Márcia, como todos se referiam à querida senhorinha de 86 anos de um dos grupos voluntários para um estudo do laboratório, Inês se manteve insensível e simplesmente respondera: "Que pena", voltando-se imediatamente para o computador, onde analisava alguns dados do estudo do qual dona Márcia fazia parte.

Aquela frieza crescente começou a ser acompanhada de um tédio quase torturante em suas relações sociais, que na cabeça dela estavam agora mais para obrigações sociais. As conversas durante os almoços com os colegas pareciam cada vez mais desinteressantes, e ela tinha a sensação de sempre girarem sobre os mesmos assuntos.

No começo, ela remoía os pensamentos, refletindo silenciosamente sobre toda aquela perda de tempo.

Quem quer saber se você é de Touro, Juliano? Sim, seu cabelo estava melhor do outro jeito, Carina. Talvez os resultados dos testes não estejam satisfatórios por um motivo, ela pensava enquanto encarava Luana, que relatava a dificuldade em encontrar a solução de um problema.

Mas, com o passar do tempo, seus pensamentos começaram a encontrar vazão nas expressões faciais, o que muitas vezes obrigava a pessoa que estava falando a disfarçar o constrangimento.

— Eu sei que as filhas e o marido dela morreram, mas até quando isso vai durar? — um dos colegas reclamou para outro, incomodado com a constante e cada vez menos disfarçada falta de sensibilidade de Inês.

— Ela está parecendo a dona Cecília. Te falar, viu, tinha que morrer logo a boazinha? — comentou outro colega, falando baixo para que ninguém mais ouvisse. Dona Cecília também fazia parte do mesmo grupo de voluntários da querida dona Márcia, mas, ao contrário desta, Cecília, que também fora diagnosticada com a doença de Alzheimer, tinha um temperamento rabugento e impaciente, muitas vezes interpretado como arrogante. Já fizera duas jovens enfermeiras, ainda não calejadas com o declínio cognitivo do Alzheimer, se trancarem no banheiro para chorar.

As reclamações com a postura de Inês aumentavam, e, sempre que possível, os colegas a evitavam, preferindo tratar com Vanessa, que, por ser a amiga mais próxima, se tornara alvo dos desabafos dos colegas sobre o comportamento de Inês.

— Eu sei que algumas vezes ela parece meio fora do ar...

— Se fosse só isso, Vanessa... Mas a grosseria dela com todo mundo já está afetando demais o trabalho. Semana passada a Marina foi embora mais cedo para não explodir aqui dentro com ela.

— Eu sei, é que... — Vanessa tentava argumentar, mas era difícil justificar o comportamento da amiga. Em duas ocasiões, a própria Vanessa preferiu não envolvê-la em alguns assuntos, e, por causa disso, fora questionada por seus superiores se Inês estava, de fato, em condições de prosseguir na liderança do laboratório.

— Ela tem os problemas pessoais dela, como todos nós sabemos, mas não falta em nada com suas obrigações profissionais — mentira Vanessa.

— A gente precisa conversar — Vanessa falou baixinho quando foi até a mesa de Inês.

Inês voltou-se para ela e a observou em silêncio, parecendo refletir sobre alguma coisa que queria dizer. Era difícil distinguir o real significado daquelas expressões de indiferença.

— Pode falar agora? — disse Vanessa com firmeza.

— Posso.

— O que está acontecendo?

— De novo isso? — retrucou Inês, com um tom de voz ameno.

— Sim, Inês, porque já está começando a ficar difícil te defender.

— Defender do quê?

— Você sabe do quê.

— Não, sinceramente eu não sei do que você está falando.

Vanessa observou Inês por um instante, tentando decifrá-la.

— O pessoal está achando difícil trabalhar com você, Inês. Até o Rodolfo já veio me perguntar se você... — hesitou um instante — está em condições de liderar o laboratório. Eu mesma já tive que me segurar ao presenciar alguns momentos seus em que...

• 322 •

— Em que o quê?

— Momentos difíceis de te aturar, Inês — prosseguiu ela, e se aproximou da amiga de forma carinhosa, mas decidida. — Eu preciso saber o que está se passando com você, se você precisa de mais um tempo... Seja o que for, eu preciso saber, você precisa me dizer.

Inês olhava para Vanessa, que teve a impressão de que a amiga passava por mais um daqueles momentos indecifráveis em que parecia se desligar. Às vezes era difícil saber se Inês estava pensando sobre o que acabara de ouvir ou se sua mente vagava por outros lugares.

— Você está me escutando, Inês?

— Estou.

— E o que você tem a dizer sobre tudo isso?

Após um instante de silêncio, Inês respondeu, indiferente:

— Nada.

Em seguida, com uma naturalidade desinteressada, levantou, ajeitou suas coisas, pegou a bolsa devagar e saiu.

Ao chegar a seu apartamento, Inês atravessou a sala sem acender as luzes. No canteiro atrás do sofá, as folhas antes grossas e firmes das espadas-de-são-jorge agora estavam murchas e esgrouvinhadas. Nos dois vasos ao lado da tevê, as dracenas, que antes se erguiam esguias e vistosas, estavam desfolhadas, e suas folhas secas jaziam aos pés da planta sobre a terra seca do vaso. Nas paredes, os filodendros e as samambaias haviam perdido o viço, e, já sem folhas, seus compridos e ressecados ramos cascateavam pelos vasos como frágeis e quebradiças raízes, pendendo no ar.

Inês largou a bolsa no sofá e não se incomodou em pegá-la do chão quando ela escorregou do móvel. Estava no corredor, indo em direção ao quarto, quando parou e voltou. Caminhou até a cozinha e, sem acender as luzes, pegou um copo na pia, foi até a geladeira e se serviu de água. Após beber, devolveu a garrafa à geladeira, onde também colocou o copo vazio.

Arrastou-se pelo corredor, silenciosa como um fantasma. No quarto, desvencilhou-se das roupas, largando-as no chão. Ainda era cedo, e, nesse mesmo horário, meses atrás, ela estaria preparando algo para comer, bebendo uma taça de vinho, ou estaria com Vanessa ou outra colega do laboratório em algum bar, relaxando após o exaustivo dia de trabalho. Também poderia estar esticada no sofá, com a iluminação baixinha, assistindo a algum filme, dos muitos que havia prometido a si mesma assistir, ou mesmo lendo um livro, hábito que retomara e que a fazia se sentir bem por saber que aquele tempo era só dela para fazer tudo o que lhe desse prazer.

Mas ela não queria saber de companhia, nem de bar, filmes ou livros. Tudo lhe parecia entediante e sem graça, sem uma razão para se dar o trabalho de empenhar alguma energia. Não havia nela vontade alguma de fazer qualquer coisa. Deitou, porém continuou de olhos abertos na penumbra do quarto, mastigando o tempo que se arrastava vagaroso, e por horas continuou assim até que o sono finalmente desligou seus sentidos, conduzindo-a para uma noite desprovida de sonhos.

Quando o celular tocou pela manhã, ela já estava de olhos abertos havia mais de uma hora, no entanto continuava deitada, imóvel. Somente na terceira e insistente tentativa ela se moveu para atendê-lo.

— Onde você está, Inês? — perguntou Vanessa do outro lado.

— Em casa.

— A apresentação é daqui a meia hora.

Silêncio.

— Você esqueceu?

— Não.

— Você vem?

— Acho que não — respondeu, após outro instante de silêncio.

— Droga, Inês! — Vanessa desligou.

Inês olhou para a tela do celular como se não entendesse o motivo da irritação da amiga. Em seguida, colocou o celular sobre o móvel ao lado da cama, onde também estava o vaso de antúrios, com suas folhas ressecadas e murchas. Continuou deitada. A conversa que acabara de ter com Vanessa vagava de maneira superficial em sua mente, em uma conflituosa sensação. A manhã avançou e ela continuou deitada. E,

• 324 •

quando teve vontade de urinar, urinou ali mesmo, na cama, sem se mover, sentindo o líquido morno escorrer por entre as coxas e se espalhar pelo colchão. Após terminar, simplesmente se virou para o outro lado e permaneceu ali, deitada, molhada de urina, sem parecer se importar. Naquele momento, Inês parecia já não estar mais ali.

43

Após a apresentação do projeto para a diretoria da empresa farmacêutica, Vanessa fora questionada novamente sobre o estado de saúde de Inês, que não havia comparecido a um compromisso de tamanha importância. Durante o decorrer do dia, ela ligou para a amiga, sem sucesso. Incomodada, no meio da tarde foi até o apartamento de Inês. Após algumas tentativas, uma voz monótona atendeu o interfone.

— Oi.
— Sou eu, Vanessa.
— Oi.
— Quero falar com você. Abre pra mim.

Por um momento nada aconteceu. Passados alguns instantes, o portão de vidro da recepção do prédio deslizou lateralmente e Vanessa avançou. Subiu até o apartamento de Inês e tocou a campainha. Inês demorou para atender. Quando a porta finalmente se abriu, Vanessa se deparou com Inês ainda vestida apenas com a calcinha e o sutiã com os quais havia se deitado na noite anterior. O cheiro de urina invadiu suas narinas. As duas se olharam. Vanessa não estava preparada para ver a mulher que conhecia havia tantos anos naquele estado. Conteve o choque e, com uma firmeza que puxou das entranhas, avançou, tomou gentilmente a mão da amiga e a guiou até o banheiro. Lá dentro, tirou as vestes sujas de Inês e a colocou sentada no vaso enquanto abria o chuveiro e esperava a água atingir uma temperatura agradável. Retirou os próprios sapatos, dobrou a barra da calça e arrancou a blusa para não se molhar. Levantou Inês com cuidado e conduziu a amiga para debaixo da água morna. Inês se deixou guiar sem nenhuma resistência, complacente e com aquele olhar distante.

— Eu estou aqui. Eu estou aqui — dizia Vanessa enquanto ajudava Inês a tomar banho.

Inês passou por uma série de exames e a princípio não encontraram nenhuma anormalidade nas estruturas anatômicas do cérebro. Realizaram a espectroscopia de prótons por ressonância magnética, principalmente para aferir o nível de N-acetil-aspartato (NAA) e verificar a possibilidade de uma doença degenerativa. Entretanto, não constataram nenhuma diminuição do NAA. Apenas na tomografia por emissão de pósitrons encontraram variações nos processos bioquímicos na região do sistema límbico, e testes genéticos realizados posteriormente comprovaram, embora sem diagnóstico preciso, a presença de mutações.

Com a bateria de testes, chegaram à conclusão de que Inês, apesar da apatia, parecia manter a lucidez cognitiva para tarefas mecânicas, pois, quando os médicos pacientemente a estimulavam, ela se demonstrava capaz de realizar certas atividades. Além disso, tinha preservada a memória de lembranças recentes e de longo prazo, sendo observado que a demora para dar respostas sobre datas, fatos e outros testes de memória assemelhava-se mais a uma desproporcional falta de vontade em participar.

Uma dupla de cuidadores foi acionada para assisti-la em seu apartamento. Ao longo do dia, um deles se encarregava de administrar as medicações e cuidar de todas as suas necessidades, sendo substituído por outro no final da tarde, que, entre todas as outras funções, tinha também a responsabilidade de prepará-la para dormir.

A verdade é que não fazia diferença entre o sono e a vigília, já que Inês aparentava não ter vontade de fazer coisa alguma. Onde a colocavam ela permanecia, de olhos abertos e sonâmbulos. Quando o cuidador a sentava no sofá, em frente à tevê, Inês às vezes até olhava para ele quando perguntava em qual canal gostaria que deixasse, mas, como ela não respondia, ele mesmo se decidia por algum. Ao ser colocada para dormir, a forma como era deixada na cama era como a encontravam na manhã seguinte. Adotaram o uso de fraldas, pois ela era incapaz de anunciar que tinha necessidade de urinar ou defecar. E, quando uma vez a fralda vazara quando estava no sofá, ela apenas olhou para baixo, indiferente.

Enquanto Inês era acompanhada pelos médicos, que até aquele momento não haviam chegado a uma conclusão sobre os motivos de seu estado de saúde, Vanessa era quem conduzia o laboratório, algo que já fazia antes mesmo do afastamento de Inês, mas que agora havia sido formalizado pelos membros da diretoria.

Paralelamente aos projetos em andamento, Vanessa acompanhava e estudava cada resultado dos novos exames realizados em Inês, buscando respostas para o enigma que era a condição daquela neurocientista brilhante com quem dividira anos de pesquisas sobre o emaranhado novelo de possibilidades que era o cérebro humano.

Enquanto refletia sobre a duradoura parceria, ela se lembrou do projeto que vira certa vez no sistema do laboratório, um projeto protegido, ao qual nem mesmo ela tinha acesso.

O relógio marcava pouco mais de cinco da tarde quando o rapaz da TI ligou para comunicar a liberação do acesso. Vanessa parou o que estava fazendo e imediatamente iniciou a investigação. O projeto seguia a metodologia de registro que ela e Inês praticavam, por isso foi fácil saber por onde começar a ler. Abriu rapidamente documentos aleatórios, leu títulos e trechos, anexos com imagens, vídeos e gráficos. Uma sombra do significado daquele experimento passou pela mente de Vanessa, que, incrédula, demorou para aceitar a possibilidade. Passou os olhos pelo diário de acompanhamento da experiência.

... os resultados dos exames após a 32ª autoadministração revelam...

Estou deixando passar algo? Vou colocar essa pergunta no final de cada diário de acompanhamento, como uma provocação cognitiva para estimular minha observação emocional. Seria de grande ajuda contar com as observações de Vanessa, mas ainda tenho receio de falar sobre o experimento. Até mesmo para ela.

— Droga, Inês! Por que você... Por quê?

Sinto-me como se estivesse me preparando há meses para uma viagem, mas agora, já com o avião no ar, tem me batido um medo. O que se passava na cabeça daqueles camundongos? Certa vez Beatriz me perguntou sobre "os ratinhos". "Mãe, depois que os ratinhos trabalham eles também voltam pra casa pra jantar com a família?"

Hoje, ao deitar, pretendo deixar as cortinas abertas. Sempre gostei de despertar com a chegada gradual da luz do dia. A janela do nosso quarto está posicionada para o nascer do sol. Lembro que quando visitamos o apartamento ainda era bem cedo, porque eu precisava estar no laboratório para uma reunião naquela manhã, então chegamos cedinho e vimos o sol se estender no piso do quarto naquelas primeiras horas do dia, aquela manta de luz quente. "Aqui vai ser um bom lugar para pôr a cama", o Rui havia dito, depois me olhou como se tivéssemos encontrado um lugar especial.

Vanessa atravessou a madrugada aprofundando-se no estudo da minuciosa documentação. Agora compreendia o que Inês fizera. Mesmo diante da inovadora pesquisa, qualquer entusiasmo científico em relação à experiência se calou em face da consciência de toda aquela dor, daquela tentativa desesperada de se exilar de emoções torturantes, de dar uma resposta para o grande absurdo da vida.

Mesmo de posse das informações do experimento de Inês, após alguns meses de estudo, a equipe médica chegou à conclusão de que o quadro de saúde dela era irreversível e que, em virtude das mutações em seu sistema nervoso, era improvável que ela recuperasse a capacidade de se conectar emocionalmente. Definiram uma série de terapias e um coquetel de medicamentos com o intuito de refrear uma possível progressão da mutação, mas, como explicaram para Joice, a sogra de Inês, não havia nenhuma garantia de que isso desse certo.

— Ela será uma pessoa totalmente dependente de cuidados, agora — explicou Vanessa.

— Ela nos escuta? — perguntou Joice.

Inês estava deitada em uma maca, a alguns metros de Joice e Vanessa, que conversavam em outro canto do quarto do hospital. Após a descoberta do experimento, Inês havia sido internada para facilitar a realização dos exames e seu acompanhamento.

— Ela reage quando insistimos, mas sempre nos olha daquele jeito, como se estivesse pensando em algo. É difícil dizer o quanto ela realmente entende o que falamos.

— Se eu soubesse... — murmurou Joice, olhando em direção à maca. — Eu tentei entrar em contato com ela diversas vezes, falei para marcarmos de nos ver, que ela poderia ficar um tempo com a gente... Se eu soubesse, se tivesse notado que ela estava tão mal, teria insistido. Eu devia ter insistido!

A casa de repouso para onde Inês havia sido transferida definitivamente era uma instituição conhecida por ela. Alguns dos seus residentes faziam parte de estudos e terapias experimentais do laboratório que antes ela dirigia. Com as responsabilidades acumuladas no decorrer do tempo, ela fora se afastando do contato frequente que tinha com as pessoas que viviam com a doença de Alzheimer, focando-se mais nas pesquisas do laboratório e nas salas cirúrgicas para autópsias. A partir daquele momento, ela estaria lá, todos os dias.

Vanessa tentou tranquilizar Joice, que se sentia culpada por permitir que Inês fosse para uma casa de repouso. Seria impossível para uma mulher de 81 anos, ainda mais com Tomás, seu marido, em tratamento de um câncer que voltara a acometê-lo, responsabilizar-se também por Inês.

— Aqui é um bom lugar — garantiu Vanessa. — As pessoas aqui sabem que ela dedicou a vida tentando achar a cura para uma doença com a qual eles lidam todos os dias. Eles vão cuidar dela com carinho. E eu também vou estar sempre aqui.

No início, o que Vanessa havia dito se cumpriu. No entanto, com o tempo, as visitas semanais se tornaram quinzenais e depois mensais. Até o dia em que recebeu a ligação do diretor da casa de repouso comunicando com um pesar habitual o falecimento da amiga.

Inês faleceu sete dias antes de completar 49 anos, na casa de repouso onde residia havia quatro anos. Se havia algo de Rui, Ágatha e Beatriz que ainda ecoava dentro dela, era impossível saber em seus últimos anos de vida. Talvez nos raros momentos em que ela parecia olhar para algum enfermeiro de um modo curioso, como se estivesse prestes a perguntar onde estava sua família. Mas logo depois ela voltava a derreter os olhos em um ponto fixo e ficava assim por horas até que alguém a mudasse de posição ou finalmente adormecesse. Nas poucas vezes em que falou durante todo esse período, fora necessário muito estímulo dos terapeutas. Contudo, na fase final de sua doença, ela se fechou de vez em uma apatia generalizada. Também perdeu a primeira função que a boca aprende ao encontrar o seio da mãe, sendo obrigada, em seu último ano de vida, a se nutrir de alimentação intravenosa, já que não tinha ânimo sequer para mastigar e engolir os alimentos.

Na última tarde em que viveu, um dia claro com um céu de poucas nuvens, foi levada para seu passeio habitual no jardim da instituição. Um gramado extenso onde árvores farfalhavam baixinho em tardes de dias tranquilos. Eles a acomodaram em uma cadeira de rodas e a conduziram pela vasta área verde, vestida com uma roupa leve para aproveitar o toque reconfortante do sol. Às vezes ela ficava quase duas horas ali, com algum acompanhante sentado em um dos bancos, sob a sombra de uma árvore. Outras vezes dois enfermeiros lhe faziam companhia, e ficavam conversando os assuntos deles enquanto ela olhava fixamente para uma direção qualquer. Naquela tarde, enquanto a enfermeira sentada ao seu lado entretinha-se no celular, Inês parecia observar alguns pombos roliços e de andar aprumado que investigavam o gramado, depois bicavam o chão, próximos a outro banco. Ela mantinha o rosto congelado naquela expressão que ela mesma já vira tantas vezes em outras pessoas, a primeira delas, a avó de sua amiga de infância, a sra. Marlene. A expressão de alguém que observa algo já distante do alcance e que vai lentamente se afastando mais e mais.

— Vamos entrar, Inês? — disse a enfermeira, que foi gentilmente puxando a cadeira de rodas para trás, enquanto Inês observava em silêncio aqueles passarinhos gordinhos.

Talvez a visão daquelas aves houvesse lhe trazido um pouco de conforto? Quem sabe fosse essa a explicação para o semblante tranquilo com o qual fora encontrada, com o rosto virado para a janela, quando na noite anterior fechou os olhos para adormecer, e, na manhã seguinte, seu corpo decidiu continuar dormindo.

44

Márcio estava no quarto, sozinho, lembrando a história que Ester havia contado a ele na noite anterior.

> Não demorou para associarem a doença à experiência da neurocientista. A investigação reversa da onda de casos comprovou a ligação, afunilando a expansão de contágio até levar ao caso de Inês. Vanessa, amiga da neurocientista, havia morrido alguns anos depois, e em seus laudos constava um período de grande depressão e reclusão. Enfermeiros e enfermeiras da casa de repouso onde Inês fora internada também haviam falecido prematuramente, todos com registros de uma profunda depressão. Assim como parentes de outros residentes e pesquisadores de diferentes partes do mundo que haviam participado de um simpósio internacional sobre a doença de Alzheimer, em que membros da equipe que tratara de Inês apresentaram os dados do seu caso e de seu experimento, sem saber que eles mesmos estavam aju-

dando a espalhar a doença para outros cantos do mundo. Os laudos de Inês mostraram que ela havia sido infectada por uma bactéria hospitalar no período em que ficara internada para a realização de seus exames. Os registros mostravam que a infecção havia sido tratada antes de ela ser transferida para a casa de repouso, mas não sabiam eles que a bactéria estava sofrendo mutações provocadas pelo efeito da droga em seu corpo...

Os pensamentos de Márcio foram interrompidos por batidas na porta, e logo em seguida ele viu Ester entrar. A mulher se aproximou da cama e parou ao lado dele.

— Como está se sentindo hoje? — perguntou ela.

— Como você acha que eu me sinto hoje?

Ester puxou uma cadeira e se sentou diante dele.

— Quando vão tirar essa coisa de mim? — perguntou ele, apontando para a prótese craniana.

— Gostaríamos de manter por mais um ou dois dias.

— Vocês ainda estão lendo meu cérebro.

— Exato.

— Enquanto isso eu faço o quê? — perguntou Márcio. — Ficamos aqui, conversando sobre a vida?

— Sobre o que você gostaria de conversar?

— Por que eu? Por que as outras seis pessoas?

Ester o encarou, refletiu por um instante, então disse:

— O objetivo do experimento era expor algumas pessoas ao estresse da busca emocional pelas lembranças. Dentro da floresta vocês não estavam tentando simplesmente se lembrar... há o apego emocional pelo acesso às lembranças. O experimento foi desenvolvido para mapear as respostas cerebrais enquanto vocês tentavam recuperar suas memórias. Reconectar-se. Na floresta vocês não tinham um "estímulo de memória", por exemplo, um álbum de fotos ou vídeos, ou alguém falando sobre vocês... estímulos que poderiam desencadear o acesso à identidade. A única coisa que vocês possuíam era o *desejo de saber*. Buscamos elevar esse estímulo emocional para recuperar as lembranças criando uma urgência. E um conflito cognitivo para pessoas como você.

— Como assim pessoas como eu?

— Você ainda não se lembra, mas vai se lembrar, você e todos os outros seis voluntários tinham um perfil muito específico e necessário para esse experimento. Cada um de vocês sempre dedicou a vida a trabalhos que geravam algum benefício coletivo. Na observação feita pelo agente de assistência que trabalhava no Setor Dois, pessoas com um estilo de vida como o de vocês possuem uma resistência maior ao efeito da doença. Não são imunes, porém são mais resistentes à desconexão. Realizamos uma série de exames em pessoas que se encaixavam nesse perfil e verificamos um fluxo maior e mais constante das sinapses na região do sistema límbico que talvez fosse um dos motivos da maior resistência à doença. Chegamos a algumas teorias sobre esses indivíduos e sobre essa característica que nomeamos como "reforço por resposta química ao comportamento altruísta", mas a melhor maneira de termos dados mais confiáveis seria expô-los, de alguma maneira, à ação da doença. Porém, não podíamos fazer isso, porque, como disse, há uma resistência à desconexão, não uma imunidade. Então criamos um experimento que pudesse simular o mais próximo possível o cenário da desconexão para mapearmos o funcionamento neural durante o processo da busca pela reconexão. Você é uma pessoa boa, Márcio. Você só não sabe disso porque não tem acesso consciente das suas memórias. Mas no seu inconsciente você sabe quem é. Por isso sua angústia tão grande por tudo o que passou e pelo que fez. E infelizmente era necessário para o experimento gerarmos esse conflito, para que seu inconsciente fosse estimulado a furar a barreira da amnésia. Você teve flashes de lembranças, de sensações de quem você realmente era, não teve? Quando pensou em fazer algo ruim para alguém? Quando realmente fez algo de ruim para alguém, não foi?

Era doloroso para Márcio escutar aquelas palavras, pois elas evocavam as cenas de suas ações na floresta.

— Não há conflito maior para uma pessoa boa do que ter que fazer mal a outra. E, como em um circuito de testes, enquanto o seu inconsciente se esforçava para vir à tona, para se reconectar com a sua identidade, o implante acoplado no seu crânio mapeava as respostas do seu cérebro durante esse processo, assim colhemos amostras digitalizadas das proteínas liberadas, além de mapear seu funcionamento neural. De posse desses dados, podemos entender melhor como o cérebro de uma pessoa com esse perfil reage nesse cenário e talvez por que existe essa resistência maior à doença.

Ester aguardou, dando um pouco de tempo para Márcio refletir sobre tudo o que acabara de ouvir.

— Nós sabíamos?

Ester o encarou.

— Antes de aceitarmos, nós sabíamos o que poderíamos fazer? Uns com os outros?

— Nós informamos que a experiência envolvia riscos à saúde.

— Riscos à saúde? Eu quero saber se sabíamos que iríamos matar uns aos outros.

— Saber de todos os detalhes poderia pôr em risco a eficácia do experimento.

— Poderia pôr em risco o experimento ou vocês tinham medo de que nós não aceitássemos se soubéssemos disso?

— Às vezes pessoas boas fazem coisas ruins por uma causa maior — disse Ester, com uma frieza cirúrgica.

— Vocês vão conseguir uma cura pra isso, então?

Ester movimentou a cadeira, como se a ajeitasse de alguma maneira. Seus olhos fugiram dos de Márcio, e depois ela voltou a encará-lo.

— Essa é uma etapa do estudo. Ainda temos que avançar com as pesquisas. Mas estamos animados com as informações que conseguimos colher.

— Então talvez não sirva para nada — disse ele, desanimado.

— Sempre serve para alguma coisa. Mesmo que seja para descartar a possibilidade.

Márcio deixou escapar um sorriso debochado.

— Mas, como disse, estamos animados com o que conseguimos até aqui.

— Entendo. Tudo que passamos para um possível nada — murmurou Márcio, cansado, encarando novamente o teto branco.

Ester se levantou da cadeira e caminhou pelo quarto, contornou a cama e foi até a janela. Lá fora a grande floresta se estendia pelo horizonte.

— Dois anos atrás, 80% da população vivia nos Setores Um e Dois — o tom de Ester era uma mistura de justificativa e reflexão. — Hoje são 85%. E, desses 85%, a maior parte está no Setor Dois, em estado de desconexão total. Vegetais. Já não temos pessoas disponíveis para manter lares de acolhimento suficientes. Na verdade, mal temos pessoas para sustentar o que sobrou do mundo. Por isso, a maior parte dessas pessoas está ficando onde está, morrendo em casa por inanição, sozinhas ou ao lado de familiares ou amigos que já estão mortos. Algumas têm a sorte de contar com alguém próximo que ainda é capaz de cuidar delas. De mantê-las vivas por mais algum tempo. E digo mantê-las vivas no sentido mais cru da palavra. O tempo está se esgotando, Márcio, então toda ideia que *talvez* possa abrir caminho para uma cura precisa ser compreendida, mesmo que essa ideia nos ofereça apenas isso, um talvez.

Apesar dos muitos argumentos, a mente de Márcio só o levava pelas lembranças do horror que havia vivido naquela floresta. Ele não vivera a realidade do mundo que Ester relatava, pelo menos não em sua mente esvaziada daquela experiência, e o ser humano dá pesos diferentes à realidade contada e à vivida.

Ester caminhou até uma cadeira de rodas que estava encostada em um canto do quarto e a trouxe para próximo da cama de Márcio.

— Você vai conseguir compreender melhor quando se lembrar como o mundo está. Vamos?

Ela o ajudou a se levantar da cama e se sentar na cadeira. Ao saírem do quarto, viraram para a esquerda em um longo corredor branco. Passaram por uma porta fechada onde um adesivo sinalizava o risco de perigo biológico. Seguindo essa mesma parede, havia uma grande janela envidraçada, na qual, do lado de dentro, algumas pessoas, vestidas com uniformes de segurança biológica, trabalhavam.

Dobraram à direita, seguiram alguns metros e pararam em frente a uma porta. Ester pressionou o polegar no sistema de segurança e a porta mecânica deslizou lateralmente com um ruído emborrachado, revelando uma sala de controle com diversas bancadas horizontais. Monitores estavam enfileirados em cada uma dessas bancadas, e apenas os cientistas responsáveis pelas avaliações dos dados de mapeamento neural ocupavam suas máquinas agora. As outras cadeiras estavam vazias, com seus monitores desligados. Na parede adiante havia uma grande tela retangular dividida em uma série de telas menores que mostravam imagens do interior das casas e do terreno ao redor delas.

Márcio tocou o implante craniano.

Ester avançou com a cadeira pelo corredor que separava as fileiras de bancadas em lado esquerdo e direito e caminhou com Márcio até a metade da sala. Os cientistas voltaram-se para eles e encararam o homem na cadeira de rodas. Márcio trocou olhares desconfortáveis com aquelas pessoas, sentindo uma espécie de asco, fazendo com que todos ali também se sentissem assim, alguns deles exibindo uma expressão de pena.

— Quero te mostrar uma coisa — disse Ester. — Por favor, pessoal, nos deixem a sós por um momento.

Márcio continuou olhando para a frente, enquanto, ao redor, cadeiras se arrastavam. Aos poucos, os cientistas saíram, calados, e ele escutou o som emborrachado da porta deslizar até se fechar. O único som vinha da ventilação baixa das máquinas e do sistema de ar-condicionado.

Ester ocupou uma das bancadas e Márcio escutou os toques ligeiros dos seus dedos no teclado. Em resposta, a grande tela na parede apagou. Mais alguns sons do teclado. Silêncio. Subitamente, o rosto de Márcio apareceu, tomando toda a tela composta por vários monitores.

Sentado na cadeira de rodas, Márcio sentiu uma espécie de surpresa diante daquele rosto. Não havia espelhos nas casas da floresta, e, até aquele momento, ele nem sequer sabia que tinha aquelas feições. No entanto, ao ver aquela pessoa naquela enorme tela à sua frente, não era necessário lhe explicar nada. Ele sabia que aquele era seu rosto. Que aquele era Márcio. Então reparou que, além do cabelo, o implante craniano ainda não havia sido conectado.

O vídeo estava congelado e Ester aguardava, observando a reação do homem. Márcio tocou o implante mais uma vez, e, ao vê-lo na tela, aquele objeto cravado em sua cabeça o incomodou mais do que nunca.

— Gravamos esse vídeo antes de prosseguir com os procedimentos — disse Ester.

Márcio permaneceu em silêncio. Os olhos daquele homem na tela estavam vivos. Não era um rosto desprovido de seriedade, longe disso, havia seriedade naquela pessoa, porém havia algo mais, algo que, além de respeito, emanava também uma espécie de conforto e tranquilidade. Era o rosto de uma pessoa que sabia quem era e, principalmente, quem queria ser. Devia ser bom ser uma pessoa assim. Devia ser bom ter essa certeza que ele lhe transmitia.

Ao som de um clique o vídeo deu início.

A voz que escutou foi de uma mulher que não aparecia no vídeo.

— Queremos que você fale livremente e conte sobre a sua vida, momentos marcantes, histórias engraçadas, tristes, sobre a sua família, infância, seus estudos, seu trabalho, tudo o que vier à mente. Imagine que você perdesse a memória e esse vídeo fosse a ferramenta para ajudá-lo a se lembrar de quem é, ok?

— Bom, eu sou antropólogo. Qual é o tempo máximo que tenho? — disse ele, dando risada.

— O tempo que precisar.

— Ok. Posso começar? Então vamos lá. Os momentos mais marcantes... Bom, se existe alguma chance de eu ajudar nesse horror que estamos vivendo, com certeza esse é um momento marcante. Mas, vamos lá, vamos do começo. Meu nome é Márcio Batista Moraes, tenho 41 anos, sou antropólogo...

O vídeo tinha mais de quatro horas de duração. Na gravação, Márcio resumiu os momentos mais importantes de sua vida, as experiências na infância, falou sobre a família, relatou sua trajetória como estudante, os primeiros amores, as grandes tristezas, como o falecimento dos pais e da irmã mais velha, a alegria de saber que em meio ao caos atual seus dois sobrinhos estavam bem, pelo menos estavam com saúde e em relativa segurança numa área do Setor Zero; contou alguns acontecimentos divertidos, e, nesses instantes, sorriu ao se recordar do passado com afeto; falou com segurança sobre sua perspectiva de uma sociedade melhor e relatou como se dedicara, além das pesquisas, às aulas de história que dava para alunos de comunidades de baixa renda, de como acreditava que só por meio do conhecimento aquelas crianças poderiam mudar, se não a história do mundo, as suas próprias histórias. No entanto, em determinado momento seu rosto se fechou num pesar contemplativo, quando disse: "É triste, mas não surpreendente, que mesmo diante da extinção o arranjo social do mundo se mantenha igual." Porém, logo em seguida, como se fosse algo natural, voltou a exibir o semblante sereno de um homem dedicado ao estudo da humanidade e do conhecimento. E, principalmente, de um homem dedicado a outras pessoas.

A gravação terminava com ele se dando conta do quanto havia falado.

— Vocês falaram que eu não precisava me preocupar com o tempo, então eu fui falando.

— Sem problemas — disse a voz. — Está ótimo.

Quando o vídeo chegou ao fim, a tela congelou em seu rosto. Na cadeira de rodas, o Márcio do presente encarava o Márcio do passado, como se tivesse pena daquele pobre homem, embora invejasse o que agora parecia-lhe ser uma espécie de ingenuidade. Após alguns segundos contemplando aquele rosto, Márcio voltou os olhos para baixo e murmurou:

— Eu... eu gostaria de voltar para o quarto.

Ester se levantou sem dizer nada, se posicionou atrás da cadeira de rodas e fez o caminho de volta.

No quarto, ela o ajudou a se acomodar na cama. Márcio voltou-se para a janela e quebrou o silêncio com uma voz inexpressiva.

— Você é a líder do experimento, certo?

— Sim, eu estou à frente do projeto.

— E foi você que teve a ideia?

— Eu e minha equipe evoluímos o experimento, mas a ideia surgiu de um agente de assistência do Setor Dois.

— Ok — disse ele, sem vontade.

Ester o observou por um momento e foi em direção à porta.

— Vou pedir para trazerem algo pra você comer — informou ela, entretanto Márcio não respondeu, imerso em pensamentos.

Então ela deixou o quarto.

Algumas horas depois, alguém bateu à porta e entrou. Era outra mulher.

— Oi — cumprimentou ela. — Vim trazer seu jantar.

— Não estou com fome.

— Mas você precisa comer.

Márcio não respondeu.

A mulher se aproximou e colocou uma bandeja sobre o móvel ao lado da cama.

— Amanhã vamos remover a prótese craniana — explicou ela. — Vai te fazer bem comer um pouco.

Ele continuou em silêncio, sem olhá-la.

— Posso te contar uma coisa?

Márcio manteve o rosto voltado para a janela do quarto, o semblante abatido.

— Eu sempre achei que seria você. Quer dizer, a gente não sabia, claro, como as coisas iriam terminar, mas... se acontecesse de... de ficar apenas um, quem melhor do que você para saber o que fazer?

— Talvez para vocês aquilo tenha sido um maldito jogo, mas com toda certeza não foi assim para nenhum de nós que estávamos lá.

— Eu sei — respondeu ela, um pouco envergonhada.

— Você acha que eu ganhei, então? É isso que você acha?

— Não foi isso que eu quis dizer.

— Foi exatamente o que você disse.

— Eu...

— Me deixa sozinho — pediu ele.

— Tenta comer um pouco, tá?

A mulher deixou o quarto, e quando Márcio escutou a porta se fechar também fechou os olhos, lembrando-se das coisas que havia visto naquela grande tela.

Quem melhor do que você para saber o que fazer?

Quem melhor?

Márcio passou as horas seguintes acordado, com o vídeo a que assistira desencadeando uma série de outras lembranças, até que o sono veio.

Na manhã seguinte, uma equipe foi até seu quarto. O prato na bandeja não havia sido tocado.

— Pronto para tirar essa coisa da cabeça? — perguntou um dos enfermeiros.

Márcio o encarou e assentiu.

O homem foi colocado em uma maca e notou que uma das enfermeiras que o acompanhavam era a mesma mulher que trouxera seu jantar na noite anterior, agora vestida como os demais enfermeiros. A mulher o olhou, ainda embaraçada pela conversa na noite anterior.

— Você entrega a comida e também auxilia nas cirurgias? — perguntou Márcio, sério, entretanto com um tom de voz sereno.

— Eu sei o que você está pensando: será que ela é uma enfermeira que também ajuda na cozinha ou uma copeira que ajuda nas cirurgias?

— Não foi isso que eu pensei, mas agora que você disse — respondeu ele, soando apático.

Entraram na sala de cirurgia e a mulher que levara seu jantar começou a prepará-lo.

— Só mais um pouco agora e você vai estar livre desse aparelho — disse ela, enquanto, do outro lado da maca, uma pessoa iniciava o processo de sedação.

Márcio assentiu, sem dizer nada.

A anestesia começou a ser administrada.

— Você conseguiu se lembrar? De quem você é?

Márcio a encarou. O rosto dela pareceu distante. Seus olhos pesaram e ele os abriu, como se não quisesse se deixar levar. Então balbuciou algo. Curiosa, a mulher se abaixou próxima do rosto dele.

— O quê?

— Eu...

— Conseguiu? Lembrar quem você é? — repetiu ela.

— Não... eu lembrei... — balbuciou ele, já de olhos fechados, a boca entreaberta. — Eu lembrei... quem eu fui.

• 342 •

45

A van que transportava os agentes de assistência, como eram chamados os profissionais que realizavam os trabalhos no Setor Dois, atravessou o portão de um grande condomínio de quatro torres residenciais que fora transformado no chamado Lar de Acomodação. Entre as pessoas do Setor Um, esses locais eram conhecidos por um nome menos agradável. Elas os chamavam de Torres do Vazio. Sempre que o local era referido dessa forma, os que ainda podiam sentir alguma coisa pareciam ser dominados por uma angústia e uma melancolia, como se falassem de um lugar terrível que não devia ser mencionado.

Na cidade, havia 123 locais com o selo de Setor Dois. A maioria deles, enormes condomínios que disponibilizavam centenas de unidades habitacionais; mas também havia outros, como dois estádios de futebol cobertos, onde todo o campo era completamente tomado por incontáveis beliches, ocupados por pessoas que haviam atingido o Estágio 3 e não possuíam mais nenhum familiar capaz de lhes prestar assistência.

Sandro foi deixado em frente ao hall de entrada do condomínio. Ele e outras oito pessoas, todos protegidos com uniformes de segurança biológica, desceram do veículo.

— Sandro? Quem é Sandro? — perguntou uma mulher que aguardava a chegada das pessoas, junto à entrada de um conjunto de torres.

Todos os que tinham vindo com Sandro seguiram adiante, acostumados com a rotina de suas atividades.

— Sou eu. — Ele levantou a mão.

— Meu nome é Ana. Sou eu quem vai te apresentar o lugar e dar as orientações necessárias.

— O que você aprontou para te castigarem com essa função? — disse ele, de forma apática, como se não fosse uma brincadeira.

— Daqui a alguns minutos você vai perceber que lidar com quem consegue interagir com você não é nenhum castigo. Vem, vamos começar aqui embaixo.

Ela se virou e foi avançando para dentro de uma das torres. Sandro a seguiu, estudando o lugar. Havia um conjunto de lixeiras plásticas com um colorido desbotado, com sacos e mais sacos fechados de lixo. Apesar da quantidade monumental de resíduos, era claro que as pessoas que trabalhavam ali eram bem organizadas.

— Você já deve ter percebido que ali fica o lixo — comentou ela.

— É, eu percebi.

— Agora é sério. Temos funções bem definidas aqui, mas não temos gente suficiente para todo o trabalho, então, se pedirem para você fazer alguma coisa que não seja sua função, o que você vai fazer?

— Eu vou ajudar.

— Ótimo. Só tem uma coisa que você não deve fazer e é justamente isso aí. — Apontou para as lixeiras. — Quem vem do Setor Zero não toca nas lixeiras. Quem cuida dessa parte são os profissionais que já são daqui. Mas não é porque somos melhores que eles.

Ana era do Setor Zero e, assim como Sandro, usava o traje de proteção biológica.

— Para não correr risco de contaminação — disse Sandro.

• 344 •

— Exato. Quando cheguei aqui, pensei: "Porra, mas a gente tem luva e tudo mais"... porém, se podemos evitar, então vamos evitar.

— Ok.

— Vem.

Ela atravessou o portão e eles entraram no hall que dava acesso às torres.

— A, B, C e D — ela apontou para as direções e entrou na primeira torre.

Havia um balcão no centro onde antes devia ser a portaria, quando o lugar ainda era um condomínio residencial normal. Agora, um pequeno grupo de pessoas fazia algum tipo de triagem de materiais. Eram todas do Setor Um, portanto nenhuma usava os trajes como os que eles usavam.

— Você já deve ter recebido pelo celular uma lista completa das pessoas internadas aqui.

— Eu fui remanejado pra cá hoje. Fiquei sabendo há duas horas.

— Não precisa decorar a ficha de ninguém, claro, mas é bom dar uma olhada, uma lida em alguns, até para se familiarizar com os relatórios. Você vai dar assistência aos internos: administrar medicamentos, trocar fraldas, dar banho, alimentar aqueles que ainda conseguem mastigar, basicamente tudo que for necessário, exceto?

— Mexer com o lixo.

— Isso aí.

Sandro não conseguia dizer, com certeza, quantos anos aquela mulher tinha. As máscaras não deixavam ver direito quem estava por trás delas. Mesmo assim, pela voz, ela parecia ser mais jovem do que ele.

Naquele ano, Sandro havia completado 49 anos. Escutava com atenção as instruções de Ana, mas uma parte dele não estava ali. Ainda atordoado com o impacto daquela reviravolta em sua vida, sentia que algo estava sendo retirado dele. De novo.

— Quase tudo o que você precisa saber está no programa, instalado no seu celular — continuou Ana —, mas você também pode perguntar pra eles se tiver alguma dúvida e eu não estiver por perto. — Ela apontou para o grupo de pessoas que faziam a triagem, organizando materiais de higiene, roupas e latas de suplementos vitamínicos distribuídos pelo governo.

A pasta insossa.

• 345 •

Muitos dos artigos de higiene eram de fabricação artesanal, produzidos com o único objetivo de serem práticos. Não havia mais a preocupação com uma hidratação profunda ou com fórmulas diferenciadas para cada tipo de pele; cabelos secos ou oleosos eram lavados com o mesmo xampu que era esfregado em todas as cabeças, o que já era um luxo, uma vez que frequentemente utilizava-se o mesmo sabonete quadrado e de cor terrosa feito com gordura reutilizada, que mais parecia um pedaço de tijolo derretido que impregnava as pessoas com um cheiro de coisa guardada.

Os remédios eram manuseados por uma equipe específica, em uma sala fechada e protegida por seguranças, tratados como verdadeiras pedras preciosas. As pessoas que trabalhavam ali sabiam a falta que eles faziam. Tomavam todo o cuidado para não derrubar nenhum interno, em um esforço coletivo para evitar acidentes que pudessem exigir o uso de medicamentos. Mesmo assim, todo mês morriam vários deles por falta de algum insumo hospitalar. No entanto, apesar da tristeza que as mortes causavam, eram elas que proporcionavam leitos para outras pessoas, já que o condomínio operava com capacidade mais do que máxima, e milhares de outros doentes morriam lá fora em suas casas, totalmente esquecidos.

As latas de suplemento vitamínico eram uma alternativa para manter aquelas pessoas vivas. Uma pasta marrom e sem gosto definido supria as necessidades biológicas e substituía a utilização dos alimentos comuns que se destinavam às pessoas dos Setores Zero e Um. Além de ajudarem na economia de alimentos, os suplementos também eram uma saída à falta de bolsas de alimentação parental. Eles diluíam a pasta para que ela ficasse menos densa, introduziam uma cânula pela boca dos internos até o estômago e a injetavam através dela, alimentando-os como gansos. Certa vez, um dos agentes de assistência comentou, em tom jocoso, que já dava para abrir uma fábrica de *foie gras* de fígado humano. Nunca mais ele repetira o gracejo quando outra agente respondeu que já havia escutado histórias de pessoas que realmente comiam outras na falta de opções. Se essas histórias eram verdade, a mulher assumiu que não sabia e preferia assim. Era mais confortável pensar que eram somente histórias assustadoras demais para ser verdade.

— Nesses primeiros dias você vai trabalhar em conjunto com outros profissionais. Eles não vão ser sempre os mesmos; é só pra você ir pegando o jeito da rotina, depois você vai seguir sozinho. Vem, vamos começar pela Torre A.

Passaram por outra mulher sem vestimentas de proteção especial que empurrava um carrinho com equipamentos de limpeza.

— Bom dia, Olívia — disse Ana ao passarem por ela.

— Bom dia, doutora. — E se voltou para Sandro. — Bom dia, doutor.

Sandro ficou sem reação por uma fração de segundo, depois respondeu:

— Bom dia.

Enquanto aguardavam o elevador, a mulher com o carrinho se distanciou, as rodinhas rangendo.

— A Olívia chama todo mundo de doutor e doutora.

Entraram e Ana apertou o número 3 no extenso painel ao lado da porta, que se fechou. O prédio tinha 28 andares.

— Quantas pessoas trabalham aqui?

— Olha — refletiu ela —, o número está sempre mudando. Umas 35, 40, mais ou menos.

— Só isso para cuidar de todas as pessoas?

— Não só das pessoas, como também dos serviços de manutenção, limpeza, por isso foi ótimo saber que iam enviar você. Mesmo sendo homem.

— Qual o problema de eu ser homem?

— Você reparou que a maioria das pessoas que trabalham aqui são mulheres?

Sandro não havia reparado, mas, agora que Ana dissera, trouxe à mente o que vira lá embaixo, e, exceto por um homem que vira na van, não se recordava de ter visto nenhum outro até aquele momento.

— Quando uma das internas apareceu grávida, descobrimos que dois agentes estupravam diversas mulheres. Como não temos uma equipe

• 347 •

muito grande, muitas atividades são realizadas de forma isolada. Os homens são os únicos que sempre trabalham em duplas, com alguma agente feminina. Tirando os homens que são do Setor Zero, como você, que não podem tirar o uniforme de proteção biológica. Pegar essa doença é um ótimo incentivo pra vocês manterem o pinto dentro das calças.

— Meu Deus.

— É.

O elevador se abriu e eles saíram pelo corredor do terceiro andar. Diferentemente dos prédios que visitava no Setor Um, Sandro podia dizer que aquele corredor estava limpo.

— A maior parte da equipe é formada por pessoas infectadas. Parte dessas pessoas mora aqui. Uma parte é contratada, outros são voluntários. Aliás, hoje você vai acompanhar uma voluntária. Ela é ótima. A Catarina.

— Ana — chamou Sandro, e a mulher se voltou para ele. — O que aconteceu com a criança?

— Da mulher estuprada?

Sandro assentiu.

Ana olhou ao redor, depois encarou Sandro.

— Nós informamos o crime às autoridades do Setor Zero e notificamos que seria feito o aborto... mas eles pediram que não interrompêssemos a gestação. Eles enviariam uma equipe que já estava realizando estudos de uma nova droga em mulheres grávidas no Setor Um e passariam a administrá-la na mãe para ver como a substância reagiria na criança após o nascimento.

Sandro baixou os olhos.

— Mas isso acabou não acontecendo — continuou Ana —, porque durante a noite a mulher sofreu um aborto natural.

Sandro encarou Ana e os dois se olharam em silêncio. Ele queria perguntar se a mulher realmente sofrera um aborto natural ou se eles haviam interferido mesmo contra as orientações de seus superiores, mas não perguntou.

• 348 •

— Vamos continuar que temos muito pela frente. — Ana virou-se.
— Adotamos como padrão sempre ir da ponta esquerda do corredor até a direita, passando apartamento por apartamento. A não ser que tenha alguma emergência e você seja chamado para outro apartamento específico. Fica mais fácil para não se perder. Vem. — Ela se encaminhou para o lado esquerdo.

Foram até o apartamento na ponta do corredor. A porta estava aberta.

— A gente nunca tranca — disse ela, já entrando. — Quando alguém está realizando algum procedimento, a porta fica aberta para saberem que tem alguém dentro, e quando saímos só encostamos, mas nunca trancamos.

Teoricamente Sandro sabia como eram os lares de acomodação, mas isso não amenizou o golpe de conhecê-los pessoalmente. Tirando um sofá, um guarda-roupa e uma geladeira, não havia nenhum outro móvel no apartamento. Todo o espaço era utilizado para as camas. No cômodo havia dois agentes; os internos estavam sentados, escorados em travesseiros. No rosto deles, nenhuma expressão. Eram faces apáticas, desprovidas de qualquer interesse, e exibiam aqueles olhos bovinos, como quem pensa em alguma coisa distante.

Ver tudo aquilo o fez lembrar das discussões, que ainda aconteciam, de quem defendia que era mais humano encerrar o sofrimento de quem chegava ao Estágio 3. Em defesa da própria consciência e do julgamento alheio, eles admitiam que, em um cenário diferente, jamais sugeririam tal conduta, mas que a situação atual era uma questão humanitária. Os que defendiam o contrário diziam que era imoral simplesmente pensar em tal solução, e que quem era favorável só estava pensando em uma maneira mais fácil e rápida de se livrar dessas pessoas.

Os defensores da eutanásia não negavam que isso também traria benefícios para a sociedade, mas que esse fator era um efeito secundário do objetivo principal, que era encerrar o sofrimento de inúmeras pessoas. Era insustentável, diziam eles, tratar de todos que exigiam cuidado integral para a manutenção da vida. "E que vida era essa?", eles argumentavam. "Essas pessoas já não estão mais aqui, o mapeamento encefálico realizado em algumas delas mostra pouquíssimo fluxo, o que comprova que elas não estão acessando mais as informações, elas só estão... ligadas. São como computadores ligados, porém sem uso, que entraram em modo de espera." E, quando um dos presentes que era contrário à eutanásia perguntou se ele gostaria de ter a vida encerrada caso ficasse doente e chegasse ao Estágio 3, o homem respondeu, enfaticamente: "Com toda a certeza! E, mesmo que isso não seja aprovado, deixo registrado aos meus familiares e amigos que, se acontecer comigo, por favor, não me deixem lá, não me deixem lá dentro sozinho, permitam que eu vá embora para que eu possa descansar em paz."

No entanto, independentemente de qualquer um dos lados, em uma coisa todos que residiam no Setor Zero concordavam: a prioridade eram as pessoas que não estavam doentes; os recursos deveriam ser usados prioritariamente para a manutenção dessa parcela da sociedade. Quanto a isso, eram unânimes.

Ana chamou Sandro, despertando-o de seus pensamentos.

— Eu sei — disse ela. — Não importa a experiência que temos lá fora, isso aqui é completamente diferente. — Olhou para as pessoas sentadas nas camas. — Não vou mentir que você se acostuma, mas fica menos impactante com o tempo. Vem cá — chamou ela, virando e seguindo pelo corredor. — A experiência te ensina a ser prático.

Sandro a seguiu. O apartamento possuía dois quartos, um banheiro e uma cozinha. Catarina estava em um dos quartos.

— Essa é a Catarina. — Ana apontou para a mulher que trocava a fralda de uma garota de 23 anos, deitada na cama.

Catarina voltou-se para Sandro. Ela vestia um uniforme hospitalar de enfermeira, luvas de látex e uma máscara de tecido lhe cobria a boca. Seus olhos eram estreitos, mas brilhavam com uma energia curiosa.

— Esse é o Sandro, Catarina. Ele começou hoje e vai te acompanhar para ir pegando o ritmo de como as coisas funcionam aqui.

— Oi, Sandro. — Ela o estudou rapidamente, depois voltou sua atenção novamente para a garota estendida na cama, coberta com a parte de cima de um pijama e nua da cintura para baixo. Catarina puxou a

• 350 •

fralda de pano suja entre as pernas da garota, dobrou em um pacotinho fedorento e a estendeu para Sandro. — Seu presente de boas-vindas. Coloca naquela sacola.

Sandro se movimentou com agilidade e recebeu o pacote sem hesitar.

— Não tem nojinho. Ótimo.

— Bom, está entregue — disse Ana. — Qualquer coisa, se precisar de algo, me dá um alô. Nossos contatos estão todos no programa no celular.

— Certo. Obrigado, Ana.

Ela assentiu com a cabeça, satisfeita.

— Sandro — chamou Catarina —, você pode trocar a fralda do Thiago. — Apontou para um homem de 37 anos em uma cama ao lado. — Sabe como fazer?

— Sei.

— Normalmente a gente costuma fazer o mesmo trabalho. Uma equipe cuida da higiene, outra da fisioterapia, outra da alimentação, dos remédios... Mas pode acontecer de termos uma falta de pessoal, então todo mundo aprende a fazer tudo, tirando coisas muito específicas, normalmente a parte de administração de alguns remédios, coisa que nem todo mundo faz. Hoje vamos passar pelos apartamentos fazendo a higiene. As fraldas com fezes você coloca na sacola verde; se tiver só urina, na sacola azul.

— Ok.

Sandro foi até a cama de Thiago. Havia um adesivo colado no móvel com o nome do rapaz escrito a lápis. Dava para ver que fora escrito sobre outro nome que havia sido apagado.

— Verifica se está suja, se não estiver nem precisa mexer. Damos banho completo uma vez por semana; é muita gente para fazermos mais do que isso. Geralmente, limpamos a área após trocarmos a fralda. E depois vem o pessoal da fisio para não deixá-los parados por muito tempo por causa...

— Das lesões por pressão.

— Isso.

• 351 •

Sandro puxou o cobertor que cobria o corpo de Thiago. O rapaz parecia dormir. Ele vestia um pijama largo, ou talvez estivesse largo porque seu corpo era franzino. O suplemento vitamínico cumpria a função de suprir as necessidades básicas do organismo, mas não era a alimentação ideal para ser utilizada durante tanto tempo. Além disso, a falta de movimentação fazia com que a pessoa perdesse massa muscular, e, após um ano no Estágio 3, todo o corpo afinava. Ele verificou o interior da calça.

— Já senti daqui que você tem uma remessa boa aí — brincou Catarina.

Sandro se voltou para ela.

— Essas máscaras de vocês ainda têm a vantagem de dar uma amenizada no cheiro — disse ela, já se levantando após terminar de vestir a garota que acabara de limpar.

No quarto havia três camas, e Catarina se dirigiu para a próxima, onde estava deitada uma mulher de 53 anos, com seus olhos abertos e inexpressíveis encarando o teto.

— Oi, Solange. — Catarina sentou no colchão, posicionando-se ao alcance de seu campo de visão. Sandro reparou naquele cuidado de se mostrar presente. Depois se voltou para Thiago. À medida que o despia, notou um início de vermelhidão debaixo das coxas, na lateral interna dos joelhos.

— Não é preciso mudar de posição a cada duas horas? — perguntou ele.

Catarina olhou para o paciente que Sandro atendia.

— Seria o ideal, mas temos quatro torres, 28 andares cada uma, seis apartamentos por andar, pelo menos três camas em cada um dos três cômodos, nas salas são quatro, sendo que em algumas são cinco. Temos uma equipe que fica o dia inteiro passando pelas torres, entrando em cada apartamento e virando cada paciente de posição, e outra que continua fazendo isso durante a noite, mas é impossível fazermos essa troca de posição a cada duas horas.

— Entendo.

— Sempre que alguém novo chega para trabalhar, a primeira coisa que nota são as coisas que ele acha que podemos fazer melhor.

— Eu não quis dizer que não estão fazendo direito. Eu sei que é muito trabalho — afirmou Sandro enquanto fazia um pacotinho de cocô com a fralda de tecido que retirou de Thiago.

— Pois é. Antes quem fazia a higiene também realizava alguns cuidados quando surgiam sinais de escaras, mas nem hidratante pra pele temos mais, já faz algum tempo.

— Eu lembro que uma das coisas que mais me assustavam eram as propagandas do governo, o dia todo, falando para as pessoas não esquecerem de trocar seus familiares de posição.

— Mas elas são muito úteis. A maior parte da população não sabia que era preciso fazer isso.

— Sim, claro. Mas era assustador, mesmo assim. Ver aquilo na tevê, passando toda hora.

Lembre-se de mudar seu familiar de posição no máximo a cada duas horas. É essencial para evitar as lesões por pressão, popularmente conhecidas como escaras. As lesões por pressão surgem em decorrência da pressão constante das regiões que ficam em contato com superfícies, como camas, sofás e cadeiras. A pele pressionada perde a irrigação sanguínea, o que pode gerar necrose, dando origem à lesão. O primeiro sinal é uma vermelhidão ou um escurecimento da região, que posteriormente evolui para uma ferida. Quando não tratadas, as feridas se agravam e podem comprometer músculos, tendões e até os ossos. Elas são mais comuns nas nádegas, costas, calcanhares e laterais das coxas. Por isso, lembre-se de mudar frequentemente de posição o seu ente querido em Estágio 3 e ajude a deixar a vida dele mais confortável. Ministério da Saúde.

— Eu fico imaginando — disse Catarina — alguma criança vendo esse comercial e falando para os pais: "Eu não posso ficar na escola o dia todo, minha bunda vai apodrecer!" As crianças do Setor Zero, claro — acrescentou.

Sandro achava curiosa a forma como Catarina falava. Não era em tom de piada, no entanto havia um jeito quase bem-humorado de comentar certas coisas, um ar que trazia leveza àquele triste cenário. Também havia em seus gestos uma postura profissional e atenta, em que transparecia o zelo com que ela atendia cada uma daquelas pessoas. Ao mesmo tempo que conversava com Sandro, Catarina realizava com primor seu trabalho, movimentos que podiam parecer automatizados pela experiência, mas nunca desprovidos de atenção. Chegava a ser bonito vê-la em ação.

— Como está aí? — perguntou ela.

— Já terminei — respondeu Sandro.

Catarina se levantou da cama, caminhou até Thiago e, antes de arriar novamente as calças do homem para verificar o trabalho feito por Sandro, encarou o rapaz, que agora estava com os olhos abertos.

— Com licença, Thiago — pediu ela, despindo-o. Em seguida levantou suas pernas com um movimento habilidoso, porém gentil, verificou a fralda e o vestiu de novo, com cuidado. — Está ótimo — aprovou.

— Bom, muito bom. Vamos lá para o próximo quarto. Temos algumas dezenas de apartamentos pela frente.

— Tem uma equipe pra cada torre? De higiene, quero dizer.

— Isso. Uma equipe começa do último andar e vai descendo, e outra, no caso nós dois, começa dos primeiros e vai subindo. Quem termina o turno antes ajuda em outra torre. É essencial que todas as pessoas sejam atendidas.

— Claro.

Sandro e Catarina se encaminharam para o próximo cômodo do apartamento. A máscara que ele usava realmente ajudava a diminuir o impacto dos odores, mas não completamente. E, se ele podia sentir o cheiro daquele lugar, imaginava como não devia ser para Catarina.

— Eu cuido do caçula e da mãe — disse ela.

Do caçula e da mãe.

— Ok.

Naquele quarto estavam Manuela, de 39 anos, e seus filhos Artur, de 17 anos, e Luan, de 13 anos. Catarina começou a trabalhar no caçula.

— Oi, Artur, com licença — pediu Sandro. Ele pensou naquela família, como teria acontecido com eles, primeiro o caçula se apagando e o mais velho tomando conta dele, depois este também se apagando e a mãe tendo que se virar para trabalhar e cuidar dos dois. Onde estaria o pai daquelas crianças? Será que já morreu? Teria saído para pensar na vida quando descobriu que estava infectado e resolvera não voltar mais para aproveitar os últimos anos antes de seu futuro apagão, longe das responsabilidades de uma família? Teria chegado à fase de desconexão em que os familiares decidem abandonar seus entes, já que não se importavam mais tanto assim? Quem sabe ele havia se assustado com a ideia de que talvez fosse o último a apagar e tivesse que ficar sozinho com os filhos e a esposa ali, totalmente dependentes dele? Era um cenário realmente assustador, Sandro imaginava, mas deve ter sido ainda mais cruel para Manuela, quando se deu conta de que o marido não tinha voltado para casa nem atendia o celular. O que ela deve ter pensado quando viu as duas crianças na sala? Uma mistura de amor e medo. Também teria tido vontade de sair para espairecer e não voltar? De qualquer maneira, ela havia ficado. Alguns suportavam e ficavam.

Ao terminar de cuidar da família, a dupla foi para o apartamento ao lado. E depois para o seguinte, e o próximo, até finalizarem as atividades em todos os apartamentos daquele andar, quando seguiram para os de cima.

Por baixo de seu traje, Sandro transpirava. Em comparação com aquele trabalho, sua antiga função no Setor Um era um passeio no parque. Ali, no Setor Dois, era uma linha de produção de cuidado, com dezenas de apartamentos e centenas de pessoas completamente dependentes deles para limpar seus excrementos, alimentá-los, mudá-los de posição. Nesse primeiro dia, ele estava acompanhado de Catarina, com quem podia conversar. Ela tinha um jeito sério e responsável, mas tranquilo e gentil, que deixava o trabalho mais leve e suportável. No entanto, ele se pegou imaginando quando estivesse sozinho.

Quando eu estiver sozinho.

Ele se sentia sozinho.

— Há quanto tempo você sabe? — perguntou Sandro para Catarina, de repente.

— Quando descobri que estava infectada?

— É.

• 355 •

Catarina estava terminando de vestir uma adolescente de 16 anos chamada Natália. Sandro estava na cama ao lado, finalizando a higiene do pai da garota. Na terceira cama do mesmo cômodo estava a mãe, da qual Catarina já havia cuidado.

— Uns sete anos.

— Você não sabe exatamente?

Catarina deu de ombros.

— Você parece muito bem para quem está infectada há uns sete anos.

— Eu estou bem — disse ela, tranquila, abrindo um sorriso. Não era possível ver seu rosto por causa da máscara que cobria a boca e o nariz, mas Sandro sabia que ela sorria por causa dos olhos que se estreitavam.

— É que as pesquisas mostram...

— Eu sei o que elas mostram.

Sandro ficou em silêncio. Talvez não fosse um assunto do qual quem estivesse vivendo gostasse de falar. Ser lembrado de que se está à beira de deixar de existir emocionalmente. E Catarina já estava infectada havia uns anos; muitos nesse mesmo período já haviam apagado. Mas, pela forma como falava, e pelo cuidado que tinha com aquelas pessoas, ela parecia ainda longe do destino inevitável dos infectados.

Ela deve estar errada sobre essa conta. Sete anos? Ainda tão bem? Tão ativa? Muito pouco provável.

Catarina pareceu ler seus pensamentos.

— Ela se desconectou totalmente há um ano e meio — disse Catarina, e Sandro se voltou para ela, meio confuso, e só depois de alguns segundos entendeu que ela se referia à jovem que terminava de vestir.

— Em algumas fichas constam essas informações. Não em todas, mas em algumas constam.

— Você se lembra da ficha de todo mundo aqui?

— De todo mundo, não — respondeu ela. — Mas de algumas é difícil esquecer. Nem todos gostam de se inteirar dos detalhes sobre essas pessoas, mas eu prefiro saber. Gostaria que soubessem sobre mim... que a pessoa que fosse cuidar de mim soubesse quem eu sou ou quem fui. Me sentiria mais tranquila se essa pessoa me conhecesse. Quem sabe talvez você cuide de mim quando eu não puder mais. Você deve ter feito as contas, não deve me restar muito tempo.

— Na verdade já deveria ter terminado o seu tempo.

— Mas uma hora vai chegar e não há nada que eu possa fazer sobre isso.

Catarina se levantou, tranquila, como se tivesse dito que gostava mais de manteiga do que de requeijão, e foi para o segundo quarto. Sandro a seguiu.

— Espero que esse dia ainda demore — disse ele.

— Eu também — disse ela enquanto sentava na beirada de uma cama, onde uma mulher de 63 anos estava deitada. — Oi, Vânia.

Sandro sentou na cama ao lado, onde estava um homem de 61 anos. Seu nome era Amilton, e Sandro o cumprimentou também. O homem estava de olhos abertos e Sandro esperou, como se ele fosse responder.

— Eles são casados — explicou Catarina. — Eles meio que começaram a se desconectar juntos. Uma vizinha ia lá de vez em quando dar uma olhada neles, ver como estavam, e então ela me avisou.

— Te avisou?

— É, eles moravam no prédio ao lado do meu. Antes de eu me mudar de vez pra cá. Muitas pessoas não tiveram a mesma sorte.

— Mesma sorte?

— Um dia eu fui visitar uma conhecida minha no prédio em que ela morava. Quando eu estava no corredor do andar dela, antes de eu chegar no apartamento, senti aquele cheiro de morte vindo de trás de uma porta. Estava fechada, mas destrancada. Eu abri, chamei, mas ninguém respondeu. Então entrei e cheguei a um quarto onde havia duas camas. Dava para ver o volume dos dois corpos cobertos, dois corpos pequenos debaixo de cobertores, e o travesseiro usado ainda estava sobre um deles. No banheiro, encontrei o corpo do pai. — Catarina falava de um jeito sereno. — Nem todos têm a mesma sorte de ter alguém olhando por eles.

— Você ainda consegue sentir... tristeza? Digo, como antes.

— O que eu sinto talvez não seja exatamente tristeza. É diferente. Tem essa coisa do Paradoxo da Perda Emocional, talvez seja isso o que eu

• 357 •

sinta agora. De qualquer forma, sempre me interessei por fazer algo que pudesse contribuir de alguma forma para ajudar outras pessoas... Desde pequena eu tinha isso, não é à toa que virou meu trabalho. — Sorriu. — Sempre... me importei com isso, com a situação das pessoas, isso meio que fazia eu me conectar com elas de uma maneira muito verdadeira. É curioso que, de certa forma, quer dizer, em alguns momentos, eu acho que com a minha cabeça de agora... eu consigo ajudar mais do que antes, até porque eu acabo sendo mais direta, entende?

— Mas você ainda se importa com elas. Dá pra ver isso claramente.

— Eu acho que sim.

— Eu tenho certeza que sim — falou Sandro, corrigindo-a. — Você podia chegar aqui, despir essas pessoas, limpá-las, subir a calça delas de novo e partir para o próximo paciente, mas você não faz só isso.

— Talvez seja porque eu ainda estou razoavelmente consciente.

— Como é essa sensação, do paradoxo? Eu já estudei sobre isso, mas nunca conversei realmente com alguém que... Se não quiser falar sobre isso...

— Pode perguntar o que quiser, eu não me importo, já disse. — Catarina desviou o olhar, como se pensasse em algo, depois continuou: — Às vezes, quando eu falo isso, coisas desse tipo, "eu não me importo", eu fico pensando se eu não me importo ou não me importo *mais*, entende?

— Se é a doença que está fazendo você pensar desse jeito...

— É. Enfim... sobre o paradoxo, e sobre sentir tristeza... O lance do paradoxo é que você realmente sente que falta algo. Quando eu penso neles — ela olhou para a mulher deitada na cama —, eu sinto algo que eu acho que é tristeza, mas é... é diferente, apesar de você não ter uma consciência muito clara dessa diferença, tipo... eu realmente não sei se eu me sinto triste por causa deles ou por causa do sentimento que eu devia ter em relação a eles, como dizem que é a explicação para esse tal paradoxo. Mas uma vez eu ouvi uma explicação bem didática sobre isso, e era assim: "Sabe quando você ama alguém, tipo um parente próximo, mas você não quer mais estar perto dessa pessoa? E aí você pensa como seria bom se ela morasse longe e vocês não tivessem tanto contato assim?"

• 358 •

Só que você pensa isso e se sente supermal por pensar dessa maneira, porque a sua cabeça fica dizendo que você deveria se sentir culpado por ter esse pensamento, então você se sente triste por não sentir realmente o que você deveria sentir. Parece tristeza, mas é meio que uma culpa, sabe? Não sei se essa ideia faz sentido pra você ou só pra gente como eu.

— Acho que faz, sim — respondeu Sandro, e eles continuaram trabalhando em silêncio por alguns instantes, até que ele se voltou novamente para Catarina.

— Você disse que sempre trabalhou cuidando, ajudando pessoas, de alguma maneira.

— Sim.

— Quando você soube que estava doente, que em alguns anos não estaria mais aqui...

— Antes de você continuar, deixa eu te interromper rapidinho. Algumas pessoas dizem isso, "não estar mais aqui". Não diga isso; essas pessoas ainda estão aqui, acho que é importante sempre ter isso em mente. Desculpa, pode continuar.

— Sim, claro, você tem razão.

— Mas você ia perguntar...

— Eu ia... Quando você soube, não passou pela sua cabeça fazer alguma outra coisa? Em nenhum momento você pensou em fazer algo, mais para você mesma, quer dizer, ainda mais nessa situação, sabendo que o tempo seria mais curto?

— Se eu estivesse fazendo isso por obrigação, mas não é o caso. Eu faço o que faço porque isso aqui é o que eu sou. Tem gente que *se encontra*... quando toca uma música, corre uma maratona, faz bolos, sei lá. Eu me encontrei quando entendi que o meu negócio era ajudar quem precisa. Eu estou aqui porque quero. Quando você encontra algo que também encontra você, sabe... Principalmente *nessa* situação, como você mesmo disse, quando você sabe que não vai ter muito tempo para viver um monte de coisas, eu acho que o caminho fica ainda mais claro. Você usa esse pouco tempo pra fazer o que faz sentido pra você. É como dizem: "Se você está em um lugar, mas está pensando em outro, então você já sabe o que tem que fazer." Não sei se eu fui muito clara. — Riu. — Às vezes eu me empolgo e pareço meio confusa.

— Sim, foi clara, sim. Muito clara.

Quando os pais faleceram, Sandro teve que aceitar. Quando a praga foi declarada, ele teve que aceitar. Quando Marília morreu, quando o filho foi seguir sua vida, ele teve que aceitar. Às vezes, quando ele via crianças brincando, aquilo o fazia sentir uma saudade alegre e dolorosa da própria infância, mas o tempo passou e ele teve que aceitar. Algumas coisas você simplesmente tem que aceitar, não há nada a fazer em relação a elas. O fluxo imutável do tempo, momentos na história sobre os quais você não tem o menor controle. Você aceita e segue em frente ou não aceita e dá logo um basta no inferno insuportável que a existência se torna. Mas Sandro aceitou e seguiu em frente, juntou todas as suas dores e continuou. E ele havia chegado até ali, até aquele momento da vida, e sim, Catarina havia sido clara nas palavras que Sandro precisava tanto ouvir.

Se você está em um lugar, mas está pensando em outro, então você já sabe o que tem que fazer.

46

Após seu primeiro dia de trabalho no Setor Dois, Sandro refletia em silêncio dentro da van com os demais agentes de assistência que retornavam para o Setor Zero. Ao desembarcar em frente ao portão que dava acesso à área de descontaminação para reentrada, Sandro, mesmo sob a máscara de segurança, identificou Lúcio, e os dois se encararam à distância.

Dava para ver o volume dos dois corpos cobertos, dois corpos pequenos, o travesseiro usado ainda estava sobre um deles. No banheiro, eu encontrei o corpo do pai... Nem todos têm a mesma sorte.

Sandro acenou com a cabeça para Lúcio, que, talvez surpreendido pelo cumprimento, levou alguns instantes para devolver o gesto. Em seguida, voltou-se para o grupo com quem estava, e Sandro retornou aos pensamentos que o levavam para outro lugar.

Ele e Marília estavam sentados a uma mesa de praia, o quiosque praticamente deserto por causa do dia nublado e do friozinho da tarde de outono; vestiam blusas e calças, mas estavam descalços, os chinelos parcialmente enterrados na areia, e sentiam o vento frio nos dedos enquanto olhavam para o mar que se estendia no horizonte, enevoado pela brisa das ondas. Não estava um dia bonito para os padrões de um dia na praia, mas eles haviam resolvido ir mesmo assim, porque queriam ficar lá, queriam *estar lá*, olhar e escutar o barulho do mar, e, apesar das condições climáticas, havia sido um dia bonito. Renato nem estava nos planos dos dois; o filho ainda pertencia a um futuro desconhecido, e aqueles dias eram somente deles.

Sandro sentia falta da praia.

O Setor Zero em que morava havia sido cercado, distante do mar. Ele sabia de outros Setores Zero cercados na costa e muitas vezes imaginava a sorte dessas pessoas, de poderem ir à praia, sentar na areia e ficar lá, talvez ao lado de quem faça dias nublados se tornarem dias bonitos.

Agora dentro do ônibus, Sandro olhava a cidade pela janela. Estava na metade do caminho, com a mente vagando de forma melancólica, até que seus pensamentos foram interrompidos pelo freio repentino do grande veículo. As pessoas se olharam, espremeram o rosto contra os vidros, querendo ver o que havia acontecido. Uma viatura bloqueava a passagem. Imediatamente viram outras viaturas paradas e escutaram o barulho de outras chegando.

Subitamente seu celular e os dos outros passageiros começaram a soar o alarme emergencial. Era sempre assustador quando isso acontecia, uma profusão de alarmes soando simultaneamente.

Sandro sacou o aparelho e leu a mensagem de emergência do governo. A notificação só parava de apitar quando os donos dos aparelhos a desativavam com as digitais. Era um aviso de importância máxima, basicamente um alerta de perigo.

A mensagem dizia que uma pessoa contaminada havia sido identificada no Setor Zero. Exatamente na rua onde ele estava parado naquele instante. O comunicado continuava dizendo para ninguém se aproximar da região.

Sandro nunca havia passado por uma situação assim. Pelo menos nunca havia estado dentro do raio de cautela, quando outros focos de contaminação haviam sido detectados.

— Que merda — praguejou um homem atrás dele. — Fazia tempo que a gente não tinha um caso.

Sandro continuou em silêncio. Olhou pela janela e viu o trânsito se embolar. Adiante vislumbrou uma equipe com uniforme de segurança biológico passar correndo do outro lado da quadra. Uniformes idênticos ao que ele utilizava em seu trabalho. Entretanto, também carregavam metralhadoras. Sandro se esticou no banco para enxergar melhor e percebeu que eles entravam em um prédio.

Uma nova notificação apitou nos celulares. A mensagem exigia a realização imediata do teste pessoal para análise da bactéria. As pessoas no ônibus se entreolharam, assustadas com quem estivesse ao seu lado. Sandro viu uma mulher tirar da bolsa seu estojo com o leitor digital de amostra sanguínea. Notando que ele a observava, ela lhe lançou um olhar severo, ao que Sandro desviou e buscou seu próprio estojo. Plugou em uma das saídas do celular, pressionou o polegar no leitor, que fez sua identificação, e colheu uma microamostra de sangue. Enquanto aguardava, olhou ao redor. As pessoas mantinham a cabeça abaixada e faziam seus próprios testes. Era sempre um momento de tensão. Todos temiam os policiais, apesar de aprovarem as rígidas medidas de segurança, desde que não fossem aplicadas a eles. Mas sabiam que, se algum daqueles exames desse positivo, seu portador se tornaria um alvo imediato.

Se o resultado do exame de algum passageiro acusasse a presença de bactérias, um alarme soava automaticamente, em volume máximo, para que as pessoas próximas escutassem. Esse aviso sonoro específico e assustador era amplamente divulgado na mídia. Já o resultado negativo era um alerta silencioso: a tela do aparelho ganhava uma coloração totalmente azul, sinalizando que a pessoa estava *limpa*. Após o exame, recomendava-se que a pessoa levantasse o celular e mostrasse a tela azul piscante para tranquilizar todos à sua volta, e o interior do ônibus foi tomado por mãos exibindo seus aparelhos. Sandro mostrou a tela para a mulher, que agora o encarava de maneira mais relaxada, quase como se dissesse: "Você entende, né?"

Mas a tensão ainda estava no rosto de todos. Eles estavam muito perto do foco, identificado pelo mapa. De repente, uma rajada de tiros soou. Uma sequência curta que não deve ter durado nem dois segundos, vindo de dentro do prédio.

Tá-tá-tá-tá-tá-aaaa.

Todos congelaram. Fez-se um silêncio cheio de expectativa. Se alguém, principalmente dentro do raio de cautela, tivesse testado positivo, policiais seriam acionados para abordar a pessoa, que teria sua localização entregue pelo sistema de geolocalização, não só para as equipes de segurança, mas para todos os cidadãos do Setor Zero.

Um policial gritou do lado de fora e Sandro pareceu acordar de um transe.

— Pode seguir — gritou ele, ostentando um fuzil à frente do corpo.

— Vamos, vamos!

O motorista deu a partida e contornou a viatura, que havia aberto caminho para o trânsito. Passaram quase em frente ao prédio onde a equipe uniformizada e armada havia entrado alguns minutos antes, e Sandro conseguiu ver os policiais do lado de fora organizando as pessoas que tentavam sair do edifício.

— Esses malditos! — praguejou o homem atrás dele.

Sandro voltou-se para ele, pensando que o homem se referia aos policiais.

— Malditos! — repetiu o homem. — Você sabe o que deve ter sido, não sabe?

Sandro apenas negou com a cabeça.

— Esses terroristas de merda. Esses malditos que estão tentando trazer a doença pra cá.

— Será?

— Só pode ser. A gente nunca sabe quem é que teve o cérebro corroído por essas ideias. Você não é um deles, né?

— Eu? — disse Sandro.

— É.

— Se eu fosse, você acha que eu falaria?

— Claro que não. Mas vai que você fica nervoso e eu consigo sacar.

— Como você conseguiria *sacar*?

— Sei lá. A gente só saca.

— Você já *sacou* algum deles tentando passar despercebido?

— Algumas pessoas que eu vejo na rua, eu tenho certeza. O foda é que eu não posso provar. Mas eu sempre denuncio se eu acho que tem algo estranho. Eu faço a minha parte; se o Estado vai lá pra averiguar, aí já não é mais comigo.

— Entendi.

Os olhos do homem escanearam Sandro.

— Fica tranquilo que eu não acho que você é um deles — disse o sujeito.

— Não?

— Não, acho que não. Espero não estar errado.

— Não está. Mas é claro que eu falaria isso se eu fosse um deles.

— É, tenho certeza que falaria. Malditos. Eles tinham que colocar uns lança-chamas naqueles drones, tocar fogo nesses filhos da puta que fossem pegos querendo entrar com essa doença e depois empalar os corpos queimados ao redor das cercas pra ver se afastam esses merdas.

— Você acha que isso faria eles desistirem?

— Olha, sinceramente? Não. Eles são iguais a esses insetos, tipo formigas. Se você esmaga algumas e deixa os corpos lá, as outras nem se importam, só desviam e continuam andando. Que merda que passa na cabeça dessas pessoas?

— Não sei.

— O que você acha da ideia do drone com lança-chamas? — perguntou ele, a indagação soando como um tipo de armadilha.

— Pra ser sincero, não acho que resolveria muita coisa.

— Mas pelo menos seria divertido. — O homem deu uma risadinha. — Coloca uns lança-chamas e deixa a gente ficar controlando, as pessoas daqui, gente trabalhadora que está tentando manter esse mundo de pé. Eu trabalharia de graça pra eles se pudesse controlar um, ficaria a noite toda acordado, ah! Ficaria, ficaria com gosto, queimando esses arrombados.

Nesse momento, olhando para o homem, veio à mente de Sandro a história de Dionísio, o deus grego: Dionísio, como uma punição ao povo da Trácia, havia tornado infértil seu solo e anunciado que a esterilidade só terminaria quando seu rei Licurgo fosse morto. Sem outra opção, o povo da Trácia atendeu ao pedido de Dionísio. Eles levaram Licurgo para o monte Pangeu, amarraram seus membros a cavalos e o esquartejaram.

Uma facada não resolveria? Sandro sempre pensava nisso quando se lembrava dessa história, e de como aquelas pessoas só estavam mesmo esperando uma desculpa para mostrar quem realmente eram.

Sandro não disse mais nada. Virou para a frente, no entanto ainda sentia o homem atrás dele meio agitado, talvez imaginando aqueles drones com lança-chamas e como aquela era uma ótima ideia.

Quando chegou a seu apartamento, Sandro se despiu e pôs as roupas no cesto. Bebeu dois copos de água gelada e foi tomar um banho. Era tudo que queria agora: um banho quente e demorado. Sua mente devia estar no limite para mantê-lo de pé, pois, quando sentiu a água quente do chuveiro cair sobre a cabeça, teve uma repentina e incontrolável vontade de chorar. Sentou-se no chão, com a água estalando nas costas, e chorou alto, soluçando e gemendo, um choro represado havia muito. Era difícil saber se o pranto brotava porque tinha sido denunciado pelo colega, trocado de posto, ou se chorava por todas aquelas pessoas em estado vegetativo cujas fraldas havia trocado, os olhos vazios daqueles homens, mulheres e crianças que às vezes pareciam encará-lo como se dissessem que estavam ali, presos dentro de si mesmos, enclausurados dentro dos próprios corpos. Talvez o motivo das lágrimas fosse aquela rajada de tiros ecoando dentro do prédio e deixando todos emudecidos; aquela mulher no outro banco que o encarara, temerosa e desconfiada; aqueles desejos sombrios do homem sentado atrás dele no ônibus, louco para soltar os bichos que alimentava secretamente; a imagem dos drones com lança-chamas queimando pessoas do outro lado da fronteira; a saudade de Marília, do filho, o desejo de estar no apartamento de Adriana... Sandro não sabia por que chorava desesperadamente, sozinho, sentado dentro do boxe do banheiro. Só continuou ali e se permitiu chorar. Logo ele descobriria que chorar ajudava a clarear ideias que aguardavam para serem notadas.

Com o tempo, o choro foi diminuindo de intensidade. Ele sentia o corpo cansado. Estava cansado. Cansado de não se sentir mais em casa naquela casa.

Vestiu uma roupa confortável, fez um sanduíche e um chá e comeu em silêncio, sentado no sofá. No celular, soou uma notificação. Era uma matéria feita pelo canal de comunicação do governo, relatando em detalhes o acontecimento no início daquela noite.

Não fora um atentado dos radicais que pregavam o apagão emocional geral da civilização como um expurgo desse mundo de pecadores. Não havia sido nada disso. Dois irmãos adolescentes do Setor Zero haviam descoberto uma maneira de sair: haviam cavado um buraco para passar por debaixo da cerca elétrica. Só queriam encontrar os pais. Os garotos moravam com os tios e os primos, pois os pais haviam sido infectados.

Anos antes, quando o grande plantão nacional invadira todas as telas e o governo assumira a existência daquela doença, as crianças estavam na casa dos tios enquanto os pais viajavam, e continuaram com os tios quando os pais descobriram que estavam doentes, e elas não. Agora, anos depois, as crianças queriam ver os pais, aquele querer de adolescente, e eles tiveram a brilhante ideia de passar escondidos pela segurança. Dois adolescentes motivados pelo desejo de reencontrar os pais haviam conseguido burlar a segurança das centenas de drones militares que sobrevoavam e patrulhavam as cercas do Setor Zero. Eles nem sequer sabiam onde os pais estavam. Haviam pesquisado sobre as Torres do Vazio e acharam que provavelmente estariam em uma delas. Então puseram suas máscaras e óculos de natação, enfiaram alguns mantimentos nas mochilas e partiram para a aventura, numa determinação infantil.

Estavam razoavelmente bem-vestidos, e talvez tenha sido isso que chamou a atenção de um grupo que abordou a dupla adolescente, querendo saber o que eles tinham dentro das mochilas e qual era o tamanho dos tênis do irmão maior, visto que um dos rapazes do grupo havia gostado muito daqueles tênis. Os meninos tentaram correr, mas foram pegos. Quando o irmão mais novo tentou gritar, um dos homens tampou a boca dele com a mão. O menino o mordeu, e, mesmo de máscara, seus dentes tiraram sangue do outro rapaz. No exato momento em que fez isso, sentiu o gosto ferroso do sangue na boca. Arrependido, começou a chorar. O homem deu um soco no rosto dele para que ficasse quieto, provavelmente para se vingar da mordida também, e o jovem desmaiou. Bateram no irmão mais velho, levaram seus tênis e as mochilas, depois foram embora. Passado um tempo, o adolescente maior conseguiu fazer o irmão caçula acordar e eles retomaram o caminho de volta, retornando para o Setor Zero pelo mesmo buraco que haviam cavado para sair.

— Eu mordi ele, eu mordi ele... O sangue, o sangue entrou na minha boca, entrou na minha boca! — repetia o caçula para o irmão mais velho.

Em vez de fazer o teste no irmão mais novo, o mais velho tentou tranquilizá-lo.

— Você estava de máscara.

— A máscara rasgou! Entrou sangue na minha boca!

O irmão continuou dizendo que estava tudo bem e eles voltaram para casa. Passaram pela cozinha, tentando não chamar a atenção, mas deram de cara com o tio, que estava saindo.

O tio estava sempre com pressa, como se quisesse que o tempo passasse logo. Ele comia rápido, tomava banho rápido, não falava rápido, mas falava pouco, o que no caso dele era o mesmo que ter pressa. Ia rápido para o trabalho, o que era curioso, já que nunca admitiu gostar da nova atividade profissional que assumira depois que a divisão da sociedade por setores fora implantada, e ele, sua família e dois sobrinhos foram para o Setor Zero. E sempre também olhava rápido para os meninos. Mesmo assim, nesse dia ele parou, logo nesse dia; olhou para o sobrinho mais novo e viu seu rosto machucado.

O homem se abaixou para ver melhor, e, quando os jovens se deram conta, o tio já estava com a mão no rosto do menino, a ponta do dedo encostando no ferimento no lábio. O garoto se afastou e correu para o banheiro. Para o mais velho, sobrou uma explicação; mentiu que o irmão havia brigado com outro menino. O tio saiu de casa, nem chegou a lavar a mão; apenas esfregou os dedos para tirar o pouquinho de sangue. No meio do caminho, possivelmente coçou o olho ou pôs o dedo no nariz. Quando chegou ao prédio onde trabalhava, ao fazer o exame de rotina diário, a doença foi detectada. Ele ficou agitado, só podia ser um engano. Tentaram acalmá-lo e pediram para ele ficar isolado numa sala. Ainda nervoso, ele acatou a ordem e esperou, o pânico crescendo dentro do peito. É claro que era um engano, tinha que ser, ele pensava, e, quando escutou o barulho das sirenes e celulares tocando, distante, o pânico aumentou. Não deixaram que ele levasse seu celular para a sala, e outras sirenes se juntaram lá fora. A polícia entrou, ele insistia que era um engano, que estava bem, que não era possível que estivesse contaminado. Ordenaram-lhe que se acalmasse, se sentasse e ficasse imóvel, mas ele continuou onde estava, tentando explicar que certamente era a porra de um engano!

Tá-tá-tá-tá-tá-aaaa.

Não demorou para que uma equipe fosse enviada até o apartamento onde a família do homem morava. Então descobriram que o sobrinho mais novo estava infectado. Nenhum outro membro da família estava, nem mesmo o irmão mais velho. O menino foi vedado com um uniforme de proteção biológica para transporte. A família ficou do lado de fora, aguardando o término da higienização do apartamento e das áreas com as quais os garotos haviam tido contato. A mulher e o casal de filhos choravam pela morte do pai, enquanto o sobrinho mais velho gritava para descobrir para onde levariam o irmão.

Revelar tudo aquilo poderia ser uma forma de mostrar como seria fácil trazer a doença para dentro do Setor Zero. O governo sabia disso. Entretanto, a intenção ao descrever todos aqueles detalhes era fazer com que a sociedade entrasse ainda mais fundo em um estado de terror e alerta. Era assim que eles conseguiriam que cada pessoa fosse um vigia do governo; que cada uma delas ficasse de olho em seus vizinhos e parentes, que denunciassem à polícia qualquer suspeita. O governo sabia que a única maneira de controlar todas as pessoas era fazer todos se vigiarem. E para fazer isso era necessário manter sempre viva a sensação de medo e terror. E aquelas crianças deram um material e tanto para esse discurso. O fato de elas estarem desesperadas para ter alguma notícia dos pais até foi comentado, mas a dor não era prioridade quando comparada com o medo.

Tá-tá-tá-tá-tá-aaaa...

O som ecoou na mente de Sandro, acompanhado da imagem daqueles drones incendiários botando fogo nas pessoas...

Pra onde vocês vão levar o meu irmão?!

Tá-tá-tá-tá-tá-aaaa.

Aquelas centenas de olhos bovinos naqueles prédios...

Tá-tá-tá-tá-tá-aaaa.

Eu fico com a mãe e o caçula...

A mãe e o caçula...

Ficaria com gosto queimando esses arrombados...

Tá-tá-tá-tá-tá-aaaa

Só pode ser um engano...

Tá-tá-tá-tá-tá-aaaa.

Tá-tá-tá-tá-tá-aaaa.

Tá-tá-tá-tá-tá-aaaa.

Tá-tá-tá-tá-tá-aaaa.

Quando pensou em correr para o banheiro, Sandro não teve tempo, e vomitou o lanche e o chá que acabara de comer.

47

Para Sandro, a fantasia de uma vida já não bastava mais. Naquela manhã, acordou com o sentimento miserável de um luto que não chorava apenas a falta de Marília, a distância do filho ou a morte daquele homem no dia anterior. Agora ele entedia que seu pranto era pela decadência de uma sociedade embrutecida, insensível não apenas pela doença, mas vazia de sentido, desesperada por salvações divinas e soluções inúteis. Chorava pela inércia dos que se privam da vida e se contentam com prazeres fugazes como uma compensação insustentável que precisa ser constantemente alimentada. E, como se não bastasse, acordar e escutar a notificação no celular informando que ele estava atrasado com as sessões de terapia fora a provocação final. Ele nem sequer havia aberto a janela do quarto. Estava deitado naquela cama enorme, tendo como companhia apenas o vazio ao seu lado.

A luz da tela do celular havia se apagado e apenas aquela luzinha verde da notificação piscava, mas Sandro ainda vagava em pensamentos, como se nadasse em meio a uma floresta de algas no fundo do mar.

— Você pensa muito sobre as outras vidas que poderia ter? — certa vez Marília havia lhe perguntado. Eles estavam na sacada, debruçados no parapeito, ela fumava um cigarro e ele bebia água com gás, embora quisesse mesmo era uma cerveja ou uma taça de vinho.

— Se eu penso muito ou se eu penso sobre? — questionou ele.

— Todo mundo pensa sobre isso. A questão é o quanto pensa.

— Eu não penso muito — respondeu ele, após uma breve reflexão.

— Uma vez por semana, duas, todo dia?

— Mais nas terças e quintas, no fim de semana de jeito nenhum, igual a academia — brincou Sandro, e Marília riu.

— E você — perguntou ele —, pensa muito sobre isso?

— Às vezes — admitiu ela, dando uma tragada no cigarro. Os dois se encararam por um momento. Sandro havia parado de fumar um ano após terminar a faculdade. Mas aquele cigarro na boca de Marília, aquele jeito despojado de se portar, que merda, aquilo realmente a deixava sexy. Malditos astros de cinema e catálogos antigos de moda que carimbaram essa ideia no imaginário popular. E naquele momento, na sacada, ele se lembrou de uma vez, quando tentavam tirar algumas fotos juntos, deitados no sofá, ela pegou o celular e começou a clicar. Ela estava sexy em todas elas. Sandro, não. Em algumas, ele aparecia com cara de sexy, o que é totalmente diferente de estar sexy. Tem o sexy e a cara de sexy. Se você está sexy, você está sexy; se você está com cara de sexy, você só está ridículo.

Talvez o rosto de Sandro tivesse entregado seus pensamentos, porque Marília começou a rir de repente. E ele também. A vida, afinal, é isso: uma trama complexa e irregular, em cujas combinações curiosas algumas pessoas se uniam e se compreendiam.

— Você, falando sobre isso, de ficar pensando nas coisas — disse Sandro, sério. — Eu fiquei pensando numa coisa ontem, antes de dormir, e acho que é algo que eu preciso mudar.

— Hã? — Marília acendeu outro cigarro. Ela havia ficado séria de repente ao ouvir Sandro trazer aquele tema.

— Eu fiquei pensando sobre uma coisa que eu sei que está errada e que eu odeio.

Ele a encarou e ela aguardou, ansiosa, os olhos fixos nos dele. Sandro fez suspense.

— Fala logo!

— Calma, é algo que eu nunca falei pra ninguém.

Ela assentiu, paciente.

— É quando eu deito na cama e me cubro, e aí percebo que coloquei a coberta na horizontal e não na vertical, sabe, quando o lado comprido da coberta fica na horizontal...

Marília riu, cuspindo fumaça.

— É sério, não ri, não. Presta atenção — prosseguiu Sandro, fingindo seriedade.

— Tá, continua.

— Então, eu deito, estico as pernas e o pé fica pra fora do cobertor. Daí eu tento girar a coberta ainda deitado, sabe, porque eu fico com preguiça de levantar, e a coberta vai se embolando toda e eu demoro uns vinte minutos pra arrumar deitado o que eu levaria trinta segundos se levantasse e estendesse o cobertor na posição certa. Eu odeio isso — concluiu ele.

Marília o encarava, pensativa, mas com um resquício de bom humor no rosto.

— Você odeia pôr a coberta do jeito errado ou a preguiça de se levantar para arrumar?

Sandro levantou os olhos, em dúvida.

— Hum, taí um ponto que eu não tinha levado em consideração — admitiu ele, contemplativo.

— Talvez não seja a situação — disse Marília —, mas a forma como você lida com ela.

— Sabe uma coisa que eu adoro na gente? — disse Sandro. — As nossas conversas. Tudo é muito bom, mas as nossas conversas...

— É, também gosto disso. E tem outra coisa — continuou Marília —, gosto como me sinto mais inteligente com você.

— É porque eu deixo você falar — respondeu Sandro.

E Marília o encarou com uma expressão de surpresa e encanto. Em seguida deu um sorriso, se voltou para a sacada e depois pousou a cabeça no ombro de Sandro.

Ainda na cama, Sandro emergiu daquelas lembranças com uma expressão curiosa, como se tivesse entendido algo. Ele se levantou, abriu a janela e olhou lá fora. Por alguns segundos, escutou somente o vento e nada mais, e só depois os outros sons do mundo se misturaram. De repente um sorriso se armou em seu rosto, como se tivesse escutado uma criança rindo ou visto alguma dessas coisas que fazem você abrir um sorriso idiota do nada.

Ainda era cedo, 5h18, e ele devia acordar apenas às seis. Tomou banho, se trocou e preparou um café da manhã com tudo o que tinha disponível nos armários e na geladeira. Utilizara, inclusive, todo o pó que possuía, e, em vez de uma pequena xícara de café, preparou quase metade da garrafa.

Antes de deixar o apartamento, já do lado de fora, lançou uma última olhada lá dentro. Então saiu, apenas encostando a porta, sem trancá-la.

No ônibus, a caminho do trabalho, Sandro observava a cidade e toda aquela organização. Ao mesmo tempo, em sua cabeça, escutava a discussão das vozes que lhe traziam insegurança, medo e culpa.

A imagem do filho lhe veio à mente. Sandro não sabia o que iria dizer a ele. Na verdade, sabia, não havia nada diferente a dizer além da verdade, mas não sabia como essa conversa se desenrolaria. Renato jamais aprovaria aquilo. Mesmo distante do pai, sem vê-lo havia mais de três anos, o filho não entenderia.

Renato diria que se o pai estava se sentindo tão sozinho, que ligasse para ele. Mas Sandro já estava cansado de ser uma pessoa que ama de longe.

48

Naquele dia, no lar de acomodação, Sandro trabalhou ao lado de Marta, outra agente, alimentando os internos. Já era noite quando, enfim, terminaram seu turno, e agora estavam reunidos em um dos salões de festa que havia sido transformado em refeitório e que também era ponto de encontro dos agentes. A maioria das pessoas não vestia nenhum traje especial, e grande parte era composta por mulheres.

Sandro havia entrado com Marta. Enquanto ela pegava alguma coisa para comer, ele aguardava próximo à porta, à procura de Catarina. Percorreu o lugar com os olhos até que a encontrou, conversando com um grupo.

— Oi — disse Sandro e se aproximou.

Catarina voltou-se para ele.

— Posso falar com você? — pediu ele.

Ela assentiu.

Sandro esperou até se distanciarem do grupo, como se fosse lhe contar algum segredo.

— O que houve? — perguntou ela.

— Você conhece alguém que pode me dar uma carona?

— Carona?

— É.

Catarina olhou por uma das janelas do salão e enxergou, lá no fundo, a van que levaria os agentes do Setor Zero de volta.

— Eu preciso ir para outro lugar.

A mulher o encarou, curiosa.

— Preciso ver uma pessoa. No Setor Um — completou ele.

— A van não pode te deixar lá?

— Não.

Ela pareceu refletir sobre o que aquilo queria dizer.

— Você pode me ajudar? — insistiu ele.

Havia algo em sua voz que ela não conseguia captar.

— Para onde você precisa ir?

Sandro disse o endereço. Catarina hesitou, pensativa.

— Acho que... acho que tem uma pessoa que pode fazer isso. — Olhou de novo pela janela. Alguns agentes uniformizados com trajes de segurança estavam reunidos próximos à van. Uma viatura policial estava logo à frente do veículo. — Pelo jeito você não pode sair por ali, né? — disse ela.

— Não — respondeu ele. — Seria bom se tivesse outra saída.

— A saída é por ali, mas os carros ficam em outra parte do estacionamento.

— Acho que pode funcionar — respondeu ele, aceitando qualquer tentativa.

Ela o encarou novamente.

— Você fez alguma coisa?

— Não, não... não tem ninguém atrás de mim. — Riu. — Eu não estou fugindo, pode ficar tranquila, quer dizer... é uma longa história. Eu só preciso ir falar com uma pessoa.

— Entendo. Então tá... — Olhou em volta. — Espera aqui.

Ela caminhou até um grupo de pessoas que estava do outro lado do salão, puxou um homem para um canto e lhe disse algo. Catarina apon-

• 376 •

tou na direção de Sandro e o homem voltou-se para ele. O homem não dizia nada, só balançava a cabeça enquanto Catarina falava. O sujeito parecia intrigado. Depois disse algo para a mulher e saiu por uma porta do outro lado do salão. Catarina foi até Sandro.

— Vem — disse ela, caminhando em direção à mesma porta pela qual o homem havia saído. Sandro a seguiu.

Caminharam rápido por um corredor. Ela deu uma olhadela furtiva em direção à van dos agentes do Setor Zero. Sandro preferiu nem olhar. Ela entrou por uma porta e ele foi atrás. Atravessaram um curto corredor que dava para um estacionamento na parte de trás de uma das torres. O homem que Sandro vira conversando com Catarina estava ao lado de um veículo verde-fosco que precisava urgentemente de uma lavagem. O porta-malas estava aberto.

— Ele vai te levar — disse Catarina.

Sandro se voltou para ela.

— Obrigado.

— Parece importante.

— É sim.

— Eu vou te ver de novo?

— Acho que sim.

— Tá — disse ela. — Vai logo.

Sandro caminhou até o carro. O homem parecia temeroso.

— Quando a gente sair, eu paro e te tiro daí.

— Ok — respondeu Sandro, olhando para o interior do porta-malas.

— É melhor andarmos logo com isso.

— Sim, sim. — Com um pouco de dificuldade, Sandro entrou e o porta-malas foi fechado com um baque alto, encarcerando-o na escuridão.

O carro deu a partida, o que fez o corpo de Sandro vibrar com o veículo, que logo se pôs em movimento. Sentiu dificuldade para respirar.

Nada de pânico, nada de pânico.

O veículo parou e Sandro ouviu sons abafados de uma conversa. O carro ficou ali, parado, trepidando com a vibração do motor. Até que ouviu o som da porta se abrir.

Que diabos está acontecendo?

Sem conseguir escutar a conversa com clareza, ficou por um tempo ali, sentindo que o porta-malas seria aberto a qualquer momento.

Sem pânico, sem pânico, sem...

Escutou a porta do carro se fechar novamente. Será que alguém havia entrado? Ou o homem só descera para fazer alguma coisa ou cumprimentar alguém rapidamente?

O veículo entrou em movimento e aos poucos foi ganhando velocidade. Havia quanto tempo ele estava ali naquele porta-malas? Quando o motorista pararia para ele descer e entrar na parte da frente do carro? Se alguém tivesse entrado no veículo, talvez demorasse, talvez ele levasse a outra pessoa antes.

Ali dentro estava quente e abafado.

Sem pânico, sem pânico.

O veículo continuava seu trajeto e Sandro sacolejava ali dentro, desconfortável. Pensou em bater na lataria para tentar chamar a atenção do motorista. Só agora se dera conta de que nem sabia o nome do sujeito. Para onde ele o estava levando? Catarina parecia ser uma pessoa confiável, mas e se aquele homem não fosse? E se a própria Catarina também não fosse? Ele a conhecera havia um dia! Pensou em Adriana e no que ela lhe diria. Certamente ela acharia tudo aquilo uma loucura sem cabimento. Subitamente o veículo freou. Sandro bateu as costas em algo duro e deixou escapar um gemido. O carro ainda trepidava com o motor ligado quando o porta-malas foi aberto.

— Pode sair — disse o homem.

Sandro saiu com ainda mais dificuldade do que entrou. Não havia mais ninguém no carro. O homem bateu o porta-malas.

— Vamos.

Dentro do carro, a única pergunta que o sujeito fez foi para confirmar o endereço. Não falaram mais nada, e Sandro achou melhor manter o silêncio.

Chegaram em frente ao prédio. Sandro agradeceu a carona, ao que o sujeito apenas assentiu com a cabeça. Sandro teve a sensação de que não era a primeira vez que ele fazia algo assim.

E agora?

Parado diante do portão do prédio, Sandro ouviu uma sirene ecoar em alguma rua próxima. Avançou em direção ao interfone e notou que a mão tremia quando a levou ao teclado. Apertou os números do apartamento. O som de chamada tocou uma, duas, três vezes. Antes de completar o quarto toque, ouviu um chiado e, em seguida, a voz de Adriana.

— Sim?

Sandro havia pensado em tantas coisas para dizer, mas, naquele momento, todas as palavras sumiram.

— Alô?

— Oi.

— Quem é?

— Sou eu — disse ele de um jeito natural e logo depois se sentiu um idiota. — O Sandro, o agen...

Um estalo soou, sinalizando que o portão havia sido liberado. Sandro foi tomado por um calor, permitindo-se fantasiar que às vezes a vida podia ser simples como um silêncio ou o barulho de uma porta se abrindo.

Avançou, pegou o elevador e subiu. Atravessou o corredor, parou diante da porta, a respiração agitada ecoando dentro da máscara. Tocou a campainha e aguardou.

A porta se abriu.

— Sou eu — repetiu ele.

— Eu sei — respondeu ela.

Sandro sentiu uma alegria instantânea.

— O que você está fazendo aqui?

Então a alegria se foi.

— Seu colega disse que você pediu transferência — continuou ela.

— O quê?

— Ele só disse isso. — Ela deu de ombros. — Eu não perguntei detalhes.

— Não foi isso que aconteceu.

— Eu imaginei que não. Foi por causa do pão de mel, não foi?

Sandro fez menção de que ia dizer algo, mas Adriana continuou:

— Quando eu agradeci aquele dia e você se fez de desentendido, eu... na hora não entendi. Não sei se é por causa da doença, normalmente eu não sou assim, mas só depois me dei conta de que talvez seu colega não soubesse.

— Isso não tem importância mais.

— Tem sim. Eu não queria ter te causado problema.

— Não foi culpa sua.

Os dois ficaram em silêncio. De um lado, Adriana, uma das mãos ainda pousada na maçaneta da porta aberta; do outro, Sandro, dentro daquele traje que o fazia parecer um astronauta.

— Eu estava pensando — disse ele — se o convite para aquele café ainda estaria de pé.

— Eu já comi todo o pão de mel.

— Tudo bem. Eu faço mais.

— Foi você que fez?

— Foi.

Ela ficou em silêncio, desviou o olhar e depois voltou-se para ele.

— O que você acha que vai acontecer vindo aqui, Sandro? — disse ela, e continuou antes que ele pudesse dizer algo. — A gente se deu bem, eu sei. Apesar da doença, eu ainda consigo... notar essas coisas. Mas eu sou realista, só que agora você aparece aqui, do nada. O que você quer vindo aqui?

— Eu quero estar aqui.

Ela deixou escapar uma risada abafada, meio incrédula, como se achasse aquilo uma piada ridícula.

— Eu quero estar aqui com você.

— Sandro — ela balançou a cabeça —, você não sabe o que está falando.

— Eu sei muito bem.

— Hoje eu vivo completamente em função da minha irmã.

— Eu sei...

— Eu não sei nem por que a gente está falando sobre, sobre... meu Deus, sobre o que estamos falando aqui? Chega a ser ridículo pensar em qualquer coisa dessas.

— Por quê?

• 380 •

— Droga, Sandro, eu sei lá quanto tempo ainda tenho. Eu não sei o que você está procurando, mas...

— Eu não estou procurando mais, Adriana. Não estou procurando mais.

Ela o encarou por alguns segundos.

— Vai pra casa, Sandro — pediu ela, fechando a porta. — Vai pra casa.

— Adriana..

Sandro, você não entende, eu não posso fazer isso com você — disse ela, recostada na porta fechada.

— Adriana.

— Sério? — Ela deixou escapar uma risada descrente. — Sério que nós vamos fazer uma ceninha piegas dessa? Eu de um lado da porta, você do outro?

— Bom, uma vez eu ouvi de uma pessoa que a vida às vezes pede um pouco de pieguice.

— Você não sabe o que está dizendo, Sandro. Sabe a conexão com todas as lembranças bonitas que você tem? Tudo o que já foi importante na sua vida? Você quer deixar de se importar com elas? Porque é isso que vai acontecer.

— Eu já passei tempo demais apenas lembrando.

Os dois permaneceram em silêncio, ainda com a porta fechada entre eles.

— Adriana. Se você abrir a porta, eu entro.

Sandro aguardou, e por longos segundos nada aconteceu. Pela fresta, na parte debaixo da porta, ele conseguia ver a sombra dela, ali, parada. Até que finalmente a porta se abriu. Pela primeira vez ela teve a visão completa do rosto dele, que agora estava sem a máscara de proteção. Adriana deu um passo para trás, não queria falar próximo a ele, sem a proteção.

— Pelo amor de Deus, coloca essa máscara — disse ela. — Ainda pode dar tempo.

— Se te incomoda tanto o fato de eu não estar infectado, bom, posso descer pela escada lambendo o corrimão até o térreo. Mas aí eu não sei se você vai querer me beijar depois.

Ela riu.

Ele riu.

— E quem disse que eu quero te beijar agora?

— Eu resolvi arriscar.

Eles se encararam em silêncio por um momento.

— Você quer mesmo ficar?

— Quero.

— Então fica.

E ele ficou.

Naquela noite, quando ele e Adriana estavam deitados na cama, nus, após se entregarem pela primeira vez, o silêncio de um encontrou conforto no silêncio do outro. E nenhuma palavra poderia expressar melhor a paz que sentiam naquele momento.

49

No dia seguinte, Sandro ligou para o filho e relatou o que fizera. No início, Renato realmente se revoltou com a atitude do pai, mas Sandro o escutou com paciência, dando tempo para que o filho se acalmasse.

— Eu estou bem, Renato. E feliz.

— Droga, pai.

— Eu sei que não é fácil aceitar.

— Você aceitaria se eu tivesse feito isso? — perguntou o filho.

— Provavelmente eu também ficaria bem puto se você fizesse algo assim.

— Você podia ter encontrado uma companhia lá.

— Mas foi aqui que eu encontrei.

Eles ficaram quietos por um tempo.

— Você está feliz mesmo?

— Estou.

— A mãe iria gostar de saber disso.

— Sim, ela iria.

— Eu também estou. Mesmo não concordando.

— É justo.

— E o que você vai fazer agora?

Após falar com o filho, Sandro ligou para a empresa onde trabalhava e contou sua situação. Eles aceitaram incluí-lo nos testes, a pedido dele mesmo, já que poderia ser interessante para as pesquisas analisar exames feitos logo no início da ação da doença em seu cérebro. Mesmo assim, Sandro foi informado de que não trabalharia mais para eles, algo que não o surpreendeu. Mas talvez, como compensação por ele ter se voluntariado para os testes, seu superior disse que faria algumas ligações e com isso conseguiu uma entrevista de emprego para Sandro em uma das fazendas solares.

Entre a rotina de trabalho na fazenda solar e sua vida com Adriana e a cunhada, Sandro se comprometeu como voluntário no condomínio onde havia trabalhado como agente de assistência. E, durante os quase dois anos seguintes, acompanhou de perto o declínio cognitivo de Catarina.

Sandro sempre fora muito cuidadoso com todos os internos, porém, quando chegava ao quarto onde Catarina agora residia, tratava-a com um afeto especial. Ao se sentar ao lado dela na cama, pegava sua mão com carinho e conversava como se ela pudesse ouvi-lo. Às vezes, quando aproximava seu rosto do dela, tinha a impressão de que ela ainda estava lá. E, quando trocava sua fralda, sempre pensava no que a mulher dissera aquela vez: "Quem sabe você não vai cuidar de mim um dia."

— Ela foi bem mais longe do que todas as pessoas que eu conheço — ele disse para Camila, uma colega também voluntária que o acompanhava no turno daquele dia. E o carinho que tinha por Catarina era audível em sua voz e visível em seus gestos delicados enquanto terminava de ajeitar a roupa limpa com que acabara de trocar a mulher.

— Quanto tempo ela levou? — perguntou Camila.

— Olha, se o que ela me disse estava correto, uns oito anos, quase nove. Mas ela deve ter se enganado. Quando nos conhecemos, dois anos atrás, ela me disse que tinha descoberto a doença há sete anos.

— É raro, mas há outras pessoas que levaram esse tempo, ou algo próximo — disse Camila, que terminava de trocar uma senhora na cama ao lado da de Catarina.

• 384 •

— Eu nunca conheci ninguém assim, a não ser ela.

— Claro que conheceu.

Sandro voltou-se para Camila, confuso.

— Na verdade, você conhece duas pessoas. A Helena, do quinto andar, acho que o apartamento 512. Na ficha dela consta que o estado apático demorou cerca de oito anos também. E tem o Alexandre, da Torre B, acho que do 11º, ou 12º, não lembro qual apartamento agora. Dizem que ele levou mais de nove anos.

— Mais de nove anos?

— É o que consta na ficha.

Sandro encarou o rosto plácido de Catarina.

— Quem dera se a Adriana tivesse essa mesma resistência.

— Como ela está?

— Ainda está lá. Mas não sei por quanto tempo.

O trabalho na fazenda e no lar de acomodação era igualmente desgastante, mas agora, quando voltava para casa, ele se sentia, de fato, voltando para casa. Ele e Adriana haviam criado sua rotina dentro daquele lar. Eles conversavam, riam e discutiam, e, apesar de todas as dificuldades que a vida lhes impunha, ela parecia boa de novo.

— O que está fazendo? — perguntou Adriana ao se aproximar de Sandro, que estava sentado à mesa da cozinha em frente ao computador.

— Estou lendo as fichas de três pessoas internadas no lar de acomodação.

— Por quê?

— Elas demoraram muito mais tempo do que o normal para apagar... para se desconectarem totalmente.

— Com cada pessoa é diferente mesmo.

— Mas o caso deles é muito atípico.

Adriana puxou uma cadeira e se sentou ao lado dele.

— A parte boa de não termos privacidade nenhuma — disse Sandro, olhando para a tela — é que dá para pesquisar a vida toda de uma pessoa.

— Encontrou algo em comum entre eles?

Sandro fez uma careta pensativa.

• 385 •

— Seria preciso fazer alguns exames e verificar o histórico médico dos três. Com o que tenho, a única coisa que eles têm em comum... — Sandro ficou em silêncio, refletindo.

— O quê?

Sandro passou as mãos no rosto, cansado.

— Acho que estou querendo encontrar algo onde talvez não exista nada.

— Me diz o que você encontrou em comum — insistiu Adriana.

— Catarina foi enfermeira, Helena, professora, e Alexandre era assistente social.

— O que isso tem em comum?

— Os três sempre trabalharam em atividades que envolviam, de alguma maneira, cuidar de outras pessoas.

— Não entendo como isso pode fazer alguma diferença na ação da doença — disse Adriana, com uma expressão confusa.

— Deixa eu te mostrar uma coisa — disse Sandro, e acessou uma pasta em que estava organizando sua pesquisa. — Eu encontrei esse estudo sobre um monge, um estudo realizado décadas antes do surto, onde os pesquisadores estavam tentando entender como esse homem era tão satisfeito com a vida. Após diversos testes, a pesquisa indicava que o funcionamento do cérebro do monge havia sido moldado pelas reações químicas decorrentes do seu estilo de vida altruísta. O estudo chegou à conclusão de que por cultivar esse estilo de vida voltado para o bem-estar coletivo, de forma genuína e regular, ocorreram mudanças físicas reais que contribuíram não só para seu estado de felicidade mas também para a manutenção de um cérebro mais saudável. E tem um nome para isso: neuroplasticidade. A capacidade do cérebro se reprogramar. Um fato curioso nesse estudo é que o monge tinha três irmãs e outros dois irmãos, todos de idade avançada como o próprio monge, uns mais jovens e outros mais velhos. Cada um deles seguiu um caminho diferente na vida, e olha só: todos sofreram com alguma doença neurodegenerativa, menos o velho monge. De alguma forma o cérebro dele realmente era diferente, ele criara conexões mais fortes com suas próprias experiências. Agora, se foi moldado pelo seu comportamento altruísta, como o estudo

• 386 •

diz, bom, quanto a isso eu não posso ter certeza, porém essa é a única característica em comum que encontrei até agora em Catarina, na Helena e no Alexandre. Se isso estiver correto, quem sabe entender melhor como funciona o cérebro de pessoas assim nos mostre um caminho para uma cura. Porque, de alguma forma, eles realmente apresentaram uma resistência maior à ação da doença.

Apesar do cansaço, Sandro falava de maneira empolgada, em contraste com o semblante de Adriana, que, embora ainda conservasse a capacidade de conexão emocional, já possuía os traços visíveis do desinteresse, como uma pessoa que vai ficando com sono enquanto escuta.

Sandro procurou a mão da mulher e a apertou.

— Vamos deitar — disse ele, de um jeito gentil. — Eu posso continuar com isso amanhã.

E os dois se levantaram e foram juntos para o quarto.

Uma vez por semana, Sandro recebia a visita de Lúcio, seu ex-colega de trabalho, agora acompanhado de um novo pesquisador colocado no lugar de Sandro, para a realização dos testes que ele mesmo fazia antes de se contaminar. Na primeira vez que Lúcio chegou à residência onde Sandro agora morava com Adriana, ele parecia bastante desconfortável e até um pouco envergonhado por ter denunciado a atitude do colega. Porém, naquele primeiro dia, Sandro recebera Lúcio com um sorriso tranquilo e sem mágoa. Na verdade, durante a conversa, fez questão de tranquilizar o ex-colega de trabalho.

— Eu quero te agradecer — disse Sandro. — O que você fez foi o empurrão de que eu precisava para ter a coragem de fazer o que eu já desejava há tanto tempo.

Mesmo assim, no início, toda vez que Sandro sentava-se a sua frente para ser examinado, Lúcio ainda sentia-se desconfortável ao colocar os equipamentos de medição e aplicar a droga experimental no ex-parceiro de trabalho.

— Trabalhamos juntos por quanto tempo mesmo? — perguntou Lúcio, enquanto aplicava a substância.

— Acho que um pouco mais de três anos — respondeu Sandro.

— Mais de três anos. Mais de três anos e você nunca fez um pão de mel pra mim.

— Então foi por isso, tudo por causa de ciúmes.

E os dois riram.

E à medida que o tempo passava e outros encontros aconteciam, a relação entre Lúcio e Sandro foi se tornando natural como antes. Na verdade, os dois construíam uma relação ainda mais próxima da que tinham quando ambos residiam no Setor Zero, e agora Lúcio já conseguia olhar para Sandro sem a pena que sentia em vê-lo ali, no lugar de um dos tantos doentes, pois podia sentir na forma como Sandro falava que ele realmente estava feliz em estar naquele lugar, com Adriana.

Foi para Lúcio que Sandro enviou tudo que conseguiu reunir de sua observação sobre os casos de Catarina, Helena e Alexandre.

— Você realmente acredita que pode haver alguma ligação? — perguntara Lúcio quando Sandro relatou sua teoria.

— Talvez não dê em nada, mas vale a pena investigar, não acha?

— É, na altura em que estamos acho que não podemos descartar nenhuma possibilidade — admitiu Lúcio.

— É o que eu também acho.

— Pode deixar — disse Lúcio. — Eu vou passar tudo o que você reuniu para algum dos pesquisadores.

— Obrigado.

— Como a Adriana está? — perguntou Lúcio, aproveitando que a mulher estava em outro cômodo.

— Está próxima da desconexão total.

— Sinto muito.

— Eu também. Mas eu sabia que não iria demorar para acontecer.

— E isso torna as coisas mais fáceis?

Sandro refletiu por um momento.

— Sabe, teve uma vez, eu estava na fazenda de energia solar realizando testes para acompanhar o avanço da doença nos funcionários, e no fim do dia estávamos todos reunidos no refeitório, bebendo e conversando. Um dos funcionários havia levado o filho para passar o dia com ele no trabalho. Era um adolescente e já era possível ver os sinais da desconexão. Teve uma hora em que o pai se levantou e chamou o filho pra fazer alguma coisa, e quando eles saíram um outro colega comentou "o Luiz está tentando recuperar o tempo perdido". O nome do pai era Luiz, o filho se chamava Miguel. — Sandro encarou Lúcio. — A gente passa a maior parte da vida desperdiçando nosso tempo e no final começa a correr para tentar viver algo que realmente valha a pena. Então, saber que não iria demorar para a Adriana se desconectar não "torna as coisas mais fáceis", mas ter consciência disso lembra que não temos todo o tempo do mundo.

Lúcio acompanhou a desconexão emocional de Adriana ao lado de Sandro, e, sempre que conseguia, demorava-se um pouco mais nas sessões para fazer companhia ao homem que agora já se permitia chamar de amigo.

Em um dos aniversários de Sandro, Lúcio pediu para o colega realizar o trabalho sozinho naquele dia para que pudesse passar um tempo com Sandro. Eles pegaram a gravação de um jogo de futebol de décadas atrás, de um time desconhecido cujo placar final desconheciam, e assistiram ao jogo como se fosse uma transmissão ao vivo, como nos velhos tempos. A única coisa de que Lúcio sentiu falta nesse dia foi de poder fazer como Sandro, que assistiu ao jogo tomando a cerveja que Lúcio trouxera escondida de presente para o amigo.

— Cuidado pra ninguém te denunciar, hein? — brincou Sandro.

— Você é uma péssima influência, Sandro — e riu com o amigo.

Adriana havia se desconectado totalmente havia três anos, e Lúcio também já conseguia enxergar em Sandro o avanço da desconexão emocional. Pouco mais de um ano depois, Sandro já não se interessava em realizar chamadas de vídeo com o filho com a mesma frequência, e, quando o fazia, era Renato quem o procurava. Algum tempo mais tarde, era Lúcio que muitas vezes falava com o filho do amigo para atualizá-lo sobre o estado do pai.

— Em algum momento você chegou a se arrepender? — Lúcio perguntara uma vez.

— Me arrepender de quê?

• 389 •

— De ter feito o que fez?

— Vir pra cá?

— É.

Sandro pareceu refletir sobre a questão, e Lúcio se questionou se aquela hesitação era um sintoma da doença.

— É difícil se arrepender de algo com que você já não se importa tanto. — Sandro pareceu pensar um pouco mais, e, em seguida, continuou. — Sabe, uma vez uma pessoa me disse que a vida às vezes pede um pouco de pieguice, então acho que uma resposta piegas seria "eu me arrependo de não ter feito isso antes".

À medida que Sandro se aproximava do Estágio 3, Lúcio, que já poderia ter se aposentado, continuou trabalhando para poder acompanhar o amigo em seu processo de desligamento do mundo. O agente também contratou uma pessoa para passar no apartamento de Sandro uma vez por dia.

— Não há necessidade disso — dissera Sandro, mas sua voz plácida e seu semblante apático denunciavam seu estado.

— É só por precaução.

Lúcio estava em casa, no Setor Zero, almoçando com a família, quando recebeu o telefonema dessa pessoa, informando que encontrara Sandro deitado na cama, ao lado de Adriana, e entendeu o que aquilo queria dizer.

Foi o próprio agente que, pessoalmente, acompanhou a transferência de Sandro, Adriana e Janaína para o lar de acomodação, para garantir que os três ficassem juntos no mesmo quarto. Havia algum tempo ele já se preparava para isso, usando de todos os contatos que possuía para garantir a vaga para os três.

No dia da transferência, após acomodá-los, Lúcio lançou um último olhar para eles antes de deixar o quarto. Sentia-se triste pelo apagar do amigo, porém sua tristeza era confortada pelo entendimento de que Sandro acolhera aquele destino com a serenidade de quem entende que a vida não se mede por sua extensão, mas pelos encontros no caminho. E que esses encontros são como o fogo, cuja mesma luz dourada dança nos olhos de quem está com você ao redor da fogueira.

AGRADECIMENTOS

Durante a jornada que foi criar este livro, tive o privilégio de ser acompanhado por pessoas incríveis, que me ajudaram no intenso percurso de trazer essa história da imaginação para o papel.

Flavia Zanchetta, este livro, entre muitos assuntos, fala do valor dos momentos ao lado de quem é importante para nós; me enche de alegria lembrar dos momentos que compartilhamos juntos.

João Cavalcante, grande amigo, irmão que a vida permitiu encontrar, muito obrigado pelo belíssimo trabalho que você fez na criação da imagem para a capa. Mais do que isso, por me escutar e ter tanta paciência.

Muito obrigado, Mayara Marostica, por topar ser a cara desta história. Obrigado, Gabriella Pontel, por captar com tanta sensibilidade as imagens para a capa.

Daniel Rasello, muito antes de eu me tornar um escritor, sua paixão em tudo o que faz sempre foi uma inspiração. Agradeço imensamente pelas lindas ilustrações.

Tatiany Leite, Rejane Benvenuto e Rodrigo Tavares, esta história não seria a mesma sem a leitura atenta de vocês e as observações que me mostraram caminhos que até então eu não havia visto.

Lucas Telles, editor desta nova versão, suas sugestões sobre a trama foram muito valiosas, com destaque para a ideia de não matar certa personagem tão cedo.

Marianna Teixeira Soares, minha agente, obrigado por me ajudar a levar minhas histórias ao mundo e pelas boas risadas.

Thaís Lima e Júlia Moreira, da Record, obrigado pela paciência.

E a todos que têm acompanhado meu trabalho, lendo e indicando meus livros, muito obrigado.

Este livro foi composto na tipografia Minion Pro,
em corpo 11,5/16, e impresso em
papel off-white no Sistema Cameron da
Divisão Gráfica da Distribuidora Record.